貝納德的墮落

泰絲・格里森——著　陳宗琛——譯

HARVEST

TESS GERRITSEN

媒體名人盛讚

假如你從來沒看過泰絲．格里森的小說，那麼，當你決定買下第一本的時候，最好把電費也算進去，因爲，一旦你翻開它，沒到天亮你是停不下來的……

——史蒂芬．金（Stephen King）

泰絲．格里森的寫作功力絕對會讓某些大師級的人物開始要擔心地位不保了，例如麥可．康納利、哈蘭．科本，甚至連偉大的丹尼斯．勒翰也岌岌可危……

——犯罪時代雜誌

泰絲．格里森的文字令人毛骨悚然——在她手裡，犯罪小說已經達到令人廢寢忘食、驚心動魄的最高境界。

——哈蘭．科本（Harlan Coben）

《貝納德的墮落》節奏緊湊，驚心動魄……你必須是一個充滿魅力的說故事高手，同時又必須是一個醫生，才寫得出這樣的書……泰絲．格里森是作家中的稀世珍寶！

——麥可．帕默（Michael Palmer）

《貝納德的墮落》是本相當有趣的作品，泰絲．格里森先是讓劇情以兩條主線交錯進行，在看似截然不同的故事風格中，逐漸讓讀者感受到其中的糾葛與牽連，巧妙呈現出一則與人體器官的黑市買賣有關的驚悚故事，既駭人又充滿娛樂性！

——城堡岩小鎮家族創立人　劉韋廷

看了這本書，我很久都不敢再進醫院……泰絲・格里森挖掘出最黑暗不可告人的內幕，揭穿了絕對不能說的秘密，令人寢食難安。

——黛咪・霍格（Tami Hoag）

她是大師……泰絲・格里森絕對足以和《沉默的羔羊》的湯瑪士・哈理斯並駕齊驅，而且，她擁有完全屬於自己的風格……

——柯克斯評論

女法醫小說的開山始祖是派翠西亞・康薇爾。不過，泰絲・格里森寫得比她更好……

——觀察者周刊

泰絲・格里森的想像力太驚人了。她對人性黑暗面挖掘之深、之駭人，就連愛倫坡也望塵莫及。和她比起來，愛倫坡簡直就像是保守派的衛道人士……

——芝加哥論壇報

泰絲・格里森的筆力比手術刀還鋒利，一刀就刺進你的心。情節的起伏轉折高潮迭起，震撼一波接一波。

——好書指南雜誌

《貝納德的墮落》能讓你停止心跳。

——今日美國

文字優美流暢，如行雲流水，迷人至極……《貝納德的墮落》全書瀰漫著無比的恐懼，壓迫你的每一根神經。

——芝加哥論壇報

從第一頁開始，懸疑驚悚的氣氛越來越強烈，結局的震撼超乎想像。

——圖書館季刊

《貝納德的墮落》節奏緊湊，懸疑氣氛張力十足，從第一頁到最後一頁，我緊張得喘不過氣來。

——菲利浦・馬哥林（Phillip Margolin）

《貝納德的墮落》令人毛骨悚然，震撼力已經達到登峰造極的境界。

——舊金山紀事報

有如繁複瑰麗的繪畫傑作……走進泰絲・格里森的字裡行間，彷彿走進冰冷的解剖室，讀者會感覺到一股陰森森的氣息迎面逼來……細膩的描寫洋溢著女性魅力。

——柯克斯評論

《貝納德的墮落》沒有血肉模糊的殘暴畫面……然而，那種赤裸裸的逼眞描寫，駭人聽聞的情境，令讀者有如身歷其境……身爲女性作家，泰絲・格里森透過書中的主角，以幽微巧妙的筆觸探索性別歧視的議題，並且非常深入的挖掘出殺人動機的根源。

——讀書指南雜誌

泰絲・格里森是女性作家中的巨匠。

——每日鏡報

令人毛骨悚然……《貝納德的墮落》有令人屛息的懸疑，節奏緊湊絕無冷場……隱藏著駭人聽聞的眞實。

——多倫多星報

極度驚心動魄。對女性的暴行竟能如此兇殘，逼眞的描寫令讀者產生人神共憤的強烈共鳴，刻畫的功力在同類型的創作中無人能出其右。

——圖書館評論

獻給我的先生賈寇伯以及我的摯友

1

以他的年紀來看，他的個子算是矮小的，比另外那幾個男孩要來得矮。莫斯科地鐵的阿爾巴茲卡亞站有一條富麗堂皇的地下道，希臘式的大理石柱充滿古典風味。那幾個大男孩平常都在那裡行乞。不過，雖然現在只有十一歲，他卻已經什麼壞事都幹過了。他已經抽了四年的菸，偷了三年半的東西，當了兩年的童妓。最後這件事並不是耶可夫自己想做的，而是米夏叔叔堅持要他做的。要是不做，他們哪來的錢買香菸和麵包呢？住在米夏叔叔家的四個男孩子當中，耶可夫是年紀最小的，也是金頭髮顏色最漂亮的。身體上的蹂躪對他的心靈造成很大的衝擊，他一直在忍耐。那些戀童癖的客人總是比較喜歡年紀小的、長得可愛的。他們似乎並不在乎耶可夫少了一條左手臂，事實上，絕大部分的人甚至沒有注意到他左肩上只剩下一截殘肢。他們完全被他迷住了，迷上了他的稚嫩，他那頭燦爛的金髮，他那雙流露著無畏神采的藍眼睛。

耶可夫渴望自己快快長大。長大了就可以不用再受這種蹂躪，就可以像那幾個比他大一點的男孩子一樣，靠神不知鬼不覺的扒竊技藝謀生。在米夏叔叔那棟小公寓裡，他睡的是一張行軍床，每天早上起床的時候，還有晚上睡覺之前，他都會用僅剩的那隻右手抓住床頭的欄杆，用力拉扯自己的身體，一次又一次，希望能夠把自己的身高再拉長個一、兩公釐。米夏叔叔勸過他，做那種運動只是白費工夫。耶可夫個子矮小是因爲先天發育不良，是遺傳的體質。七年前，耶可夫被一個女人遺棄在莫斯科，而那個女人看起來也是一副發育不良的模樣。耶可夫對那個女人幾乎毫無印象，也不記得自己從前的事情。他來到莫斯科之前的兒時記憶幾乎已經蕩然無存了。他所知道的，都是米夏叔叔告訴他的，而且，米夏叔叔的話他只相信一半。十一歲還是一個很稚嫩的年齡，然而，身材矮小的耶可夫卻已經具有超乎年齡的聰慧。

正因爲如此，他天生對所有的人和事都抱持著懷疑的態度，包括眼前這一男一女。此刻，那一對男女正坐在餐桌前面，和米夏叔叔談事情。

那對男女開著一部豪華的黑色大車來到米夏叔叔的小公寓，車窗黑漆漆的，看不到車子裡面。那個叫葛瑞格的男人穿著西裝打著領帶，腳上那雙鞋子是眞皮的。那個叫娜迪亞的女人有一頭漂亮的金髮，裙子和上衣是上等毛料製的，手上提著一個硬式的手提箱。公寓裡的四個小男孩一眼就看出來，她不是俄國人。可能是美國人吧，要不然就是英國人。她俄語講得很流利，只不過腔調很重。

米夏叔叔和那個男人一邊喝著伏特加一邊談事情，而那個女人則是環顧四周，打量著公寓裡狹小的環境。她看著那幾張被推到牆邊的破舊軍用行軍床，看著那一堆髒兮兮的床單，看著那四個小男孩。那四個小男孩緊緊靠在一起，眼中流露出恐懼不安的神色。她有一雙淡淡的灰眼睛，看起來很迷人。她用那雙明媚動人的眼睛逐一打量著那幾個男孩子。她第一眼先看到彼得。彼得是年紀最大的一個，今年十五歲。接著她看看十三歲的史蒂芬，十歲的亞利克西。

最後，她終於看向耶可夫。

被大人這樣目不轉睛地打量，耶可夫早就已經習以爲常了。他毫不畏縮地看著那個女人的眼睛。沒想到，那個女人很快就把視線移開，這反倒讓耶可夫有點不太習慣。大人通常都會把注意力集中在他身上，根本不理會其他那幾個男孩子。這一次，引起那個女人注意的反倒是彼得，那個瘦瘦長長、滿臉痘子的彼得。

娜迪亞對米夏說：「米夏．伊薩耶維奇，你做得很對。這些孩子在這裡根本沒有前途。想想看，我們帶給他們的機會是多麼難得！」她一邊說，一邊對著那幾個孩子笑了笑。那個呆呆的史蒂芬也對著她微笑，那模樣像極了一個被愛情沖昏頭的白癡。

「你應該知道，他們都不會講英語。」米夏叔叔說：「頂多只會講一、兩個簡單的字。」

「小孩子學得很快。對他們來說，學習另外一種語言一點都不費力。」

「他們還是需要時間去學。學新的語言，適應新的食物——」

「他們換了一個新環境之後，需要些什麼東西，我們機構都很清楚。我們已經照顧過太多俄國小朋友了，像他們這樣的孤兒。我們會安排他們到一所特殊學校去上課，讓他們有時間適應環境。」

「萬一他們適應不了呢？」

娜迪亞遲疑了一下，然後又繼續說：「當然，偶爾也是會有一些例外。有些小孩子難免會有情緒障礙。」她的眼光逐一掃視過那幾個小男孩。「這幾個小朋友當中，有哪一個會讓你特別擔心的嗎？」

耶可夫心裡明白，他就是他們口中那個有障礙的小孩子。他很少笑，而且從來不哭，米夏叔叔幫他取了個綽號叫做「石頭小子」。耶可夫也搞不懂自己爲什麼從來不哭。另外那幾個男孩子受傷的時候會號啕大哭，豆大的淚珠滾滾而下。但耶可夫就不一樣了，他會設法讓自己的腦海變成一片空白，彷彿深夜的時候電視台訊號停止發送，整個電視螢幕變成一片空白，沒有訊號，沒有影像，只剩下一團白色的模糊畫面，一種舒緩安適的感覺。

米夏叔叔說：「他們都是好孩子，很優秀的孩子。」

這時候，耶可夫看看另外那三個小男孩。彼得額頭凸出，肩膀高聳，看起來很像一隻大猩猩。史蒂芬的耳朵長得很奇怪，細細小小皺成一團，兩隻耳朵中間夾著一個小得可憐的腦袋，簡直和胡桃差不多大小。至於亞利克西，他到現在還在吸大拇指。

耶可夫低頭看看自己左手臂的殘肢，心裡想，那我呢，我只有一隻手。爲什麼他們會說我們很優秀呢？但米夏叔叔偏偏一口咬定我們很優秀，一再強調這一點，而那個女人也一直猛點頭。這幾個都是乖孩子，很健康的孩子。

「他們連牙齒都長得很好！」米夏強調說：「沒有半顆蛀牙。而且，你們看看彼得長得有多高。」

「那邊那個看起來有點營養不良。」葛瑞格指著耶可夫問：「他的左手臂是怎麼回事？」

「他一出生就少了一隻手。」

「是輻射污染造成的嗎？」

「是的，不過他身體其他的部位都沒有受到影響，就只是少了一隻手。」

「應該沒什麼問題。」娜迪亞說。接著，她從椅子上站起來。「我們該走了，時間差不多了。」

「需要這麼急嗎？」

「我們的行程都已經安排好了，時間很趕。」

「可是——他們的衣服——」

「我們機構會幫他們準備衣服。你放心，一定比他們現在穿得更好。」

「一定要這麼急嗎？能不能給我們一點時間說再見？」

那個女人眼中閃過一絲惱怒。「好吧，不過只能給你們幾分鐘。我可不希望趕不上我們的班機。」

米夏叔叔看著那幾個男孩子，那四個他收留的男孩子。他們之間沒有血緣關係，也談不上什麼感情，不過，他們相依爲命，互相需要。他輪流跟那幾個男孩子擁抱了一下，輪到耶可夫的時候，他抱的時間比較長一點，也抱得比較緊。米夏叔叔渾身都是洋蔥味和菸味，一種很熟悉的味道，聞起來很舒服。然而，只要一有人想靠近耶可夫，他的本能反應就是退縮。他不喜歡被別人擁抱，不喜歡別人碰他，不管是誰都一樣。

「不要忘了你的叔叔。」米夏輕聲細語地說：「有一天，要是你在美國發了財，可別忘了從前我是怎麼照顧你的。」

「我不想去美國。」耶可夫說。

「那是爲了你好，爲了你們大家好。這是最好的辦法。」

「叔叔，我想留下來跟你在一起！我想留在這裡。」

「你一定要走。」

「爲什麼？」

「因爲我已經下定決心。」米夏叔叔緊緊抓住他的肩膀，猛力搖著他。「因爲我已經決定了。」

耶可夫看看另外那幾個男孩子。他們幾個互相看來看去，咧開嘴笑著。他心裡想：就要離開這個地方了，他們好像都很開心，爲什麼只有他一個人感到遲疑？

那個女人牽住耶可夫的手說：「我先帶他們到車上去，葛瑞格會留在這裡跟你把所有的文件簽好。」

「叔叔？」耶可夫突然大喊了一聲。

但米夏卻撇開臉不看他，凝視著窗外。

娜迪亞把那四個男孩帶到走廊去，往樓下走。他們要走三層樓梯，從四樓走到一樓外面的馬路。那幾個男孩子活力旺盛，把樓梯踩得砰砰響，嘰嘰喳喳聒噪個不停，空蕩蕩的樓梯間轟隆隆地迴盪著他們的聲音。

他們才剛走到一樓，亞利克西忽然停住腳步。「等一下！我忘了把蘇蘇帶走！」他一邊大喊著，一邊回頭往樓上猛衝。

「趕快回來！」娜迪亞大喊：「不准跑回去！」

「我不能把他留在那裡！」亞利克西大喊。

「馬上給我回來！」

亞利克西根本不理她，自顧自地乒乒碰碰地跑上樓梯。那個女人正想跑上去追他的時候，忽然聽到彼得說：「要是沒有蘇蘇，他是不會離開的。」

「那個蘇蘇究竟是什麼鬼東西？」她怒氣沖沖地大聲問他。

「他的狗狗玩偶。他整天抱著他的寶貝狗狗不放。」

她抬頭瞥了一眼樓梯間，看看四樓，那一剎那，耶可夫看到她眼中流露出一種他無法理解的神情。

那是一種焦慮的神情。

她站著的那種姿態彷彿陷入猶豫，不知道是該去追亞利克西，還是不要管他。後來，那個男孩終於又沿著樓梯跑下來了，懷裡緊緊抱著那隻破破爛爛的蘇蘇。那個女人似乎鬆了一口氣，整個人靠在樓梯的欄杆上。

「拿到了！」亞利克西興高采烈地大喊著，緊緊抱著那隻玩具狗娃娃。

「好了，我們上車吧。」那個女人一邊說著，一邊把他們帶到外面去。

四個男孩一個接一個坐進車子的後座，擠得像沙丁魚罐頭一樣，耶可夫幾乎有半個屁股坐在彼得的大腿上。

「能不能麻煩你把瘦巴巴的屁股移到旁邊去？」彼得嘴裡不太高興地咕噥著。

「要移到哪裡去？坐到你臉上嗎？」

彼得推了他一把，他也推回去。

「別鬧了！」那個女人從前座轉過頭來厲聲叱喝他們。「你們給我安分一點！」

「可是後面實在太擠了。」彼得抱怨著說。

「那你們就自己想辦法挪一挪，然後給我閉嘴！」那個女人抬頭瞄了一眼公寓大樓，眼睛看向四樓，看向米夏那間小公寓。

「我們爲什麼要在這邊等？」亞利克西問。

「我們要等葛瑞格。他在簽那些文件。」

「還要等多久？」

那個女人身體往椅背一靠，眼睛直視著前方。「要不了多久的。」

那個叫亞利克西的男孩子突然跑回來，然後又跑出去，砰的一聲把門猛關上。那一剎那，葛瑞格心裡想，好險。要是那個小混球晚個一、兩分鐘跑進來，那麻煩可就大了。那個笨得跟豬一樣的娜迪亞居然會讓那個小王八蛋跑回樓上來，她到底在幹什麼？打從一開始，他就很反對找娜迪亞來做這件差事，可是魯班偏偏堅持一定要找女人，他說女人比較容易取得別人信任。

他聽到那男孩子咚咚地沿著樓梯跑下去，聲音愈來愈遠，接著是砰的一聲巨響，公寓大門關上了。

於是，葛瑞格又轉身面對那個拉皮條的混球。

米夏站在窗邊，看著底下的街道，看著那部載著他那四個男孩的車子。他的手壓在玻璃上，肥肥的手指頭張得開開的，比著再見的手勢。當他轉過頭來面對葛瑞格的時候，他的眼中還真的噙著淚水，有些濕濕的。

只不過，當他開口的時候，第一句話就是在問錢的事情。「錢是在那個手提箱裡嗎？」

「沒錯。」葛瑞格說。

「全部嗎？」

「一個小孩五千，總共兩萬美金。價錢我們早就說好的。」

「沒錯。」米夏嘆了口氣，抬起手摸摸自己的臉。他那張蒼老的臉上滿是皺紋，看得出來長年累月酒不離口，菸不離手。「眞的會有好人家收養他們嗎？」

「這件事娜迪亞會處理。你應該看得出來，她喜歡小孩子。這就是爲什麼她會選擇做這個工作。」

米夏勉強擠出一絲微笑。「也許她也可以幫忙找個好人家收留我。」

葛瑞格心裡盤算著，一定要把他從窗戶旁邊引開。於是，他指著放在小茶几上那個手提箱說：「來吧，過來點點看錢的數目對不對。」

米夏走到手提箱前面，按開釦環，看到裡頭裝了滿滿的美鈔，一束束疊得整整齊齊。兩萬美金，這些錢夠他買一輩子都喝不完的伏特加，喝到肝爛掉。葛瑞格心裡想，這年頭人心是多麼的廉價，人的靈魂是多麼容易就可以收買。在蘇聯解體後的新俄羅斯，街頭巷尾什麼東西都可以買賣，什麼東西都可以有個價錢，比如說，一箱以色列的柳橙，一台美國製的電視機，或是找個美女一夜春宵。機會到處都是，就看你有沒有那個本事挖出金礦。

米夏站在那裡低頭呆呆看著那些錢，他的錢。不過，他看起來不但沒有興奮得意的樣子，反而顯露出一種憎惡噁心的表情。他把手提箱蓋起來，呆呆站在那裡，頭垂得低低的，雙手搭在手提箱的黑色塑膠殼上。

這時候，葛瑞格慢慢走到米夏身後，舉起一把裝著滅音器的自動手槍，對準米夏光禿禿的腦袋開了兩槍，射穿了他的腦袋。

鮮紅的血和灰灰的腦漿四散飛濺，噴到遠遠的牆壁上。米夏整個身體往前一趴，撞翻了那張小茶几，那個手提箱摔在他旁邊的小地毯上。

葛瑞格飛快地抓起那只手提箱，以免被那灘逐漸擴散的血泊沾到。手提箱邊邊沾到一些腦渣。他走到浴室去，拿了幾張衛生紙把手提箱塑膠殼上的血跡擦掉，然後再用水把黏在上面的腦漿沖掉。接著，他又走到外面去，走到米夏屍體旁邊，那灘血泊已經流過地板，把另外一張小地毯也染紅了。

葛瑞格四下看了一圈之後，終於放心了。任務已經完成，沒有留下任何證據。他有一股衝動想把那瓶伏特加帶走，不過後來想想還是打消了那個念頭。萬一那幾個小鬼問他，米夏叔叔的寶貝酒瓶怎麼會在他手上，葛瑞格可沒有那種耐性去應付他們。應付他們是娜迪亞的工作。

他走出那間小公寓，走下樓梯。

娜迪亞和她負責看管的那幾個小鬼正在車子裡等。她看著他鑽進駕駛座，眼中明顯露出疑問的神情。

「文件都簽好了嗎？」她問。

「好了。全都解決了。」

娜迪亞靠回椅背上，大大地嘆了一口氣，彷彿心中放下一顆大石頭。葛瑞格發動車子的時候，心裡想，她實在不是做這種工作的料，她沒那個膽子。無論魯班是怎麼說的，這個女人根本就是累贅，只會拖累他。

這時候，後座忽然傳來一陣扭打的聲音。葛瑞格瞥了後照鏡一眼，看到那幾個男孩子在後面你推我我推你，沒完沒了。不過，個子最小的那個倒是一動也不動，眼睛直楞楞地盯著前面。那個耶可夫。從後照鏡裡，葛瑞格發現耶可夫也在看他，那一剎那，他突然有一種毛骨悚然的感覺，感覺彷彿那是一雙大人的眼睛在看他。那是一張小孩子的臉，眼神卻是大人的眼神。

接著，耶可夫忽然轉身打了他旁邊那個小男孩一拳，打在肩膀上。突然間，後座忽然起了一陣騷動，幾個人扭打成一團，拳腳飛舞。

「你們給我安分一點！」娜迪亞說：「難道你們就沒辦法安靜一下嗎？到里加去還要開很久的車。」

那幾個男孩子立刻安靜下來。好一會兒，後座鴉雀無聲。接著，葛瑞格從後照鏡裡看到那個個子小小的、眼神很像大人的耶可夫，看到他用手肘頂了一下他旁邊的男孩子。

看到他那種舉動，葛瑞格不自覺地笑了起來。他心裡想，沒什麼好擔心的，畢竟小孩子就是小孩子。

2

已經是半夜了，凱倫．塔利歐的眼睛已經快要張不開了。她奮力想撐開自己沉重的眼皮，想讓自己保持清醒，繼續開車。桃樂絲姨媽的葬禮結束之後，她立刻就開車上路，到現在已經整整開了將近兩天兩夜了。中途除了停下來打個盹，或是買一份漢堡和咖啡之外，一路上幾乎沒有休息。咖啡，她已經喝了不知道多少杯咖啡了。才隔了兩天，她姨媽的葬禮彷彿已經成了上個世紀的記憶，變得遙遠而模糊。她依稀記得，葬禮上擺滿了逐漸凋萎的劍蘭，看到一大堆叫不出姓名的表兄弟姐妹，吃了幾個味道酸酸的一口三明治。這是親友之間送往迎來的義務，眞是要命，天曉得哪來這麼多義務。

此刻，她滿腦子想的就是趕快回家。

其實，她心裡明白，她應該把車子停下來，休息一下打個盹，然後再開車上路。只不過，眼看已經快到家了，大約再開八十公里就到波士頓了，就差那麼一點點了。剛剛在「丹金甜甜圈」停車的時候，她已經灌飽了三杯咖啡。那三杯咖啡似乎發揮了一點功效，讓她從麻州的春田市一路撐到史托布里奇鎭，只不過，咖啡因的效力現在已經漸漸消退了。她以爲自己還很清醒，可是，有好幾次她的頭猛然垂下去，她才意識到自己睡著了，睡著了一、兩秒鐘。

前面的路上一片漆黑，她遠遠看到一個「漢堡王」的燈箱招牌閃閃發亮，於是她就把車子開下高速公路。

她走進店裡，點了一杯咖啡和一份藍莓鬆餅。此刻是深更半夜，用餐區只有零零落落幾個客人，臉上都是一副同樣疲憊不堪的表情。凱倫心裡想，都是些公路遊魂，彷彿每一個公路休息站都會看到這些疲憊的幽靈在出沒。整個用餐區靜悄悄的，靜得有點詭異。每個人彷彿都努力想振作起來，讓自己清醒一點，繼續開車上路。

坐在隔壁那桌的是一個女人，看起來一臉陰鬱，而她帶的那兩個小孩則是安安靜靜的坐在旁邊吃餅乾。那兩個小孩子長著一頭漂亮的金髮，看起來很乖巧。凱倫看著他們，忽然想到自己的女兒。明天就是她們的生日了。她心裡想，今夜的此刻，她們正安安穩穩的睡在床上，過了這一天，她們就十三歲了，而她們的童年歲月也逐漸遠離，一天比一天遙遠。

她心裡想，當妳們明天早上起床的時候，我已經在家裡了。

她把咖啡杯拿到櫃檯去續杯，蓋上塑膠蓋，然後走到外面去，鑽進車子裡。此刻，她感到腦袋清醒多了。她相信自己一定辦得到。再過一個鐘頭，再開八十公里，她就會抵達自己家門口了。她發動車子，把車開出停車場。

她心裡想，八十公里，只剩下八十公里了。

大約三十公里外，有一家7-11後面停著一部車，文斯．勞瑞和查克．薩維斯坐在車子裡。他們剛剛又喝完了一箱六罐裝的啤酒。他們兩個在比賽喝酒別苗頭，已經接連喝了四個鐘頭都沒停，看看誰能夠喝最多百威啤酒，而且不會吐出來。到目前為止，查克領先了一罐。他們已經算不清兩個人總共喝了多少罐，看樣子只好等到明天早上再清點。車子的後座有一堆像山一樣的空啤酒罐。

不過，查克絕對是領先的，而且顯出洋洋得意的樣子。看到他那副姿態，文斯簡直氣炸了。

不管幹什麼鳥事，查克好像永遠都比他強。另一方面，這場比賽並不公平。文斯本來還可以再跟他大戰一回合，只不過酒已經喝光了。此刻，儘管查克明知道這場比賽並不公平，但他臉上還是掛著那種得意洋洋的笑容，彷彿在叫文斯去吃屎。

文斯嘩啦一聲推開車門，鑽出駕駛座。

「你要去哪裡？」查克問。

「再去多買幾罐。」

「你已經差不多了，不能再喝了。」

「去你的吧！」文斯說。他搖搖晃晃的走過停車場，走向7-11的門口。

查克大笑起來，朝著車窗外大喊：「你連路都快沒辦法走了！」

文斯心裡想，這個混球，去你的吧！你看，我不是走得好好的嗎？他晃進7-11，又拿了兩箱六罐裝的啤酒。也許應該拿三箱，沒錯，他可以輕而易舉再喝掉三箱，他天生就是鐵胃。除了每隔幾分鐘就要跑去撒一泡尿之外，他完全感覺不到自己有什麼醉意。

他進門的時候絆了一跤，但很快又站了起來。門檻實在太高了，眞該死，應該去控告這家店。他從冰箱裡拿了三箱六罐裝的啤酒，神氣活現地走到櫃檯，手上拿著一張二十塊的鈔票用力往櫃檯上一拍。

店員看了那張鈔票一眼，搖搖頭說：「抱歉，不能收你的錢。」

「你是什麼意思，什麼叫做不能收我的錢？」

「我們不能賣啤酒給神智不清的客人。」

「你的意思是說我喝醉了嗎？」

「是的。」

「你看清楚，這是錢，對不對？你他媽的不想要我的錢嗎？」

「我可不想吃上官司。老弟，麻煩你把啤酒放回去好嗎？這樣好了，你爲什麼不買杯咖啡或是別的什麼呢？比如說，買條熱狗。」

「我不想吃什麼鬼熱狗。」

「那你就出去吧，老弟，走吧。」

文斯把一箱啤酒往前面一丟，那箱啤酒飛過櫃檯砸在地板上。他正準備要把第二箱摔進櫃檯的時候，那個店員忽然抽出一把槍。那一剎那，文斯正好把啤酒箱舉在空中，整個人楞住不敢動，眼睛盯著槍口。

「出去吧，給我滾出去。」店員說。

「好吧。」文斯往後倒退了一步，兩隻手高高舉在半空中。「好吧，我聽到了。」

他正要走出門口的時候，又被門檻絆倒了。

文斯鑽進車子裡的時候，查克問他說：「酒呢？」

「他們的啤酒賣光了。」

「啤酒怎麼可能會賣光呢？」

「他媽的反正就是賣光了，可以了嗎？」說著，文斯發動車子，猛踩油門。輪胎摩擦路面發出尖銳的聲響，然後車子就衝出了停車場。

「我們現在要去哪裡？」查克問。

「找另外一家店。」他瞇起眼睛看著前方黝黑的公路。「眞該死，匝道入口在哪裡？應該就在這附近沒錯。」

「老兄，算了吧。要是再喝一輪，你鐵定會吐翻天。」

「他媽的，匝道入口究竟在哪裡？」

「你好像已經開過頭了。」

「才沒有。你看，就在那裡。」文斯把車子向左猛轉，輪胎摩擦路面發出一陣尖銳的吱吱聲。

「喂！」查克說：「喂，好像不是……」

「白花花的二十塊美金我就不相信沒人要！他們會要的，一定有人會要的。」

「文斯！你搞錯了！」

「你說什麼？」

查克大叫起來：「你開錯方向了！」

文斯猛甩了一下頭，集中精神想看清楚前面的路，可是眼前的燈光實在太刺眼了，直接照向他的眼睛。而且，那個光線似乎愈來愈強了。

「趕快右轉！」查克尖叫起來：「那是車子！趕快右轉！」

文斯猛打方向盤向右轉。

沒想到，那道刺眼的光線也跟著他一起轉。

他聽到一聲尖叫。那是他從來沒有聽過的、一種神祕詭異的聲音。

那不是查克的尖叫聲，而是他自己的。

艾貝・迪麥多醫師累壞了，這輩子從來沒有這麼累過。除了不久之前在X光檢驗休息室小睡了十分鐘，她已經整整二十九個鐘頭沒有闔眼了。她知道自己已經很明顯的精疲力盡了。她在外科加護病房的水槽前面洗手的時候，瞄了鏡子一眼，鏡中的自己兩團黑眼圈，顯現出無比的疲倦，黑色的頭髮糾結凌亂，蓬鬆得像獅子的鬃毛一樣。她被自己那副模樣嚇了一跳。時間已經是早上十點了，她甚至忙得還沒有時間去沖個澡，刷刷牙。早餐是一顆煎得硬邦邦的荷包蛋，還有一杯加了糖的咖啡。要不是外科加護病房裡那位細心體貼的護士幫她準備了早餐，她恐怕連早餐都沒得吃。要是艾貝找得到時間吃午餐，那已經算是走運了。如果她能夠在五點之前離開醫院，六點左右到家，那恐怕要有天大的運氣。此時此刻，就算能夠在椅子上坐一下也已經是一種莫大的享受了。

只不過，禮拜一的晨間查房是沒有人敢坐下來的，更何況，如果負責查房的人是柯林・衛蒂格醫師，那更是休想有機會坐下來了。他是貝賽醫院負責外科住院醫師臨床教學的主任醫師。衛蒂格醫師是一位退休的陸軍將軍醫官，他考問學生的時候，那種一針見血冷酷無情的發問方式是出了名的。艾貝怕死了這位將軍。話說回來，又有哪一個外科住院醫師是不怕他的呢？

此刻，外科加護病房裡總共有十一位住院醫師。他們身穿白色的醫師袍和綠色的刷手服，緊靠著站在一起，圍成一個半圓形的人牆，所有的人眼睛都緊盯著那位住院醫師教學主任。他們心裡都很清楚，主任醫師隨時都有可能會突然冒出一個問題，任何一個人都可能會被他的炮火擊中。要是那個人回答不出來，那種當場下不了台的羞辱感會持續很久。

他們這群人已經巡視過四床手術後的病人，討論過治療方針和預後診斷。現在，他們圍繞在加護病房的第十一床四周。那是艾貝的新病人，現在該輪到她來做病歷簡報了。

她胸前抱著一個寫字板，不過，她並沒有去看夾在板子上的病歷表。她憑著腦海中的記憶開始做簡報，兩眼盯著將軍那一張冷冰冰的臉。

「病患今年三十四歲，白種女性，在九十號公路發生汽車對撞事故，今晨一點由急診外傷科轉進加護病房。她在事故現場完成插管處理和肢體固定處理後，由直升機送抵本院。送進急診室的時候，明顯有多處外傷，頭骨有複合性暨下壓性骨折，左鎖骨和肱骨骨折，臉部嚴重裂傷。初步檢查，我發現她是一個營養良好的白種女性，中等體型。她對所有的刺激測試幾乎沒有任何反應，唯一例外是，她疑似出現肢體伸展反應——」

「疑似？」衛蒂格醫師問：「那是什麼意思？她究竟有沒有出現肢體伸展反應？」

艾貝感覺到自己心臟狂跳，心裡想，完蛋了，他盯上我這個病例了。她猛吞了一口唾液，然後開始說明：「病人接受痛刺激測試的時候，偶爾會出現肢體伸直的反應，有時候不會。」

「那妳怎麼解釋這種現象呢？用格拉斯哥昏迷指數的動作反應來衡量，她是幾分？」

「呃，一分代表沒有任何反應，兩分代表肢體伸直反應，我想，病人的反應可以算是……一點五分。」

那一群住院醫師忽然冒出一陣稀稀落落的笑聲，聽起來有點緊張。

「沒有一點五分這種指數。」衛蒂格醫師說。

「這個我知道。」艾貝說：「可是這個病人沒辦法完全套用任何一個分數——」

「好了，繼續報告妳的檢查結果。」他突然打斷她的話。

艾貝遲疑了一下，環顧左右，瞄瞄那群住院醫師，逐一打量了一下每個人臉上的表情。她搞砸了嗎？她實在無法確定。她深深吸了一口氣，然後繼續說：「最關鍵的生命跡象是她的血壓，收縮壓九十，舒張壓六十，脈搏一百。已經完成插管處理。她已經沒有自發性呼吸，呼吸機能完全依賴呼吸器，呼吸率每分鐘二十五次。」

「爲什麼要設定每分鐘二十五次？」

「爲了要讓她保持在超高換氣狀態。」

「爲什麼？」

「爲了降低她血液中的二氧化碳含量。這樣可以把腦水腫的程度降到最低。」

「繼續說。」

「我剛剛提到過，頭部檢查的結果顯示，頭骨有下壓性和複合性骨折，骨折的部位是左顱頂骨和顳骨，臉部有嚴重的腫脹和裂傷，無法評估是否有顏面骨折。瞳孔中度擴大，對光線沒有反應。她的鼻子和喉嚨——」

「頭、眼反射呢？」

「我還沒有測試。」

「妳沒有測試？」

「還沒有，老師。我還不想去動她的頸部，我擔心她可能會有脊椎脫位。」

她看到他輕輕地點點頭，意思是他可以接受她的回答。

接著，她開始描述病人的生理狀況。呼吸聲正常。心跳不明顯。腹部狀況正常。衛蒂格醫師靜靜地聽著，沒有打斷她。接著，她繼續報告神經系統的狀況。才剛報告完，她忽然感覺更有自信了，甚至可以說感到驕傲。有什麼不可以呢？她很清楚自己在做什麼。

衛蒂格醫師問她：「在妳還沒有看X光照片之前，妳對病患的狀況有什麼看法？」

「她的瞳孔中度放大，對光線沒有反應。」艾貝說：「由此看來，我覺得很有可能是中腦受到壓迫。極有可能是腦硬膜下血腫，或是腦硬膜外血腫。」講到這裡，她停頓了一下，然後用一種平靜而又充滿自信的語調補了一句：「電腦斷層掃描已經確認了我的判斷。左側腦硬膜下方有一大片血腫，而且有嚴重的中線偏移現象。我把病患交給神經外科，他們緊急動手術取出了她的血塊。」

「那麼，迪麥多醫師，妳的意思是，妳的初步診斷是完全正確的，是不是？」

艾貝點點頭。

「好吧，我們來看看病人今天早上的狀況怎麼樣。」衛蒂格醫師一邊說，一邊走向病床邊。他拿著一支筆型手電筒照向病人的眼睛。「瞳孔沒有反應。」他說。接著，他用指關節用力壓病人的胸骨。病人的身體還是一樣的癱軟，一動也不動。「對痛刺激測試沒有反應。沒有肢體伸展或其他任何反應。」

另外那幾個住院醫師也圍到那張病床旁邊，但艾貝卻一動也不動，始終站在床尾，眼睛一直盯著病人包著繃帶的頭。衛蒂格醫師繼續檢查，他拿了一根橡皮鎚敲敲病人的肌腱，拉拉病人的手肘和膝蓋，先折彎然後再伸展開。這時候，艾貝突然感覺到一陣疲倦席捲而來，整個人變得恍惚起來，注意力逐漸渙散。她一直看著那個女病人的頭。那個女人的頭髮不久之前被剃光了。她記得她本來有一頭濃密的棕髮，上面還黏著血塊和碎玻璃，身上的衣服也沾滿了玻璃屑。先前在急診室的時候，艾貝曾經幫忙把她的上衣剪開，而那件上衣是紐約時尚名牌Donna Karan。這件事似乎一直在艾貝的腦海中徘徊不去。她不記得病患身上染滿了鮮血，也不記得那些碎裂的骨頭，血肉模糊的臉。她唯一記得的卻是衣服上的商標，**Donna Karan**。她也曾經買過那個牌子的衣服。她忽然浮現出一種奇怪的念頭，在某一個日子裡，在某個地方，那個女人曾經在一家商店裡，翻動展示架橫桿上的那些衣架，發出嘎吱嘎吱的聲響……

這時候，衛蒂格醫師挺直了身體看著外科加護病房的護士。「他們是什麼時候清掉病人的血腫塊的？」

「她大約是在凌晨四點的時候離開恢復室。」

「六個鐘頭之前嗎？」

「是的，差不多六個鐘頭了。」

衛蒂格醫師轉身看著艾貝。「那麼，病人的情況爲什麼沒有改善？」

昏昏沉沉的艾貝忽然驚醒過來，發現在場的每一雙眼睛都盯著她。她低頭看著病人，看著病人的胸口隨著呼吸器的節拍一起一伏。

「可能……可能是手術後的腫脹。」她看著儀器的螢幕說：「顱內壓升高了二十毫米。」

「妳覺得顱內壓已經高到足以讓病人的瞳孔產生變化嗎？」

「還不行，不過——」

「手術後妳有立刻幫病人做檢查嗎？」

「沒有，老師。急救手術後她立刻就轉到神經外科去了。病人的硬腦膜下血腫清除掉之後，我和神經外科那邊的住院醫師討論過，他說——」

「我不是在問神經外科住院醫師。我問的是妳，迪麥多醫師。妳診斷出病人有腦硬膜下血腫，現在也已經清除掉了，那麼，爲什麼病人的瞳孔還處於中度擴張的狀態，而且對光線沒有反應呢？」

艾貝遲疑了一下。那位前將軍醫官冷冷地盯著她，而在場所有的住院醫師也盯著她看。病房裡一片鴉雀無聲，只聽得到呼吸器的嘶嘶聲，她感覺空氣中彷彿瀰漫著難堪的氣氛。

那群住院醫師圍成一圈，衛蒂格醫師的眼光繞著他們瞄了一圈，那副模樣看起來跋扈又專橫。「有誰能夠幫迪麥多醫師回答這個問題呢？」

這時候，艾貝猛然挺起腰桿。「我自己就可以回答了。」她說。

衛蒂格醫師轉身看著她，揚起眉毛。「是嗎？」

「那個……瞳孔的變化——還有四肢伸展反應——這些都是中腦受到高壓的跡象。昨天晚上，我判斷那些現象是硬腦膜下血腫壓迫到中腦所引起的。不過，既然病患的情況並沒有改善，我猜……我猜，那就代表我的判斷是錯誤的。」

「妳猜？」

她吁了一口氣。「我判斷錯了。」

「那麼，妳現在的診斷是什麼？」

「中腦出血。很可能是頭骨撞擊的力道所造成的，或者是硬腦膜下血腫的殘餘損傷。電腦斷層掃描可能無法顯現那種細微的變化。」

衛蒂格醫師若有所思地看著她，看了好一會兒，臉上的表情看不出他在想什麼。接著，他轉過去對另外那幾個住院醫師說：「中腦出血是很合理的推斷。病人的昏迷指數是三分。」——說到一半，他瞄了艾貝一眼——「或者說是三點五分也可以。」他改口說：「預後診斷的存活率是零。病患已經沒有自發性呼吸，也沒有自發性動作。她對腦幹反射測試顯然完全沒有反應。目前，我也只能建議病患使用維生系統，除此之外已經沒有別的辦法了。另外，我們可以請病患的家屬考慮器官捐贈了。」說完，他漫不經心地朝艾貝點點頭，感覺上態度很輕蔑。接著，他開始走向下一床的病患。

其中一位住院醫師捏了一下艾貝的手臂。「嗨，迪麥多。」他悄悄地說：「幹得好，太漂亮了。」

艾貝疲憊不堪地點點頭說：「謝謝。」

薇薇安．趙是貝賽醫院的總醫師，也是全院住院醫師當中的傳奇人物。據說，她剛進醫院擔任實習醫師的時候，第一次值班的第二天，和她搭檔的另外一位實習醫師承受不了壓力，精神崩潰，歇斯底里地大哭大喊，於是醫院只好把她送到精神科去治療。這樣一來，薇薇安就必須承擔兩個人的工作。整整二十九天，她是骨科部門裡唯一能夠值班的住院醫師，日以繼夜，二十四小時無休。後來，她只好把一些簡單的衣物和日用品搬進值班醫師休息室。醫院自助餐廳的食物實在太過於難以下嚥，於是，將近一個月的時間她形同被迫節食，瘦了將近三公斤。整整二十九天，她沒有跨出過醫院門口半步。到了第二十九天，她輪值期滿，走到停車場準備開車的時候，卻發現自己的車子早在一個禮拜前就被拖吊走了。停車場管理員以爲那部車子被人遺棄了。

第二次輪班是在血管外科。到了第四天，和她搭檔的那位實習醫師出了車禍，被一輛市公車撞斷了骨盆，住進醫院。這一來，薇薇安又要再度承擔兩個人的工作。

於是，薇薇安．趙再度搬進值班醫師休息室。

如此一來，全體的男性住院醫師已經把她視爲一份子，把她當成哥兒們。她贏得了與男性醫師同等的尊崇地位。那一年的年度頒獎晚宴上，醫院把一對裝在盒子裡的鋼製睪丸頒發給她，以具體行動確認了她的尊崇地位。

當艾貝第一次聽到薇薇安・趙的故事時，她簡直沒辦法把那對鋼製的睪丸跟眼前這個女人聯想在一起。那對男性器官的鋼製模型不由得會讓人聯想到那種粗獷豪邁虎背熊腰的男子氣概，然而，薇薇安本人卻是一個沉默寡言的中國女人，個子嬌小玲瓏。她的個子小到必須站在小板凳上才有辦法動手術。雖然每次主治醫師帶隊查房的時候，薇薇安都很少講話，不過，她總是毫無懼色地站在整個隊伍最前面，露出一種不動聲色的冷靜表情。

那天下午，薇薇安到外科加護病房找艾貝的時候，還是跟平常一樣顯得那麼冷靜超然。當時，艾貝在那種精疲力盡的感覺中強打精神工作，每走一步都是一種掙扎，每做一個決定都必須依賴絕對的意志力。要不是薇薇安開口跟她說話，艾貝甚至沒有發現她已經站在她旁邊了。她聽到薇薇安在跟她說：「我聽說妳接了一個頭部創傷的病人，血型是AB型陽性。」

艾貝本來低頭在寫病歷表，記錄病人的進展，一聽到聲音就抬起頭來看。「對。昨天晚上。」

「病人還活著嗎？」

艾貝朝第十一床的小隔間看了一眼。「那要看妳所謂的活著是什麼定義。」

「心臟和肺臟有受到損傷嗎？」

「功能正常。」

「她年紀多大？」

「今年三十四歲。妳為什麼問這個？」

「我一直在追蹤治療臨床教學組的一個內科病人，鬱血性心臟衰竭末期，血型是AB型陽性。他一直在排隊等心臟移植。」說著，薇薇安走到病歷表架那邊去。「哪一床？」

「第十一床。」

薇薇安把病歷表從架子上抽出來，打開金屬封套。她在瀏覽病歷表的時候，臉上的表情依然是那麼冷靜超然。

「她已經不能算是我的病人了。」艾貝說：「我已經把她轉給神經外科了。他們已經幫她清掉了硬腦膜下血腫。」

薇薇安不發一語，繼續看著病歷表。

「她才剛動完手術十個鐘頭。」艾貝說：「摘取器官似乎還嫌太早了點。」

「看起來，到目前爲止，神經反應的狀況還是沒有改善。」

「沒有。不過，還是有可能……」

「她的昏迷指數不是只有三分嗎？我看是沒什麼希望了。」薇薇安把病歷表放回架上，開始朝第十一床走過去。

艾貝跟在她後面。

她站在小隔間的門口看著薇薇安幫病人做基本體檢。薇薇安的動作還是那麼迅速敏捷，跟她動手術的時候那種俐落的身手沒什麼兩樣。艾貝在醫院的第一年是擔任實習醫師。那一整年，她經常看到薇薇安在動手術。她很羨慕薇薇安那一雙小巧靈敏的手。她曾經無數次滿懷驚嘆地看著薇薇安，看著她用她那靈巧的手指打出完美的線結。相形之下，艾貝覺得自己眞是手腳笨拙。她曾經花了無數個鐘頭在梳妝台抽屜的把手上練習打手術線結，用掉了不知道多少公尺長的線。雖然她有足夠的能力完成那種動作，可是她心裡明白，她永遠不可能擁有薇薇安那雙魔法般的手。

此刻，艾貝看著薇薇安幫凱倫．塔利歐做體檢，那一剎那，薇薇安那雙效率高超的手突然令她感到不寒而慄。

「對痛刺激沒有反應。」薇薇安一邊觀察一邊說。

「現在下判斷還爲時過早。」

「也許是，也許不是。」說著，薇薇安從口袋裡掏出一把反射動作測試用的橡皮鎚，開始輕敲病人的肌腱。「這叫做幸運的敲擊。」

「說這種話好像不太好吧。」

「我的病人在內科加護病房裡。他的血型是AB型陽性。他排隊等候心臟移植已經等了一整年了。妳的病人和他的血型完全吻合，這眞是千載難逢的機會。」

艾貝看著凱倫．塔利歐，忽然又想到當時她身上穿的那一件藍白相間的上衣。她腦海中忽然浮現出一些奇怪的念頭。她幻想著，當凱倫上一次穿那件上衣，扣上釦子的時候，心裡在想什麼。也許她想的是生活中一些平凡無奇的點點滴滴。當時她一定不會想到死亡，不會想到醫院的病床，也不會想到自己會吊著點滴，靠呼吸器把氧氣打進自己的肺部。

「我想開始進行淋巴球交叉配對試驗，確認一下他們兩個人的體質是否相容。」薇薇安說：「另外，我們也可以開始針對其他器官進行組織比對。她已經做過腦電波圖了，對不對？」

「她已經不是我的病人了。」艾貝說：「而且，不管怎麼說，現在做這些未免爲時過早。我們根本就還沒有和她的丈夫談過這件事。」

「早晚都得有人跟他談的。」

「她有小孩子。她們需要一些時間才有辦法了解這種狀況。」

「器官可沒辦法等那麼久。」

「我知道。我知道這是早晚都要做的。可是，就像我剛剛說的，她才剛動完手術十個鐘頭。」

薇薇安走到水槽邊洗手。「妳該不是在指望會有奇蹟出現吧？不會吧？」

這時候，有一位外科加護病房的護士出現在小隔間的門口。「病人的丈夫已經帶小孩回來了，他們正在外面等著要進來探視病人。妳們還需要很久嗎？」

「已經好了。」薇薇安一邊說，一邊把揉成一團的紙巾丟進垃圾桶裡，然後就走出去了。

「可以讓他們進來了嗎？」護士問艾貝。

艾貝又看了凱倫．塔利歐一眼。那一剎那，她頭腦忽然清醒過來，內心感覺到一種沉痛。她忽然意識到等一下小孩子會看到什麼樣的景象。「等一下。」艾貝說：「先別讓他們進來。」接著，她走到床邊，飛快地把床單撫平，然後走到水槽那邊拿了一張紙巾，用水浸濕，擦擦病人的臉頰，把那些乾掉的黏液斑點擦掉。她把床上的尿袋移到床邊去，這樣看起來才不會太顯眼。然後，她往後退了一步，看了凱倫．塔利歐最後一眼。這時候，她忽然明白自己已經無能為力了。她不知道該如何教那兩個孩子去承受即將來臨的痛苦。沒有人有辦法。

她嘆了口氣，朝護士點點頭。「好了，現在他們可以進來了。」

到了下午四點半的時候，艾貝幾乎已經沒辦法集中精神填寫資料，幾乎不知道自己在寫些什麼。她幾乎沒辦法集中視線看清楚眼前的東西。到目前為止，她已經值班三十三個半鐘頭了。時間差不多了，她已經值完午班了。也就是說，她終於可以回家了。

她把最後一份病歷表闔起來的時候，發現自己又不自覺地看向第十一床那邊。她走進那個小隔間，在床尾徘徊了半天，呆呆地看著凱倫．塔利歐。她絞盡腦汁在思考，看看自己還有沒有遺漏什麼，看看還有沒有什麼辦法能夠拯救病人的生命。

她沒有留意到後面有腳步聲正慢慢朝她靠近。

後來，她忽然聽到旁邊有人在跟她說：「嗨，大美人。」她猛然轉頭一看，看到一個棕髮藍眼睛的男人。原來是馬克．赫德爾醫師。他正對著她微笑。那種笑容只有艾貝才看得到。今天一整天，她一直很渴望看到那個笑容，想得心疼。平常，艾貝和馬克幾乎每天都會想辦法安排時間一起吃個中飯，或是偶然迎面碰到的時候互相揮揮手。然而，今天一整天他們兩個都沒有碰到面。此刻一看到他，一股甜甜的喜悅霎時湧上心頭。他彎腰親了她一下，然後倒退了一步，打量著她凌亂的頭髮和身上那件皺巴巴的刷手服。「昨天晚上大概不太好過吧。」他滿懷同情地嘀咕著。「妳睡了多久？」

「我也搞不清楚。大概睡了半個鐘頭吧。」

「聽說今天早上妳對付將軍的時候，打了一個大滿貫。」

她聳聳肩。「這麼說好了，我沒有很輕易就被他撂倒。」

「這已經可以算是一大勝利了。」

她笑了一下，接著，她眼睛又看向第十一床，那一剎那，她的笑容又消失了。凱倫．塔利歐整個人被淹沒在成堆的儀器設備中。呼吸器，藥物注入幫浦，氣管內抽痰管，心電圖監視螢幕，血壓監視螢幕，顱內壓監視螢幕。五花八門的小道具在測量每一種身體機能。在這個科技的年代裡，何必還要握住病人手腕量脈搏？何必用手去按病人的胸口？既然所有的工作都可以交給機器，那到底還要醫生幹什麼？

「她昨天晚上被送到我這邊。」艾貝說：「三十四歲。已婚，兩個小孩。一對雙胞胎女孩。她們人就在醫院裡，我剛剛才看到她們。可是，馬克，她們居然不去碰她，那種感覺實在很奇怪。她們就在那邊看，可是就光是看，居然沒有想到要去摸摸她。當時我心裡想，妳們一定要摸摸妳們媽媽，因爲，如果妳們現在不摸摸她，以後恐怕就沒有機會了。這是妳們最後的機會了。可是，她們就是不願意去摸摸她們的媽媽。我心裡想，總有一天，妳們一定巴不得……」說到這裡，她搖了搖頭，飛快地舉起手揉眼睛。「我聽說撞到她的那傢伙是因爲喝醉酒開錯了方向才會撞到她的車。你知道最令我火冒三丈的是什麼嗎，馬克？我眞的很火。他居然不會死。他現在就住在樓上骨科的病房裡，只不過斷了幾根骨頭，就在那邊哀聲慘叫。」說到這裡，艾貝又深深吸一口氣，然後嘆了一口氣。嘆完氣，她的火氣似乎也漸漸消了。「老天，我的工作應該是要拯救生命，可是現在我居然在詛咒別人死，巴不得那個傢伙在高速公路上被撞得稀爛。」說著，她轉身背對著床。「我看我眞的是該回家了。」

馬克輕輕地摸摸她的背，那種動作一方面是安慰，一方面是表示親暱。「走吧。」他說：「我陪妳出去。」

他們走出外科加護病房，走進電梯。電梯門才一關上，她忽然搖搖晃晃地倒向他。他立刻接住她，把她抱在懷裡。那種感覺是她所熟悉的。躺在他懷裡，她覺得很有安全感，永遠都有安全感。

一年前，馬克．赫德爾似乎距離她還很遙遠，還不是那個能夠安慰她、給她一個溫暖懷抱的人。當時艾貝還是實習醫師，而馬克已經是胸腔外科的主治醫師——他可不是一般的主治醫師，而是貝賽醫院心臟移植小組的王牌外科醫師。他們是在一次外傷手術中認識的。當時的病患是一個十歲的小男孩，被救護車緊急送到醫院。他被一支箭射穿了，箭頭從胸口突出來。整件事只是因爲兄弟吵架，再加上爸媽選錯了生日禮物。艾貝進入手術室的時候，馬克已經穿好了刷手服和手術袍。當時她進醫院擔任實習醫師才只有一個禮拜，心裡緊張得要命。一想到自己馬上就要協助威名遠播的赫德爾醫師動手術，心中十分恐慌。她戰戰兢兢地站到手術檯邊，怯生生地看著站在手術檯對面的那個男人。當時她只看到那個人口罩上露出一個寬闊的額頭，看起來充滿了智慧。她只看到一雙漂亮的藍眼睛，眼神坦蕩蕩，露出好奇的神色。

他們聯手完成了那項手術，救了那個小男孩的命。

一個月後，馬克想約艾貝出去，艾貝拒絕了他兩次。她之所以拒絕，並不是因爲她不想跟他出去，而是因爲她覺得自己不應該跟他出去。

再過了一個月之後，他又開口約她出去了。這一次，艾貝終於抗拒不了誘惑，答應跟他約會。

後來，過了五個半月，艾貝搬進了馬克家裡。馬克家就在波士頓著名的劍橋大學商業大樓。艾貝開始學習和一個四十一歲的單身漢生活在一起，而這個男人一輩子從來沒有和女人住在同一屋簷下一起生活過。所以，對於艾貝來說，剛開始的時候並不是那麼容易的。然而此刻，當她依偎在馬克的懷裡，依靠在他身上，她簡直無法想像自己還能夠再跟另外一個男人生活在一起，或是再愛上另外一個男人。

「可憐的寶貝。」他輕聲細語地在她耳邊呢喃，她感覺得到他那溫暖的氣息噴在她的頭髮上。「生命是很殘酷的，對不對？」

「我當醫生實在不應該有這種念頭。眞不知道我究竟怎麼搞的？」

「當醫生是爲了做自己夢寐以求的事。這是妳親口告訴我的。」

「我已經想不起來自己當初的夢想是什麼了。我已經很久看不到自己的夢想了。」

「我相信妳的夢想應該就是拯救生命，不是嗎？」

「沒錯。可是我現在居然會希望別人死掉，希望開另外那輛車的酒鬼自己去撞死。」她忽然猛搖頭，似乎很憎恨自己。

「艾貝，現在，最難熬的日子已經快要度過了。妳在外傷重症外科的工作只剩下兩天了。只要再撐過這兩天就好了。」

「那沒什麼大不了，接下來我就要到胸腔科——」

「比較起來，胸腔科就輕鬆多了。外傷科本來就是醫師殺手。每個醫生都會經過這個階段，咬牙撐過去吧。」

她把自己深深埋進他懷裡。「假如我轉到精神科去，你會不會瞧不起我？」

「哈哈，那還用說嗎，那妳就一文不值了。」

「你眞是個混球。」

說著，兩個人都笑起來。他親親她的頭頂。「很多人心裡都在暗罵我混球，可是，妳是唯一可以當我的面這樣罵我的人。」

到了一樓，他們走出電梯，走出醫院的大門。已經是秋天了，但波士頓正值九月下旬的秋老虎。這波熱浪已經是第六天了，天氣悶熱得令人受不了。他們走過停車場的時候，她可以感覺得到自己體內僅剩的最後一絲力氣已經快要耗盡了。他們終於走到車子旁邊那一剎那，她已經雙腿發軟，簡直快要跨不出去了。她心裡想，這就是醫學所賦予他們的考驗。你必須先經過地獄之火的鍛鍊，才有辦法成爲一個外科醫師。漫長的日子，精神上和肉體上的雙重折磨。在你一步步力爭上游的過程中，你卻眼睜睜地看著自己的生命一點一滴地慢慢流失。她心裡明白，這是一個適者生存不適者淘汰的過程，殘酷卻無可逃避。馬克熬過去了，她也會熬過去的。

他又抱了抱她，吻了她一下。「開車回家沒問題吧？」他問。

「我會打開車子的衛星導航系統。」

「我大概再過一個鐘頭就回家了。要我買披薩回去給妳吃嗎？」

她打了一個大哈欠，鑽進駕駛座。「不用買我的。」

「妳晚上不吃點東西嗎？」

她發動引擎，嘆了口氣說：「今天晚上我只需要一張床。」

3

我快要死了。每到夜裡，這個念頭就會浮現在她腦海中，彷彿一聲聲無比溫柔的輕聲細語，彷彿童話中的小精靈輕盈地飛掠過她的臉。妮娜．福斯知道自己快要死了，然而，她並不感到畏懼。接連好幾個禮拜，每天都有三位特約護士輪班來照顧她，莫里希醫師每天都會來看她，每次都會開給她更大劑量的「速尿靈」利尿劑。儘管如此，她依然保持著平靜的心情度過每一天。有什麼好不平靜的呢？這一生她彷彿受到上天的特別眷顧，過得無比幸福。她曾經擁有愛情的甜美，沉浸在無邊的喜悅中，體驗過令人讚嘆的美妙人生。走過悠悠四十六載的人生歲月，她曾經在埃及的卡納克神殿目睹壯麗的日出，在希臘達爾菲劇場的廢墟觀賞璀璨的晚霞，攀登過尼泊爾的連綿山巒。她欣然接受上帝在浩瀚宇宙中為她安排的位置，因此，她內心總是洋溢著寧靜喜悅。她人生只有兩個小小的遺憾。第一個遺憾是，她無法懷胎十月，生下一個屬於自己的孩子。

另外一個遺憾是，她走了以後，這個世界上就只剩下維克多孤零零的一個人了。

每個漫漫長夜都是一種煎熬，呼吸困難，持續不停的咳嗽，更換氧氣筒，而莫里希醫師每天晚上都會來探視她。她的丈夫每天晚上都守在她床邊，緊緊握著她的手，陪她度過漫漫長夜。即使在睡夢中，她也隱隱約約感覺得到維克多就在她身邊。有時候，黎明前的時刻，在半睡半醒的恍惚中，她會聽到他喃喃低語著：她還那麼年輕，那麼年輕。難道真的沒有別的辦法了嗎？一點辦法都沒有了嗎？

一定有別的辦法！什麼辦法都行！這就是維克多。他從來就不相信天底下有什麼事情是註定的。

只不過，妮娜卻相信命運是無可逃避的。

她睜開眼睛，發現天已經亮了，漫漫長夜已經度過。早晨的陽光從窗口照進房間裡。從窗口望出去，外面就是她最心愛的景觀，遼闊的羅德島海峽。她罹患了心肌症之後，病魔耗盡了她所有的生命力。然而，在她還沒有生病之前的日子裡，她每天總是一大早就起床，穿戴整齊，等待黎明的時刻。她總是走到臥室外面的陽台上，在晨曦的微光中迎接燦爛的朝陽。清晨的海峽籠罩著裊裊薄霧，煙雲縹緲中，隱隱約約看得到海面上波光粼粼，閃爍著點點銀光。在那樣的時刻裡，她總是靜靜地佇立著，感覺整片大地彷彿正在緩緩傾斜，感覺時間之流迎面沖襲而來，而新的一天就此展開。今天，她忽然又有了同樣的感覺。

感謝你曾經給我機會迎接那無數的黎明。主啊！感謝你賜給我的每一個日子，每一個黎明。

「早安，親愛的。」維克多輕聲細語地說。

維克多低頭對妮娜露出親切的笑容。妮娜凝視著丈夫的臉。有些人覺得維克多的臉充滿威嚴，也有些人覺得他看起來就是一副天才的模樣，或是看起來很高傲。然而今天早上，當妮娜看著自己的丈夫時，她看到的只有他的無限柔情，還有他的滿臉倦容。

她向他伸出手。他立刻握住她的手，放在自己的大腿上。「維克多，你眞的應該好好睡一下。」她說。

「我不累。」

「我看得出來你已經很累了。」

「不，我眞的不累。」他又親親她的手。她冰冷的皮膚碰觸到他的嘴唇，感覺很溫暖。他們靜靜地看著彼此，看了好一會兒。插在她鼻孔裡的管子正在輸送氧氣，發出嘶嘶的聲響。外頭的海邊，波浪衝擊著岩石，陣陣的波濤聲從開著的窗口傳進來。

她閉上眼睛。「我還記得從前……」講到一半，她忽然停下來喘口氣。

「從前什麼時候？」他輕聲細語地問她。

「那一天我……不小心摔斷了腿……」說著，她笑了起來。

就是那一年，那個禮拜，他們在瑞士的格斯塔得相遇。接著他告訴她，當他第一眼看到她從最陡峭的雙黑線滑雪道垂直往下滑的時候，他立刻追著她滑下山坡，然後坐纜車上來，又滑了一次。那已經是二十五年前的事了。

自從那天以後，這輩子他們每天都形影不離。

「我知道。」她輕輕地說：「那天在醫院裡……當你守在我床邊的時候，我就知道了。」

「知道什麼，親愛的？」

「知道你就是註定要走進我生命中的那個男人，我生命中唯一的男人。」她又張開眼睛，對著他嫣然一笑。那一剎那，她看到他流下眼淚，淚水沿著他的臉頰滑落。噢，維克多怎麼會哭呢？在這一生中，在他們共同生活的這二十五年裡，她從來沒有看維克多哭過。她始終認爲維克多是一個非常堅強的人，勇敢的人。此刻，她看著他的臉，忽然明白自己錯得多麼離譜。

「維克多。」她雙手握住他的手，拍拍他的手背。「你不要害怕。」

他猛然把手抬起來，朝臉上一抹，動作很快，幾乎像是在生氣。「我不會容許這種事發生的。我絕對不要失去妳。」

「我的心永遠跟你在一起。」

「不行。這樣還不夠！我要妳活得好好的，我要妳陪在我身邊。跟我在一起。跟我在一起。」

「維克多，如果天底下有一件事……有一件事是我眞的明白的……」說到這裡，她又喘不過氣來。於是，她又深深吸了一口氣。「那就是，這一次……我們能夠……在一起的時間……已經很有限了。」

這時候，她感覺到他全身緊繃，顯得很不耐煩。他猛然把手抽開，從椅子上站起來，走到窗邊。他站在窗口，凝視著外頭的海峽。她感覺到他的手留在她皮膚上的餘溫漸漸消失了。她又開始感到冰冷。

「妮娜，這件事情我會處理。」他說。

「生命是註定的……這種事情……是不可能改變的。」

「我已經採取行動了。」

「可是，維克多……」

他轉過來看著她。他高大的肩膀幾乎擋住了整面窗戶，黎明的晨曦彷彿被他巨大的身影遮掩了。「親愛的，我會搞定這件事。」他說：「妳什麼都不用擔心。」

這一天傍晚，太陽逐漸西沉，黃昏時刻還是和往常一樣溫暖宜人。冰塊在玻璃杯裡碰撞著，發出叮叮噹噹的清脆聲響。幾個女人穿著華貴的絲綢薄紗禮服，步履輕盈地從她面前走過，散發出誘人的香水味。比爾．亞契醫師家的花園四周環繞著高牆，置身其中，艾貝感覺自己彷彿置身在夢幻般的仙境裡。方格棚架上長滿了鐵線蓮與玫瑰花，青翠遼闊的草坪上花團錦簇，萬紫千紅，這座花園正是瑪瑞莉．亞契最引以爲傲的地方，也是她最心愛的地方。當她帶著一群醫生的太太在爭奇鬥豔的花群中穿梭時，你可以聽得到她那有如女低音般地渾厚的聲音，大聲說出每一種花的名字。

亞契醫師站在露台，手上端著一只雞尾酒長杯，開懷大笑。「瑪瑞莉懂的拉丁文比我還多。」

「我念大學的時候啃了三年的拉丁文。」馬克說：「可是到頭來，我腦子裡記得的只剩下醫學院時代念的那些了。」

比爾．亞契、將軍，還有另外兩個外科住院醫師，一堆男人圍在磚頭搭成的烤肉爐四周。這一群人當中，艾貝是唯一的女生。她一直都很不習慣隻身混在一群男人當中。她有時候會一時忘記身邊圍著一群男人，然而，當她偶然抬起頭看看四周，看到整個房間裡聚集著一群外科醫師，她又會意識到自己被一群男人包圍了。這時候，她腦海中又會閃過一絲不自在的感覺。那種不自在是她很熟悉的。

今天晚上，那些醫師來參加亞契家晚宴的時候，當然都把太太也一起帶來了。然而，那群醫生夫人彷佛活在另外一個時空裡，和她們丈夫的世界很少有交集。艾貝和那群外科醫師圍在一起，不過，她遠遠就可以聽到那群太太們的談話，斷斷續續聽到一些內容。她們在談大馬士革玫瑰，談到巴黎旅行好不好玩，談什麼東西好吃。她感覺彷佛有兩股力量在拉扯她，彷佛自己跨在男人女人兩個陣營的邊界上，不屬於兩邊任何一個陣營，卻又同時被兩邊的力量拉扯。

因爲馬克的關係，她只好窩在男人的圈子裡。比爾．亞契和馬克一樣，也是胸腔外科醫師。他們兩個交情很好。亞契是心臟移植小組的主任。七年前，貝賽醫院有幾位醫生把馬克延攬到他們醫院裡，亞契正是其中之一。所以也就難怪，他們兩個感情會這麼好。他們兩個作風都很強硬，也同樣精力充沛，極度爭強好勝。在手術室裡，他們同屬於一個小組，並肩合作，然而，一離開醫院，他們就成了競爭對手，互不相讓。他們的競爭領域從山上延伸到海上，從佛蒙特州的滑雪坡道延伸到麻薩諸塞海灣。他們兩個人分別擁有一艘J-35級的帆船，停靠在馬波赫小艇碼頭。今年的賽季，截至目前爲止，亞契的「紅眼號」對馬克的「變調搖滾號」，雙方比數是六比五。馬克打算利用這個週末把分數拉平。他已經把勞勃・萊辛拉到他的船上當組員。勞勃也是醫院裡的住院醫師，今年是第二年。

艾貝心裡納悶著，這些男人對船爲什麼這麼有興趣？這些大男人談起他們的船，就好像小孩子在比賽誰的玩具比較炫。談的內容是高科技，骨子裡卻是男性荷爾蒙在作祟。在這個男人組成的圈子裡，聚光燈的焦點都集中在那幾個頭髮已經開始花白的老男人身上。比如說亞契，他那頭蓬鬆的像獅子鬃毛一樣的頭髮已經夾雜著幾縷銀白。還有柯林・衛蒂格，他早已是滿頭灰白。至於四十一歲的馬克，他額角的髮際已經開始出現一絲銀白。

後來，那幾個男人的話題變了。他們開始大談船身該怎麼保養，龍骨該怎麼設計，大三角帆船價錢貴得有多離譜。聽到這裡，艾貝的注意力愈來愈無法集中了。這時候，她注意到那兩個遲到的客人：亞倫・李維醫師和他的太太，伊蓮・李維。他是心臟移植小組的心臟內科醫師，一個害羞得不得了的男人。他們夫婦早就躲得遠遠的，兩個人躲在草坪遠遠的角落裡。他默不吭聲地站在那裡，整個人看起來有點彎腰駝背。伊蓮則是東張西望，看看有沒有機會加入哪一個聊天的陣營。

艾貝發現機會來了，終於可以擺脫這群老男人，不用再聽他們談來談去都是船。於是，她從馬克旁邊溜走，跑到李維夫婦那邊去。

「李維太太嗎？眞高興又見到妳了。」

伊蓮也認出她了，對她露出笑容。「妳是……艾貝，對不對？」

「是的，艾貝．迪麥多。我們好像在上次的住院醫師野餐會見過面。」

「噢，對了，就是那一次。住院醫師實在太多了，我實在沒辦法記住每一人的名字。不過，我正好記得妳的名字。」

艾貝笑了起來。「整個外科臨床教學部門只有三個女人，萬綠叢中一點紅，想記不住都難。」

「已經比從前好多了。從前連半個女人都沒有。妳現在在哪一科輪値？」

「明天開始在胸腔外科。」

「那妳就要跟亞倫他們一起工作了。」

「要是有機會參與心臟移植手術，那運氣就眞的太好了。」

「那是必然的。移植小組最近忙得很。麻州總醫院向一些病人推薦我們貝賽醫院，這件事讓亞倫心花怒放。」說到這裡，伊蓮突然湊近艾貝。「幾年前，亞倫曾經想到他們那邊去工作，可是被他們拒絕了。可是現在他們居然把病人送到他這裡。」

「麻州總醫院只有一個地方比貝賽醫院強，那就是他們那邊的醫生幾乎都是哈佛畢業的。」

艾貝說：「薇薇安．趙妳應該認識吧？我們的總醫師？」

「那當然。」

「她是哈佛醫學院前十名畢業的，可是當她在選擇醫院擔任住院醫師的時候，貝賽醫院是她名單上的首選。」

伊蓮轉頭看著她的先生。「亞倫，你聽見了嗎？」

他逕自埋頭喝著酒，很不情願地抬起頭來。「聽見什麼？」

「薇薇安．趙放棄痲州總醫院，反而選擇了貝賽醫院。說眞的，亞倫，你現在已經在頂尖的醫院了，爲什麼還會想要離開？」

「離開？」艾貝一臉疑惑地看著亞倫，而那位心臟內科醫師卻瞪了他太太一眼。最讓艾貝感到困惑的是，他們兩個突然不說話了。草坪另一頭傳來一陣哄笑聲，一陣衆人七嘴八舌的哄哄回聲。然而，草坪的這一頭卻陷入一陣沉默。

接著，亞倫清了清喉嚨。「我只是偶爾會有一個念頭。」他說：「沒什麼大不了，就像是遠離城市之類的，搬到某個小鎭上去。每個人都會有這種白日夢，去當那種小鎭醫生。只不過沒有人會眞的想搬到那種地方去。」

「我就不會想。」伊蓮說。

「我自己就是在一個小鎭上長大的。」艾貝說：「緬因州的巴爾菲斯特鎭。當年我眞是巴不得想早點離開那個地方。」

「我想也是。」伊蓮說：「大家拚命就是想到文明的地方去。」

「嗯，不過，其實小鎭也沒有那麼糟糕啦。」

「但妳就是不會回去的，對不對？」

艾貝遲疑了一下。「我爸媽已經過世了。我的兩個姐姐也已經搬走了，不在緬因州了。所以，我好像沒什麼道理再回去那邊了。不過，我倒是有很多原因必須留在這裡。」

「那只是我心血來潮胡思亂想。」亞倫說著，舉起杯子喝了一大口。「我並沒有很認眞把它當一回事。」

接著，他們又陷入一陣沉默。這時候，艾貝聽到有人在叫她。她轉頭一看，看到馬克在跟她揮手。

「不好意思。」她跟李維夫婦打了聲招呼，然後就走到馬克那邊去了。

「亞契正在他的心靈聖堂裡神遊呢。」馬克說。

「什麼是心靈聖堂？」

「來吧，等一下妳就知道了。」他抓住她的手，牽著她穿越露台，走進屋子裡。他們爬上樓梯，走到二樓。亞契家的二樓艾貝只上來過一次，那次是爲了欣賞掛在畫廊裡的油畫。

然而，今天晚上她卻是初次被邀請進入走廊盡頭那個房間。

亞契醫師已經在房間裡面了。房間裡有好幾張皮椅，法蘭克．茨威克醫師和雷．穆漢德斯醫師都坐在那裡。不過，艾貝並沒有去留意房間裡有哪些人，吸引她的是那個房間裡的擺設。

整個房間簡直就像是一座古董醫療器材的博物館。展示櫃裡擺滿了各式各樣的醫療器材，景象四分迷人，卻又令人不寒而慄。例如解剖刀、放血皿，還有古時候藉由水蛭來放血用的瓶子。婦產科用的鉗子，鉗口大到可以壓碎嬰兒的頭骨。壁爐上掛著一幅油畫，畫裡是一群醫生正和死神搏鬥，忙著搶救一個年輕的女人。音響系統正播放著布蘭登堡協奏曲。

亞契把音樂聲關小，整個房間突然安靜下來，隱隱約約只能聽到輕柔的音樂聲。

「亞倫不來嗎？」亞契問。

「已經告訴過他了。他待會兒就上來了。」馬克說。

「很好。」亞契朝著艾貝笑了一下。「妳覺得我的收藏怎麼樣?」

她打量了一下展示櫃裡的東西。「真的很迷人。我甚至搞不清楚有些東西是做什麼用的。」

亞契指著一具模樣很奇怪的機器。那具機器是用齒輪和滑輪組合而成的。「那部機器就很有意思了。那是一部發電機,可以用來產生微量的電流,接在人體的各個部位。據說那玩意兒可以治百病,從婦人病到糖尿病都可以。很好玩,對不對?有人相信這種怪力亂神的醫學嗎?」

艾貝走到那幅油畫前面仔細端詳。她看著畫中那個穿著黑袍的死神,心裡想,醫生代表英雄,醫生就是征服者。當然,要解救的對象就是那個女人,一個漂亮的女人。

這時候,門忽然開了。

「他來了。」馬克說:「亞倫,我們還在猜你是不是忘了這回事。」

亞倫默默走進房間,悶不吭聲,略微點了點頭,然後就坐在一張椅子上。

「艾貝,想再喝點酒嗎?我幫妳倒。」亞契指著她的杯子問。

「謝謝,不用了。」

「再來點白蘭地好了,反正開車的是馬克,不是嗎?」

艾貝微微一笑。「好吧,謝謝。」

亞契幫艾貝倒了一杯酒之後,把杯子拿給她。這時候,房間裡突然安靜下來,氣氛有點詭異,彷彿大家都在等著這種寒暄客套趕快結束。她忽然想到,她是這個房間裡唯一的住院醫師。每隔幾個月,每當有一批住院醫師到胸腔外科和外傷科來輪值的時候,比爾.亞契就會開一次這種宴會歡迎他們。像今天就有另外六位外科住院醫師在樓下花園裡閒晃。可是在這裡,在亞契這間私人密室裡,在場的人都是心臟移植小組的成員。

還有艾貝。

她坐在那條長沙發上，坐在馬克旁邊，不時拿起酒杯啜飲一、兩口。此刻她已經開始感覺到白蘭地的熱力。另一方面，對自己所受到的高規格待遇，她也感到內心一陣激盪。當年還在當實習醫師的時候，她就對房間裡這幾位大醫師充滿了敬畏之情。就算只是在手術室裡當個小助理，協助亞契或穆漢德斯醫師動手術，她就已經感到是一種榮幸。如今因爲她和馬克之間這層關係，她打進了這個小圈子裡，不過，她還不至於昏了頭，忘了這些人是何等人物。此外，她也沒有忘記，這些人手中掌握生殺大權，足以左右她的前途。

亞契就坐在她對面。「艾貝，我聽別人說過妳不少好話。是將軍說的。今晚他臨走之前跟我說了不少事情，對妳讚譽有加。」

「衛蒂格醫師？」艾貝很驚訝，忍不住笑起來。「老實說，我還眞的猜不透他對我的表現究竟有什麼看法。」

「呃，將軍的風格就是這樣，他不會讓身邊的人有好日子過，他喜歡在這個世界上製造一點不安的氣氛。」

旁邊的人都笑了起來。艾貝也笑了。

「我非常信任柯林的判斷力。」亞契說：「而且我還知道，他認爲妳是全體二級住院醫師當中最優秀的一個。我曾經和妳一起工作過，所以我知道他的判斷是正確的。」

艾貝有點不安地在長沙發上挪動了一下身體。馬克伸出手來握住她的手，用力捏了一下。這個動作並沒有逃過亞契的眼睛。他笑了一下。

「顯然馬克也覺得妳非比尋常。妳知道我們今天爲什麼會聚在這裡討論妳的問題嗎？這也是其中一部分原因。我知道現在談這個似乎有點言之過早，不過，艾貝，我們這群人眼光都看得很遠。在醫學的領域裡早一步尋找人才，絕對不會有壞處。」

「不好意思，我不太明白你的意思。」艾貝說。

亞契伸手去拿那瓶白蘭地，給自己倒了一小杯。「我們心臟移植小組只對第一流的人才有興趣。一流的學歷，一流的表現。我們一直在仔細觀察住院醫師，尋找有資質潛力的人才加入我們的小組。噢，當然，我們的動機是很自私的，我們的目的是要爲我們的團隊儲備人才。」說到這裡，他停了一下。「所以，我們很想知道，妳對心臟移植手術有沒有興趣。」

艾貝很驚訝地瞥了馬克一眼。他點點頭。

「當然，這事沒那麼急，妳不需要很快做決定。」亞契說：「不過，我們希望妳好好考慮一下。我們還有好幾年的時間可以彼此熟悉一下。過了幾年之後，說不定妳不見得有興趣加入我們的團隊。說不定妳會發現自己對心臟移植手術毫無興趣。」

「我眞的很有興趣。」她不自覺地彎身湊向前，興奮得滿臉通紅。「我想我大概是……太意外了。而且，覺得受寵若驚。臨床教學課程裡，優秀的住院醫師太多了，譬如說，薇薇安·趙。」

「沒錯，薇薇安是很優秀。」

「我猜她明年就會申請加入你們的團隊。」

穆漢德斯說：「毫無疑問，趙醫師的手術技巧很高超。此外，我知道還有好幾個住院醫師技術都很優異。不過，妳有沒有聽過一句俗話？只要受過良好的訓練，就連猴子也會動手術。關鍵在於要怎麼教會他什麼時候該出手。」

「我想，雷的意思是，我們想找的人必須具備優異的臨床判斷力。」亞契說：「而且必須具備團隊精神。在我們看來，妳在團隊作業中表現突出。妳必須和團隊中其他成員有充分的默契，不可以產生誤解。艾貝，我們很堅持這一點，團隊作業。當妳走進手術室開始作戰的時候，任何一個小地方都有可能出差錯，例如，儀器設備故障，下刀的時候不小心失手，或是心臟在運送的過程中出了差錯。我們必須合作無間，上刀山下油鍋，克服萬難達成任務。我們小組就是這樣。」

「而且我們會同甘苦共患難。」法蘭克．茨威克說：「不管是在手術室裡，還是在日常生活裡。」

「百分之百。」亞契一邊說，一邊看著亞倫。「你說對不對？」

亞倫清了清喉嚨。「沒錯，我們同甘苦共患難。加入這個團隊有很多好處，這是其中之一。」

「沒錯，這就是其中一個好處。」穆漢德斯又補上一句。

這時候，大家忽然陷入一陣沉默，沒有人說話，只聽得到房間裡隱隱約約迴盪著布蘭登堡協奏曲輕柔的旋律。亞契說：「我最喜歡這一段。」接著，他把音響的音量開大。喇叭裡流瀉出悠揚的小提琴旋律，這時候，艾貝不知不覺又抬頭看著那幅油畫，看著畫中死神與醫生的對決。那場戰役是爲搶救病人的生命，搶救病人的靈魂。

「你剛剛提到……還有別的好處。那是什麼？」艾貝問。

「舉例來說。」穆漢德斯開口說：「我擔任外科住院醫師期滿的時候，我已經負債累累，有一大筆學生貸款必須償還。所以，當他們徵召我的時候，這就是他們所提出來的一個優惠條件。

貝賽醫院幫我償還了所有債務。」

「這個我們倒是可以好好聊一聊，艾貝。」亞契說：「看看我們所提供的條件對妳有沒有吸引力。這些年來，年輕的外科醫生擔任住院醫師期滿的時候，年齡大概已經是三十歲左右了。他們大部分都已經結婚，也許還已經有一、兩個小孩子。可是他們負的債——妳說多少？十萬塊美金。他們不但負債，甚至連房子都沒有！他們至少必須工作十年才有辦法把債還清，到那個時候，他們都已經四十歲了，開始要煩惱小孩子上大學的學費了！」說到這裡，他搖了搖頭。「眞搞不懂，這些年爲什麼還會有人想跑來當醫生。我只能說，他們幹醫生應該不是爲了想賺錢。」

「也許可以這麼說。」艾貝說：「當醫生很辛苦，而且日子過得苦哈哈的。」

「不過，倒也不一定會這樣。這就是貝賽醫院可以幫得上忙的地方。馬克跟我們說過，妳是靠別人資助才有辦法一路念到醫學院畢業的。」

「獎學金再加上貸款。大部分是貸款。」

「噢，那眞是一種煎熬。」

艾貝無奈地點點頭。「我已經開始感覺到煎熬了。」

「妳念大學那幾年也是靠貸款嗎？」

「是的。我家裡的經濟狀況有點困難。」艾貝老實承認。

「聽妳說話的口氣好像覺得那是很丟臉的事。」

「也許應該說是……運氣不好吧。我弟弟住院住了好幾個月，而我們家卻沒有買保險。不過，話說回來，我出生長大的那個小鎭上，很多人都沒有買保險。」

「這就更能夠證明，妳一定很拚命很努力才有辦法熬過來。這裡在座的每個人都知道那是什麼滋味。雷來自一個移民家庭，他一直到了十歲的時候才會講英語。至於我，我是我們家族裡第一個上大學的。相信我，我們這裡沒有一個是波士頓富貴人家的紈袴子弟。我們都沒有一個有錢的老爹，也沒有信託基金在等著我們隨便花。我們都懂得跟艱苦的環境搏鬥是什麼滋味，因爲我們都是過來人。我們這個團隊想找的人就是那種能夠排除萬難力爭上游的人。」

這時候，音樂的旋律已經接近尾聲，愈來愈高亢激昂，接著，在小喇叭和小提琴的協奏中，音樂戛然而止。亞契把音響關掉，看看艾貝。

「不管怎麼說，妳可以好好考慮考慮。」他說：「當然，現在我們還沒有正式提出什麼具體的條件，只是大概先跟妳聊一聊。怎麼說呢，呃……」說到這裡，亞契朝馬克笑了一下。「就像第一次約會。」

「我懂。」艾貝說。

「對了，我還要提醒妳一件事。到目前爲止，妳是我們探詢的唯一一位住院醫師，也是我們唯一考慮的人選。如果妳夠明智的話，妳就不會跟其他的住院醫師提到這件事。我們不希望引起不必要的嫉妒心理。」

「我當然不會告訴任何人。」

「那麼。」亞契環顧四周，看看在座的每一個人。「我想，關於這件事，我們大家意見都一致，對不對，各位？」

大家都點點頭。

「我們有共識。」亞契說著，不覺微笑起來。他再次伸手去拿那瓶白蘭地。「這就是我所說的眞正的團隊。」

「妳覺得怎麼樣？」在開車回家的路上，馬克問艾貝。

艾貝整個身體往後仰，靠在椅背上，興奮得無法克制。她大叫：「我好像在空中飄！老天，今天晚上實在太神奇了！」

「這麼說，妳很高興囉？」

「你開什麼玩笑？我嚇死了。」

「嚇死了？妳在怕什麼？」

「我怕我會搞砸，然後就什麼都沒了。」

他笑了起來，伸手過去揉揉她的膝蓋。「嘿，我們和所有的住院醫師一起工作過，懂嗎？我們很清楚，我們吸收的是最優秀的一個。」

「那麼，赫德爾大夫，這整件事有百分之幾是你在從中作怪呢？」

「噢，我也只有投一票的權利。我沒有那麼偉大。只不過，其他的人看法正好跟我完全一致。」

「是呀。」

「艾貝，相信我，我說的是眞的。妳是我們的頭號人選，而且，我相信妳也看得出來，這是絕妙的安排。」

她往後靠在椅背上，不自覺地微笑起來，腦海中思緒起伏。長久以來，她並沒有很清楚地意識到，自己已經在這裡工作三年半了，直到今天晚上，她才赫然驚覺。感覺上很像在美國健康維護組織的體系內做牛做馬。這些年，私人診所幾乎可以說已經到了窮途末路了，她看不到任何前景。至少在波士頓這個城市是看不到的。而她卻渴望留在波士頓。

因爲波士頓有馬克。

「這正是我夢寐以求的，我連做夢都會想。」她說：「我只是希望自己不會讓你們大家失望。」

「不可能的。我們這個團隊的人可不是瞎子，眼睛亮得很。我們很清楚我們要的是什麼樣的人。我們對妳的看法完全一致。」

她沉默了好一會兒都沒有說話。然後她忽然問：「包括亞倫・李維在內嗎？」

「亞倫？他有什麼理由不贊成？妳爲什麼會這樣問？」

「我也不知道。今天晚上我和他太太聊過。伊蓮。我只是有一種奇怪感覺，亞倫好像很不快樂。你知道他曾經想過要離開嗎？」

「什麼？」馬克滿臉驚訝地看著她。

「他好像說什麼想搬到小鎮去。」

他大笑起來。「這是不可能的。伊蓮骨子裡是一個波士頓的城市女人。」

「這跟伊蓮沒有關係。想離開的人是亞倫。」

馬克沉默了好一會兒，悶不吭聲地開著車，一句話也沒說。後來，他終於開口說：「妳一定是誤會他的意思了。」

她聳聳肩。「也許吧。」

「麻煩把燈光調整一下。」艾貝說。

有個護士伸出手去挪動了一下手術照明燈，把光束集中在病患的胸口。手術的位置已經用黑色的麥克筆畫在病人的皮膚上，在第五根肋骨上方畫了兩個小叉叉，中間連著一條線。這個女人個子嬌小，胸口範圍很窄。她叫瑪莉．艾倫，今年八十四歲，是一個寡婦。不久前，她說自己體重愈來愈輕，頭痛得很厲害，一個禮拜前住進了貝賽醫院。醫院幫她做了例行的X光檢驗，結果令人嚇了一跳。她的兩片肺葉有多處結狀腫瘤。入院這六天來，她已經做了無數化驗、掃描、X光檢查，從她的喉嚨插進一支支氣管內視鏡，甚至用長針刺進她的胸口，結果還是無法明確診斷出病因。

今天他們就會知道答案了。

衛蒂格醫師舉起手術刀，舉到下刀位置上方，做好準備姿勢。艾貝等著他下刀，可是他卻沒有任何動作，反而眼睛看著艾貝。他的口罩上方露出一對冷冷的藍眼睛，目光很凌厲。

「迪麥多，活體肺部組織切片的手術妳協助過幾次？」他問。

「大概五次吧。」

「這個病患的病歷妳熟不熟？妳看過她的胸部X光片嗎？」

「看過，老師。」

衛蒂格把手術刀遞給她。「那麼，醫生，這個病人交給妳了。」

艾貝一臉驚訝地望著他手上那把閃閃發亮的手術刀。將軍很少讓出他的手術刀，就算是對那些資深的住院醫師，他也很少這樣做。

她接下那把手術刀。亮晃晃的不鏽鋼刀抓在手上的感覺沉甸甸的。她穩住自己的手，開始往下切，在肋骨上方緊繃的皮膚上劃出一道開口。病患很瘦，瘦得簡直就像是皮包骨，皮下脂肪非常薄，很容易就可以找到下刀的目標區。接著，她又輕輕切了一刀，切得更深，切開肋間肌。

現在，她已經切到了胸膜腔。

她把手指頭從切口伸進去，觸摸到肺部的表面，感覺軟軟的，像海綿一樣有彈性。「病人狀況正常嗎？」她問旁邊那個麻醉醫師。

「一切正常。」

「很好，現在把切口勾開。」艾貝說。

兩隻肋骨被勾開，切口也被撐開了。這時候，呼吸器又把一波氧氣灌進肺部，有一小片肺泡組織像氣球一樣脹起來，凸出到切口外面。艾貝把那個肺泡鉗住，肺泡還是脹著。

艾貝又看了麻醉醫師一眼。「還好嗎？」

「沒問題。」

於是，艾貝全神貫注看著那片露出來的肺泡組織。肺泡上的結狀腫瘤很明顯，一眼就看得到。她用手指頭摸摸那個腫瘤。「摸起來很硬。」她說：「不太對勁。」

「意料之中。」衛蒂格說：「從X光片上看起來，她已經需要接受化療了。我們只是要採取她的細胞組織做確認。」

「那麼，她的頭痛是什麼引起的？腦部新陳代謝的問題嗎？」

衛蒂格點點頭。「她身上的癌細胞擴散得很快。八個月前她做X光檢查的時候，看起來很正常。現在她全身都是癌細胞了。」

「她已經八十四歲了。」有一個護士說：「至少她已經夠長壽了。」

艾貝切下一片楔形的肺泡組織，上面有腫瘤。她一邊切一邊納悶著，她是很長壽，但她過的是什麼樣的人生呢？昨天是她第一次看到瑪莉．艾倫。她看到這位老太太坐在病房裡，悶不吭聲，一動也不動。窗口的遮陽簾被拉下來，病床上一片昏暗。瑪莉說，因為她頭很痛，所以就把遮陽簾拉下來了。太陽刺得我眼睛好痛。只有睡覺的時候才不會痛。我覺得自己身上有好多種痛……

求求妳，大夫，能不能給我更強的安眠藥？

艾貝把那片肺泡組織切下來之後，立刻把肺部的切口縫合起來。衛蒂格什麼話都沒說，他只是靜靜地看著她的動作，眼神還是跟平常一樣，冷冷的。其實，他不說話已經可以算是一種讚美了。很久以前她就已經明白，只要能夠逃得過將軍的批評，就已經是一大勝利了。

最後，她把胸前的切口也縫合了，裝好了引流管。艾貝把沾滿了鮮血的手套脫下來，丟進旁邊那個上面標著「使用後」的箱子裡。

「接下來就是最困難的工作了。」艾貝一邊說，一邊看著護士推著輪床，把病人推出手術室。「該怎麼告訴她壞消息。」

「她自己心裡有數。」衛蒂格說：「病人自己都有預感。」

輪床發出吱吱嘎嘎的聲音，他們跟在後面，走進恢復室。恢復室裡用布幕圍成幾個小隔間，裡面目前有四個手術後的病人，分別處於不同的甦醒階段。瑪莉·艾倫在最裡面那一間，正開始要醒過來。她的腳動了一下，嘴裡呻吟著，扭著手想掙脫綁在手上的安全皮帶。

艾貝用掛在頸上的聽診器很快的聽聽病人的胸口，聽聽肺部的聲音。接著她說：「再給她五毫克的嗎啡，用靜脈注射。」護士拿起一小罐嗎啡硫酸鹽的快速靜脈注射包，打進病人的靜脈，劑量剛剛好足以緩和病人的痛苦，但病人還是可以漸漸恢復清醒。沒多久，瑪莉就不再呻吟了。心臟監視器螢幕上還是保持著穩定規律的波動。

「衛蒂格醫師，請問你現在可以填寫手術後醫療指示了嗎？」護士問。房間裡忽然陷入一陣沉默。艾貝瞥了衛蒂格一眼，接著，她忽然聽到他說：「這裡由迪麥多醫師負責。」說完，他就走出去了。

幾個護士面面相覷。衛蒂格向來都會親自填寫手術後醫療指示。交給艾貝填寫，這個舉動代表他對艾貝的信任投票。

她把病歷表拿到桌上開始寫：轉到東五區，胸腔外科。診斷：肺部多重結狀腫瘤，肺部組織切片手術，手術後。狀態：穩定。她有條不紊地往下寫。飲食指示、用藥指示、活動指示。寫到緊急狀況代號那一行，她不假思索地寫下：最高警戒。

接著，她隔著桌子看看瑪莉．艾倫。瑪莉一動也不動地躺在輪床上。她心裡想，活到八十四歲卻要飽受癌症的折磨，眼看著自己剩沒幾天好活，每天在痛苦中掙扎，眞不知道那是什麼樣的滋味。病人會選擇早一點解脫，死得舒服一點嗎？艾貝也不知道。

「迪麥多醫師？」她忽然聽到對講機裡有人在呼叫她。

「什麼事？」艾貝說。

「十分鐘之前，東四區有人在呼叫妳。他們要妳過去。」

「神經外科嗎？他們有沒有說什麼事？」

「好像跟一個名叫塔利歐的病人有關。他們要妳過去跟她的丈夫談一談。」

「凱倫．塔利歐已經不是我的病人了。」

「抱歉，大夫，我只是負責轉達。」

「好的，謝謝你。」

艾貝嘆了口氣，站起來走到瑪莉．艾倫的輪床旁邊，再看了一眼心臟監視器的螢幕，看看她的生命跡象數據。她的脈搏跳得有點快，身體扭動著，又開始發出呻吟。看樣子她還是很痛。

艾貝看看護士。「再給她兩毫克的嗎啡。」她說。

心臟電擊器監視螢幕上的光點維持著緩慢而穩定的波動。

「她的心臟很強壯。」喬．塔利歐喃喃說著。「她的心臟不願意放棄。她想活下去。」

他坐在他太太的床邊，緊緊抓著她的手，眼睛看著示波器螢幕彎彎曲曲的綠色線條。在堆滿了儀器的房間裡，他看起來顯得有點困惑。到處都是管子，顯示螢幕，抽吸幫浦。他看起來又困惑又恐懼。他全神貫注地看著心電圖監視螢幕，那副模樣彷彿他認定只要看穿了那個神祕盒子的奧祕，他就可以看懂所有的儀器，彷彿這樣一來他就可以搞懂，爲什麼自己會坐在這裡，坐在他心愛的女人旁邊，爲什麼他心愛的女人拚命讓自己心臟繼續跳動。

已經是下午三點了，距離事故發生已經過了六十二個鐘頭了。六十二個鐘頭之前，那個喝醉酒的傢伙開車撞上了凱倫．塔利歐的車子。她今年三十四歲，愛滋病毒抗體檢查陰性反應，沒有癌細胞，沒有任何傳染病。然而，她卻已經呈腦死狀態。簡單地說，她簡直就像一家器官超級市場，健康的器官全部都可以捐贈，任憑挑選。心臟、肺臟、腎臟、胰臟、肝臟、骨髓、眼角膜、皮膚……如果把她全身的器官全部摘取，至少可以救活六個人的性命。就算救不活，至少也可以改善受贈者的狀況。

艾貝拉開一條凳子，坐在他對面。到目前爲止，她是唯一一個眞正有花時間和喬面對面談過話的醫生，所以現在護士才會叫她來跟他談，勸他在文件上簽字，同意讓他的太太自然死亡。她靜靜地陪著他坐在那邊，坐了好一會兒。凱倫．塔利歐的身體橫在他們兩個中間。她的胸口一起一伏，隨著儀器所設定的每分鐘二十次的頻率起伏。

「你說得沒錯，喬。」艾貝說：「她的心臟確實很強壯，還可以撐一段時間。只可惜，她沒辦法永遠撐下去。她的身體遲早會知道的。她的身體遲早會了解的。」

喬隔著病床看著她。他顯然沒有睡覺，兩眼通紅，紅紅的眼眶噙滿淚水。「妳說了解是什麼意思？」

「我們人活著必須依賴大腦。大腦不光只是用來思考和感覺，它同時也是我們身體其他部位存在的目標。當這個目標消失了，心臟、肺臟，所有的器官就會開始衰竭。」說到這裡，艾貝看著呼吸器。「那台機器就是用來代替她呼吸的。」

「我知道。」喬用雙手搓搓自己的臉。「我知道，我知道，我知道……」

艾貝沒有說話。喬坐在椅子上前後搖晃，雙手抓著頭髮，喉嚨發出一種咯咯的嗚咽聲。一個大男人在別人面前哭泣，最大的限度大概就是這樣了。當他再度抬起頭來的時候，他的頭髮都被淚水沾濕了，整個豎起來。

他又看了監視器螢幕一眼。整個房間彷彿只有那部儀器他看了會有一點安全感。「做這個決定好像還太早。」

「你錯了，時間已經很緊迫了。那些器官已經撐不了多久，很快就會開始腐壞了。這樣一來，那些器官就沒有用了。喬，腐壞的器官是救不了任何人的。」

他隔著他太太的身體看著她。「妳有帶文件來嗎？」

「我帶來了。」

他根本就沒有仔細看那些文件就直接在底下簽了名，然後就拿還給艾貝。一位加護病房護士和艾貝本人就是他簽名的見證人。這份文件拷貝會放進凱倫・塔利歐的資料裡，送到新英格蘭器官銀行，輸入貝賽醫院移植器官調度員的檔案。接下來，醫院就會進行器官摘取。

當凱倫・塔利歐長眠之後，很久很久以後，她身體的某些部分還會一直活著。那顆心臟曾經在她的胸膛裡生氣盎然地搏動著，陪伴她度過漫長的歲月，陪著她在五歲那年活蹦亂跳地玩耍，陪著她在二十歲那年結婚。她二十一歲那年生孩子的時候，她的心臟曾經承受過巨大的壓力。今後，那顆心臟將會在一個陌生人的胸膛繼續搏動。那大概是人的生命最接近永恆的型態了。

然而，對喬・塔利歐來說，這一切恐怕起不了什麼安慰作用。此刻，他也只能靜靜地坐在床邊，守著他心愛的妻子。

艾貝找到薇薇安・趙的時候，薇薇安正在手術室的更衣室裡脫衣服。薇薇安剛剛完成了四個鐘頭的緊急手術，然而，她幾乎沒有流下半滴汗。她的刷手服丟在旁邊的長板凳上，上面完全看不到流汗的痕跡。

艾貝說：「家屬已經同意捐贈器官了。」

「文件簽好了嗎？」薇薇安問。

「簽好了。」

「那就好。我會叫他們做淋巴球交叉配對試驗。」薇薇安伸手拿了一件新的刷手服上衣。現在她身上只穿著胸罩和內褲，削瘦平坦的胸前肋骨清晰可見。艾貝忽然想到男性的尊崇地位那個故事。她心裡想，照理說，男子氣概應該是表現在精神上，而不是身體上。「她目前的生命機能怎麼樣？」薇薇安問。

「目前很穩定。」

「必須讓她的血壓維持正常，讓她的腎臟有足夠的水分。要找一對AB型陽性的好腎臟可沒那麼容易，不是每天都有的。」薇薇安穿上一條繫帶褲，套上一件襯衫，每個動作看起來都是那麼乾淨俐落，優雅細膩。

「妳會自己動手摘取器官嗎？」艾貝問。

「要是我的病人可以分配到心臟，我會自己動手。摘取器官很容易，不過，要把器官植入人體，血管的銜接就是大工程了。」薇薇安關上衣櫃的門，把掛鎖扣上。「妳現在有空嗎？我介紹喬許給妳認識。」

「誰是喬許？」

「我那位臨床教學組的病人。他現在人在內科加護病房。」

她們走出更衣室，沿著走廊走向電梯。薇薇安腿太短，爲了跟得上別人只好加快腳步，有時候簡直快得像在行軍。「妳必須長時間觀察一個病人，看到他手術前和手術後的差別，否則妳根本無法判斷心臟移植手術究竟算不算成功。」薇薇安說：「所以，我要讓妳看看他手術前的模樣，也許這樣妳心裡就會舒服一點。」

「這話怎麼說？」

「妳的女病人心臟很好，腦子卻已經死了。我那個小男孩腦子很健全，可是心臟卻等於已經沒有作用了。」說到這裡，電梯門開了，薇薇安跨進電梯。「只要妳能夠走出悲情，妳就會發現自己做的事是很有道理的。」

電梯開始動了，她們兩個都沒有再說話。

艾貝心裡想，當然有道理。非常有道理。薇薇安看得很清楚，可是那個景象卻始終盤踞在我腦海中，揮之不去。我老是忘不了那兩個女孩子站在她們母親床邊，不敢伸手去碰她……

薇薇安在前面帶路，走向內科加護病房。

喬許．奧戴躺在第四床。

「這幾天他睡覺的時間很長。」護士輕聲細語地說。她是一個長相甜美的金髮女郎，胸前的名牌上寫著：漢娜．勒夫，證照護士。

「是因爲換了藥的關係嗎？」薇薇安問。

「我想是因爲他太憂鬱的緣故吧。」漢娜搖搖頭，嘆了口氣。「從他住院那一天開始，我已經照顧他好幾個禮拜了。妳知道嗎？他實在是個很好的孩子，眞的很好。一個小迷糊。可是最近這幾天，他幾乎整天在睡覺，要不然就是整天盯著他那些小紀念品。」她朝著床邊的小桌子邊點頭。小桌上擺滿了各式各樣的獎牌和勳章綬帶，排得整整齊齊。其中有一條綬帶是他小學三年級的時候留下來的——「松木火柴盒小汽車幼童軍大會」的榮譽獎章。艾貝知道什麼是「松木火柴盒小汽車幼童軍大會」，因爲她弟弟和喬許．奧戴一樣也是幼童軍。

艾貝走到床邊。那個男孩子看起來比她想像中要年輕得多。根據漢娜．勒夫手上拿的病歷資料，男孩子的年齡是十七歲，可是光看外表會誤以爲他只有十四歲。他床邊佈滿了糾纏凌亂的塑膠管，包括靜脈注射管、動脈導管和史旺蓋茲肺動脈導管。其中第三種導管是用來監視右心房和肺動脈的血壓。從床頭上方的監視螢幕，艾貝可以看到他的右心房壓力。指數很高。這個男孩子的心臟太虛弱了，輸送血液的力道不足，血液都阻塞在靜脈系統。就算不去看監視螢幕，只要瞄一眼這個孩子的頸部血管，她就知道他有什麼毛病了。他的靜脈血管浮腫。

「妳知道眼前這個孩子的來歷嗎？兩年前他還是雷汀高中的棒球明星。」薇薇安說：「我不懂棒球那玩意兒，所以我沒辦法判斷他的打擊率到底算不算高明。不過，他爸爸似乎很引以為傲。」

「噢，他爸爸眞的很得意。」漢娜說：「前幾天他來看兒子的時候，手上還拿著棒球和手套。後來，他居然跟他兒子玩練起投球來，我氣得把他趕出去。」漢娜笑著說：「那個老子跟兒子一樣瘋狂！」

「他生病多久了？」艾貝問。

「他已經一整年沒有去學校了。」薇薇安說：「大約兩年前他感染了病毒，克沙奇B型病毒。不到六個月，他已經罹患了充血性心力衰竭。到目前為止，他已經在加護病房住了一個月了，等待適合的心臟做移植手術。」說到這裡，薇薇安忽然停下來，並且笑起來。「對不對，喬許？」

那個男孩張開眼睛，瞇起眼睛看著她們兩個，彷彿隔著好幾層薄紗。他眨了幾下眼睛，然後對著薇薇安笑起來。「嗨，趙醫師。」

「我有看到好幾條新的動章綬帶了。」薇薇安說。

「噢，妳說那些。」喬許骨溜溜地轉了轉眼睛。「不知道我媽是從哪裡挖出來的。妳也知道，她什麼老古董都留著，捨不得丟掉。她甚至還收藏著一個寶貝塑膠袋，裡面裝的是我嬰兒時期的乳牙。光想都覺得噁心。」

「喬許，我帶了一個人來跟你認識一下。這位是迪麥多醫師，我們另一位外科住院醫師。」

「你好，喬許。」艾貝說。

那男孩看了好半天眼睛才完全看清楚。可是，他一句話也沒說。

「可以讓迪麥多醫師幫你檢查一下嗎？」薇薇安問。

「爲什麼？」

「因爲等你換了新的心臟以後，你就會像電視卡通裡面那個瘋狂的大野狼和嗶嗶鳥一樣，連抓都抓不住。到時候我們想叫你躺下來做檢查恐怕都很困難了。」

喬許笑了起來。「妳眞的很會鬼扯。」

艾貝走到床邊，喬許已經把他的袍子掀起來，露出胸口。他的胸口皮膚很白，沒有長毛，看起來不像十幾歲的青少年，反而像個小孩子。她把手輕輕按在他心臟上方，感覺到他微弱的心跳，彷彿一隻小鳥在肋骨圍成的籠子裡軟弱無力地拍著翅膀。她用聽診器壓著他的胸口，聽他的心跳聲。在那短暫的片刻，她知道那個男孩一直盯著她看，眼神小心翼翼，充滿狐疑。她在小兒科的病房看過太多小孩子露出那樣的眼神。那些孩子都在醫院裡住得太久了，他們都已經領悟了一件事，那就是，每當有另外一個醫生來看他們的時候，那就意味著另外一種痛苦來臨了。過了一會兒，她終於站直起來，把聽診器塞進口袋裡。這時候，她看到男孩臉上露出鬆了一口氣的表情。

「就這樣嗎？」他說。

「就這樣。」艾貝用手把醫師袍撫平。「對了，喬許，你最喜歡哪一支棒球隊？」

「那還用問嗎？」

「噢，對了，當然是波士頓紅襪隊。」

「我爸把他們所有的比賽全部幫我錄下來了。我們從前常常到公園球場去看比賽，我和我爸爸。等我回到家以後，我要把那些比賽全部看個過癮。所有的錄影帶。我要整整看他三天三夜的棒球……。」說到這裡，他深深吸了一口氣，一口高含氧量的空氣，然後抬頭看著天花板。他囁囁嚅嚅地說：「趙醫師，我好想回家。」

「我知道。」薇薇安說。

「我想再回去看看自己的房間。我想念我的房間。」說到這裡，他嚥了一口唾液，可是卻已經壓抑不住自己的哽咽。「我想看看自己的房間。就這樣而已。我只是想再看看自己的房間。」

漢娜立刻走到他旁邊，伸出雙臂圈住那個大男孩，把他摟在懷裡，輕輕搖晃著。他努力壓抑不讓自己哭出聲來，緊捏著拳頭，臉埋在她的頭髮裡。「沒關係。」漢娜輕聲細語地說：「孩子，想哭就哭出來。我在這裡陪你，喬許，我會一直在這裡陪你。只要你需要我，我會永遠在你身邊。沒事了。」艾貝看到男孩的肩膀上方露出漢娜的眼睛，漢娜也正在看著她。那位護士臉上佈滿了淚水。那不是喬許的淚水，而是她自己的。

艾貝和薇薇安默默走出房間。

她們走到護理站，艾貝看著薇薇安在一份雙頁複寫的文件上簽名，申請淋巴球交叉配對試驗，試驗對象是喬許．奧戴和凱倫．塔利歐的血液。

「妳多快可以動手術？」艾貝問。

「也許明天早上我們就可以進手術房了。愈快愈好。昨天他已經發作了三次心室心動過速，心律很不穩定。他的時間已經不多了。」薇薇安在旋轉椅上轉過來看著艾貝。「我真希望看到那個孩子能夠回家去看紅襪隊的比賽。妳呢？」

薇薇安的表情還是像平常一樣，平靜冷漠，看不出她心裡在想什麼。艾貝心裡想，也許薇薇安的心腸軟得像豆腐一樣，只不過她絕對不會顯露出來。

「趙醫師？」病房職員突然開口問她。

「怎麼了？」

「我剛剛打電話到外科加護病房，請他們做淋巴球交叉配對試驗。他們說他們已經幫凱倫・塔利歐做過配對了。」

「那太好了。可見我帶的實習醫師滿搞得清楚狀況。」

「可是，趙醫師，他們配對的對象不是喬許・奧戴。」

薇薇安突然猛轉頭看著那個職員。「你說什麼？」

「外科加護病房說，他們是和另外一個病人做配對。那是一位自費病人，名叫妮娜・福斯。」

「可是喬許已經命在旦夕，沒辦法再等下去了！他在名單上是第一順位。」

「可是他們告訴我，那顆心臟要移植給另外一位病人。就是這樣。」

薇薇安猛站起來，三步併作兩步衝到電話旁邊，按了一個號碼。過了一會兒，艾貝聽到她在說：

「我是趙醫師。我想知道凱倫・塔利歐的淋巴球交叉配對試驗是誰申請的。」她聽著電話裡的聲音，然後皺起眉頭，掛斷電話。

「他們有告訴妳是誰嗎？」艾貝問。

「有。」

「那是誰申請的？」

「馬克・赫德爾。」

4

那天晚上，艾貝和馬克在卡薩布蘭加餐廳訂了位。餐廳就在他們住的劍橋大學商業大樓那條街上。今天晚上他們到餐廳吃飯，本來是打算要慶祝他們住在一起六個月。只可惜，那頓飯的氣氛一點都不愉快。

「我只是想知道。」艾貝說：「這個妮娜．福斯到底是誰？」

「我已經告訴過妳，我不知道。」馬克說：「我們不要談這個好不好？」

「那個男孩子已經命在旦夕。他一天要急救兩次。他被列在受贈者名單上已經一年了，現在好不容易來了一顆ＡＢ型陽性的心臟，而你卻要跳過登記系統插隊？你居然要把那顆心臟移植給一個還能夠住在家裡的自費病人？」

「我們不可能把那個心臟讓給別人的，妳明白嗎？那是臨床決策。」

「那是誰做的決策？」

「亞倫．李維。他今天下午打電話給我，跟我說妮娜．福斯明天要住院了。他叫我申請疾病篩檢，叫他們過濾器官捐贈者名單。」

「他說的只有這些嗎？」

「基本上是這樣。」馬克伸手去拿那瓶勃艮地葡萄酒，倒了一杯，不小心灑了一些酒在桌布上。「好了，我們不要再談這個了好不好？」

她看著他的動作，看著他把酒灑在桌上。他眼睛根本沒有在看她，似乎不想跟她正眼相對。

「這位病人是什麼身分？」她問：「她今年幾歲？」

「我不想再談這件事了。」

「你是安排她動手術的人，你一定知道她幾歲。」

「四十六歲。」

「從外州來的嗎？」

「波士頓。」

「我聽說她會用直升機從羅德島州送過來。護士是這麼說的。」

「她和她的丈夫夏天的時候都住在羅德島州的新港市。」

「她丈夫是誰？」

「一個叫維克多．福斯的人。我只知道這麼多，只知道他的名字。」

艾貝遲疑了一下，然後又問：「這位福斯先生是什麼來頭？」

「這跟錢有關係嗎？」

「他們在新港市不是有一間夏日度假別墅嗎？少來了，馬克。」

他眼睛還是不看她，一直看著酒杯，不肯跟她正眼相對。回想從前，不知道有多少次，她總是隔著桌子看著他。每當她這樣看著他的時候，她總會回想起第一眼見到他的那一刻，當時，他是多麼地令她著迷。他直視著她，眼神坦然無畏，四十一歲的臉上有淡淡的魚尾紋。他臉上總是掛著微笑。然而，今天晚上，他甚至不敢正眼看她。

她說：「我一直不知道，原來收買一顆心臟是這麼容易。」

「妳不要妄下結論。」

「兩個病人都需要那顆心臟。一個是臨床教學組的病人，窮人家的孩子，沒有保險。另外一位病人擁有羅德島的夏日度假別墅。所以，有錢人贏了。這不是很明顯嗎？」

他又伸手去拿酒瓶，又倒了一杯酒——這已經是第三杯了。他為人處世的風格一向很有節制，很溫和。對他這樣的人來說，這種喝法實在很異乎尋常，簡直像個酒鬼。「妳聽我說。」他說：「我已經在醫院裡待了一整天了，現在我最不想談的就是醫院的事情。我不想再談這些了。」

兩個人忽然都沒話說了。凱倫．塔利歐的心臟，這個話題彷彿像毯子一樣，把其他的話題都蓋住了。她心裡想，*也許我們兩個人能說的話都已經說完了*。當他們兩個人已經把從前的故事都告訴對方了之後，他們就必須開始尋找新的話題來聊，也許這意味著，他們兩個人的關係已經走到開始令人沉悶的階段了。*我們在一起才不過六個月，卻已經開始變得沒話好講了*。

她說：「看到那個男孩子，我就會想到彼得。彼得也是紅襪隊的球迷。」

「妳說誰？」

「我弟弟。」

馬克沒有答腔。他坐在那邊拱著肩膀，那副模樣看起來很不自在。每次談到彼得，他就很不自在。不過，話說回來，對醫生來說，死亡這種話題談起來本來就不是很舒服。她心裡想，醫生每天都在玩文字遊戲。我們會說「沒有氣息」，會說「回天乏術」，或是「大限已到」。只不過，我們很少說出那兩個字：死亡。

「他很迷紅襪隊。」她說：「他收集了紅襪隊所有的棒球卡，他把午餐錢都省下來買棒球卡，而且，他還花了更多錢幫那些棒球卡加了護貝。一張棒球卡只要一分錢，加護貝卻要五分錢。我想，你大概會認爲，這種思考模式就像十歲的小孩子。」

馬克啜了一口酒。此刻，他整個人彷彿被一股不安的氣息包圍住，把自己隔絕起來，以免她談論的事情碰觸到他。

這頓晚飯本來是爲了要慶祝，現在整個氣氛都弄僵了。他們兩個就這麼坐著，幾乎都沒有再說話了。

回到家以後，馬克窩在書桌後面，自顧自看著桌上那一整堆外科醫學會期刊。每次他們兩個意見不合，他的反應就是這樣——退縮逃避。眞該死，她還寧可兩個人痛痛快快大吵一架，把心裡積壓的不滿都發洩出來，這樣還比較健康一點。從前，迪麥多那一家子有三個頑固任性的女兒，再加上一個年幼無知的彼得，不但爸媽會吵架，兄弟姐妹之間也是你來我往沒完沒了。然而，儘管爭吵不斷，他們依舊安然度過無數風暴，家人之間的愛並沒有因此而褪色。是的，艾貝不怕吵架，吵架並不會傷感情。

她受不了的是這種無言的冷戰。

她萬分沮喪，乾脆跑到廚房去刷水槽。原來，我已經開始變得跟我媽一樣了，想到這個，她忽然很痛恨自己。我很生氣，可是我在幹什麼？我跑來洗廚房。她刷洗完瓦斯爐的爐面之後，接著又把爐嘴拆下來刷一刷。後來，她終於聽到馬克上樓梯的聲音了。他要去睡覺了。這個時候，整間廚房已經被她刷得亮晶晶了。

她也跟著上樓去了。

房間裡黑漆漆的，他們並肩躺在一起，可是卻不碰對方。他悶不吭聲，而她也學他一樣不講話。她不想示弱，不想讓他覺得她有求於他。要怎麼開口打破沉默而又不會沒面子呢？她實在想不出來。可是，她實在忍不住了。

「我實在很受不了你這種態度。」她說。

「拜託妳，艾貝，我已經很累了。」

「我也一樣。我們都很累了。我們好像一直都很累。可是我實在沒辦法就這樣去睡覺。而且，我也不相信這樣你睡得著覺。」

「好吧，妳到底要我說什麼？」

「隨便你說什麼都行！我只是要你繼續跟我說話。」

「我實在看不出來，這樣沒完沒了的講下去有什麼意義。」

「有些事我必須跟你談清楚。」

「可以，妳說吧，我在聽。」

「可是你根本沒有把我的話聽進去。我覺得自己好像在跟神父告解，隔著窗口的欄杆跟一個看不見的人說話。」她嘆了口氣，瞪大眼睛看著眼前的一片漆黑。她突然感到一陣暈眩，感覺自己整個人彷彿飄起來一樣，漂泊無依，無親無故。「內科加護病房那個男孩子。」她說：「他今年才十七歲。」

馬克沒有答腔。

「他跟我弟弟實在太像了，看到他我就想到我弟弟。當年彼得年紀比他還小。可是，男生似乎都一樣，都喜歡假裝自己很勇敢。彼得也是一樣。」

「這不是我一個人做的決定。」他說：「這是很多人共同的決定，整個小組的集體決定。亞倫．李維、比爾．亞契。甚至還有傑瑞米．帕爾。」

「爲什麼連院長都扯進來。」

「帕爾希望我們把統計評估做得更精確一點。我們做了很多研究，在移植手術方面，門診病人存活的機率比較高。」

「可是，如果喬許．奧戴不移植心臟，他就死定了。」

「我知道這是很悲慘的事，可是人生就是如此。」

她靜靜地躺著，一動也不動。他那種理所當然的語氣令她不寒而慄。

他伸出手來握她的手，她把他的手甩開。

「你可以勸他們改變心意。」她說：「你可以說服他們——」

「來不及了。我們整個團隊已經做成決議。」

「老天，這是什麼樣的團隊？」

他們陷入沉默，很久很久都沒有說話。後來，馬克不動聲色地說：「艾貝，講話注意一點。」

「你的意思是，談到你們那個神聖的團隊就要畢恭畢敬嗎？」

「那天晚上在亞契家裡，我們說的都是眞心話。事實上，亞契後來告訴我，這三年來，妳是他所見過最優秀的團隊種子人才。不過，亞契招募人才的時候是很謹愼的。我可以體會他的心情。我們需要的是能夠跟我們有合作默契的人，而不是跟我們唱反調的人。」

「即使我跟團隊裡其他的成員意見不合，這樣也沒關係嗎？」

「艾貝，每一個團隊難免都有意見不合的時候。我們每個人都各有各的觀點，不過，我們會討論，達成共識，一起做決定。決定之後，我們就會嚴格遵守。」他又把手伸過去，握住她的手。這一次她沒有再掙脫了，可是她並沒有回握他的手。「別這樣，艾貝。」他輕柔地說：「醫院裡有一大票住院醫師，他們會爲了加入貝賽醫院的心臟移植小組爭得你死我活。可是，看看妳，這樣的機會等於是主動送上門的。這正是妳想要的，不是嗎？」

「那當然是我夢寐以求的。當我發現自己是多麼渴望的時候，我都被自己嚇了一跳。最離譜的是，我從來都不知道自己有這麼渴望，一直到亞契跟我提起那種可能性的時候，我才……」說到這裡，她深深吸了一口氣，然後又長長的吁了一口氣。「我很痛恨自己老是想要更多，老是貪得無厭。好像總是有一些東西一直在吸引我，引誘我。一開始是進大學，然後又是進醫學院，然後是到醫院當外科住院醫師，然後就是現在，加入心臟移植小組。現在的我變化實在太大了，跟當年的我完全不一樣了。剛開始的時候，我只是單純的想當一個醫生……」

「純粹當一個醫生已經無法滿足妳了，對不對？」

「是的。我希望自己還是像當年那麼單純，可是我已經跟從前不一樣了。」

「那麼，艾貝，妳就不要把事情搞砸了。求求妳，爲了我們兩個。」

「你說得好像你才是那個會失去一切的人。」

「推薦妳的人就是我。我跟他們說，他們不可能找到比妳更好的人選。」說著，他凝視著她。「我現在還是這麼認爲。」

他們就這麼握著手，沉默了好一會兒，沒有說話。後來，他伸出手輕撫著她的屁股。他雖然沒有抱住她，不過，這種動作已經顯現出他想要抱她。

這樣就夠了。她主動投入他的懷裡。

有六位醫師口袋裡的呼叫器同時發出嗶嗶的聲響，接著，醫院的廣播系統發出簡短的呼叫：藍色緊急狀況，內科加護病房，藍色緊急狀況，內科加護病房。

艾貝跟著一群外科住院醫師一起衝向樓梯。當他們跑進內科加護病房的時候，裡頭已經擠滿了一大群護理人員。艾貝瞄了一眼就知道，裡面的人已經太多了，處理藍色緊急狀況根本用不著這麼多人。大多數的住院醫師已經開始走出加護病房，艾貝本來也要跟他們一起出去。後來，她發現出狀況的是第四床。喬許．奧戴的小隔間。

那個小隔間裡圍著一群穿著白袍和刷手服的人牆。艾貝從人叢中擠進去，看到喬許．奧戴躺在衆人環繞的床上，瘦弱的身軀暴露在照明燈的強光照耀下。漢娜．勒夫正在擠壓他的胸口做心肺復甦術，每壓一次，她那頭金髮就會往前擺盪一次。另外一個護士蹲在活動式醫療器材櫃前面，手忙腳亂地在抽屜裡東翻西找，掏出幾個藥水瓶和針筒，然後遞給內科實習醫師。艾貝瞄了心電圖監視螢幕一眼。

心室纖維性顫動。這是心臟逐漸停止跳動的前奏。

「給我七吋半的氣管內插管！」突然聽到一個聲音在大喊。

那一剎那，艾貝才留意到薇薇安．趙蹲在喬許的床頭後面。她已經準備好光學插管咽喉鏡。器材櫃前面那個護士把氣管內插管的塑膠套撕掉，然後遞給薇薇安。

「繼續幫他灌氣！」薇薇安指揮著。

那位呼吸器技師拿著一個麻醉用的口罩壓在喬許臉上，繼續擠壓手上那個小氣球般的氣囊，擠壓好幾次，把氧氣灌進男孩的肺部。

「好了。」薇薇安說：「我們開始插管。」

那個技師立刻把口罩拿開，接著，薇薇安很快就把氣管內插管插好了，並且接上了氧氣。

「利多卡因已經注射。」一個護士說。

內科住院醫師抬頭瞄了螢幕一眼。「該死。還在心室纖維性顫動。我們再電擊一次。兩百焦耳。」一位護士把電擊去顫器的電擊板遞給他。他把板子壓在病人胸口上，電擊的位置上已經貼好了電極傳導膠片，一片靠近胸骨，一片在乳頭外緣。「所有人退後。」

電流瞬間穿透喬許·奧戴的身體，刺激他身上的每一塊肌肉，同時引發全身痙攣反應。他全身抽搐了一下，整個人彈起來，然後又不動了。

所有人眼睛都看著監視器的螢幕。

「還是心室纖維性顫動。」有人說：「交感神經結阻斷劑兩百五十毫克。」

漢娜又很本能地開始擠壓他的胸口，幫他做心肺復甦術。她已經滿臉通紅，汗流浹背，臉上的表情看起來像是嚇呆了。

「我來接手。」艾貝說。

漢娜點點頭，站到旁邊去。

艾貝爬到矮凳上，手壓在喬許的胸口上。她手掌放在喬許的胸骨下緣三分之一的位置，感覺到他的胸口削瘦而脆弱，彷彿再用力壓幾下就會碎裂一樣。她忽然有點害怕，差一點就不敢壓下去。

她開始擠壓他的胸口。這種動作是很機械性的，根本不花腦力。她壓下去的時候，身體往前傾，然後放開，然後再往前傾，然後再放開，反覆同樣的動作。心肺復甦術的阿法節律。在這場混亂中，她雖然也參與救援，然而，她卻感覺自己的內心彷彿從眼前的一切跳脫出來，心思飄得很遠。她不敢去看那個男孩的臉，不敢去看薇薇安用膠帶貼住氣管內插管，把管子固定住。她只是全神貫注地看著男孩的胸口，看著自己緊握的雙手，看著手底下胸骨的位置。這樣一來，她就會忘記這是誰的胸骨。她可以想像這是任何人的胸口，一個老人的胸口，一個陌生人的胸口。前傾擠壓，放開。她全神貫注。前傾擠壓，放開。

「所有人再退後！」有人大喊了一聲。

艾貝立刻退開。電擊板又擊發了一次，他的身體又彈了一下。

心室纖維性顫動。監視螢幕上的訊號顯示，他的心臟快撐不下去了。

艾貝再次交叉雙手，壓在男孩胸口上。前傾擠壓，放開。喬許，活過來吧。她的手彷彿在跟他說話。回來吧，回來跟我們在一起。

這時候，亂哄哄的床邊忽然出現一個新的聲音。「我們來試試氯化鈣。一百毫克。」那是亞倫．李維在說話。他站在床尾隔板附近，眼睛盯著監視器螢幕。

「可是我們已經幫他打過柔毛洋地黃素了。」內科住院醫師說。

「到了這個節骨眼，我們就不用考慮太多了。」

有個護士用針筒抽了一些氯化鈣，然後遞給住院醫師。「一百毫克氯化鈣。」

藥水從靜脈注射管打進去。那一剎那，注入那些藥水，就彷彿把錢幣投進許願池一樣。

「好了，再電擊一次試試看。」亞倫說：「這次用四百焦耳。」

「所有人後退！」

艾貝往後退。男孩的四肢抽搐了一下，然後又不動了。

「再一次。」亞倫說。

又是一陣抽搐。螢幕上的波紋忽然垂直跳起來，然後立刻掉回底部。接著，螢幕發出嗶的一聲，光點波紋起伏了一下——那是心室去極化複合波的波峰。但波紋隨後又立刻下降到心室纖維性顫動的位置。

「再一次！」亞倫說。

電擊板再次貼上男孩的胸口。在四百焦耳電流的刺激下，男孩的身體又抽搐了一下。接著，所有人的目光都集中到監視器螢幕。

螢幕上又閃過一個波峰，接著又是一個，再一個。

「好了，恢復到正常竇性心律了。」亞倫說。

「有脈搏了！」一個護士說：「我測到脈搏了！」

「血壓七十四十……又上升了，九十五十……」

整個房間裡的人都吁了一口氣。站在床尾的漢娜．勒夫一點都不害臊地大哭起來。**歡迎你回來，喬許**，艾貝心裡想。她發現自己也已經淚眼模糊了。

另外那幾個住院醫師一個個走出病房，但艾貝卻沒辦法離開。感覺自己彷彿全身虛脫，走不動了。她默默幫忙護士收拾那些用過的針筒和藥水瓶。每次藍色緊急狀況過後，免不了都會有滿地凌亂的玻璃和塑膠。漢娜一邊啜泣著，一邊拿著毛巾輕輕擦洗喬許的胸口，幫他把身上的電極膠擦掉。

這時候，薇薇安突然開口說話了。

「他本來現在就可以馬上移植心臟的。」她說。薇薇安站在喬許那張擺滿了紀念品的小桌子旁邊。她拿起那條幼童軍的勳章綬帶。松木火柴盒小汽車幼童軍大會。三年級。「他本來今天早上就可以進手術室，十點鐘之前就可以完成移植手術。亞倫，要是我們救不了他，那全是你的錯。」薇薇安盯著亞倫．李維。亞倫本來正在緊急狀況處置單上簽名，聽到她的話，手上的筆忽然停住了。

「趙醫師。」亞倫平心靜氣地說：「我們是不是可以私下再討論這件事。」

「我才不管有沒有人聽見！他好不容易等到了百分之百相容的器官。我要喬許今天早上就進手術室，可是偏偏等不到你的指令。你一直在拖延。一直在拖延。一直在他媽的拖延。」她深深吸了一口氣，低頭看看手上的勳章綬帶。「我真搞不懂你到底在幹什麼，我也搞不懂你究竟是什麼樣的人。」

「等妳冷靜下來之後，我再跟妳討論這些事情。」說著，亞倫轉身走出。

「我們現在就來談，你現在就講清楚。」薇薇安一邊說，一邊跟著衝出小隔間。

從小隔間的開口，艾貝可以聽到薇薇安一路追著亞倫跑過整間內科加護病房。她忿忿不平地猛追問，一定要亞倫給她一個解釋。

那條松木火柴盒小汽車幼童軍大會的勳章綬帶被薇薇安丟在地上。艾貝彎腰把那條綬帶撿起來。那是一條綠色綬帶——不是優勝者的顏色，只是一種獎勵，獎勵他花費了好幾個鐘頭用心琢磨那一部木頭小汽車，磨光，上油漆，潤滑輪軸，把釣魚用的鉛錘塞進去，讓車子滑下斜坡的時候速度會更快。這一切的努力都必須予以獎勵。小男孩的自尊心是很脆弱的，必須適當的予以安撫。

沒多久，薇薇安又跑回小隔間來了。她臉色蒼白，悶不吭聲，站在喬許的床尾，低頭凝視著那個男孩，看著他的胸口隨著呼吸器的節奏緩緩起伏。

「我要幫他轉院。」她說。

「什麼？」艾貝不敢置信地看著她。「轉去哪裡？」

「麻州總醫院。器官移植科。你們準備一下，等一下我就要把喬許送上救護車了。我先去打電話。」

兩個護士呆呆站在那邊不敢動，瞪大眼睛看著薇薇安。

漢娜反駁說：「以他現在的狀況不能隨便移動。」

「要是把他留在這裡，我們就救不了他了。」薇薇安說：「我們快要救不了他的。妳希望這樣嗎？」

漢娜低頭看看男孩，看到毛巾下面那削瘦的胸口一起一伏。「不。」她說：「不，我要他活下去。」

「伊凡．塔拉索夫是我念哈佛醫學院時候的老師。」薇薇安說：「他是麻州總醫院心臟移植小組的主任。要是我們的移植小組不肯救喬許，那麼，塔拉索夫願意救。」

「就算喬許熬得過救護車轉送。」艾貝說：「他還是一樣需要有人捐贈心臟。」

「那我們就幫他找一顆心臟。」薇薇安一邊說，一邊凝視著艾貝。「凱倫．塔利歐的心臟。」

那一剎那，艾貝忽然很清楚自己該怎麼做了。她點點頭說：「我現在就去跟喬．塔利歐談。」

「一定要有書面的。務必要讓他簽名。」

「問題是要怎麼摘取呢？貝賽的移植小組是不可能動手的。」

「塔拉索夫通常都喜歡派他自己的人去摘取器官。我們可以協助他。我們甚至可以服務到家，把心臟送到麻州總醫院大門口。不能再耽擱了，動作要快，不要讓他們有時間阻攔我們。」

「等一下。」另外一個護士說：「妳沒有得到醫院授權，不能把病人轉送到麻州總醫院去。」

「我可以。」薇薇安說：「喬許．奧戴是臨床教學組的病人。意思就是，總醫師可以做決定。這件事由我全權負責。妳們只要聽命行事就可以了。幫他準備一下，等一下就送他上救護車。」

「沒問題，趙醫師。」漢娜說：「我還要跟他一起上車。」

「應該的。」說著，薇薇安看看艾貝。「好了，迪麥多。」她忽然提高嗓門說：「輪到妳了。妳去把心臟弄到手。」

一個半鐘頭之後，艾貝開始換上手術袍。她已經完成了最後一道清洗消毒程序，彎著手肘小臂朝上，用背後頂開三號手術室的旋轉門。

器官捐贈者躺在手術檯上，蒼白的身體沐浴在螢光燈下。一個麻醉護理師正在更換靜脈注射瓶。這位病人不需要麻醉。凱倫．塔利歐已經感覺不到痛苦了。

薇薇安已經穿好了手術袍，戴好了手套。她站在手術檯的一邊，而站在另一邊的是一位腎臟外科醫師，林醫師。艾貝之前協助過林醫師很多次。這個人沉默寡言，他工作的時候是出了名的動作敏捷，悶不吭聲。

「文件簽名了嗎？收好了嗎？」薇薇安問。

「一式三份。已經加在病歷表裡面了。」特定捐贈對象同意書的內容是她自己打字的，上面特別聲明，凱倫．塔利歐的心臟只捐贈給十七歲的喬許．奧戴。

就是這個男孩的年紀打動了喬．塔利歐。當時，他一直坐在太太床邊，握著她的手，靜靜地聽艾貝告訴他那個十七歲男孩的事，告訴他那個男孩子多麼熱愛棒球。於是，喬二話不說，立刻簽了字。

然後，他吻了他的太太一下，跟她道別。

護士幫艾貝穿上無菌手術袍，戴上六號半的手套。「器官摘取手術由誰執刀？」她問。

「塔拉索夫小組的佛畢夏醫師。我從前和他合作過。」薇薇安說：「他已經在路上了。」

「喬許的手術安排好了嗎？」

「十分鐘前塔拉索夫打電話給我。我先前已經告訴過他喬許的血型，他們已經做過交叉比對了，手術室也準備好了。他們已經在待命了。」她低頭看看凱倫．塔利歐，顯得有些不耐煩。「老天，摘取心臟我自己動手就可以了，根本用不著等。那個要命的佛畢夏怎麼到現在還沒來？」

他們又繼續等。十分鐘，十五分鐘。這時，對講機突然發出嗶的一聲，是麻州總醫院的塔拉索夫打電話來。他在問摘取手術開始了嗎？

「還沒。」薇薇安說：「快了。」

五分鐘後，手術室的門嘩的一聲被擠開了，佛畢夏走進來，那雙結實粗壯手臂還在滴水。

「九號手套。」他簡單俐落地說。

整個手術室的氣氛突然緊繃起來。在場的人除了薇薇安之外，沒有人和佛畢夏一起工作過。

他的表情看起來嚴厲，似乎不太想跟人說話。護士一句話也沒說，迅速幫他穿上手術袍，戴上手套。

他站到手術檯旁邊，以一種挑剔的眼神打量著手術檯旁邊的器具設備。「趙醫師，妳又闖禍了嗎？」

「老樣子。」薇薇安說。她比了個手勢，指了指手術檯周圍的幾個人。「林醫師負責腎臟。我和迪麥多醫師必要的時候再提供協助。」

「病人的病歷呢？」

「頭部受傷。腦死。捐贈文件已經簽署。她今年三十四歲，原先身體狀況良好，血液已經過篩檢。」

他拿起手術刀，舉到死者胸口上方的時候，突然停下來。「還有什麼事需要讓我知道的嗎？」

「沒有了。新英格蘭器官銀行已經確認過，兩造的體質完全相容。相信我的話。」

「我最怕聽別人說這種話。」佛畢夏嘀咕著說：「好吧，我們用最快的速度看看心臟，確認一下這顆心臟是否健全。然後我們先站到旁邊，讓林醫師先摘取腎臟。」說著，他把手術刀的刀刃壓在凱倫．塔利歐的胸口上，迅速劃了一下，在胸口正中央切出一道裂口，露出胸骨。「胸骨鋸。」

手術助理護士把電鋸遞給他。艾貝拉住牽拉器。當佛畢夏開始切開胸骨的時候，艾貝忍不住把頭轉開。聽到電鋸葉片的嘎吱聲，聞到骨灰的味道，她突然感到有點噁心。但佛畢夏似乎完全不爲所動。他的手動作迅速敏捷，技術老練。過沒一會兒，胸腔已經露出來了。他舉起手術刀，對準心包囊。

切開胸骨的動作看起來似乎只需要蠻力，接下來的工作就必須很精巧細膩了。他劃開心包囊的膜。

裡面的心臟還在跳動，他瞄了一眼，嘴裡嘀咕了幾句，好像很滿意。他看了對面的薇薇安一眼，開口問她說：「趙醫師，妳覺得怎麼樣？」

薇薇安沒有出聲，顯得很莊重。她把手伸進胸腔裡很深的地方。她似乎在撫摸那顆心臟，手指頭輕輕地碰觸著心臟外壁，順著每一根冠狀動脈摸一摸。心臟在她手中很有力地搏動著。「這是一顆很漂亮的心臟。」她輕柔地說，眼睛閃閃發亮。她看看對面的艾貝。「這個心臟真是上天賜給喬許的禮物。」

這時候，對講機突然發出嗶的一聲。有一個護士的聲音說：「塔拉索夫醫師在線上。」

「告訴他心臟看起來很不錯。」佛畢夏說：「我們正要開始摘取腎臟。」

「他想跟醫師說話，任何一位都可以。他說非常緊急。」

薇薇安瞄了艾貝一眼。「妳去吧，脫掉手術袍，妳去接電話。」

艾貝脫掉手套，走過去把牆壁上的話筒拿起來。「喂，請問是塔拉索夫醫師嗎？我是艾貝．迪麥多，住院醫師。心臟看起來狀況很不錯。大概再過一個半鐘頭就可以送到你那邊了。」

「你們恐怕還要再快一點了。」塔拉索夫說。從電話裡，艾貝可以聽到一些嘈雜的聲音：有人在交談，講話很急，還有金屬器材碰撞的聲音。塔拉索夫的聲音聽起來很緊張，有點心不在焉。她聽到他轉頭跟別人說話。過了一會兒，他又回到線上。「過去這十分鐘，那孩子已經急救兩次了。現在我們好不容易又讓他恢復到正常竇性心律。不過，我們已經不能再等了。除非我們現在立刻幫他接上體外心肺循環機，否則，他就沒救了。不管怎麼樣，我們可能都救不活他了。」說到這裡，他又轉過頭去跟別人說話。後來，他又回到線上的時候就說了一句：「我們要開刀了。趕快來，知道嗎？」

艾貝掛斷電話，然後對薇薇安說：「他們要把喬許接上體外心肺循環機。他又急救了兩次。他們現在就要心臟！」

「可是我至少需要一個鐘頭才能把腎臟拿出來。」林醫師說。

「別管腎臟了。」薇薇安斬釘截鐵地說：「我們直接先拿心臟。」

「可是——」

「她說得對。」佛畢夏說。接著，他朝著護士大喊：「趕快準備冰的生理食鹽水！把冷藏盒準備好，還有，找個人去叫救護車準備好。」

「我還要再重新著裝嗎？」艾貝問。

「不用了。」薇薇安伸手去抓牽拉器。「再過幾分鐘就好了。我們需要妳把心臟送過去。」

「那我的病人怎麼辦？」

「我會幫妳照應。把妳的呼叫器放在手術室的桌子上。」

有一位護士已經開始在冷藏盒裡放冰塊了。另外一個護士站在手術檯旁邊，把冰的生理食鹽水灌進水桶裡。佛畢夏已經不需要再進一步發號施令了。這幾個都是心臟科的護士，該做什麼事她們清楚得很。

佛畢夏飛快地操作手術刀，完成預備性的切離動作。現在，心臟已經完全和心包囊脫離了。心臟還在跳動，每跳一次就會把充滿了氧氣的血液灌進動脈。現在，時候到了，該讓它停止跳動了，該把凱倫．塔利歐最後殘餘的生命跡象結束了。

佛畢夏把五百毫升的高含量鉀溶液灌進主動脈根部。心臟跳了一下，兩下。

接著，心臟終於停止跳動了。現在，心臟開始變得鬆軟了。突然注入的鉀溶液麻痺了心臟的肌肉。艾貝不由自主地看著心電圖監視螢幕。已經沒有心電顯示了。凱倫．塔利歐終於死亡了，可以從醫學上判定死亡了。

有個護士把一桶冰的生理食鹽水倒進胸腔裡，讓心臟保持低溫。接著，佛畢夏開始動手捆綁，切割。

過了一會兒，他把心臟從胸腔裡拿出來，輕輕放進一個盆子裡。鮮血在冰冷的食鹽水裡蔓延開來。護士向前跨了一步，手上撐開一個塑膠袋。佛畢夏讓心臟在溶液裡多浸泡了一下，然後把洗乾淨的心臟輕輕放進塑膠袋裡。接著，護士又把更多的冰食鹽水倒進塑膠袋裡。接下來，那個塑膠袋又被放進另外一個塑膠袋裡，然後再放進冷藏盒裡。

「交給妳了，迪麥多。」佛畢夏說：「妳坐救護車過去，我會開我的車跟在後面。」

艾貝拿起冷藏盒。當她推開手術室旋轉門的時候，聽到薇薇安的聲音在後面喊：

「小心點，別掉下去。」

5

艾貝把那個冷藏盒放在大腿上，緊緊抱住，心裡想，喬許・奧戴的命在我手上。中午時刻，波士頓的路上交通還是像平常一樣擁擠，塞車塞得很厲害。不過，面對救護車閃爍的警示燈，車流卻彷彿出埃及記裡的紅海一樣，奇蹟似的分開了。艾貝從來沒有坐過救護車。要是換成別的時候，也許這趟車會坐得很過癮。波士頓的駕駛人是全世界最野蠻的，能夠眼看著他們乖乖讓路，那種感覺一定很痛快。可是現在，她滿腦子想的只有大腿上抱著的那顆心臟。她心裡明白，每多耽擱一秒鐘，也就等於喬許・奧戴的生命又被剝奪了一秒鐘。

「裡頭那個還是新鮮貨吧，對不對，大夫？」救護車駕駛問她。這位駕駛名叫傅立歐，看他胸前的名牌就知道。

「一顆心臟。」艾貝說：「一顆很健康的心臟。」

「要給什麼人？」

「一個十七歲的小男生。」

這時候，傅立歐特技表演似的繞過一長排停住不動的車子，他那兩隻靈敏的手轉動方向盤的時候顯得氣定神閒，駕輕就熟。「我載過腎臟，從機場。不過，老實告訴妳，這是我第一次載心臟。」

「我也是。」艾貝說。

「那應該可以撐——好像是五個鐘頭吧，對不對？」

「差不多。」

傅立歐瞥了她一眼，笑一笑說：「妳放心，等我們抵達的時候，妳至少還可以剩下四個半鐘頭。」

「我擔心的不是這顆心臟，而是那個孩子。不久之前，我聽到的消息是，他的狀況不太妙。」

傅立歐更專心地看著前面路上的車子。「我們快到了。頂多再五分鐘。」

這時候，無線電忽然發出吱吱嘎嘎的聲響。「二十三號，貝賽呼叫。二十三號，貝賽呼叫。」

傅立歐把麥克風拿起來。「二十三號，傅立歐。」

「二十三號，現在立刻回貝賽急診室。」

「不可能。我正要把活器官送到麻州總醫院。聽到了嗎？我正在往麻州總醫院的路上。」

「二十三號，你的命令是立刻回貝賽。」

「貝賽，叫別的車試試看，可以嗎？我車上有活器官——」

「這道命令就是針對二十三號車。立刻回來。」

「這是誰的命令？」

「亞倫．李維醫師直接下令。不要去麻州總醫院。聽到了嗎？」

傅立歐瞥了艾貝一眼。「這是怎麼回事？」

艾貝心裡想，老天，被他們發現了，被他們發現了。他們會想盡辦法阻止我們……

她低頭看看裝著凱倫．塔利歐心臟的那個冷藏盒。她想到那個十七歲的男孩，想到未來還有多少燦爛歲月在等著他。

她說：「不要回去。繼續走。」

「妳說什麼？」

「我說，繼續走。」

「可是他們命令我——」

「二十三號，貝賽呼叫。」無線電突然又發出聲音。「請回答。」

「把我送到麻州總醫院去！」艾貝說：「聽我的話。」

傅立歐又瞄了一眼無線電。「老天。」他說：「可是——」

「算了，讓我下車！」艾貝命令他。「剩下的路我用走的！」

這時候，無線電又開始說：「二十三號，貝賽呼叫。請立刻回答。」

「噢，去你的。」傅立歐朝著無線電喃喃唸了一句。

接著，他猛踩油門。

救護車停靠站有一個護士在那邊等，她身上穿著綠色的刷手服。艾貝手上提著冷藏盒下車的時候，那個護士立刻問她：「貝賽來的嗎？」

「這裡有一顆心臟。」

「跟我來。」

艾貝趁那個空檔匆匆向傅立歐揮手道謝，然後就跟在那位護士後面走進急診室。艾貝幾乎是用跑的，走廊沿路的景象和人群擁擠的大廳像跑馬燈似的一閃而逝。接著，他們跨進一部電梯，護士把鑰匙插進緊急啓動插口。

「那孩子怎麼樣了？」艾貝問。

「我們已經幫他接上體外心肺循環機。沒辦法再等了。」

「他又需要急救了嗎？」

「急救一直沒有停過。」護士瞥了那個冷藏盒一眼。「妳手上的東西就是他最後的希望了。」

她們跨出電梯，連走帶跑地穿越一扇自動門，走進外科樓區。

「到了。我把心臟拿進去。」那位護士說。

透過窗戶，艾貝可以看到手術室裡有十幾個戴著口罩的人。當那位護士把冷藏盒從門口交給另一位機動勤務護士的時候，所有的人都轉頭過來看。接著，他們立刻打開冷藏盒，把心臟從冰堆裡拿出來。

「如果妳換上乾淨的刷手服，妳就可以進去了。」有一個護士對她說：「沿著走廊走到底就是女性更衣室。」

「謝謝，我是有點想進去。」

過了一會兒，艾貝已經披上新的刷手服，戴上手術帽和鞋套。當她進到手術室的時候，手術小組已經把喬許．奧戴受損的心臟拿出來了。艾貝悄悄地擠進那一群裡面，然而，前面人擠人，她什麼都看不到。不過，她可以聽得到那些外科醫師在交談。她忽然放鬆下來，甚至有一種彷彿回到家的感覺。所有的手術室看起來都一樣，一樣的不鏽鋼材質，一樣的藍綠布幔，一樣的明亮燈光。只不過，這裡的人工作的氣氛有點不一樣。通常，這要看帶頭的外科醫師是什麼樣的人。什麼樣的人就會帶來什麼樣的氣氛。

手術室裡交談的氣氛很輕鬆，由此看來，和伊凡·塔拉索夫這樣的外科醫師一起工作應該是很愉快的。

艾貝悄悄繞到手術檯前端，站在麻醉醫師旁邊。頭頂上就是心電圖監視螢幕，螢幕上的光點線是平的。所以說，喬許胸腔裡的心臟沒有在跳動，循環機能目前完全由體外心肺循環機來承擔。他的眼皮被膠帶黏住了，這樣是爲了保護他的眼角膜，以免角膜乾燥脫水。他的頭髮被一頂紙帽子罩住了，只剩下額頭的地方露出一小撮黑色的鬈髮。她心裡想，**他還活著。孩子，你一定會活過來的。**

那位麻醉醫師瞄了艾貝一眼。「妳是從貝賽來的嗎？」他悄悄地問。

「是我送心臟來的。現在狀況怎麼樣了？」

「已經很久了，中間碰到好幾次危險，不過，最危險的狀況已經熬過去了。塔拉索夫動作很快，他現在已經開始在處理主動脈了。」說著，他朝著那位領頭的外科醫師點點頭。

伊凡·塔拉索夫長著雪白的眉毛，目光柔和，那副模樣看起來就像人見人愛的慈祥老爺爺。他正在叫旁邊的護士拿一根新的縫線針給他，叫她再多吸掉一點血。他講話的口氣很溫和，彷彿在說，麻煩一下，請再多給我一杯咖啡。他沒有刻意展現令人目眩的特技，也不會高高在上不可一世。他就像一個平平凡凡的技術人員，安安靜靜地埋頭努力工作。

艾貝又抬頭瞄了一眼監視螢幕。那條光點線還是平的。

還是沒有生命跡象。

喬許·奧戴的父母在等候室裡哭泣。那是喜極而泣。四周的人臉上都掛著笑容。時間是下午六點，他們的苦難終於結束了。

「新的心臟狀況很好。」塔拉索夫醫師說：「事實上，才剛移植上去，心臟就開始跳動了，我們都沒想到會這麼快。這顆心臟很健康很強壯，我相信，它會陪伴喬許走一輩子。」

「我們也沒有想到會這樣。」奧戴先生說：「我們只是聽他們說，喬許被送到這裡來，好像有什麼緊急狀況。我們本來以爲——我們本來以爲——」說到這裡，他忽然轉過去抱住他太太。他們緊緊抱在一起，不發一語。他們已經說不出話來了。

有位護士輕聲細語地說：「奧戴先生，奧戴太太？你們想看看喬許嗎？他已經快要醒過來了。」

塔拉索夫看著護士帶奧戴夫婦走進恢復室，臉上洋溢著笑容。然後他轉身看著艾貝，那雙藍眼睛在絲框眼鏡裡閃閃發亮。「我們幹這行就是爲了這個。」他輕聲地說：「就是爲了等待這一刻。」

「這次眞的好險。」艾貝說。

「豈只好險，簡直是驚心動魄。」他搖搖頭說：「我已經太老了，禁不起這樣的驚嚇。」

他們走進外科醫師休息室。他倒了兩杯咖啡，把頭上的手術帽拿掉，露出滿頭凌亂的灰髮。他的模樣看起來不像聲名卓著的胸腔外科權威，反而比較像是大學裡那種不修邊幅的老教授。他拿了一杯咖啡給艾貝。「妳回去告訴薇薇安，下回有事要早點講，免得我措手不及。」他說：「我接到她的電話之後，過沒一下子，病人突然就送上門了。差一點就變成我被送去急救。」

「薇薇安自有分寸，她知道自己在幹什麼。所以她才會把那孩子交給你。」

他笑了起來。「薇薇安．趙永遠都是胸有成竹，她永遠都知道自己在幹什麼。打從念醫學院的時代開始，她就是那樣了。」

「她是個很了不起的總醫師。」

「妳也是貝賽醫院臨床教學的外科醫師嗎？」

艾貝點點頭，啜了一口咖啡。「第二年。」

「很好。這一行的問題就是女人太少了。到處都是雄赳赳氣昂昂的硬漢牛仔，他們滿腦子想的就是拿刀子往別人身上割。」

「這似乎不太像醫生會講的話。」

這時候，有幾個醫生擠在咖啡壺前面，塔拉索夫看了他們一眼。「偶爾褻瀆一下神明。」他悄悄地說：「有益身心健康。」

艾貝把杯子裡剩下的咖啡一口喝光，然後瞄了一眼手錶。「我得回貝賽去了。其實我根本就不應該留在這裡看你們動手術。不過，我很高興我還是留下來看了。」她對他笑了一下。「謝謝你，塔拉索夫醫師，謝謝你救了那孩子的命。」

他搖搖頭。「其實我只不過像是個水電工，迪麥多醫師。」他說：「真正關鍵的零件是妳帶來的。」

計程車把艾貝載到貝賽醫院大廳門口的時候，時間已經過了七點了。她一進門就聽到天花板上的廣播系統在呼叫她的名字。她一把抓起內線電話。

「我是迪麥多。」她說。

「迪麥多醫師，我們已經呼叫妳好幾個鐘頭了。」總機小姐說。

「薇薇安．趙說過會幫我代班。她身上帶著我的呼叫器。」

「妳的呼叫器就在我們總機房的桌上。是帕爾先生要找妳。」

「妳是說傑瑞米．帕爾嗎？」

「他的分機號碼是五六六，管理部。」

「現在已經晚上七點了，他還在那裡嗎？」

「五分鐘之前他還在那裡。」

艾貝掛斷電話，忽然覺得有點緊張，胃裡一陣翻攪。傑瑞米．帕爾，貝賽醫院的院長。他只負責行政管理，本身不是醫生。先前她只和他講過一次話，在新任實習醫師的年度歡迎餐會上。那一次，他們兩個握握手，簡單寒暄了幾句，然後帕爾就走開了，過去跟其他的實習醫師打招呼。那次短暫的會面在她心中留下很深刻的印象：他是一個臨危不亂的人，還有，他身上穿著高級的名牌西裝。

自從那次餐會以後，她就再也沒有跟他正式見面過，只有偶爾在電梯裡或是在走廊上碰到的時候彼此點頭打個招呼。其實，她很懷疑他是不是還記得她的名字。現在已經晚上七點了，他居然在呼叫她。

絕對沒好事。她心裡想，絕對不是什麼好事。

她拿起電話，撥了薇薇安家裡的號碼。她必須先搞清楚是怎麼一回事，然後再打電話給帕爾。薇薇安一定知道。

電話沒有人接。

艾貝掛斷電話，心裡愈來愈覺得事情不對勁了。時候到了，該面對後果了。我們做了一個決定，我們救了一個孩子的命。他們怎麼能怪我們呢？

她心頭怦怦跳。她搭電梯到二樓。

管理部的天花板上只有一排螢光燈，光線昏暗。艾貝沿著那排螢光燈往前走。地面上鋪著地毯，走起路來無聲無息，走廊兩邊的辦公室裡面一片漆黑，幾張祕書的辦公桌都已經空無一人。不過，走廊盡頭有一扇關著的門，底下的門縫露出燈火。有人還在那間會議室裡。

她走到門口，敲敲門。

門開了，傑瑞米·帕爾站在門口看著她，面無表情。他身後的會議桌旁邊坐了五、六個人。她大略瞄了一眼，看到有比爾·亞契、馬克，還有穆漢德斯。心臟移植小組的成員都在裡面。

「迪麥多醫師。」帕爾說。

「很抱歉，我不知道你們在找我。」艾貝說：「我人不在醫院裡。」

「我們知道妳去什麼地方。」帕爾走出會議室，馬克跟在他後面走出來。在走廊昏暗的燈光下，兩個大男人和她正面相對。門半開著，她看到亞契從座位上站起來，走到門口把門關上，不讓她看到裡面。

「到我的辦公室來。」帕爾說。才一進門，他立刻砰的一聲用力把門關上，對她說：「妳知道妳闖了什麼禍嗎？妳明白嗎？」

艾貝看看馬克，但馬克面無表情。這就是她最害怕的：她心愛的男人永遠戴著面具，她永遠看不透。

「喬許·奧戴活下來了。」她說：「心臟移植救了他一命。我想不透我究竟犯了什麼錯。」

「錯就錯在妳為了救他所採取的手段。」帕爾說。

「我們沒辦法就這樣站在他床邊，眼睜睜地看著他死掉。那孩子還那麼年輕，他不應該就這樣——」

「艾貝。」馬克說：「我們不是在質疑妳的本意。妳的本意是好的，我們當然知道妳是好意。」

「赫德爾，你在扯什麼好意不好意？」帕爾忽然大聲叱喝：「他們偷走了一顆心臟！他們明知故犯，而且，他們根本不在乎會拖累什麼人！護士、救護車駕駛，甚至連林醫師也被他們扯進去！」

「艾貝只不過是做她該做的事。她只不過是執行總醫師的指示。就是這麼一回事。奉命行事。」

「這件事一定要追究到底。光是開除總醫師是不夠的。」

開除？薇薇安？艾貝看看馬克，想看看他的反應，是不是真有這回事。

「薇薇安已經承認這一切都是她幹的。」馬克說：「她承認她逼迫妳和那幾個護士要照她話去做。」

「我不相信迪麥多醫師這麼容易就會被人脅迫。」帕爾說。

「那麼林又怎麼說？」馬克說：「他當時也在手術室裡。難道你也要把他踢出醫院嗎？」

「林根本不知道他們在幹什麼。」帕爾說：「他只不過是到那裡去摘取腎臟。他只知道麻州總醫院那邊有一個病人在等待移植器官。而且，病歷表裡面有一份指定受贈人的簽署文件。」說到這裡，帕爾又轉身看著艾貝。「那份文件就是妳起草的，而且就是在妳的見證下簽署的。」

「是喬・塔利歐自願簽署的。」艾貝說：「是他同意那顆心臟必須給那個男孩。」

「換句話說，你不能指控任何人偷竊器官。」馬克強調說：「帕爾，這一切都是完全合法的。薇薇安很清楚該怎麼操控別人，所有的人都是任憑她擺佈的，包括艾貝在內。」

艾貝正想開口說話，幫薇薇安講幾句話，可是，她發現馬克正用一種充滿權威的眼神看著她，彷彿在警告她：小心！不要自掘墳墓！

「有個病人到我們醫院來，準備要移植心臟。可是現在，我們卻沒有心臟可以給她。我該怎麼跟她的丈夫交代呢？『福斯先生，眞是不好意思，我們把那顆心臟移植到別人身上去了。』」說著，帕爾又轉過來看著艾貝，臉色陰沉，怒氣沖天。「迪麥多醫師，妳只不過是一個小小的住院醫師，做這種決定已經明顯越權。妳沒有資格做這種決定。福斯已經發現妳幹的好事，現在，整個貝賽醫院都將因此付出代價。事情大條了。」

「算了吧，帕爾。」馬克說：「沒那麼嚴重吧。」

「你以爲維克多·福斯不會找律師來控告我們嗎？」

「憑什麼控告我們？我們有一份病患家屬簽署的指定受贈人的聲明書，那顆心臟本來就一定要移植給那個男孩子。」

「那是因爲被她誘拐，那個丈夫才會簽字！」帕爾怒氣沖沖的指著艾貝說。

「我只不過是告訴他喬許·奧戴的事情。」艾貝說：「我告訴他那個男孩子只有十七歲——」

「光是爲了這件事，我就應該把妳開除了。」帕爾說。接著，他看看手錶。「從七點三十分開始——也就是從現在開始——妳已經不再是本院臨床教學組的住院醫師了。」

艾貝滿臉驚訝地看著他。她想開口爭辯，可是卻發現自己喉嚨很乾，擠不出聲音來。

「你不能這樣做。」馬克說。

「爲什麼不行？」帕爾說。

「我可以告訴你一個原因。因爲只有臨床教學組的主任才能做這種決定。我太了解將軍了，我不認爲他會容忍別人冒犯他的權力。此外，還有另外一個原因。我們的外科住院醫師本來就已經人手不足了。萬一再少了艾貝，那就等於胸腔科的醫師輪値每天晚上都會缺人。帕爾，他們會過度勞累。過度勞累就很容易犯錯。如果你眞想要律師上門來控告我們，那就隨你的便吧。」說著，他瞄了艾貝一眼。「妳明天晚上要輪値，對不對？」

她點點頭。

「所以囉，帕爾，你打算怎麼辦？」馬克說：「你認爲還有哪個第二年的住院醫師有這種本事呢？你有辦法立刻找到人來替代她嗎？」

傑瑞米．帕爾瞪了馬克一眼。「人力不足只是暫時的。相信我，過一陣子就好了。」接著，他轉身看著艾貝。「明天妳就會知道我們要怎麼處置妳。現在妳先給我滾蛋，我不想看到妳。」

艾貝兩腿發軟，勉強走出帕爾的辦公室，走起路來搖搖晃晃。她忽然感到一陣茫然，腦海裡一片空白。她勉強沿著走廊往前走，走到一半就停住了。那種茫然的感覺忽然令她覺得很想哭。她本來已經快要忍不住了，當場就要哭出來了，還好馬克正好走到她身邊。

「艾貝。」他搭著她的肩膀，把她轉過來面對自己。「這整個下午，這裡就像戰場一樣。妳知道今天自己在幹什麼嗎？」

「我只是想救一個男孩子的命。這就是我今天幹的事情！」她聲音開始顫抖，終於忍不住哭出來了。「馬克，我們救了他。這本來就是我們應該做的事情。我並不是奉命行事。我是發自內心去做這件事的。是我自己的心意。」她忿忿不平地用力擦掉眼淚。「要是帕爾想對付我，那就隨便他。我可以坦然面對任何道德委員會，我會當他們的面把事實說出來。一個是十七歲的男孩，一個是有錢人的太太，你要選哪一個？馬克，我會把眞相全部說出來。也許我還是一樣免不了被開除，不過，我不會乖乖就範束手就擒的，我不會讓他好過的。」說完，她又轉身繼續沿著走廊往前走。

「還有別的辦法，更簡單的辦法。」

「我想不出還有什麼別的辦法。」

「妳聽我說。」他又抓住她的手臂。「讓薇薇安一個人去頂罪吧。反正她已經打算要這樣做了。」

「我並不只是因爲聽她的話才這樣做的。」

「艾貝，天上掉下來的禮物妳又何必拒絕！薇薇安已經承擔了所有的罪過。她這樣做就是爲了要保護妳和那些護士。妳就成全她吧。」

「那她會怎麼樣？」

「她已經辭職了。彼得．戴尼會接替她擔任總醫師。」

「那薇薇安要去什麼地方工作？」

「那就是她自己的事了，貝賽醫院管不著。」

「她做這件事正是爲了盡她的本分，她救了病人的性命。你們怎麼可以因爲她救了病人而開除她！」

「因爲她違反了我們這裡的第一守則。這條守則就是團隊默契。這家醫院容不下薇薇安．趙這種自我中心任性妄爲的人。這裡的醫生如果不是我們的同志，就是我們的敵人。」說到這裡，他停頓了一下。「妳呢？妳要當我們的同志，還是要當我們的敵人？」

「我不知道。」她猛搖頭，感覺自己又快要哭出來了。「我已經不知道什麼是對什麼是錯了。」

「艾貝，好好想一想，妳必須做一個選擇了。或者應該說，妳根本就沒有選擇的餘地。薇薇安已經當滿了五年的住院醫師。她已經取得了專科醫師資格，可以到任何一家醫院去工作，或是開一家外科診所。可是妳呢？妳才剛完成實習醫師的階段沒多久，現在還是住院醫師。要是妳現在被開除了，妳就永遠當不了外科醫師了。那妳怎麼辦？下半輩子到保險公司去幫別人做體檢嗎？妳要這樣嗎？」

「不要。」她深深吸了一口氣，然後很沮喪地長嘆了一口氣。「我不要。」

「那妳到底想要什麼？」

「我很清楚自己想要什麼！」她很用力地揮手擦擦自己的臉，然後又深深吸了一口氣。「今天我終於知道了。今天下午，當我看到塔拉索夫動手術的時候，我就知道了。當他拿起那顆捐贈的心臟時，那顆心臟根本就不會動，像一團死肉，而那個男孩子也是死氣沉沉地躺在手術檯上，一動也不動。可是，當他把心臟放進那個男孩體內之後，心臟又開始跳動了。突然間，生命又回復了……」說到這裡，她停頓了一下，強忍住哭泣，把眼淚吞回肚子裡。「就是那個時候，我終於知道自己要什麼了。我想和塔拉索夫一樣，跟他做同樣的事。」她看著馬克。「把生命力轉移給喬許·奧戴那樣的孩子。」

馬克點點頭。「那妳就必須用實際的行動讓夢想實現。艾貝，我們還來得及挽回，還來得及讓妳的夢想實現。妳的工作。加入心臟移植小組。一切的一切。」

「還有可能嗎？」

「妳忘了嗎？是我把妳推薦給心臟移植小組的。妳還是我心目中的第一人選。我可以和亞契他們談一談。要是我們全體支持妳，帕爾就拿妳無可奈何了。」

「這一切還有太多的未知數。」

「只要妳肯配合，我們就有可能成功。首先，妳必須讓薇薇安一個人扛下所有的罪過。她是總醫師，她判斷錯誤。」

「可是她的判斷並沒有錯誤！」

「妳看到的只是整體狀況的一面。妳並沒有看過另外一個病人。」

「誰是另一個病人？」

「妮娜·福斯。她今天中午被送進醫院了。也許現在妳應該好好看看她了。妳自己親眼看看她，看看妳是不是還那麼有把握自己的選擇是對的。很可能妳眞的做了錯誤的選擇。」

艾貝嚥了一口唾液。「她在哪裡？」

「四樓。內科加護病房。」

艾貝來到走廊的時候，遠遠就聽到內科加護病房裡傳來鬧哄哄的聲音。衆人七嘴八舌的講話聲，手提式X光機的聲音，還有兩支電話同時響起來的聲音。她才剛跨進門口，立刻感覺到整個加護病房裡突然安靜下來，甚至就連電話鈴聲也突然停止了。只有少數幾個護士瞪大眼睛看著她，其他大部分的護士都把視線撇開。

「迪麥多醫師。」亞倫．李維說。他正好從五號房走出來，站在那裡瞪著她，眼神中充滿了毫不掩飾的憤怒。「也許妳應該過來親眼看看這個。」他說。

艾貝走向五號房的時候，那一大群護理人員悄悄挪到旁邊讓路給她。她走到窗口。隔著玻璃，她看到一個女人躺在床上，看起來很虛弱，有一頭淡淡的金髮，臉上毫無血色，像床單一樣蒼白。她的喉嚨伸出一根氣管內插管，接在呼吸器上。她想吸氣的時候，胸口就會起一陣痙攣。她自己的呼吸跟呼吸器的節奏不協調。當呼吸器按照設定的速度輸入氧氣的時候，它並沒有辦法意識到病人也掙扎想吸氣，這時候，呼吸器就會發出嗶嗶的警報聲。那個女人的兩隻手都被帶子綁住。有一位內科住院醫師正把一根動脈導管插進她的手腕。他把那根塑膠導管刺進皮下深處，穿進橈動脈。另外一隻手腕被綁在床上，插著靜脈注射管，上面滿是瘀青，看起來活像一個針墊。一位護士附在她耳邊輕聲細語，想安撫她的情緒，但那個女人卻瞪大著眼睛，顯然很清醒，表情流露出極度的恐懼。動物被虐待的時候，臉上就會出現那種表情。

「她就是妮娜．福斯。」亞倫說。

看到那個女人眼中所流露出來的恐懼，艾貝震驚得說不出話來。

「她是八個鐘頭之前入院的。從她進到醫院的那一刻起，她的狀況就一直在惡化。下午五點的時候，我們幫她急救了一次。心室心動過速。二十分鐘前，我們又急救一次。這就是爲什麼我們要幫她插管。我們本來預定今天晚上就要幫她動手術。移植小組已經在待命了，手術室也準備好了，而病人更是已經迫不及待了。可是，我們卻發現器官捐贈者太早被送進手術室，比預定時間提前了好幾個鐘頭，本來要移植給這個女人的心臟被人偷走了。迪麥多醫師，心臟被人偷走了。」

艾貝還是一句話也沒說。看到五號房裡那個女人正在承受無比的痛苦，艾貝整個人楞在那邊說不出話來。這時候，妮娜．福斯的眼睛忽然轉過來看她，兩個人的目光短暫交會。那一剎那，她看到妮娜眼中流露出一種祈求憐憫的神色。看到那種痛苦的眼神，艾貝忽然開始全身發抖。

「我們不知道。」艾貝囁囁嚅嚅地說：「我們不知道她的狀況有這麼危險……」

「妳知道接下來會怎樣嗎？妳猜得到嗎？」

「那個男孩子——」她轉身對亞倫說：「那個孩子活下來了。」

「那這個女人的命怎麼辦？」

艾貝不知道該怎麼回答。無論她說什麼，無論她怎麼替自己辯解，面對房間裡那個女人所受的痛苦折磨，她都無言以對。

這時候，她幾乎沒有留意到，有個男人正從護理站那邊朝她走過來。後來，那個男人開口問她：「妳就是迪麥多醫師嗎？」那一剎那，她才意識到那個男人正朝她走過來。她看著他的臉。他的年齡大約六十幾歲，身材很高大，衣著華貴。像他那樣的人出現的時候，很容易就會成爲衆人目光的焦點。

她輕聲細語地回答說：「是的，我是艾貝．迪麥多。」她開口的時候才猛然驚覺到那個男人的眼神。那是仇恨的眼神，徹底的仇恨，充滿了怨毒。那個男人跨向前靠近她的時候，她不自覺地往後退。他漲紅著臉，滿臉怒氣。

「所以說，妳就是另外那一個。」他說：「妳，還有那個中國佬醫生。」

「請不要這樣，福斯先生。」亞倫說。

「妳是什麼東西？妳怎麼敢這樣整我？」福斯對艾貝大吼：「妳怎麼敢對我太太做這種事？

我不會善罷甘休的，大夫。妳去死吧。我不會放過妳的！」他握緊拳頭，又朝著艾貝跨了一步。

「福斯先生。」亞倫說：「交給我吧。我們會按照醫院的制度處理迪麥多醫師的問題。」

「我要讓她滾出這家醫院！我不想再看到這個人！」

「福斯先生。」艾貝說：「很對不起。我真的很遺憾——」

「給我滾！把她趕出去！我不想看到她！」福斯咆哮著。

亞倫趕快走到他們兩個人中間。他緊緊抓住艾貝的手臂，把她拖出隔間。「妳還是趕快走吧。」他說。

「我想跟他說幾句話——我要跟他解釋——」

「我勸妳現在最好立刻離開加護病房。」

她瞥了福斯一眼。福斯高大的身軀堵在五號房門口，那副模樣看起來彷彿他隨時準備拚命，不准任何人傷害他的妻子。艾貝這輩子從來沒有看過那種仇恨眼神。她忽然明白，他根本不願意聽她講話，聽不下任何解釋。

她只好無奈地朝亞倫點點頭。「好吧。」她輕聲地說：「我走。」

接著，她轉身走出內科加護病房。

三個小時後，史都華·蘇斯曼開車來到塔納街，把車子停在路邊。他坐在車子裡打量著那個門牌號碼，一四五一號。那棟房子是一間外觀很簡陋的鱈魚角式小屋，百葉窗是黑色的，門廊上裝著遮陽簾，庭院外面有一道白色的籬笆。已經快半夜了，夜色黝黑，他看不清楚庭園裡的景觀。不過，他有一種預感，庭院的草坪一定修剪得很整齊，花圃裡的雜草一定清得乾乾淨淨。空氣中飄散著淡淡的玫瑰幽香。

蘇斯曼下了車，穿過籬笆的門，走上門廊的階梯來到門口。屋子裡的燈亮著，隔著窗簾，他可以看得到屋子裡有人影晃動。顯然家裡有人。

他按了門鈴。

來應門的是一個女人，臉色疲憊，眼神疲憊，肩膀鬆垮下垂，彷彿內心承受著無比的壓力。

「什麼事？」她問。

「不好意思打擾您。我叫史都華．蘇斯曼。不知道我能不能跟喬．塔利歐說幾句話？」

「他現在不想跟別人說話。是這樣的，我們家裡最近……有人過世了。」

「這個我知道。請問您是……」

「塔利歐。我是喬的媽媽。」

「塔利歐太太，我知道您媳婦的事。眞是非常非常遺憾。可是，這件事眞的很重要，我一定要跟令郎談一談。這件事和凱倫遭遇到的不幸有關。」

那個女人遲疑了一下，然後說：「你等一下。」接著，她把門關上。他聽得到她在屋子裡大喊：「喬？」

過了一會兒，門又開了。這一次，開門的是一個男人。他似乎因爲悲傷過度，行動遲緩呆滯。「我是喬．塔利歐。」他說。

蘇斯曼伸出手說：「塔利歐先生，尊夫人的不幸遭遇另有隱情，有人非常關切這件事，所以派我來登門拜訪。」

「另有隱情是什麼意思？」

「她是在貝賽醫學中心接受治療的，對不對？」

「你聽著，我搞不懂你究竟想幹什麼？」

「塔利歐先生，這件事和尊夫人的醫療問題有關。雖然目前我還不清楚醫院那邊犯了什麼樣的錯，不過，他們的過失卻導致一個人無辜喪命。」

「你到底是誰？」

「我是一個律師。我代表霍克斯．克瑞格．蘇斯曼律師事務所。我的專業服務是醫療疏失。」

「我不需要律師。今天晚上我不想看到你們這些專門追救護車的吸血蟲。不要來煩我。」

「塔利歐先生——」

「你滾吧。」喬一邊說著，一邊開始關門。這時候，蘇斯曼忽然伸出手把門擋住。

「塔利歐先生。」蘇斯曼語氣和緩神色自若地說：「我得到可靠的情報，我相信負責幫凱倫治療的一位醫生犯了嚴重的錯誤。尊夫人很可能本來不會死的。現在我還沒有辦法百分之百的確定，不過，只要得到您的允許，我就可以調閱醫院的病歷。我可以找出眞相，所有的眞相。」

喬慢慢又把門拉開了。「誰派你來的？你剛剛說有人派你來，是什麼人？」

蘇斯曼以一種充滿同情的眼神看著他。「一個朋友。」

6

一想到要去上班，艾貝忽然覺得很害怕。她從沒有這樣過。這天早上，當她跨進貝賽醫院門口那一剎那，她忽然感覺自己彷彿跨進地獄之火的烈焰中。昨天晚上，傑瑞米．帕爾威脅說要懲處她，今天，她必須面對這一切了。不過，除非衛蒂格眞的免除她住院醫師的職務，否則，她還是決定要繼續執行她的例行工作。她必須去查房，看好幾個病人，另外還有幾個病人今天要開刀。今天晚上輪到她値班。管他的，她決定還是要跟平常一樣做她該做的事，而且要把事情做好。這是她對病人應盡的責任——另一方面，這也是她對薇薇安的承諾。一個鐘頭之前，她們兩個剛通過電話。薇薇安對她說的最後一句話是：「一定要有人留在那裡幫喬許．奧戴說話。迪麥多，妳一定要撐下去，爲我們兩個人撐下去。」

艾貝走進外科加護病房那一剎那，大家講話忽然變得很小聲。現在所有的人大概都已經知道喬許．奧戴的事情了。雖然沒有人開口跟艾貝說話，但艾貝聽得到護士們在竊竊私語，看得到她們那種不安的神情。她走到架子那邊整理查房要用的病歷表。她發覺她必須很費勁才有辦法讓自己集中精神做好這件事。她把病歷表放在一台推車上，把車子推出護理站，推進小隔間裡，看看名單上的第一個病人。一踏進小隔間，遠離衆人的目光，她忽然感覺鬆了一口氣。她把小隔間門口的布幔拉上，外面的人就看不到裡面了。接著，她轉過來看著病人。

瑪莉．艾倫躺在病床上，眼睛閉著，骨瘦如柴的手臂和雙腿縮起來，整個人的姿勢看起來像胎兒一樣。兩天前幫瑪莉開刀取出肺部組織切片之後，她出現兩次短暫的血壓過低的狀態，因此就把她留在外科加護病房裡密切觀察。根據護士的紀錄，在過去的二十四個小時裡，瑪莉的血壓相當穩定，心律沒有出現明顯的異常現象，因此，瑪莉很可能今天就會被轉到外科的普通病房。

艾貝走到床邊叫她：「艾倫太太？」

那位老太太好像被驚醒了。「迪麥多醫師。」她喃喃地說。

「今天覺得怎麼樣？」

「不太好。妳應該也知道，還是很痛。」

「哪裡很痛？」

「胸口，頭，現在連背都會痛，好像全身都在痛。」

艾貝看了一下病歷表，發現護士已經二十四小時持續不斷的幫她注射嗎啡止痛。現在看起來劑量顯然還不夠，艾貝必須再增加劑量。

「我們會再多給妳一些止痛藥。」艾貝說：「妳需要多少，我們就會給妳多少，讓妳舒服一點。」

「還有，求求妳開一些藥讓我好好睡一覺。我沒辦法睡覺。」瑪莉很無奈地嘆了口氣，閉上眼睛。「醫生，我只希望能夠就這樣睡著，永遠不會再醒過來……」

「艾倫太太？瑪莉？」

「難道妳沒辦法幫我這個忙嗎？妳不是我的醫生嗎？妳可以讓我舒服一點的，那不是很容易嗎？」

「我們可以幫妳止痛。」艾貝說。

「可是你們沒辦法殺掉那些癌細胞，對不對？」說著，她又睜開眼睛。她用一種懇求的眼神看著艾貝，彷彿在懇求艾貝要對她百分之百的誠實。

「是的。」艾貝說：「我們沒辦法殺掉癌細胞。癌細胞擴散得太快，已經擴散到妳全身了。我們可以幫妳做化療，減緩癌細胞擴散的速度，幫妳爭取一點時間。」

「時間？」瑪莉笑了笑，那種口吻彷彿已經認命了。「時間對我有用嗎？我能做什麼？在床上繼續躺一個禮拜，還是再躺一個月？我寧願早點了結，早點解脫。」

艾貝握住瑪莉的手。她的手瘦得像皮包骨，一點肉都沒有。「我們先幫妳止痛，好不好？只要妳不痛了，妳就不會那麼悲觀了。」

瑪莉沒有答腔，她只是把身體轉向另一邊，背對著艾貝。這就是她的答覆。她把自己封閉起來，與外界隔絕。最後她只說了一句話：「妳想不想用聽診器聽聽看我的肺？」

其實她們兩個都心知肚明，檢驗只是例行公事。雖然那只是一種無意義的儀式，但艾貝還是拿著聽診器聽聽她的胸口，聽聽她的心跳，做個樣子。其實，她還能夠為瑪莉．艾倫做的事情已經不多了，頂多就是這樣，用聽診器聽聽她的身體。她檢查完畢之後，她的病人還是一樣背對著她躺著，不肯轉過來。

「妳不用再待在加護病房了。」艾貝說：「我們很快就要把妳轉到普通病房去了，那裡比較安靜，不會有太多人去吵妳。」

她還是沒有回答，只是深深吸了一口氣，然後長長地嘆了一口氣。

艾貝走出小隔間的時候，內心的挫折感比平常更強烈，更覺得自己很沒用。她能做的事情太有限了，她感到無能為力。她唯一能做的就是減輕她的痛苦。除此之外，她也在心中默默承諾，把瑪莉的命運交給上天。

於是，她翻開瑪莉的病歷表，開始寫：「病患表達自然死亡的意願。可增加嗎啡硫酸鹽的劑量，幫病患止痛。緊急狀況處置改為不予急救。」接著，她塡寫了一張病房移轉申請書，然後把申請書跟病歷表一起交給瑪莉的護士西西莉。

「盡量讓她舒服一點。」艾貝說：「把嗎啡硫酸鹽的靜脈注射流量加大到足以完全止痛。她需要多少就給她多少，讓她能夠睡得著。」

「上限是多少？」

艾貝遲疑了一下，腦海中浮現出幾個字眼：舒服和失去意識，睡覺和昏迷。她思索著這些字眼之間的差異。接著她說：「沒有上限。西西莉，她已經快死了。她希望自己能夠就這樣去了，不要再醒過來了。如果嗎啡能夠讓她舒舒服服地走，那麼，就算她的日子會提早來臨，我想，我們還是應該成全她的心願。」

西西莉點點頭，眼中有一種默許的神色。

接著，艾貝開始走向下一間小隔間，這時候，她忽然聽到西西莉在叫她：「迪麥多醫師？」

艾貝轉過來看著她。「怎麼了？」

「我……我只是想告訴妳，我想，妳應該知道，呃……」說到一半，西西莉有點緊張地左顧右盼，四下看看外科加護病房周遭。她看到另外幾個護士站在旁邊看著她們，似乎在等什麼。西西莉清了清喉嚨。「我希望妳知道，我們認爲妳和趙醫師做得對。妳們把心臟移植給喬許．奧戴，妳們做得對。」

艾貝突然感覺眼睛濕濕的，她眨了眨眼，忍住淚水，輕柔地說：「謝謝妳。眞的很謝謝妳。」

接著，艾貝環顧四周，看到另外那幾個護士都在點頭表示贊同。

「迪麥多醫師，妳是我們所看過的最好的住院醫師之一。」西西莉說：「這也是我們很希望妳能夠知道的。」

緊接著，有一位護士忽然開始拍手，接著是另一個，然後又是另一個。後來，外科加護病房的全體護士由衷地爆出一陣鼓掌喝采，艾貝站在那裡說不出話來，把病歷表緊緊抱在胸前。她們在為她歡呼喝采，她們在向她致敬。

「我要把她踢出這家醫院。」維克多．福斯說：「我會想盡辦法讓她在這裡混不下去。」

傑瑞米．帕爾擔任貝賽醫學中心的院長已經有八年的時間了，這八年來，他面對過無數次驚濤駭浪，面對過無數危機。他曾經處理過兩次護士罷工運動，好幾次金額高達百萬美金的醫療過失訴訟案，還有反墮胎激進份子衝進醫院大廳的暴動。然而，他從來沒有面對過那種極度憤怒的眼神。此刻，站在他對面的維克多．福斯就是那樣的眼神。早上十點鐘的時候，福斯帶著兩個律師橫衝直撞地闖進帕爾的辦公室，找他開會。現在已經快中午了，加入會議的人愈來愈多，包括外科住院醫師教學主任柯林．衛蒂格，還有貝賽醫院的特約律師蘇珊．卡薩多。叫蘇珊來開會是帕爾的意思。雖然到目前為止他們還沒有談到法律訴訟的問題，不過帕爾還是覺得應該要提高警覺，特別是，他們所面對的是維克多．福斯這種位高權重的人物。

「我太太快死了。」福斯說：「你明白嗎？快死了。她也許熬不過今天晚上了。我要把這筆帳全部算在那兩個住院醫師頭上。」

「迪麥多醫師到目前為止只當了兩年的住院醫師。」衛蒂格說：「她不是做那個決定的人。

做決定的人是我們的住院總醫師。目前，趙醫師已經辭職了。」

「我要迪麥多醫師也辭職滾蛋。」

「她並沒有提出辭呈。」

「那就找個理由開除她。」

「衛蒂格醫師。」帕爾的語氣很平靜，一副實事求是的姿態。「我們一定有辦法找出理由解除她的職務。」

「根本找不到任何理由。」衛蒂格態度強硬地說：「她的評估考核都是最卓越的，而且都有書面紀錄。福斯先生，我知道碰到這種事你心裡一定覺得很痛苦，我也可以體會，任何人碰到這種事會想找個人出氣，這是很正常的。可是我認爲你找錯了出氣的對象。眞正的問題是器官短缺。成千上萬的人需要移植心臟，可是能夠用的心臟卻少之又少。我想，我們應該思考一下，要是我們眞的開除了迪麥多醫師，會發生什麼問題。她可以申請上訴，這樣一來，這個案子還會被移送到更高層的法院。要是他們開始調查這個案子，他們就會開始質疑了。他們一定會追問，爲什麼剛開始的時候，那顆心臟沒有分配給那個十七歲的男孩子？」

說到這裡，衛蒂格停了一下。「老天！」帕爾嘀咕了一聲。

「你們明白我的意思嗎？」衛蒂格說：「那會很難看。那會傷害到醫院的形象。你絕對不會希望這種事情變成報紙的頭條新聞，那有階級對立的味道。窮人遭到歧視，受到不公平待遇。媒體一定會這樣炒作的……不管是不是眞的。」衛蒂格用一種質疑的眼神掃視在座的每一個人。會議室裡忽然鴉雀無聲。

我們這位悶葫蘆放起砲來可眞是驚天動地。帕爾心裡想。

「我們當然不能讓大衆對我們產生這種印象。」蘇珊說：「那會很駭人聽聞。要是媒體捕風捉影，暗示我們醫院在進行人體器官交易，我們就會被媒體轟得死無葬身之地。」

「我只是想讓各位明白，外界對我們會有什麼觀感。」衛蒂格說。

「我才不管什麼好看不好看。」福斯說：「總之他們偷走了我的心臟。」

「那是指定捐贈。塔利歐先生有絕對的權利指定受贈對象。」

「你們保證過會把那顆心臟給我太太。」

「保證？」衛蒂格陰沉著臉看看帕爾。「你們有什麼事情瞞著我嗎？」

「福斯太太還沒有入院之前，我們就已經談好了。」帕爾說：「配對試驗的結果顯示百分之百相容。」

「那個男孩子也是百分之百相容。」衛蒂格反駁說。

這時候，福斯忽然猛站起來。「你們這些人給我聽清楚。我太太快要死了，這都是迪麥多害的。你們這些人似乎沒有搞清楚我是什麼人，不過，要是有人敢跟我過不去，或是跟我的家人過不去，休想我會放過他——」

「福斯先生。」他帶來的一位律師突然打斷他。「這件事我們最好私下再談——」

「去你的！讓我說完！」

「拜託你，福斯先生。你說這些話恐怕會傷害到自己的權益。」

福斯瞪了他的律師一眼，很不情願地耐著性子把恐嚇的話吞回肚子裡，坐回椅子上。「我讓你們自己去料理迪麥多醫師。」他一邊說，一邊瞪著帕爾。

帕爾已經汗流浹背。眞要命，把那個住院醫師開除掉，事情不就容易多了嗎？偏偏這個將軍不肯照他們的劇本演。這些該死的外科醫生個個都是自我中心，他們痛恨讓別人牽著鼻子走。衛蒂格對這件事態度爲什麼會這麼頑固呢？

「福斯先生。」蘇珊．卡薩多用她那種軟綿綿的聲音說。她的聲音彷彿有一種足以馴服猛獸的魔力。「我倒是有個建議。我們大家是不是可以從長計議，花點時間思考一下？鬧上法庭通常不是個好辦法。也許再過幾天，我們就可以幫你了了一樁心事。」蘇珊說話的時候，眼睛意味深長地看著衛蒂格。

將軍也意味深長地回瞪她一眼，根本不甩她。

「過不了幾天。」福斯說：「我太太可能就死了。」他一邊說一邊站起來，用一種輕蔑的眼神瞪著帕爾。「對我來說，沒什麼好想的。反正我就是要讓那個迪麥多醫師付出代價。我建議你們動作愈快愈好。」

「我看到子彈了。」艾貝說。

馬克伸手調整了一下燈光照射的方向，讓光束對準胸腔深處。裡面好像有某種金屬的東西會反光，閃了一下，然後就被吸氣擴張的肺部遮住了。

「好眼力，艾貝。既然是妳發現的，那麼，妳想不想自己操刀把那玩意兒挖出來呢？」

艾貝從器具盤裡拿起一把持針鉗，這時候，肺部又擴張了，擋住了她的視線，看不見胸腔裡面。「我要你幫他抽氣，一下子就好。」

「沒問題。」麻醉醫師說。

艾貝把手伸進病人的胸腔內，順著肋骨內側的弧度伸進去。當馬克輕輕地拉開右肺的時候，艾貝用鉗子尖端夾住那個金屬碎片，小心翼翼地將它取出胸腔。

那是一顆點二二口徑的子彈，彈頭已經扁了。艾貝把子彈放進金屬盤裡，發出匡噹的聲響。

「沒有流血，看樣子我們可以縫合了。」艾貝說。

「這傢伙眞是走運。」馬克一邊說，一邊打量著子彈射進體內的彈道。「射入孔正好在胸骨右方，子彈大概被肋骨擋到，方向偏了，掉進胸腔裡。」

「希望他學到教訓了。」艾貝說。

「什麼教訓？」

「不要惹毛自己的老婆。」

「什麼！開槍的是他太太？」

「嘿，親愛的，不用緊張，我們的關係比他們進步多了。」

現在他們開始縫合胸口。他們對彼此已經太熟悉了，並肩合作，默契十足，工作起來得心應手。時間是下午四點，艾貝已經從早上七點開始值班到現在，站了一整天，小腿開始痛起來了，而她還要繼續值班二十四個鐘頭。儘管如此，此刻她內心卻充滿興奮，因爲她的手術很成功——另一方面也是因爲，她有這個機會和馬克一起動手術。這就是她想像中的未來，他們兩個人的未來：並肩工作，對自己充滿信心，對另一個人也充滿信心。馬克是一個很卓越的外科醫師，動作敏捷，而且一絲不苟。打從第一次協助馬克動手術開始，艾貝就對他留下深刻的印象。只要有馬克在，手術室就會充滿輕鬆愉快的氣氛。馬克永遠都是那麼平靜，從來不曾斥責護士，從來不曾大吼大叫。當時她就已經許下心願，假如有一天自己必須躺在手術檯上，那麼，她希望執刀的外科醫師就是馬克・赫德爾。

此刻，她就在他旁邊，跟他一起工作，戴著手套的雙手摩擦著他的雙手，兩個人的頭靠得好近。這是她心愛的男人，她心愛的工作。此時此刻，她已經把維克多．福斯拋到腦後，把威脅到她前途的危機拋到腦後。也許危機已經安然度過了。斷頭台上的巨斧沒有掉下來，帕爾那邊也沒有傳來什麼不好的消息。而且，柯林．衛蒂格今天早上特別把她拉到旁邊去，像平常一樣板著臉孔告訴她，她在外傷科輪值的績效評估被列為最優等。

她看著護士推著輪床，把病人從手術室推到恢復室，心裡想，一切都會沒問題的，無論如何，一切的風波都會安然度過的。

「幹得好，迪麥多。」馬克一邊說，一邊脫掉手術袍。

「你跟每個住院醫師說的一定都是同樣的話。」

「另外有一些話我從來沒有跟別的住院醫師說過。」說著，他湊近她耳邊悄悄地說：「等一下到值班休息室等我。」

「呃……迪麥多醫師？」

那位機動勤務護士在手術室門口探出一個頭來叫他們，艾貝和馬克兩個人臉都紅了，連忙轉身過去看她。

「帕爾先生的祕書剛剛打電話來找妳。他們要妳過去管理部那邊。」

「現在嗎？」

「他們正在等妳。」說完，那個護士就離開了。

艾貝有點憂慮地瞥了馬克一眼。「老天，又怎麼了？」

「不要被他們唬住了，我相信不會有事的。妳要我陪妳一起去嗎？」

她想了一下，然後搖搖頭說：「我已經是個大人了，我應該應付得了。」

「要是有什麼麻煩，妳就打呼叫器找我，我馬上就趕過去。」他用力握了一下她的手。「我保證。」

她勉強擠出一點笑容，對他笑了一下，然後就推開手術室的門，神情嚴肅地朝電梯走過去。此刻她心裡七上八下，那種恐懼的感覺跟昨天晚上一模一樣。到了二樓，她跨出電梯，沿著鋪著地毯的走廊走向傑瑞米．帕爾的辦公室。帕爾的祕書比了個手勢叫她進會議室。艾貝伸手敲敲會議室的門。

「請進。」她聽到帕爾在說。

艾貝很緊張地深深吸了一口氣，然後開門走進去。

帕爾坐在會議桌前面，艾貝一進門，他立刻從椅子上站起來。會議室裡還有其他人，一個是柯林．衛蒂格，另外一個是她沒見過的女人。那個女人年紀大約四十多歲，深褐色的頭髮，皮膚有點黑，身上穿著一套剪裁細緻的藍色洋裝。從他們臉上的表情，艾貝完全猜不出來開這個會的用意是什麼，不過，她有一種預感，會無好會，肯定不會有什麼好事。

「迪麥多醫師。」帕爾說：「我跟妳介紹一下，這位是蘇珊．卡薩多，我們醫院的特約律師。」

律師？這下子不妙了。

兩個女人握了握手。艾貝的手冷冰冰的，握著卡薩多小姐的手，感覺上異常溫暖。

艾貝找了張椅子坐下，坐在衛蒂格旁邊。有那麼一會兒整個會議室裡靜悄悄的，沒有人說話，只聽到律師翻弄文件的沙沙聲，還有衛蒂格清喉嚨的嘶啞聲音。

後來，帕爾終於開口說：「迪麥多醫師，妳能不能跟我說明一下，凱倫．塔利歐太太還在醫院裡的時候，在她的醫療工作上，妳擔任什麼樣的角色？」

艾貝皺了皺眉頭。她沒有想到他們找她來是爲了這件事。「我幫塔利歐太太做了初步的檢查評估。」她說：「然後我就把她轉送到神經外科。之後就由他們接手了。」

「這麼說，妳照顧她的時間有多長？」

「醫院的正式記錄嗎？大概兩個鐘頭左右。」

「那麼，在那兩個鐘頭裡，妳做了些什麼事？麻煩妳說明得詳細一點。」

「我先把她的狀況穩定住，然後做了一些必要的檢驗。病歷表上都有記錄。」

「是的，我們這邊有一份拷貝。」蘇珊．卡薩多一邊說，一邊拍拍桌上的病歷表。

「那麼，你可以看到裡面都記載得很清楚。」艾貝說：「我塡寫的住院單和醫療指示。」

「妳做的每一件事都記錄在裡面嗎？」蘇珊問。

「是的。每一件事。」

「那麼，妳所做的事情當中，有沒有哪一件事可能會對病人造成不良影響？妳還記得嗎？」

「沒有。」

「再仔細回想一下，說不定妳眞的有做了什麼，傷害到病人。」

「沒有。」

「據我所知，那位病患已經過世了。」

「她頭部受到嚴重創傷。車禍造成的。我們已經正式宣告她腦死。」

「那是在接受過妳的治療之後。」

艾貝被她問得精疲力盡，抬頭看看會議室裡的每一人。「到底怎麼回事？有誰能告訴我嗎？」

「是這麼回事。」帕爾說：「幾個鐘頭之前，我們的保險公司——現在也是妳的保險公司——『先鋒基金』收到一份書面通知。那份通知由專人送達，簽署人是『雷克斯・克瑞格・蘇斯曼』律師事務所。很抱歉，迪麥多醫師，我不得不告訴妳，顯然妳個人和我們貝賽醫院遭到控告，罪名是醫療過失。」

艾貝忽然感到胸口一悶，喘不過氣來，不自覺地抓住桌子，努力忍住胃裡湧上來的一陣噁心。她知道他們正等著要看她會有什麼樣的反應，而她的第一個反應就是震驚，不敢置信地猛搖頭。

「我猜妳是做夢都想不到。」蘇珊・卡薩多說。

「我……」艾貝猛吞了一口唾液。「怎麼可能！絕對不可能！」

「那只是初步的通知。」蘇珊・卡薩多說：「當然，我想妳應該知道，還要經過很多道手續才有可能正式提出告訴。這個案子必須先經過州政府篩選小組的鑑定，看看是否眞的是醫療過失。如果小組判定這不是醫療過失，那麼這件事就到此爲止。不過，無論結果如何，原告還是有權提出告訴。」

「原告？」艾貝嘀咕著。「原告是誰？」

「死者的丈夫。喬・塔利歐。」

「這中間一定有誤會。天大的誤會——」

「妳說得一點都沒錯。這眞是他媽的天大的誤會。」衛蒂格說。自從艾貝進到會議室之後，將軍本來一直坐在旁邊，像木頭人一樣悶不吭聲，現在他突然開口，在場所有的人都睁大眼睛看著他。「我親自看過那些病歷表，從頭到尾每一頁都看過。根本沒有醫療過失。迪麥多醫師所做的每一項診斷治療都是必要的。」

「那麼，爲什麼對方所列出來的被告名單中只有她一人？」帕爾問。

「只有我一個人？」艾貝看了那位律師一眼。「那神經外科的醫生呢？急診室的醫生呢？名單上眞的沒有別人嗎？」

「只有妳一個人，大夫。」蘇珊說：「此外，還有妳的雇主，貝賽醫院。」

艾貝往後靠在椅背上，目瞪口呆。「我眞不敢相信……」

「我也不敢相信。」衛蒂格說：「隨便誰都看得出來，這件事很異乎尋常。那些天殺的律師通常都會亂槍打鳥，只要有哪個醫生和那個病人扯得上一點點關係，他們一個都不會放過。這件事有點不太對勁，顯然另有蹊蹺。」

「是維克多．福斯。」艾貝悄悄地說。

「福斯？」衛蒂格不以爲然地揮揮手。「這件事跟他扯不上關係。」

「爲了對付我，他會不擇手段。這就跟他有關係了。」她看了看在座所有的人。「否則，爲什麼名單上的醫生只有我一個？福斯不知道透過什麼管道找上了喬．塔利歐，讓他以爲我做錯了什麼事。要是我能夠跟喬談一談——」

「絕對不可以。」蘇珊說：「那會讓原告覺得妳已經認罪了，妳已經承認自己有麻煩了，已經走投無路了。」

「我確實已經有麻煩了！」

「妳錯了。現在還談不上麻煩。如果確實沒有任何醫療過失，那麼，這整件事很快就會煙消雲散了。如果篩選小組的評估認定妳沒有過失，那麼對方很可能根本就不會提出告訴。」

「萬一他們還是堅持要提出告訴呢？」

「他們不會幹這種蠢事，因爲光是訴訟費用——」

「妳還不明白嗎？財務上，福斯一定會全力幫他們撐腰。他根本不在乎告得贏告不贏！他有足夠的財力可以聘請一整個軍團律師，他會讓我整天疲於奔命，提心吊膽。喬．塔利歐的案子很可能只是第一槍。維克多．福斯會想盡辦法把我治療過的每一個病人都挖出來，慫恿所有的人對我提出告訴。」

「而我們就是妳的雇主。也就是說，他們也會對貝賽醫院提出告訴。」帕爾說。他那副模樣好像很不舒服，快要吐出來。此刻他的感覺大概跟艾貝差不多。

「一定有什麼辦法可以解除這種危機。」蘇珊說：「一定有什麼辦法可以讓福斯先生改變心意，緩和目前的情勢。」

會議室裡陷入一陣沉默，沒有人吭聲，但艾貝看著帕爾的臉，看得出來他心裡在想什麼。想緩和目前的情勢，最快的辦法就是把妳開除掉。

她等著他開口。她不難想像他一定會使出這一招。只不過，出乎意料之外，他並沒有這樣做。帕爾和蘇珊兩個人只是交換了一下眼色。

接著，蘇珊說：「這場仗才剛開打，我們還有好幾個月的時間可以思考對策，沙盤演練，仔細想想要怎麼應付。這段時間……」說到這裡，她瞄了艾貝一眼。「先鋒基金那邊會派一位顧問來協助妳。我建議盡快和他們的律師見個面。也許妳該考慮請一位私人律師了。」

「妳覺得有必要嗎？」

「有必要。」

艾貝吞了一口唾液。「我怎麼可能請得起律師呢？」

「迪麥多醫師，以妳目前的處境。」蘇珊說：「妳不請律師恐怕不行了。」

對艾貝來說，這天晚上值班應該可以算是一種幸福。整個晚上電話響個不停，呼叫器響個不停，忙得馬不停蹄，疲於奔命。一下子是加護病房有病人出現氣胸，一下子是外科病房裡有手術後的病患發燒。她忙得根本沒有時間去想喬．塔利歐的訴訟案件。然而，只要出現一點小空檔，沒有電話打進來，她就會有一種衝動想掉眼淚。她曾經接觸過無數傷心欲絕的病患家屬，安慰過許多失去另一半的丈夫或妻子，其中，喬．塔利歐是她認爲最不可能會控告她的。*我到底做錯了什麼？*她心裡十分納悶。*是不是我不夠同情他們？是不是我不夠關心他們？*

眞該死，喬，你到底還要我怎麼樣？

無論究竟是怎麼回事，她心裡明白，她已經盡心盡力了，她已經盡了自己的本分，能做的都已經做了。她全心全意搶救凱倫．塔利歐，爲她的死感到痛心，然而，一切的心血所換來的卻是無情的打擊。

此刻她心中充滿了憤怒，痛恨那些律師，痛恨維克多．福斯，甚至痛恨喬。她爲喬．塔利歐感到難過，但另一方面，她又覺得喬背叛了她。她完全能夠體會那個男人內心的痛苦，也寄予無限的同情，然而，他卻背叛了她。

到了晚上十點，她好不容易有時間可以到值班醫師休息室去歇歇腿了。她一肚子氣，根本沒辦法專心看醫師日誌，情緒低落，根本不想跟別人講話，甚至不想跟馬克講話。她躺在床上呆呆看著天花板，感覺兩腿發軟，全身虛脫。她納悶著，*我連從床上爬起來的力氣都沒有，要怎麼熬過今天晚上？*

然而，到了十點三十分，電話響了，她爬不起來也得起來。她從床上坐起來伸手去拿話筒。

「我是迪麥多醫師。」

「這裡是手術室。亞契醫師和赫德爾醫師請妳上來。」

「現在嗎？」

「麻煩妳盡快。他們現在正準備要開刀。」

「我馬上就到。」說完，艾貝掛斷電話。她嘆了口氣，抬起雙手撥了撥頭髮。要不是因爲今天這種日子，換成是另外一個晚上，她早就跳起來穿上刷手服了。然而，今天晚上，想到要和馬克和亞契隔著手術檯面對面，她心裡有一萬個不願意。

眞該死，迪麥多，妳忘了自己是個外科醫師嗎？當醫生就要有當醫生的樣子。

她忽然很瞧不起自己竟然如此脆弱，於是就打起精神站起來，走出休息室。

她在樓上的外科醫師休息室裡找到了馬克和亞契。他們站在微波爐旁邊低聲交談著。她一進去，他們兩個頭忽然猛抬起來。看他們那副模樣，她就知道他們講的話不想讓別人聽到。不過，一看到她，他們兩個都露出笑容。

「妳來了。」亞契說：「急診室那邊沒什麼狀況嗎？」

「目前還好。」艾貝說：「聽說你們兩個馬上就要開刀了嗎？」

「心臟移植。」馬克說：「小組的人馬上就要過來了。麻煩的是，我們聯絡不到穆漢德斯，所以我們只好找一個資深住院醫師來頂替他的位子。不過，我們還是需要妳的協助。怎麼樣，願意接受挑戰嗎？」

「心臟移植？」她整個人突然振奮起。此刻，這正是她所需要的，正好可以讓她擺脫掉內心的沮喪。她很堅定地朝馬克用力點點頭。「求之不得。」

「不過，還是有點小問題。」亞契說：「病人就是妮娜．福斯。」

艾貝瞪大眼睛看著他。「他們這麼快就幫她找到心臟了？」

「我們運氣很好。心臟正要從柏林頓那邊送過來。要是維克多．福斯知道我們叫妳來協助動手術，他搞不好會腦充血。只不過，現在我們正需要幫手，妳顯然是我們眼前找得到的最好的選擇。」

「妳還願意參加嗎？」馬克問。

艾貝沒有絲毫猶豫。「當然。」她說。

「那就好。」亞契說：「看起來，我們的助手人選已經搞定了。」說著，他朝馬克點點頭。「那麼，兩位，待會兒在三號手術室碰面。二十分鐘後。」

到了晚上十一點三十分，他們接到一通佛蒙特州柏林頓打來的電話，對方是威爾考克斯紀念醫院的胸腔外科醫師。捐贈者的心臟摘取手術已經完成了，器官狀況極佳，現在正火速送往機場。心臟用高濃度的鉀溶液沖洗之後，已經暫時停止跳動，目前保存在攝氏四度的低溫中，只能夠維持四到五個鐘頭。由於沒有血液流經冠狀動脈，在局部缺血狀態下，每過一分鐘就會有更多的心肌細胞死亡。缺血的時間愈長，移植到妮娜．福斯胸腔之後恢復跳動的機率就會愈低。

那架緊急專機的飛行時間預計最慢一個半小時可以抵達。

到了午夜十二點，貝賽醫院心臟移植小組的全體成員已經全部穿上綠色的手術袍，集合完畢。除了比爾．亞契、馬克、麻醉醫師法蘭克．茨威克之外，還有一群助理人員，包括護士、一位體外循環師、心臟內科醫師亞倫．李維，還有艾貝。

妮娜．福斯被推進三號手術室。

到了一點三十分，他們接到一通波士頓國際機場打來的電話：飛機已經安全降落。

這意味著時候到了，醫師們該進刷手區了。艾貝在水槽前面洗手的時候，透過窗戶看向三號手術室裡面。她看到移植小組的其他成員已經忙著在準備了。護士正把手術器具擺進盤子裡，撕開無菌布的包裝袋。體外循環師正忙著重新校正那部外形很像櫃子的體外心肺循環機。那位資深住院醫師已經完成刷手消毒的手續，正準備要幫病患的手術部位進行消毒。

妮娜．福斯躺在手術檯上，旁邊圍繞著心電圖監視器的電線和靜脈注射的管子。一群人在她身邊忙成一團，她卻似乎渾然無覺。茨威克醫師站在妮娜頭部前面的位置，一邊湊在她耳朵旁邊輕聲地跟她說話，一邊把一小瓶戊巴比妥鈉鹽注入靜脈注射管中。她眼皮眨了幾下，很快就閉上了。茨威克拿起口罩罩住她的口鼻，並且很快地用氣囊灌了幾口氧氣到妮娜的肺部，然後迅速拿走口罩。

下一道程序必須在很短的時間內完成。現在，病人已經失去意識，無法自行呼吸。茨威克扶著她的頭，讓她的頭往後仰，然後迅速把一根彎彎的插管咽喉鏡伸進她的喉嚨，抵達聲帶的位置，然後再把一根塑膠氣管內管插進去。充氣式套囊會將管子固定在氣管內。茨威克把管子接上呼吸器之後，她的胸口開始一起一伏了。整個插管的程序不到三十秒就完成了。

手術燈已經打開了，光束對準手術檯。妮娜整個人在耀眼強光的籠罩下，看起來有點神祕詭異，彷彿幽靈。有一位護士掀開蓋在妮娜身上的無菌布，露出她的軀體。蒼白的皮膚下，肋骨彎彎的輪廓依稀可見。她的胸部看起來小小的，彷彿有點畏縮。接著，住院醫師開始在手術部位上消毒，在一大片皮膚上塗滿了碘酒。

這時候，手術室的門突然砰的一聲打開了，馬克、亞契和艾貝走進來。他們剛剛才刷手消毒過，彎著胳膊小臂朝上，手肘還在滴水。護士用無菌毛巾幫他們擦手，然後幫他們穿上手術袍和手套。當他們著裝完畢的時候，手術前的準備工作也都已經完成了，妮娜身上已經蓋好了無菌布，只露出手術的部位。

亞契走到手術檯旁邊。「心臟送到沒有？」他問。

「還在等。」一個護士說。

「從機場到醫院不是只要二十分鐘嗎？」

「說不定路上塞車。」

「現在都已經半夜兩點了，怎麼可能？」

「老天。」馬克說：「老天保佑，路上千萬不要出了什麼意外。」

亞契抬頭瞄了監視螢幕一眼。「當年在梅約醫學中心就發生過這種事。當時我們正在等一顆從德州送過來的腎臟，沒想到救護車才剛出機場就撞上一輛卡車，那顆腎臟被撞爛了。眞可惜，那顆腎臟配對的結果也是百分之百相容的。」

「你在開玩笑吧。」茨威克說。

「嘿，我會拿腎臟開玩笑嗎？」

那位資深住院醫師抬頭看看牆上的時鐘。「那顆心臟已經摘取了快三個鐘頭了。」

「等吧，也只能再等一下了。」亞契說。

這時候，電話響了。所有的人都轉頭過去看護士接電話。過了一會兒，她掛斷電話之後對大家說：「已經在樓下了。送器官的人正要從急診室上來。」

「太好了。」亞契忽然大叫了一聲。「現在我們可以下刀了。」

艾貝站的位置斜斜的，她只能大略瞄到他們動刀的過程，而且是斷斷續續的，因爲馬克高大的肩膀擋住了她的視線。亞契和馬克正在切開中央胸骨，動作很快很精準，先切開肌膜，然後再切開骨頭。

這時候，牆上的對講機發出嗶嗶的聲響。「器官摘取小組的梅普斯醫師已經到了，他送了一樣很特別的東西來。」手術室的服務櫃檯通報說。

「我們正在建立體外循環路徑。」馬克說：「請他進來跟我們一起分享一下樂趣。」

艾貝瞄了手術室的門口一眼。透過門上的小窗口，她可以看到外面的刷手消毒區。她看到一個男人站在那邊等，旁邊有一張輪床，上面放著一個小冷藏盒，看起來跟她上次運送凱倫・塔利歐的心臟用的冷藏盒差不多。

服務櫃檯的護士說：「他換好衣服就會進來了。」

過了一會兒，梅普斯醫師進來了。他已經換上了綠色的手術袍。他的個子很小，眉骨突出，看起來像是遠古時代的尼安德塔人，臉上的鷹鉤鼻把手術口罩頂得高高的。

「歡迎光臨波士頓。」亞契抬起頭來看看他們的客人。「我是比爾・亞契，這位是馬克・赫德爾。」

「我是李奧納多・梅普斯，從威爾考克斯醫學中心來的。我是尼可拉斯醫師小組裡的人。」

「這趟飛機坐得還舒服嗎，李奧？」

「早知道我就點一杯酒來喝。」

亞契雖然戴著口罩，但是看得出來他笑了起來。「怎麼樣，李奧，你帶了什麼聖誕禮物來給我們呢？」

「很棒的禮物。我想你們一定會很開心的。」

「那好，我先把病人接上體外心肺循環機，然後再好好看看你帶來的東西。」

把病人接上體外循環機，第一個步驟就是先銜接上行主動脈。體外心肺循環機的外觀看起來像是一個矮矮胖胖的小盒子，由體外循環師負責操作。它將會暫時替代病人的心肺功能，接受靜脈送回來的血液，補充氧氣，然後再送回病人的主動脈。

亞契用環狀袋子縫合法處理主動脈的管壁，用絲質縫線縫了兩個同心圓。然後，他用手術刀的刀尖淺淺地刺進血管，血立刻噴出來。他把動脈插管插進那個切口裡，然後把環狀的縫線拉緊，血流立刻減緩，只剩下微量的血液會滲出來。接下來，當他把管子的尾端縫合固定好之後，血流立刻停止了。插管的另一頭被連接到體外心肺循環機的動脈管線。

這時候，艾貝負責拉開胸腔切口，讓馬克開始連接靜脈插管。

「好了。」亞契一邊從手術檯旁邊走開，一邊說：「我們開始拆禮物吧。」

有一位護士把那個冷藏盒打開，把那顆包著兩層普通塑膠袋的心臟拿出來。他把袋口的帶子鬆開，把心臟倒進裝滿了生理食鹽水的盆子裡。

亞契輕輕地把那顆冷冰冰的心臟從食鹽水裡拿出來。「切離做得很漂亮。」他稱讚說：「你們做得很棒。」

「謝謝。」梅普斯說。

亞契的手指隔著手套輕輕撫摸著心臟表面。「動脈摸起來很柔軟平滑，而且非常乾淨。」

「看起來似乎小了點，對不對？」艾貝隔著手術檯瞄了心臟一眼，然後問梅普斯說：「捐贈者的體重是多少？」

「四十四公斤。」梅普斯醫師說。

艾貝皺起眉頭。「大人嗎？」

「一個青少年，過世前身體很健康。是個男孩子。」

這時候，艾貝看到亞契眼中閃過一絲悲哀的神色，忽然想到亞契有兩個十幾歲的兒子。他把那個心臟輕輕放回冰冷的食鹽水中。

「我們會好好利用這顆心臟，絕對不會讓它浪費掉。」他說。接著，他又把注意力轉回妮娜身上。

當時，馬克和艾貝已經把靜脈接上體外心肺循環機。他們把兩根尾端有金屬喇叭口的塑膠管插進右心房上的切口，然後用環狀袋子縫合法固定住。靜脈血液會經由這些插管導入氧合器。

接著，亞契和馬克兩個人攜手合作，用圈套器封閉上腔靜脈和下腔靜脈，阻斷血液回流心臟。

「把主動脈夾住。」馬克一邊說，一邊把上行主動脈封閉起來。

靜脈血液回流和動脈血液輸送都被阻斷了之後，心臟就成了一具沒有用的皮囊。妮娜・福斯的循環機能已經完全控制在體外循環師的手中，完全由那部神奇的體外循環機來執行。甚至連體溫也是由那部機器來控制的。機器會降低流進來的血液溫度，藉此將體溫降低到攝氏二十五度——已經達到重度失溫狀態。這樣做是爲了保護新移植的心臟，保護心肌細胞，降低軀體的氧氣需求量。

接著，茨威克關掉呼吸器，風箱所發出有節奏的嗡嗡聲忽然消失。當體外心肺循環機啓動的時候，已經沒有必要再把空氣打進病人肺部了。

現在可以開始進行關鍵的心臟移植了。

亞契切斷主動脈和肺動脈那一剎那，鮮血噴湧而出，流進病人胸腔裡，噴濺到地板上。護士立刻丟了一條毛巾到地上吸那灘血。頭頂上手術燈的強光散發出高溫，亞契額頭上已經開始冒汗，但他毫不理會，手上的動作一直沒停。接下來，他把心房切開，更大量的血噴濺到他的手術袍上，血液的顏色也更深暗。他把手伸進病人的胸腔，深及手肘。妮娜·福斯那顆有毛病的心臟被取出來了，丟在盆子裡，看起來蒼白又鬆軟。此刻，那顆心臟已經變成一團空洞的皮囊。

艾貝抬頭看看監視螢幕，看到心電圖顯示出來的是一條平平的直線，忽然不自覺地緊張起來。不過，那只是醫生的本能反應。其實，現在根本不可能會有心跳的跡象，因爲根本就沒有心臟。事實上，所有的生命跡象都消失了。兩片肺葉一動也不動，心臟也不見了，然而，病人卻還活得好好的。

馬克從盆子裡拿起那顆捐贈的心臟，放進病人的胸腔裡。「有些人說心臟移植沒什麼了不起，只不過是高級的水電工。」他一邊轉動那顆心臟對準心房的位置，一邊說：「他們以爲心臟移植只不過就像縫合填充玩具之類的玩意兒，不過，只要你稍微一閃神，你可能根本就不會發覺自己把心臟的方向縫顛倒了。」

那位資深住院醫師笑了起來。

「我可不是在開玩笑，這種事真的曾經發生過。」

「食鹽水。」亞契說。一位護士倒了一盆冰冷的食鹽水在心臟上，以免心臟被手術燈曬得溫度過高。

「有成千上百的小地方都有可能出差錯。」馬克一邊說，一邊把縫合針狠狠地刺進左心房。「例如藥物過敏，麻醉不當等等。可是他媽的，揹黑鍋的永遠是外科醫師。」

「裡頭積血太多了。」亞契說：「艾貝，把血抽掉。」

儘管抽吸機發出一陣嘶嘶的聲響，但整個手術室裡感覺上卻是一片死寂，瀰漫著緊張的氣氛。兩個外科醫師的動作愈來愈快，只聽得到氧合器的嗡嗡聲和針鉗的聲音。鋸齒狀的鉗口一闔起來就會發出喀嚓的聲響，意味著又縫好一針了。儘管艾貝持續抽取胸腔裡的血液，但血還是染紅了覆蓋在病人身上的無菌布，而且一直滴到地板上。他們腳邊的毛巾都已經濕透了。兩位醫師一腳把濕毛巾踢開，護士又趕快放上新的毛巾。

接著，亞契飛快地把縫合針折斷。「右心房血管接合完成。」

「體外循環導管。」馬克說。

護士把導管遞給他。他把導管接到左心房，把攝氏四度的食鹽水灌進去。冰冷的液體降低了心室的溫度，並且把裡面殘餘的空氣都逼出來。

「好了，各位。」亞契說。他重新對準心臟的位置，開始接合心臟和主動脈。「我們把水管接起來吧。」

馬克抬頭看看牆上的時鐘。「你們看，各位老兄，我們的進度超前了。我們這個小組真是不得了。」

這時候，對講機又發出嗶嗶的聲響。手術室服務櫃檯的護士說：「福斯先生想知道他的太太情況怎樣了。」

「很好。」亞契大喊一聲。「沒問題。」

「大概還要多久？」

「一個鐘頭。叫他不要急。」

對講機關閉了。亞契瞄了對面的馬克一眼。「他真的會把我惹毛。」

「你是說福斯嗎？」

「他很喜歡發號施令。」

「那還用說嗎？」

亞契手上的弧形縫合針在主動脈的管壁上進進出出。「不過，話說回來，我要是像他一樣有錢，我也會想發號施令。」

「他的錢是哪來的？」那個資深住院醫師問。

亞契不敢置信地瞥了他一眼。「你不知道維克多．福斯是什麼人物嗎？VMI國際集團，從化學產品到機器人，他們什麼生意都做。」

「他名字開頭的英文字母V就代表VMI那個V嗎？」

「你說對了。」亞契把縫線紮起來，然後把線折斷。「心室接合完成。把夾子鬆開。」

「體外循環導管拔出。」馬克說。接著，他轉頭對艾貝說：「把心跳節律器那兩條導線準備好，準備連接。」

亞契從器具盤裡拿起一根新的縫合針，開始接合肺動脈。他才剛把縫線紮好就發現心臟已經鼓起來了。「你們看！」他說：「溫度還這麼低它就已經開始出現自發性收縮了。這孩子已經迫不及待了。」

「心跳節律器導線已接上。」馬克說。

「注射擬交感神經劑。」茨威克說：「兩微克。」

接著，大家目不轉睛地看著，等著擬交感神經劑發揮藥效，等著看心臟繼續收縮。

然而，心臟卻一動也不動。

「加油。」亞契說：「別讓我失望。」

「要用心臟去顫器嗎？」有一個護士問。

「不用，讓它自己跳。」

心臟慢慢緊縮成拳頭大小，然後忽然變得鬆軟無力。

茨威克說：「把擬交感神經劑增加到三微克。」

心臟又收縮了一次，然後又不動了。

「加油。」亞契說：「再刺激它一下。」

「四微克。」茨威克說。他調整了一下靜脈注射管上的流量閥。

心臟開始緊縮，鬆開。再緊縮，再鬆開。

茨威克抬頭看了一下監視器，看到螢幕上已經出現心室去極化複合波的光點波紋。「心跳已經增加到五十下，六十四下，七十……」

「點滴流量設定到一百一十。」馬克說。

「已經在弄了。」茨威克一邊說，一邊調整擬交感神經劑的劑量。

亞契跟機動勤務護士說：「麻煩妳把對講機打開，告訴恢復室那邊，我們這邊已經快完成了。」

「心跳一百一十。」茨威克說。

「好了。」馬克說：「可以關掉循環機了。把她身上的循環機插管拔掉。」

接著，茨威克把呼吸器開關打開。手術室裡所有的人彷彿同時吁了一口氣。

「現在只能祈禱這顆心臟在她身上不要出問題了。」馬克說。

「你們知道組織比對的吻合度有多高嗎？」亞契一邊問，一邊轉頭去看梅普斯醫師。

然而，站在他後面的梅普斯已經不見了。

艾貝剛剛全神貫注在看手術的進行，根本沒有留意到那個人什麼時候離開了。

「二十分鐘前他就走出去了。」有一個護士說。

「就這樣走了？」

「也許他急著要趕飛機吧。」她說。

「都還沒有時間跟他握個手呢。」亞契說。然後，他轉頭看看手術檯上的病人。「好了，收工吧。」

7

娜迪亞已經受夠了。那幾個小男生抱怨囉嗦個沒完，要這個要那個，而且男孩子特有的精力壓抑太久，每隔一段時間就會爆發出來，互相咒罵推擠。這一切已經把娜迪亞搞得精疲力盡。除了這些麻煩，現在又有暈船的問題，就連那個長得像一頭大猩猩的葛瑞格也不能倖免，而那幾個男孩子大部分也都吐得七葷八素。天候最惡劣的時候，船身在北海的驚濤駭浪中起伏顛簸，彷彿鐵鎚般撞擊著宛如鐵砧的海面，大家都躺在自己的鋪位上痛苦呻吟，即使遠在上層的甲板都可以聽到他們的哀嚎聲，聞到他們嘔吐出來的氣味。在這樣的日子裡，底下的大餐廳總是一片漆黑，幾乎看不到什麼人影，通道也是空蕩蕩的，迴盪著陰森森的呼號聲，感覺上彷彿一艘巨大的鬼船，整船的船員都是幽靈。

然而，耶可夫從來沒有這麼開心過。

他完全不會暈船，看不出任何不舒服的跡象。他無拘無束地在船上到處跑來跑去，踏遍了船上的每一個角落。沒有人阻攔他，而且，船員們反而似乎很喜歡他去找他們。他喜歡跑到輪機室去找科比契夫。運轉中的引擎發出轟隆巨響，整個輪機室裡飄散著柴油的臭味，簡直像是人間煉獄，然而，他們兩個卻下西洋棋下得很開心。有時候耶可夫甚至還會贏。肚子餓了的時候，耶可夫會晃進廚房裡，廚師盧比會請他喝茶，喝甜菜湯，吃「Medivnyk」，一種加了香料的蜂蜜蛋糕，他老家烏克蘭的家鄉口味。盧比沉默寡言，說起話來很少超過三個字，例如「還要嗎？」，或者「夠了嗎？」。不過，他雖然捨不得說話，拿東西給耶可夫吃的時候，倒是慷慨得很。除了輪機室和廚房，耶可夫也常常跑到貨艙去探險，跑到通訊室去玩那邊的無線電，或是跑到甲板上，躲在蓋著防水布的救生艇裡面。他唯一沒有去過的地方就是船尾區。他找不到任何通道可以通向船尾。

不過，他最喜歡的地方還是艦橋。每次他進了艦橋，提波羅夫船長和領航員總是面露微笑，隨他高興想幹什麼就幹什麼，並且還准許他坐在海圖桌前面。他會伸出那隻僅剩的手，用食指沿著船的航線一路往下指，從拉脫維亞的里加港開始，經過波羅的海，穿越海峽經過瑞典的馬爾摩市和丹麥的哥本哈根，然後繞過丹麥北邊，穿越北海。沿途經過幾個小島，碼頭油膩膩髒兮兮，名字都很古怪，例如蒙特羅斯、四十島，還有吹笛人島。北海比他想像中要大很多，並非只是地圖上那個藍藍的小水坑，而是整整兩天的海上航程。領航員告訴他，再過不久，他們就要穿越一片更大的海域，大西洋。

「他們撐不了那麼久。」

「誰撐不了那麼久？」

「娜迪亞和另外那幾個男生。」

「他們一定撐得過去的。」領航員說：「一到北海，沒有人能不暈船。過幾天他們的胃就會適應了。暈船跟內耳有關。」

「耳朵和胃有什麼關係？」

「那是一種動作感應。太劇烈的動作會使內耳的反應產生混淆。」

「爲什麼？」

「我也不完全懂。反正就是這麼回事。」

「可是我沒有吐。我的內耳跟別人有什麼不一樣嗎？」

「你一定是個天生的水手。」

耶可夫低頭看看自己肩膀上的左臂殘肢，搖搖頭說：「我恐怕是不可能當水手的。」

領航員笑了一下。「你很有頭腦。腦袋瓜子比較重要。你現在要去的地方是很需要用頭腦的。」

「爲什麼？」

「到了美國，如果你夠聰明，你就會變得有錢。你一定希望自己以後很有錢，對不對？」

「我不知道。」

領航員和船長兩個人都大笑起來。

「也許這孩子根本就沒有長腦袋。」船長說。

耶可夫瞪大眼睛看著他們，臉上沒有半點笑容。

「我們只是在跟你開玩笑。」領航員說。

「我知道。」

「小朋友，你爲什麼從來都不會笑呢？我從來沒有看你笑過。」

「我從來就不覺得有什麼好笑。」

船長冷笑一聲說：「這小兔崽子運氣眞好，他就要到美國去讓有錢人收養了。可是他竟然一點都不想笑？這小子究竟有什麼毛病？」

耶可夫聳聳肩，轉頭回去看海圖。「我也從來不哭的。」

亞利克西窩在下層的床舖，整個人蜷成一團，懷裡緊緊抱著蘇蘇。耶可夫在他床邊坐下的時候，他嚇了一跳，醒過來了。

「你是打算永遠不起床嗎？」耶可夫問。

亞利克西閉著眼睛說：「我很不舒服。」

「盧比做了很多羊肉餃子當作今天晚餐，我已經吃掉九個了。」

「別跟我說吃的好不好？」

「你都不會餓嗎？」

「當然餓，可是我一直想吐，根本吃不下東西。」

耶可夫嘆了口氣，轉頭環顧著船艙四周。房間裡有八張床舖，其中六張床上都有人躺著。那幾個男孩子都暈船暈得很厲害，根本沒辦法下來玩。耶可夫已經到另外幾張床上去看過了，發現另外那幾個男孩子也是一樣動彈不得。橫越大西洋還有一段很長的路程，難道一路上他們都會這樣一直暈船嗎？

「暈船是因為你的內耳在作怪。」耶可夫說。

「你在說什麼？」亞利克西呻吟了一聲。

「我是說你的耳朵。因為你的耳朵有毛病所以才會反胃。」

「我的耳朵好得很。」

「你已經吐了整整四天了，你一定要想辦法起來吃點東西。」

「噢，你別煩我了。」

這時候，耶可夫一把抓住蘇蘇，把它搶走。

「還我！」亞利克西哭叫著說。

「那你就起來，自己過來拿。」

「還給我！」

「你先起來。起來呀。」耶可夫飛快地從床邊跳開，亞利克西伸出手想去抓他的玩具狗娃娃，可是根本抓不到。「來吧，起床你就會舒服一點了。」

亞利克西從床上坐起來，坐在床緣彎腰縮成一團，坐了好一會兒，腦袋隨著船身起伏左右搖晃。突然間，他用手摀住嘴巴，搖搖晃晃地站起來，匆匆忙忙地衝到房間的另一頭，吐在水槽裡，然後一邊呻吟一邊走回床鋪。

耶可夫一臉嚴肅地把蘇蘇還給他。

亞利克西把那隻玩具狗娃娃抱在胸前。「早告訴過你我很不舒服。好了，你走吧，不要煩我。」

耶可夫從他床邊走開，慢慢晃到走廊。接著，他走到娜迪亞的單間臥鋪門口，敲敲門。裡頭沒有人回答。接著，他走到葛瑞格房間門口，又敲敲門。

「是誰？」房間裡傳來一聲咆哮。

「是我。耶可夫。你也在暈船嗎？」

「滾開！不要站在我房間門口！」

於是，耶可夫就走了。他在船上到處晃來晃去，晃了好一會兒。盧比已經上床睡覺了，而船長和領航員又太忙，根本沒時間跟他講話。就像平常一樣，耶可夫又只剩下自己孤零零的一個人。

於是，他跑到下層的輪機室去找科比契夫。

他們擺好棋盤開始下棋，耶可夫先走。他把士兵推到對方國王前面的第四格。

「你去過美國嗎？」耶可夫問。轟隆隆的引擎聲震耳欲聾。

「去過兩次。」科比契夫一邊說，一邊把王后前面的士兵往前推。

「你喜歡美國嗎？」

「很難說。每次船一靠岸，他們就叫我們待在船艙裡不准出來。我根本沒看過岸上長什麼樣子。」

「爲什麼船長要命令你們不准出來？」

「不是船長，是住在船尾艙那幾個人。」

「什麼人？我從來沒有看過他們。」

「沒有人看過。」

「那你怎麼知道那裡有人？」

「你去問盧比。是他在幫他們準備吃的東西。他會把食物送上去，然後就會有人把那些東西吃掉。好了，該你了，你要走哪一步？」

耶可夫全神貫注地想了一下，然後把另外一個士兵往前推。「船靠岸的時候，你爲什麼不乾脆就跳船跑掉呢？」他問。

「我爲什麼要跑？」

「這樣你就可以留在美國，變成有錢人。」

科比契夫咕噥著說：「他們付給我的薪水還不錯，我倒沒什麼不滿意的。」

「他們付你多少錢？」

「你眞是包打聽。」

「怎麼樣嘛？他們到底有沒有給你很多錢？」

「比我從前賺的多。比大多數人賺的多。反正工作就是這麼一回事，在大西洋上來來去去，來來去去。」

耶可夫把王后推出去。「所以說，在船上當輪機師，這工作還不錯囉？」

「你竟然把王后推出來，這步棋實在下得很驢。你爲什麼要這樣下？」

「我想試試新玩意兒。有一天我能不能當船上的輪機師？」

「不行。」

「可是你薪水不是很多嗎？」

「那只是因爲我是幫史加也夫公司工作的。他們付的薪水很高。」

「爲什麼？」

「因爲我口風很緊，不會洩露機密。」

「什麼機密？」

「鬼才曉得。」說著，科比契夫把手伸過棋盤。「好了，騎士吃王后。我就說嘛，你這步棋實在下得很驢。」

「我只是做個實驗。」耶可夫說。

「哦，但願你學到教訓了。」

過了幾天，耶可夫又跑到艦橋去。他問領航員：「史加也夫公司是做什麼的？」

領航員一臉訝異地瞪了他一眼。「是誰告訴你這家公司的名字的？」

「科比契夫說的。」

「他眞的不應該跟你說這個。」

「所以你也不會告訴我囉。」耶可夫說。

「沒錯。」

好一會兒，耶可夫都沒有說話，看著領航員手忙腳亂地操作那些電子儀器。儀表板上有一個小螢幕，上面有幾個小數字不斷閃爍，領航員把那些數字記在一本筆記本上，然後再對照航海圖。

「我們在哪裡？」耶可夫問。

「這裡。」領航員指著海圖上的一個小叉叉。那個位置就在大西洋的正中央。

「你是怎麼辨認的？」

「根據那些數字。螢幕上那些數字就是經度和緯度，懂嗎？」

「你一定很聰明才有辦法當領航員，對不對？」

「說實在的，我沒那麼聰明。」他一邊說一邊在海圖上移動兩支塑膠尺規。兩根尺規用鉸鏈連接著。當他把尺規移動到海圖邊緣的指南針標誌時，兩根尺規就啪地一聲合在一起了。

「你們是不是在做什麼非法的事情？」耶可夫問。

「你說什麼？」

「是不是因爲這樣，所以你才不能跟我說那些事情？」

領航員嘆了口氣說：「我的任務是引導這艘船從里加港航行到波士頓，然後再從波士頓回到里加港。」

「你們每次都是運送孤兒嗎？」

「不是。我們通常是運貨，用大木箱裝著。我從來沒有問過他們裡面是什麼東西。我不會問東問西，就這樣。」

「所以說，你們做的事情很可能是非法的，對不對？」

領航員笑了起來。「你眞是個小魔頭，對吧？」說著，他又開始在筆記本上寫數字，一行一行寫得很整齊。

男孩就這樣站在那邊靜靜看著他工作，看了好一會兒，然後說：「你覺得有人會收養我嗎？」

「當然會有人收養你。」

「就算這樣也有人要嗎？」耶可夫抬起左手臂的殘肢。

領航員看著耶可夫。耶可夫發現他眼中閃過一絲憐憫的神色。「我很確定一定有人會收養你。」他說。

「你怎麼會知道？」

「因爲有人幫你出旅費，不是嗎？有人幫你申請證件。」

「我從來沒看過我的證件。你看過嗎？」

「我不管這些事的。我的工作就是把船開到波士頓。」他揮揮手叫耶可夫站旁邊一點。「你先回去找你那幾個朋友，好不好？」

「可是他們都還在暈船。」

「噢，反正你先去找別人玩，好不好？」

耶可夫很不情願地離開艦橋，走到外面的甲板上。甲板上空蕩蕩的，只有他一個人。他站在欄杆邊，看著船頭破浪前進。他想到水底那個灰暗混濁的世界，某個角落裡有成群的魚蝦悠游其間。看著眼前洶湧翻騰的海水，他忽然感到胸口一陣窒息，喘不過氣來。然而，他還是站在欄杆邊，一隻手抓著欄杆，身體一動也不動。令人不安的思緒就像那冰冷深邃的海水一般，在他腦海中奔騰流瀉。他已經很久沒有恐懼的感覺了。

然而，此刻，他感覺到一種莫名的恐懼。

8

接連兩天她都做了同樣的噩夢。護士告訴她，這種現象完全是因爲吃藥所造成的，例如治療過敏氣喘的舒你美卓佑、抗排斥藥，還有止痛藥。那些化學藥劑正在侵擾她的大腦。已經住院好幾天了，她當然免不了會做噩夢，每個人都會，沒什麼好擔心的。過一陣子噩夢就會消失了。

然而，那天早上，妮娜躺在加護病房的床上，眼淚不禁奪眶而出。她心裡明白，那些噩夢是不會消失的，那些噩夢將永遠揮之不去，因爲，那些噩夢已經和她融合爲一體了，因爲那顆心臟已經成爲她生命中的一部分。

她用手輕撫著胸口的繃帶。手術後已經過了兩天了，雖然傷口的疼痛已經開始在舒緩，但她還是常常在半夜痛醒，那種疼痛彷彿在提醒著她，這是上天何等的恩賜。那是一個很健康很強壯的心臟。歷經長年累月的病痛，她幾乎已經快要遺忘，擁有一顆健康強壯的心臟是什麼樣的感覺。走路的時候再也不會喘不過氣來，而且感覺得到心臟生氣盎然地搏動，將溫暖的血液輸送到她的肌肉。她低頭看看自己的手指，看到皮下的微血管泛著淡淡的粉紅色澤，心中讚嘆不已。很長一段時間，她生不如死，每天都在等待死亡，預期死亡隨時會降臨，感覺生命變得如此遙遠而陌生。然而，此刻，她看得到自己的手又重新恢復了活力，指尖也感覺到那種活潑的生命力。

更重要的是，她感覺得到新的心臟那種充滿生命力的搏動。

然而，她卻感覺不到那顆心臟屬於她。也許她永遠不會有那種感覺。

小時候，幾個姐姐穿過的衣服都會留下來給她穿。卡羅琳有好幾件很好的毛線衣，還有幾件很少穿的宴會禮服。那些衣服後來都理所當然變成妮娜的衣服，然而，她始終認爲那是她姐姐的衣服。在她心目中，那些衣服永遠都是卡羅琳的禮服，卡羅琳的裙子。

她用手輕撫著胸口，心裡想：現在，這又是誰的心臟呢？

中午的時候，維克多進來坐在她床邊。

「我又做了那個怪夢了。」她對他說：「我又夢到那男孩子。這次，我看他看得好清楚！我醒過來之後，忍不住一直哭一直哭。」

「親愛的，那是類固醇在作怪。」維克多說：「護士小姐不是告訴過妳了嗎？那只是藥物的副作用。」

「我覺得那似乎有某種含義，你不覺得嗎？他生命的一部分現在在我體內。有一部分的他現在還活著。有一部分的他還活著，我可以感覺到他……」

「護士實在不應該告訴妳那是個男孩子的心臟。」

「是我自己問她的。」

「不管怎樣，她還是不應該告訴妳。洩露這件事對誰都沒有好處。對妳沒有好處，對那個男孩子也沒有好處。」

「不是。」她輕聲細語說：「我說的不是那個男孩子，而是他的家人——如果他有家人的話——」

「相信我，他們絕對不會希望醫院的人提到他們的名字。想想看，妮娜，整個過程是絕對保密的，而且，保密當然是有原因的。」

「有那麼嚴重嗎？我只是想寄封信給他的家人，跟他們說聲謝謝，這樣也不行嗎？那封信上面當然不會署名，只是簡單的——」

「不行，妮娜。絕對不行。」

妮娜悄悄往後一靠，整個人陷進枕頭裡。她又開始覺得自己像個傻瓜一樣。維克多說得對。維克多永遠都是對的。

「親愛的，今天妳的氣色看起來好極了。」他說：「妳有下床到椅子上坐坐嗎？」

「我已經起來過兩次了。」妮娜說。那一剎那，她突然覺得房間裡變得好冷好冷。她打了個冷顫，把頭撇開。

彼得坐在艾貝床邊，凝視著她。他身上穿著的還是那一套藍色的幼童軍制服，袖口上有好幾塊補釘，胸前的口袋上掛著好幾個塑膠珠子晃蕩著，每個珠子代表一項成就。他沒有戴帽子。她心裡納悶著，他的帽子跑哪裡去了？後來她才想到，他的帽子早就不見了。當時，她和她姐姐沿著路邊找了好久，可是，在他那輛撞得扭曲變形的腳踏車附近，始終找不到他的帽子。

他已經很久沒有來看她了，自從她離家上大學那一天開始，她就再也沒有見過他了。每當他來看她的時候，他總是坐在她床邊看著她，不發一語。她說：「你跑到哪裡去了，彼得？如果你不想跟我講話，為什麼又要來看我呢？」

然而，他還是一樣坐在那邊看著她，眼神平靜而安詳，緊閉著嘴唇，一句話也不說。他襯衫的領子燙得很筆挺，就和葬禮那一天一模一樣。那一天，媽媽把他的襯衫燙得特別筆挺。這時候，他轉頭看看另外一個房間，似乎被那個音樂般的聲音吸引住了。他身上開始散發出光暈，彷彿水面上泛起漣漪一般。

她說：「你來找我，是想告訴我什麼嗎？」

這時候，水面般的影像開始劇烈動盪，被那陣音樂般的鈴聲衝擊成一縷氣泡。接著又是另一陣鈴聲，氣泡般的影像也就徹底煙消雲散了，房間裡又只剩下一片漆黑。

接著，電話鈴聲響了。

艾貝伸手去拿話筒。「我是迪麥多。」她說。

「這裡是內科加護病房。我想妳最好趕快下來一趟。」

「怎麼回事？」

「是第十五床的福斯太太。心臟移植手術。她正在發燒，三十八點六度。」

「其他的生理狀況呢？」

「血壓一百、七十。心律九十六。」

「我馬上就到。」艾貝掛斷電話，把燈打開。現在是凌晨兩點，床邊的椅子上空無一人，彼得並沒有坐在那裡。她呻吟了一聲，翻身下床，走到房間另一頭的水槽邊，掬起一捧冷水潑潑自己的臉。然而，她甚至感覺不到那個水是冷的，彷彿自己的身體被麻醉了一樣，感覺不到水的溫度。她對自己說，趕快醒一醒，醒一醒。妳一定要讓自己的頭腦趕快清醒起來，應付眼前的狀況。手術後發燒。心臟移植手術後的第三天。第一個步驟，檢查開刀的傷口，然後檢查肺部，還有腹部。幫病人做胸部X光檢查和細菌培養化驗。

還有，讓自己保持冷靜。

她已經沒有犯錯的空間了，至少眼前的處境，特別是眼前這位病人，絕對不容許她犯任何錯誤。

過去這三天來，她每天早上都是提心吊膽地跨進貝賽醫院，不知道自己是不是還保得住這份工作，一直要到下午五點的時候，她才會鬆一口氣，慶幸自己好不容易又熬過二十四個鐘頭了。每多過一天，那種危機感似乎就漸漸變得愈來愈淡，而帕爾對她的威脅恫嚇似乎也變得愈來愈遙遠。她知道衛蒂格站在她這一邊，而馬克也是一樣。有了他們的掩護，也許——只是也許——她可以保得住她的工作。身為一個醫生，她不想讓帕爾有任何藉口質疑她的工作表現。於是，她工作的時候戰戰兢兢，仔細到婆婆媽媽的地步。實驗室的任何檢驗報告，或是病人的身體檢查結果，她總是一而再再而三的檢查，鉅細靡遺。此外，她小心翼翼地刻意避開妮娜．福斯的病房。她極力想避免的，就是再度撞見憤怒瘋狂的維克多．福斯。

然而此刻，妮娜．福斯正在發燒，而值班的住院醫師正好是艾貝。這下子她可躲不掉了，她必須履行她的職責。

她套上那雙網球鞋，走出值班醫師休息室。

深夜時分，醫院裡總是瀰漫著一股超現實的氣氛，長長的走廊空蕩蕩的，燈光顯得十分刺眼。此刻，艾貝睡眼惺忪，放眼望去，白色的牆壁彷彿變得彎彎曲曲，游移搖晃，像一條扭動的坑道。此刻，她彷彿就在其中一條坑道裡迂迴穿梭。她感覺自己的身體還是有點麻木，意識不清。她打起精神，努力想讓自己的頭腦清醒一點。此時此刻，只剩下她的心臟對眼前的危機有反應。她的胸口怦怦狂跳。

她走到轉角，拐了個彎，走進外科加護病房。

到了夜晚，加護病房的燈光就會變暗——這是現代科技對病患生理週期需求的體貼設計。護理站燈光昏暗，電子儀表台上有十六個監視螢幕，顯示十六位病患的心電圖波。只要略微瞄一眼

第十五號螢幕，就可以看得出來福斯太太的脈搏跳得很快，每分鐘一百下。

這時候，電話鈴聲響了，負責監看螢幕的護士把電話接起來，然後對艾貝說：

「李維醫師在線上。他說要跟值班的住院醫師講話。」

「我來接。」艾貝一邊說，一邊伸手去拿話筒。「喂，李維醫師嗎？我是艾貝．迪麥多。」

電話裡，李維遲疑了一下沒有出聲，然後說：「今天晚上是妳值班嗎？」她聽得出來，他的語氣有點驚訝，有點喪氣。她立刻就明白那是什麼道理。他最不希望看到艾貝去接觸到妮娜．福斯，然而，今天晚上似乎也沒有別的選擇了。她是資深的住院醫師，而今天晚上正好輪到她值班。

她說：「我正要幫福斯太太檢查。她在發燒。」

「我知道，他們告訴過我了。」說到這裡，他又停住不說了。

她立刻接著往下說，以免兩個人之間陷入那種尷尬的沉默。她設法把兩人談話的內容維持在醫療專業的範圍裡。「我會幫她做一般的發燒診斷檢查。」她說：「我會幫她做檢驗，包括血液常規檢查、細菌培養化驗、尿液檢驗、胸部X光檢查。只要結果一出來，我會馬上打電話給你。」

「那好。」他終於說：「我等妳電話。」

艾貝披上一件隔離衣，跨進妮娜．福斯的小隔間。病床上方還留著一盞燈，燈光昏暗。一束圓錐形的微弱光暈籠罩著病床，妮娜．福斯銀白色的頭髮一縷縷披散在枕頭上。她閉著眼睛，雙手交疊在胸前，那種姿態煥發出一種很奇特的聖潔的感覺，顯得無比寧靜安詳。那一剎那，艾貝心裡想，*她看起來好像一位躺在聖墓中的公主。*

她走到床邊，輕聲細語地叫了一聲：「福斯太太？」

妮娜睜開眼睛，眼睛慢慢轉過來看著艾貝。「怎麼了？」

「我是迪麥多醫師。」艾貝說：「我是外科住院醫師。」她看到妮娜的眼睛閃動了一下，彷彿認識她。艾貝心裡想，*她知道我的名字，她知道我是誰。*一個盜墓者，一個偷屍體的賊。

妮娜．福斯沒有說話，就這麼靜靜地看著她。她的目光深不可測。

「妳發燒了。」艾貝對她說明：「我們必須找出妳發燒的原因。福斯太太，妳現在覺得怎麼樣？」

「我……我只是覺得很累，就這樣而已。」妮娜低聲呢喃著。「我只是累了。」

「我必須檢查一下妳的手術傷口。」艾貝把燈光開得更亮，然後輕輕掀開她胸部傷口上的繃帶。傷口看起來很乾淨，沒有紅腫發炎的跡象。她從口袋裡掏出聽診器，繼續進行發燒診斷檢查接下來的步驟。她用聽診器聆聽妮娜肺部的聲音，呼吸聲聽起來很正常。她用手在妮娜的腹部輕輕按了幾下，然後檢查她的耳內、鼻孔，還有喉嚨。她發現這些地方都沒有出現異常現象，並非引起發燒的原因。在整個檢查的過程中，妮娜一直很安靜，眼睛看著艾貝的每一個動作。

最後，艾貝挺直身體說：「看起來都很正常。可是，發燒一定有原因。我要幫妳做胸部X光檢查，然後抽三份血液樣本做細菌培養化驗。」說著，她露出抱歉的笑容。「不好意思，今天晚上妳恐怕沒辦法好好睡覺了。」

妮娜搖搖頭說：「反正我本來就睡得不多。我老是在做夢。我的夢實在太多了……」

「妳是做噩夢嗎？」

妮娜深呼吸了一下，然後慢慢的吁了一口氣。「我夢見那個男孩子。」

「哪個男孩子，福斯太太？」

「這個男孩。」她用手輕輕摸了一下自己的胸口。「他們跟我說，這個心臟是一個男孩子的，可是，我連他叫什麼名字都不知道，也不知道他是怎麼死的。我只知道，這是一顆男孩子的心臟。」說著，她凝視著艾貝：「是男孩子的心臟，對不對？」

艾貝點點頭。「我在手術室裡有聽到他們提到。」

「我開刀的時候妳也在場嗎？」

「我是赫德爾醫師的助手。」

妮娜的嘴角泛起一絲淺淺的微笑。「好奇怪，妳竟然也會在現場，自從……」說到這裡，她的聲音忽然不見了。

她們兩個人忽然都不說話了，沉默了好一會兒。艾貝不說話是因爲內心感到有點愧疚，而妮娜．福斯不說話是因爲……怎麼說呢？她大概覺得兩個人在這種情況下碰面有點諷刺吧？接著，艾貝把燈光調暗，於是整個小隔間又陷入一片昏暗，沐浴在那種奇特的神聖莊嚴的氣氛中。

「福斯太太。」艾貝說：「前幾天所發生的那件事，另外那顆心臟，第一顆心臟……」說著，她瞥開視線，把頭轉向旁邊，不敢直視妮娜的眼睛。「那是因爲有個男孩子。他今年十七歲。通常，這個年紀的男孩子滿腦子想的不是汽車就是女朋友，可是這個男孩子只希望能夠回家，別無所求。他只想回家。」說著，她嘆了口氣。「我不能眼睜睜地看著這種悲劇發生。福斯太太，當時我還沒有認識妳，而且我也看不到妳躺在病床上的樣子，而那個孩子就在我眼前奄奄一息。所以，我必須做一個選擇。」說到這裡，她眨眨眼睛，感覺眼睛裡有點濕潤。

「他活下來了嗎？」

「是的，他活下來了。」

妮娜點點頭。接著，她又摸摸自己胸口，彷彿在跟自己的心臟說話，聆聽心臟的聲音，跟他溝通。在跟它溝通。她說：「這孩子，這孩子也還活著。我可以很清楚地感覺得到他的心臟，感覺得到每一次的心跳。有些人相信，心臟是靈魂居住的地方。也許，他的父母就是這麼相信的。我也會想到他的父母。他們現在的心情不知道有多麼難過。我沒有兒子。我一直都沒有自己的孩子。」說到這裡，她忽然握起拳頭，壓著自己胸口上的繃帶。「要是能夠知道自己的孩子身體的某個部分還活著，妳不覺得那是一種安慰嗎？假如他是我的孩子，我會很想知道。我會很想知道。」說著說著，她已經哭了起來，眼角泛出晶瑩的淚珠，沿著太陽穴往下流。

艾貝伸出手，握住妮娜的手，那一剎那，她嚇了一跳。妮娜抓住她的手，握得很用力，皮膚發燙，手指繃得很緊，彷彿渴望抓住什麼東西似的。妮娜躺在那裡，眼睛看著她，眼神中依稀閃爍著一種奇特的光芒。那是她的生命之光。艾貝心裡想，如果當時我認識妳，如果當時我看著妳躺在床上奄奄一息，而喬許．奧戴就躺在另外一張床上，那麼，你們兩個人，我會選擇哪一個呢？

我不知道。

床頭上方有一具心電圖示波器，一條光點線在泛著綠光的螢幕裡不斷波動著。那個不知名的男孩的心臟每分鐘跳動一百下，把溫熱的血液輸送到一個陌生人的血管裡。

艾貝握著妮娜的手，感覺得到脈搏的跳動。緩慢而穩定的脈搏。

那不是妮娜的脈搏，而是她自己的。

大約等了二十分鐘，X光技師才來到病房，用手提式X光機幫妮娜拍攝胸部的影像。接著，十五分鐘後，艾貝拿到了那張完成顯影的X光片。她把那張片子掛在外科加護病房的燈箱上，仔細端詳，看看有沒有肺炎的跡象。結果，沒有任何發炎的跡象。

已經是凌晨三點了。她打電話到亞倫．李維家裡。

接電話的是亞倫的太太。可能是因爲剛從睡夢中被吵醒的關係，她的聲音聽起來有點沙啞。「喂？」

「伊蓮，我是艾貝．迪麥多。很抱歉這麼晚還打電話吵你們。能不能麻煩妳請亞倫聽電話？」

「他已經到醫院去了。」

「他是多久之前出來的？」

「呃……就在他接了第二通電話之後。他已經到了嗎？」

「我還沒有看到他。」艾貝說。

電話的另一頭，伊蓮突然沒聲音了，過了一會兒才說：「他一個鐘頭之前就出門了，現在應該已經到醫院了。」

「不用擔心，伊蓮，我撥他的呼叫器看看。」說完，艾貝掛斷電話，然後撥了亞倫呼叫器的號碼，等他打電話進來。

到了三點十五分，他還是沒有打電話進來。

「迪麥多醫師？」西莉亞叫她。西莉亞是負責照顧妮娜．福斯的護士。「細菌培養化驗要用的最後一份血液樣本已經抽好了，您還有什麼指示嗎？」

艾貝想了一下，我還有遺漏什麼嗎？她彎身靠在桌上，用手輕輕揉了一下太陽穴，努力想讓自己保持清醒。仔細想，手術後發燒？到底是哪裡受到感染？她究竟忽略了什麼地方？

「會不會是器官有問題？」西莉亞問。

艾貝猛然抬頭看著她。「妳是說心臟嗎？」

「我只是忽然想到，不過，應該不太可能……」

「妳想到什麼，西莉亞？」

護士猶豫了一下，然後說：「我在醫院裡待這麼久了，從來沒有看過這種狀況。不過，我到貝賽來之前曾經待過別的醫院。我在梅約醫學中心的腎臟移植小組工作過，我還記得那邊曾經有一個病人。那位病人移植腎臟之後，出現手術後發燒的現象。我們一直檢查不出他究竟什麼地方受到感染。不久之後，病人過世了，我們才發現原來是黴菌感染。後來，我們追蹤器官捐贈者的資料，看到他的血液細菌培養化驗報告，赫然發現他的血液都已經受到感染。那對腎臟摘取了一個禮拜之後，血液檢查的資料才送回來。只不過，已經太晚了，那位接受移植的病人已經過世了。我們的病人。」

聽了護士的話，艾貝想了一會兒。她看著儀表台上的那一排螢幕，看著光點波紋劃過十五號床的螢幕。

「捐贈者的資料放在哪裡？」艾貝問。

「應該在樓下器官移植調度員的辦公室裡。護理督導員那邊有鑰匙。」

「妳能不能請她把檔案拿給我？」

接著，艾貝又打開妮娜．福斯的病歷表。她翻到新英格蘭器官銀行捐贈表格那一頁。那張表格是跟著那顆捐贈的心臟從佛蒙特州一起送過來的，上面有許多項目欄位，包括ABO血型、愛滋病毒測試、梅毒抗體濃度，還有一大串各式各樣致命傳染病篩檢的欄位。然而，那張表格上，捐贈者身分不詳。

十五分鐘後，電話鈴聲響了。是那位護理督導員打來的，要找艾貝。

「我找不到捐贈者的檔案。」她說。

「沒有在妮娜．福斯的檔案裡面嗎？」

「捐贈者的資料是根據受贈者的病歷號碼建檔的，可是，福斯太太病歷號碼的檔案裡面看不到任何資料。」

「有沒有可能放到別的病人的檔案裡面？」

「我已經清查過所有腎臟和肝臟移植病患的檔案，而且也比對過所有的病歷號碼，還是找不到。會不會是被收在外科加護病房的某個地方？」

「我會叫他們去找找看，謝謝妳。」說完，艾貝掛斷電話，嘆了口氣。文件資料失蹤了。三更半夜的此刻，她最怕的就是應付這種問題。她瞄了加護病房的檔案架一眼。架子上擺滿了病歷資料，那些資料是目前住在加護病房裡的病人從以前到現在的住院紀錄。假如失蹤的檔案眞的是埋在那堆資料裡，那麼，光是要把那份檔案翻出來至少得耗掉一個鐘頭。

另外一個辦法是，她可以直接打電話到捐贈者動手術的醫院去問。他們輕而易舉就能夠把檔案抽調出來，把捐贈者的病歷資料和檢驗報告告訴她。

於是，她打電話到查號台去，問到了威爾考克斯紀念醫院的電話號碼。她撥了那個號碼，請醫院的總機轉接護理督導員。

過了一會兒，有一個女人接了電話。「我是蓋兒．德李恩。」

「我是波士頓貝賽醫院的迪麥多醫師。」艾貝說：「我們這裡有一位心臟移植的病人出現手術後發燒的現象。據我們所知，這顆捐贈的心臟是在你們的手術室採取的。我需要多知道一些捐贈者的病歷資料，能不能麻煩妳幫我查一下那位捐贈者的姓名？」

「妳是說器官摘取是在我們這裡做的嗎？」

「是的。三天前。捐贈者是一個男孩子，一個青少年。」

「我先查一下手術室的日誌，等一下再回妳電話。」

十分鐘後，那個女人果然打電話來了──只不過，她並沒有解答艾貝的疑問，反而回過頭來質疑艾貝。「大夫，妳確定是我們這家醫院嗎？」

艾貝低頭看看妮娜的病歷表。「病歷表上是這樣寫的。捐贈醫院是威爾考克斯紀念醫院，位於佛蒙特州的柏林頓。」

「哦，那是我們沒錯，可是手術室日誌裡並沒有器官摘取的紀錄。」

「能不能麻煩妳查一下手術室的日程表？日期應該是……」艾貝低頭看了看表格。「九月二十四日。摘取手術的時間應該是半夜左右。」

「請稍候。」

從話筒裡，艾貝可以聽得到那位護士一邊翻頁一邊清喉嚨的聲音。過了一會兒，那位護士又說話了。「喂？」

「是的。」艾貝說。

「我已經查了三天的日程表，九月二十三日、九月二十四日，還有二十五日。有好幾次盲腸切除手術，一次膽囊切除手術，兩次剖腹生產，可是根本沒有器官摘取手術的紀錄。」

「一定有。要不然我們怎麼會有那顆心臟呢？」

「心臟不是從我們這邊送出去的。」

艾貝瞄了一眼手術室護士的紀錄，上面寫著：一點零五分，威爾考克斯紀念醫院的李奧納多．梅普斯醫師抵達本院。接著她又說：「貴院有一位外科醫師也參與了心臟摘取手術，是李奧納多．梅普斯醫師。就是他把心臟送過來的。」

「我們醫院並沒有姓梅普斯的醫生。事實上，據我所知，柏林頓這一帶也沒有半個醫生是姓梅普斯的。我不知道妳的資料是哪來的，大夫，不過我可以告訴妳，那些資料顯然是錯誤的。也許妳應該再仔細查清楚。」

「可是——」

「我建議妳去問問別家醫院吧。」

艾貝慢慢地掛上電話。

她坐在那裡看著電話發呆，看了好一會兒。她忽然想到維克多．福斯，想到他富可敵國，想到有錢可使鬼推磨。她忽然想到，要給妮娜．福斯一個新的心臟，必須動員多麼龐大的人力物力。要找到一顆相容的心臟談何容易。

想到這裡，她又伸出手去抓電話。

9

「妳想太多了。」馬克一邊說，一邊隨手翻著妮娜．福斯的外科加護病房病歷表。「這件事一定有一個合理的解釋。」

「我倒想聽聽看有什麼合理的解釋。」艾貝說。

「那顆心臟切離的技術很高超，儲存運送的方式也都很正確，而且還有捐贈證明文件。」

「只不過，文件好像失蹤了。」

「器官移植調度員九點就上班了，等一下我們可以去找她，問問看她究竟把文件收到哪裡去了。我相信那些文件一定是被塞在什麼地方。」

「馬克，還有一件事。我打電話去捐贈器官的那家醫院，他們告訴我，他們醫院根本沒有李奧納多．梅普斯這位醫生，而且，柏林頓那一帶根本就沒有姓梅普斯的外科醫生。」說到這裡，她遲疑了一下，然後輕聲細語地問：「我們眞的很清楚心臟是哪來的嗎？」

馬克沒有說話。他似乎有點茫然，而且顯得很疲倦，腦袋沒辦法思考。現在的時間是凌晨四點十五分。接到艾貝的電話之後，他硬撐著爬起床，然後開車到貝賽醫院。手術後發燒需要緊急處理，而且，他雖然相信艾貝的判斷，不過，他還是希望親眼看看病人。此刻，馬克坐在昏暗的外科加護病房裡，打起精神想搞清楚妮娜．福斯病歷表裡的文件。櫃檯上有一整排的心臟監視螢幕，他坐在螢幕前面，眼鏡的鏡片上反射出三條綠色的光點波紋。加護病房裡一片昏暗，來來去去的護士看起來像是一幢幢的黑影，輕聲細語地交談著。

馬克把病歷表闔起來，輕輕嘆了口氣，摘下眼鏡，揉揉眼睛。「病人在發燒。發燒到底是什麼引起的？這才是我眞正擔心的。」

「會不會是被捐贈者感染的？」

「不太可能。我從來沒有見過心臟移植出現這種問題。」

「可是我們對捐贈者一無所知，也不知道他的病歷資料。我們甚至不知道這顆心臟是從哪家醫院來的。」

「艾貝，妳又開始在鑽牛角尖了。我知道亞契和摘取器官的醫生通過電話，而且我知道確實有文件。文件就在那個牛皮紙袋裡。」

「我也記得看過那個牛皮紙袋。」

「那就對了，我們兩個都有看到東西。」

「可是，那個紙袋跑到哪裡去了？」

「嘿，我當時忙著開刀，可以嗎？我兩隻手從手掌到手肘都沾滿了血，哪有工夫去留意那個該死的紙袋在不在？」

「爲什麼要把捐贈者的身分搞得這麼神祕兮兮的？我們沒有他的病歷資料，也不知道他叫什麼名字。」

「這是標準程序。捐贈者的資料必須絕對保密，通常要和受贈者的病歷表分開，否則，雙方的家屬則可能會互相接觸。捐贈者的家屬可能會因爲對方能夠逃過一死，要求對方回報，而受贈者的家屬可能會因爲羞辱而感到憤恨，或是感到內疚。那會造成感情上的巨大衝突。」說著，他往後一躺，整個人深陷在椅子裡。「談這些根本就是在浪費時間，再過幾個鐘頭就沒這個問題了。所以，我們還是專心來應付發燒的問題吧。」

「好吧。不過，萬一捐贈的來源眞的有問題，新英格蘭器官銀行可能會找你去談。」

「怎麼會扯到新英格蘭器官銀行？」

「我打電話給他們。他們有一支二十四小時的專線電話。我跟他們說，你或是亞契會回他們電話。」

「這件事亞契會處理。他應該再過幾分鐘就到了。」

「他也過來了嗎？」

「他也很擔心發燒的問題。另外，我們似乎聯絡不上亞倫。妳有再撥他的呼叫器嗎？」

「我已經撥了三次了，他都沒有回電話。伊蓮跟我說，他已經開車過來了。」

「噢，我知道他已經來了。我剛剛在停車場看到他的車子。也許內科那邊有事情在忙。」馬克一邊說，一邊一頁頁地翻著妮娜．福斯的病歷表。「我要開始處理了，不等他了。」

艾貝朝妮娜．福斯的小隔間瞄了一眼。她閉著眼睛，睡得很熟，胸口緩緩地一起一伏。

「我要開始幫她打一些抗生素了。」馬克說：「多重效果的抗生素。」

「你打算治療哪一種感染？」

「我也不知道。這是暫時性的過渡處理，等細菌培養化驗的結果回來再說。目前她的免疫機能很脆弱，我們絕對不能掉以輕心，也許她可能眞的受到感染。」說著，馬克有點喪氣地從椅子上站起來，走到小隔間的窗口，站在那邊站了好一會兒，凝視著妮娜．福斯。一看到她，他的心情似乎平靜了一點。艾貝走過去站在他旁邊。兩人站得很近，幾乎快要靠在一起了，然而，眼前的危機卻彷彿一道無形的鴻溝，把他們分隔開了。窗戶的另一邊，妮娜．福斯睡得十分安詳。

「說不定是藥物反應。」艾貝說：「她現在用的藥實在太多種了。任何一種藥都有可能導致發燒。」

「是有可能，可是，類固醇和抗排斥藥不太可能會導致發燒。」

「但我實在找不出她什麼地方受感染。完全找不到。」

「她現在的免疫機能失去作用，萬一我們有個什麼閃失，她就沒命了。」說著，他轉過身去拿起病歷表。「我要開始噴一點殺蟲劑了。」

到了早上六點，他們開始透過靜脈注射將第一劑抗細菌感染藥打入妮娜體內，那是安達菌素乾粉注射劑。他們向國家傳染病防治機構尋求諮詢協助，到了七點十五分，傳染病防治顧問穆爾醫師抵達醫院。他也贊成馬克的決定。失去免疫機能的病人如果不予以緊急治療，可能會面臨立即的生命危險。

到了八點，他們又幫妮娜注射了第二種抗生素，黴素凍晶注射劑。

那個時候，艾貝正在外科加護病房進行晨間查房。她放在推車上的病歷表堆起來足足有一個人高。前一天晚上的值班實在不輕鬆，差不多只睡了一個鐘頭，半夜兩點就接到了電話。從兩點以後，她就完全沒有時間休息了。她喝了兩杯咖啡，並且提醒自己值班時間快結束了。這些就是她支撐下去的動力。她推著推車，沿著一整排的小隔間前面走過，心裡想著：再過四個鐘頭，我就可以離開這裡了。只剩下四個鐘頭就中午了。這時候，她走過第十五號床的小隔間門口，從小窗口瞥了裡面一眼。

妮娜醒著。她看到艾貝，忽然抬起虛弱無力的手，朝艾貝招招手。

艾貝把推車丟在門口，披上一件隔離衣，然後跨進小隔間。

「早安，迪麥多醫師。」妮娜有氣無力地呢喃著。「眞不好意思，因爲我的關係，害妳沒睡好。」

艾貝露出微笑。「還好。我上個禮拜睡過覺。妳覺得還好嗎？」

「覺得好像每個人都在注意我。」妮娜眼睛一轉，看著吊在床頭上面的抗生素點滴瓶。「那個藥就是用來把我治好的嗎？」

「但願如此。那裡面混合了兩種藥，黴素凍晶注射劑和安達菌素乾粉注射劑。那兩種都是廣效型抗生素。假如妳有受到感染，那麼，這兩種藥可以治得好。」

「萬一不是感染呢？」

「那麼，抗生素就沒有辦法幫妳退燒了，我們就得再試試別的辦法。」

「所以說，你們並不確定發燒是什麼造成的，對不對？」

艾貝遲疑了一下。「是的。」她承認。「我們確實沒辦法確定。目前的治療有點像是投石問路。」

妮娜點點頭說：「我就在想，妳一定肯告訴我實話。像亞契醫師就不肯跟我說實話了，妳應該也知道。今天早上他來看我的時候，只會一直叫我不要擔心，不要擔心，所有的問題都解決了。他根本不承認自己沒把握。」說到這裡，妮娜輕輕笑了一聲，彷彿眼前的一切——發燒、抗生素、插管導管、儀器設備——只是一場怪異荒唐的幻覺。

「我想，他只是不希望妳擔心。」艾貝說。

「可是，我並不害怕知道眞相，眞的不怕。醫生老是不肯說實話。」她盯著艾貝的眼睛。「我們兩個都心裡有數。」

這時候，艾貝的眼睛開始不自覺地看向監視螢幕。好幾條光點波紋劃過螢幕畫面，數值都在正常範圍內，包括脈搏、血壓、右心房壓力。眼睛老是盯著數據看，這種動作純粹是一種職業性的習慣。機器不會追問你尖銳的問題，不會逼你說出令人痛苦的眞相。

這時候，她突然聽到妮娜輕輕喊了一聲：「維克多。」

艾貝猛然轉身，面向門口，那一刹那，她才看到維克多．福斯正好跨進小隔間。

「滾出去。」他大喊：「滾出我太太的房間。」

「我只是來幫她檢查一下。」

「我說滾出去！」他朝她跨近一步，一把抓住她身上的隔離衣。

艾貝本能地開始掙扎，掙脫了他的掌握，可是小隔間實在太小了，已經沒有足夠的空間往後退，沒有地方可以躲。

接著，他一個箭步朝她撲過去，這一次，他抓住了她的手臂。他抓得很用力，目的就是要讓她覺得痛。

「維克多，不要這樣！」妮娜說。

他扭住艾貝的手往前推，艾貝痛得慘叫起來。他用力把她推出小隔間，用力之猛，把她推得連退了好幾步，整個人撞上那輛推車。撞上的那一刹那，推車滑開了，她感覺得到自己往後一倒，跌坐在地上。推車一直往前滑，然後砰的一聲撞上櫃檯，翻倒在地上。艾貝遭到一連串的猛烈推撞之後，整個人嚇呆了。她楞楞地抬頭一看，看到維克多．福斯居高臨下地站在她面前。他氣喘吁吁，不過，那不是因爲他用力過度，而是因爲憤怒。

「我警告妳，不要再靠近我太太。」他說：「聽清楚了嗎，大夫？聽清楚了嗎？」整個外科加護病房裡的護理人員都圍過來了，福斯轉頭瞪著他們。「不要讓這個女人再靠近我太太。你們給我寫在病歷表上，貼在門口。現在就給我寫。」最後，他又狠狠瞪了艾貝一眼，一臉憎恨的表情，然後走回他太太的小隔間，用力拉上布幔，遮住小窗口。

兩個護士連忙跑到艾貝旁邊，要扶她站起來。

「我沒事。」艾貝一邊說，一邊揮揮手叫她們走開。「我沒事。」

「他瘋了。」有一個護士喃喃嘀咕著。「我們實在應該通知警衛。」

「不要，千萬不要。」艾貝說：「不要再火上加油，把事情鬧得更難收拾。」

「可是他剛剛的行為已經構成傷害！妳可以控告他。」

「算了，我希望這件事就到此為止，好不好？」說完，艾貝走到推車那邊。她強忍住眼淚，不讓自己哭出來。*不能哭，她心裡想，絕對不能在這裡當眾哭出來。不能哭。*她抬頭看看四周。四周的每一雙眼睛都在看著她。

於是，她就把推車丟在那裡，走出外科加護病房。

三個鐘頭之後，馬克在自助餐廳裡找到了她。她一個人坐在角落裡，趴在桌面上，桌上放著一杯茶和一份藍莓鬆餅。鬆餅只咬了一口，茶包浸泡在杯子裡，整杯茶已經黑得像咖啡一樣。

馬克拉開椅子，坐在她對面。「艾貝，發脾氣動手傷人的是他不是妳，妳不用怕。」

「只不過，我在眾目睽睽之下一屁股坐倒在地上，四腳朝天，很難看。」

「那是因為他推妳。衝著這一點妳就可以咬住他，如果他再繼續用那些齷齪手段羅織罪名控告妳，那妳就有本錢跟他對抗了。」

「你的意思是我可以用傷害罪的名義控告他嗎？」

了。」

「差不多。」

她搖搖頭。「我已經不願意再去想到維克多．福斯這個人了。我不想再跟他有什麼瓜葛了。」

「現場至少有五、六個人可以幫妳作證。他們親眼看到他推妳。」

「馬克，算了吧，就當作沒這回事吧。」她拿起那塊鬆餅，漫不經心地咬了一口，然後又放回去。她坐在那邊呆呆看著那塊鬆餅，想盡辦法轉移話題。

於是她說：「亞倫也同意開始用抗生素嗎？」

「我今天一整天都沒有看到亞倫。」

她抬起頭看著他，皺起眉頭。「他不是已經到醫院了嗎？」

「我撥過他的呼叫器，可是他都沒回電話。」

「你有打到他家去問嗎？」

「打過了，不過是他們管家接的。伊蓮已經出門去度週末了，到達特茅斯大學去看他們的孩子。」馬克聳聳肩。「反正這個週末亞倫不用值班，不需要去查房。也許他打算躲開我們這些人去度個假。」

「度假？」艾貝嘆了口氣，搓搓自己的臉。「海灘、棕櫚樹，再來上一杯鳳梨加椰奶的『椰林風光』雞尾酒，老天，光想到都會流口水。」

「好像很棒，連我都要流口水了。」馬克的手從桌子對面伸過來，握住她的手。「我可以跟妳去嗎？」

「你根本就不喜歡『椰林風光』。」

「不過我喜歡海灘和棕櫚樹。還有妳。」他緊緊捏了一下她的手。此時此刻，這正是她最需要的。他的撫觸，感覺是那麼的可靠，那麼的令人安心，就像他的人一樣。

他彎腰伸長了身子，隔著桌子湊近她，在自助餐廳眾目睽睽之下，吻了她一下。「看看我們兩個，快要變成世界奇觀了。趁現在我們還沒有開始引人側目，妳還是趕快回家吧。」

她瞄了手錶一眼。錶面上顯示的時間是十二點，星期六。星期六，終於到週末了。

他陪著她走出自助餐廳，越過醫院的大廳。他們正要推開大門走出去的時候，他忽然說：「我差點忘了告訴妳，亞契有打電話到威爾考克斯紀念醫院，跟一個叫做提摩西．尼可拉斯的胸腔外科醫生談過。結果，這位尼可拉斯醫師正好就是心臟摘取手術的助理。他證實那位捐贈者就是他們醫院的病人，而且，梅普斯醫師就是執刀切離心臟的人。」

「那麼，為什麼威爾考克斯的醫生名單裡沒有梅普斯這個人？」

「因為梅普斯是從德州休斯頓搭乘私人噴射機飛過去的。這件事我們都不知道。顯然我們的福斯先生並不相信我們這些北部的外科醫生，不放心把這件工作交給我們。所以，他就自己找了個專家飛過來。」

「大老遠從德州飛過來？」

「憑福斯口袋裡的錢，就算他想把休士頓貝勒醫學中心整個心臟移植小組搬過來也不是問題。」

「所以說，摘取手術是在威爾考克斯紀念醫院做的囉？」

「尼可拉斯說他就在現場。昨天晚上跟妳說話的護士，不管她是誰，反正那本手術室日誌她一定是看錯頁了。如果妳要的話，我可以再打電話確認一次……」

「不用了，算了。現在我忽然覺得自己像個傻瓜一樣。眞不知道自己在想什麼。」說到這裡，她嘆了口氣。隔著寬闊的停車場，她遠遠就看到自己的車子還是像平常一樣，停在最邊邊的那一頭。停車場的那一區是住院醫師的指定停車位，他們幫那一區取了一個綽號叫做「西伯利亞的邊陲地帶」。不過，話說回來，醫院的奴工還能夠享有指定停車位，已經算走運了吧。「待會兒回家見囉。」她說：「要是我還沒睡著的話。」

他用雙手圈住她的肩膀，輕輕頂著她的額頭，讓她的頭往後仰，然後吻了她一下。兩個人疲倦的身體緊緊黏在一起。「開車回家小心點。」他輕聲細語地說：「我愛妳。」

她拖著筋疲力盡的身體走過停車場，耳邊彷彿還迴盪著剛剛他說的那三個字，突然感到有點暈眩。

我愛妳。

這時候，她突然停住腳步，轉身對他猛揮手，可是他已經走進醫院的大門，身影消失在大廳裡。

「我也愛你。」她說著，不自覺地微笑起來。

接著，她打開車門。

那一剎那，一陣惡臭迎面撲來，熏得她整個人往後退，胸口忽然哽住，差一點就吐出來。接著，她仔細一看，她看到前座擺了一些東西，忽然感到一陣噁心。

有一大坨快要爛掉的腸子纏在排檔桿上，繞了好幾圈，一頭掛在方向盤的底端，垂吊下來，看起來很像一幅很怪異的旗幡。右邊的乘客座上有一團切得稀爛的人體組織，把整條座椅塗得滿滿的，根本看不出來是什麼東西。至於駕駛座，椅墊上擺著一顆血淋淋的器官。

一顆心臟。

地址是在多徹斯特街，波士頓西南邊一個破破爛爛的社區。他把車子停在馬路對面。放眼望去盡是四四方方的房子，草坪野草蔓生。他看到一個小孩子在車道上拍籃球，年紀大約十二歲左右。他每隔一會兒就把球拋向掛在車庫上的籃框，可惜沒有一次投得進去。這小子如果想申請運動獎學金，恐怕是沒指望了。車庫裡擺著一台破破爛爛的車子，整間屋子看起來簡陋寒傖，由此看來，這小子如果想繼續念書，遲早都要靠獎學金的。

他走下車子，走到馬路對面。他走上車道的時候，那個男孩子忽然停住不動。他把籃球抱在胸前，很不客氣地用狐疑的眼神盯著那個陌生人。

「我在找弗林特家。」

「哦。」那個男孩說：「我們就是。」

「你父母在家嗎？」

「我爸在。幹嘛？」

「你能不能去跟他說一聲，有人來拜訪他？」

「你是誰？」

他拿了一張名片給那個男孩。男孩漫不經心地瞄了名片一眼，然後就伸出手要把名片還給那個陌生人。

「不用了，名片給你，拿去給你爸爸看。」

「你是說現在嗎？」

「如果他現在有空的話。」

「喔，好吧。」說著，男孩走進屋子裡，身後的紗門砰的一聲關上了。

沒多久，一個男人挺著大大的啤酒肚走到門口，臉上沒有半點笑容。「你要找我嗎？」

「弗林特先生您好，我叫史都華．蘇斯曼。我代表霍克斯．克瑞格．蘇斯曼律師事務所來拜訪您。」

「什麼事？」

「據我所知，六個月前您曾經在貝賽醫學中心住過院。」

「我出了車禍。是別人來撞我的。」

「聽說您切除了胰臟，是真的嗎？」

「你聽誰說的？」

「弗林特先生，我今天登門拜訪，是希望能夠幫您爭取權益。您動了一次大手術，是不是？」

「他們說我差一點就死掉，照這麼說，應該算是大手術吧。」

「在幫你治療的醫生當中，是不是有一位女的住院醫師，名叫艾貝．迪麥多？」

「有啊。她每天都來看我，那位小姐人滿好的。」

「那麼，她有沒有告訴你，或是別的醫生有沒有告訴你，切除胰臟會有什麼後遺症？」

「他們說，要是我不小心的話，會很容易受感染，而且會非常嚴重。」

「致命的感染。他們是這麼說的嗎？」

「呃……大概吧。」

「那麼，他們有沒有告訴你，手術的過程中，你曾經遭到意外割傷？」

「你說什麼？」

「手術刀滑掉，不小心割到胰臟，導致大量出血。」

「沒有。」那個人開始彎身湊近他，臉上露出很擔憂的表情。「我身上眞的發生過這種事嗎？」

「這就是我們想確認的。只要得到您的同意，我們就可以向醫院提出要求，請他們提供病歷資料。」

「爲什麼？」

「因爲，弗林特先生，如果能夠查清楚您的胰臟是否因爲醫院的手術疏失而遭到切除，這就牽涉到您的權益了。如果眞的是醫院方面的疏失，那麼，這就代表您的胰臟本來是不需要切除的，你的身體遭到不必要的損傷。他們應該要補償你。」

弗林特先生沒有說話，只是看了他的孩子一眼。那個男孩子呆呆地聽著兩個大人在說話。弗林特可能根本就聽不懂他在說什麼。接著，那位律師拿出一枝筆遞給他，而他卻不明所以地看著那枝筆。

「弗林特先生，所謂的賠償。」律師說：「意思就是你可以拿到錢。」

這時候，那個男人從律師手中接過那枝筆，簽下自己的名字。

蘇斯曼回到車上，把那張署了名的申請表塞進他的公事包裡，然後又拿出那張名單。名單上還有另外四個名字，也就是說，他還要再找出那四個人，取得他們的簽名。應該不會有什麼困難。人性的貪婪和報復心理結合起來，永遠是最有力的武器。

他從名單上劃掉哈洛德．弗林特這個名字，然後就發動了車子。

10

「那是一顆豬心。他們可能前一天晚上就把它放在我車上了，結果就這樣在大太陽底下烤了一整天。車上那股臭味到現在還沒有完全散掉。」

「那傢伙正在用心理戰術對付妳。」薇薇安．趙說：「我認爲妳應該回過頭來給他一點顏色看看了。」

艾貝和薇薇安推開大門，穿越大廳走向電梯。時間是禮拜天中午，這裡是麻州總醫院，訪客已經擠滿了公共電梯，幾乎每個人手上都拿著一個「祝你早日康復」的氣球，舉在頭頂上，整部電梯上上下下都被擠得水泄不通。電梯的門一關上，電梯立刻瀰漫著濃濃的康乃馨的香味。

「我們沒有證據。」艾貝囁囁嚅嚅地說：「我們無法確定這件事就是他幹的。」

「還有誰會幹這種事？妳看看，到目前爲止他已經幹了多少壞事了。羅織罪名控告妳，在眾目睽睽之下把妳推倒在地上。告訴妳，迪麥多，時候到了，妳眞的應該去告他了，告他傷害，告他恐嚇威脅。」

「問題是，我明白他爲什麼會做這種事。因爲他氣瘋了。現在，他太太手術後的狀況不太好。」

「老天，妳該不會是覺得內疚吧？」

艾貝嘆了口氣。「每次從她的病床前面走過去，想不感到內疚都很難。」

四樓到了，她們跨出電梯，沿著走廊向北走，朝心臟外科區的方向走過去。

「他實在太有錢了，足以把妳的人生搞到生不如死，這種日子妳會過很久很久。」薇薇安說：「妳現在身上已經有一件官司了，將來可能還會有更多。」

「我想，妳說的那些官司已經上門了。病歷室的人告訴我，霍克斯．克瑞格．蘇斯曼律師事務所已經向他們提出申請，要他們提供更多病歷資料。代表喬．塔利歐提告的就是那家事務所。」

薇薇安忽然停住腳步，瞪大眼睛看著她。「老天，下半輩子妳恐怕跑法院跑不完了。」

「也許只要我一辭職，就不用再跑法院了。就像妳一樣。」

薇薇安又開始繼續往前走，腳步還是跟平常一樣快，那股氣勢看起來彷彿亞洲版的亞馬遜女戰士，雖然個子小了一號，卻是一樣天不怕地不怕。

「妳為什麼不反擊呢？」艾貝問。

「我試過了。問題是，我們的對手是維克多．福斯。每次跟我的律師提到那個人的名字，她的臉色就會變得愈來愈白。妳知道嗎？有辦法讓一個黑人女性的皮膚由黑變白，這可眞是了不得的成就。」

「那麼，她有什麼建議？」

「她叫我閃遠一點。她說，我已經取得外科專科醫師資格了，已經算是走運了。至少，我還可以到別家醫院去工作，或是自己開一家診所。」

「她這麼怕福斯嗎？」

「她嘴巴不肯承認，不過，我知道她怕他怕得要死。很多人都怕福斯怕得要死。更何況，我實在沒那個立場去跟他對抗。這整件事我必須負責任，所以，要開刀就拿我開刀吧。別忘了，迪麥多，我們偷了一顆心臟，這一點我們無話可說。假如今天我們的對手不是維克多．福斯，換成是別人，我們大概就不會惹上麻煩了。如今，我已經付出代價了。」說到這裡，她看著艾貝。「至於妳，妳要付出的代價恐怕比我還要高。」

「還好，至少我的工作保住了。」

「問題是能撐多久呢？妳現在還只是第二年的住院醫師。艾貝，妳必須開始反擊了，不要讓他毀了妳。妳是一個非常棒的醫生，要是被他逼得當不成醫生，那就太可惜了。」

艾貝搖搖頭說：「可是有時候我還眞的有點懷疑，我們這樣做到底値不値得。」

「値不値得？」來到417號房門口，薇薇安停住腳步。「妳自己看看吧，然後妳再告訴我値不値得。」說著，她輕輕敲敲門，然後開門走進去。

那個男孩半躺在床上，手上拿著電視遙控器一陣猛按。要不是因爲他頭上戴著紅襪隊的球帽，艾貝可能認不出他就是喬許．奧戴。他的氣色已經完全變了一個人，臉色紅潤，看起來很健康。他一看到薇薇安，臉上立刻露出笑容，笑得很燦爛。

「嗨，趙醫師！」他大喊了一聲：「老天，我還以爲妳永遠都不會再來看我了。」

「我來過。」薇薇安說：「來過兩次。只不過每次我來的時候你都在睡覺。」她搖搖頭，裝出一副嫌惡的表情。「十幾歲的小孩好像都這樣，典型的懶蟲。」

他們兩個都笑了起來。有那麼一下子，大家都沒有說話。接著，喬許很不好意思地張開雙臂，意思是想抱抱薇薇安。

薇薇安愣了一下沒有動，那副模樣彷彿她不知道該怎麼反應。接著，她彷彿突然掙脫了身上的無形枷鎖，朝他走過去。他們擁抱了一下，姿態有點笨拙。兩個人放開對方的時候，薇薇安彷佛鬆了一口氣。

「怎麼樣，你還好嗎？」她問。

「棒透了。嘿，妳看到了嗎？」他指著電視說：「我爸爸把棒球比賽的錄影帶都帶來給我了，可是我們不知道要怎麼把錄影機接到電視上。妳會接嗎？」

「你叫我弄嗎？電視搞不好會爆炸。」

「妳是一個醫生耶，怎麼會不懂呢？」

「喂，小子，下次你要動手術的時候，可以去找一個修電視的工人來幫你開刀。」說著，她朝艾貝點點頭。「你應該還記得迪麥多醫師吧？」

他看看艾貝，表情似乎沒什麼把握。「應該吧。我的意思是……」他聳聳肩說：「呃，有些事情我想不起來了，妳懂我的意思嗎？比如說，上個禮拜發生的事情，我就想不起來了。我好像變笨了還是怎麼的。」

「沒什麼好擔心的。」薇薇安說：「喬許，當你心臟停止跳動的時候，輸送到你腦部的血液就不太夠了。你可能會忘掉一些事情。」說著，她伸出手搭著他的肩膀，這種舉動不太像平常的薇薇安·趙。然而，她真的搭著他的肩膀，真的主動去碰觸他。「至少，你還記得我。」說完，她又笑了一下。「不過，搞不好你拚命想把我忘掉。」

喬許低頭看著床罩。「趙醫師。」他輕聲細語地說：「我永遠不會忘記妳的。」

有好一會兒，兩個人都沒有再說話。薇薇安的手就這麼搭在男孩的肩上，那種古怪的姿勢，那種尷尬的氣氛，彷彿把他們兩個凍結住了。男孩低垂著頭，棒球帽的帽緣遮住了他的臉。

艾貝只好撇開臉，眼睛看著別的東西。這時候，她忽然看到那堆紀念品。紀念品都還在，所有的勳章綬帶，所有的徽章，整整齊齊地排列在床頭小桌上。感覺上，那些紀念品看起來已經不再像是一堆祭品，一個垂死男孩的祭品。此刻，它們看起來像是生命的獻禮，重獲新生的獻禮。

這時候，忽然聽到有人敲了敲門，有個女人叫了一聲：「喬許？」

「嗨，媽。」喬許說。

接著，門忽然嘩地一聲打開了，一大群人像潮水般湧進房間，爸爸媽媽，兄弟姐妹，叔叔伯伯，姑姑嬸嬸，每人手上拉著一個氦氣球，空氣中忽然瀰漫著一股麥當勞薯條的香味。一大群人把那張病床圍得水泄不通，大家爭先恐後搶著要湊近喬許，又是抱又是親的，並且七嘴八舌地讚嘆著：「你們看看他！」「他氣色好好喔！」「他看起來氣色好好，對不對？」喬許默默接受眾人的祝福，看起來很高興，但又有點害羞。他似乎沒有注意到薇薇安已經悄悄從床邊走開了，讓出位置給那一大群鬧哄哄猶如大軍壓境的奧戴家人。

「喬許，親愛的，我們大老遠地把哈利叔叔從紐伯瑞請過來了。他很懂錄影機。他可以幫你把錄影機接到電視上，對不對，哈利？」

「噢，那還用說嗎？我們鄰居家裡的錄影機都是我幫他們接的。」

「對了，哈利，你帶來的接線應該沒錯吧？需要用到的接線，你都帶齊了嗎？」

「你以為我會忘了帶接線嗎？」

「你看，喬許，我幫你帶了一份特大號的薯條。應該可以吃吧，對不對？塔拉索夫醫師好像沒有說你不可以吃薯條吧？」

「媽，我們忘了帶相機來了！我本來想拍喬許身上的手術傷疤。」

「你不准拍他身上的手術疤痕！」

「我們老師說，手術疤痕看起來很酷。」

「你們老師年紀已經太大了，他很可能連酷這個字是什麼意思都不知道。不准拍疤痕的照片，做這種事已經侵犯到別人的隱私了。」

「嗨，喬許，那些薯條你吃得完嗎，需要我幫你吃嗎？」

「怎麼樣，哈利，錄影機接得上去嗎？」

「呃，很難說。這台電視已經很舊了……」

後來，薇薇安設法悄悄繞到艾貝旁邊。這時候，又有人在敲門了，然後又是一大群親朋好友湧進房間裡，又是一陣七嘴八舌的驚嘆。「他的氣色好好喔！」「他的氣色眞好，對不對？」奧戴家族的成員把整個房間擠得水洩不通，艾貝好不容易從人群的縫隙中瞥見喬許一眼。他也正朝著她們的方向看過來，無可奈何地對她們笑了笑，揮揮手。

於是，艾貝和薇薇安悄悄地溜出房間。她們站在走廊上，聽著房間裡傳來的陣陣喧鬧聲。然後，薇薇安說：「怎麼樣，艾貝，妳剛剛不是問我究竟値不值得嗎？這就是我的答案。」

她們走到護理站，跟護士說她們要找伊凡·塔拉索夫醫師。負責管理病房的那位護士叫她們到外科醫師休息室找找看。艾貝和薇薇安眞的就在那裡找到了塔拉索夫。他一邊啜著咖啡，一邊在病歷表上運筆如飛。他的眼鏡垂掛在鼻翼上，身上穿著雜色的西裝外套，那副模樣看起來不太像聲名卓著的權威心臟外科醫師，反而比較像悠哉悠哉的英國老紳士。

「我們剛剛去看過喬許了。」薇薇安說。

塔拉索夫本來低頭看著灑了幾滴咖啡的病歷表，聽到聲音立刻抬起頭來看著她們。「那麼，妳覺得怎麼樣，趙醫師？」

「我覺得你們的手術很成功，那孩子看起來氣色好極了。」

「他有輕微的手術後失憶症，除此之外，他恢復的狀況很好，就像一般的年輕人一樣。再過不到一個禮拜他就可以出院了。搞不好護士會提早把他踢出去。」說著，塔拉索夫闔上病歷表，看著薇薇安。他臉上的笑容消失了。「大夫，有一件很重要的事我要跟妳談清楚。」

「我？」

「不要跟我裝迷糊。貝賽醫院有另外一個心臟移植病人，對不對？妳把那個孩子送來給我的時候，並沒有告訴我整件事的來龍去脈。後來我才發現，那顆心臟本來是要捐贈給另外一個人的。」

「才不是。我們有指定捐贈同意書。」

「那只是妳們玩的花招，誘拐家屬簽下那張同意書。」他皺起眉頭，眼睛從鏡框上方瞪著艾貝。「妳們的院長帕爾先生已經跟我說得一清二楚。福斯先生的律師也是這樣說。」

薇薇安和艾貝兩個人面面相覷。

「他的律師？」薇薇安問。

「沒錯。」塔拉索夫又轉過頭來看著薇薇安。「妳想害我吃上官司嗎？」

「我只是想救那孩子的命。」

「妳對我隱瞞眞相。」

「可是現在他活過來了，活得好好的。」

「妳聽著，這話我只說一次。從今以後絕對不准再做同樣的事。」

薇薇安似乎想反駁，但忽然欲言又止，想了一下，最後神情嚴肅地點點頭。那是一種東方式的服從的姿態，眼睛看著地上，輕輕地垂著頭。

塔拉索夫不吃她這一套。他還是瞪著她，眼神有點惱火。後來，他忽然出乎意料地笑了起來，轉過頭去繼續看他的病歷表。他說：「當年在哈佛，我早就應該趁還有機會的時候把妳開除掉了。」

「準備迎風換舷。預備，換舷！」馬克大喊了一聲，把舵桿往前一推。

「變調搖滾號」的船頭開始轉向，迎風前進，船帆發出劈啪的聲響，帆索拍打著甲板。雷．穆漢德斯匆匆忙忙跑到右舷絞盤前面，開始轉動前帆控帆索。這時候，忽然聽到啪的一聲巨響，船帆鼓脹起來，變調搖滾號開始向右舷側傾，底下的船艙裡傳來一陣飲料罐匡噹碰撞的聲響。

「逆風欄杆，艾貝！」馬克大喊：「到逆風欄杆那邊去！」

艾貝跌跌撞撞地穿過甲板，跑到左舷欄杆旁邊，抓住救生索，嘴裡咒罵了一句，下次不玩了！她實在想不透，爲什麼這些男人一碰到海就像發瘋了一樣？海到底有什麼魔力，搞得這些男人一到海上就開始大吼大叫？

他們現在都在大吼大叫，四個都一樣。馬克、穆漢德斯、穆漢德斯那個十八歲的兒子漢克，還有那個第三年的住院醫師彼得．基葛里。他們在大喊什麼呢？例如，帆索要拉緊一點！盾帆桿轉向！吃風效能不夠！他們大喊大叫的對象就是亞契的船「紅眼號」。紅眼號快要超前了。有時候他們也會朝著艾貝大吼，因爲她也是競賽的組員之一，只不過，她扮演的只是跑來跑去平衡船身重量的小角色，講得好聽一點叫做「壓艙手」，其實跟沙包沒什麼兩樣。艾貝就像是一個長了兩條腿的沙包，只要他們一吆喝，她就要從船的一側跑到另一側的欄杆邊，幾乎每跑一次她就會吐一次。那幾個大男人都沒有吐，因爲他們都太忙了，忙著在這艘造價昂貴的船上到處蹦蹦跳跳，大聲吆喝。

「聽我的口令！迎風換舷再一次。預備！」

穆漢德斯和基葛里手忙腳亂地在甲板上蹦蹦跳跳。

「換舷！」

那一剎那，變調搖滾號又迎風轉向，向左舷側傾。艾貝又跌跌撞撞地跑向右舷。船帆劈啪飄動，帆索劈啪猛甩。穆漢德斯用力轉動絞盤，每轉動把柄一圈，他手臂上曬得黝黑的肌肉就會起伏鼓脹一次。

「她快要超前了！」漢克大喊了一聲。

紅眼號緊追在後，已經又追上他們半個船身。他們可以聽得到亞契正朝著他的組員大喊，激勵他們**追上去，追上去！**

這時候，變調搖滾號已經越過浮標，繞了一圈掉頭，開始順風返航。基葛里使盡全力轉動盾帆桿，漢克把前帆拉下來。

而艾貝則是靠著船邊的欄杆大吐特吐。

「該死！他已經追到我們船尾了！」馬克大喊：「把盾帆升上去！快點，快點，快點！」風一吹，整面盾帆劈啪一聲鼓脹起來，變調搖滾號的船身猛然往前一竄。

「這就對了，寶貝！」馬克歡呼了一聲。「寶貝，寶貝，衝吧！」

「你看！」基葛里忽然指著船尾說：「怎麼回事？」

艾貝勉強抬起頭往後看，看向亞契的船。

紅眼號已經沒有在追他們了。她駛到浮標附近，忽然轉了個彎，現在正朝著碼頭開回去。

「他們船的引擎發動了。」馬克說。

「他們是不是認輸了？」

「亞契會認輸？門都沒有。」

「那他們爲什麼要開回碼頭？」

「我們最好去搞清楚到底怎麼回事。把盾帆降下來。」說著，馬克也發動了引擎。「我們也回去吧。」

謝天謝地，老天爺！艾貝心裡想。

當他們的船緩緩駛進小艇碼頭的時候，艾貝胃裡那種噁心的感覺已經慢慢消失了。紅眼號已經繫好了纜繩，停靠在碼頭上，船員正忙著把船帆摺好，用繩子綁起來。

「喲呵，紅眼號！」當他們的船從紅眼號旁邊滑行過去的時候，馬克大喊著：「怎麼回事？」

亞契揮一揮他手上的手機說：「瑪瑞莉打電話來！她叫我們趕快進去，出了大事情了。她在遊艇俱樂部裡等我們。」

「好的，待會兒酒吧見。」馬克說。接著，他看著他的組員說：「好了，把纜繩綁好吧，我們先去喝一杯，等一下再帶她出海。」

「那你們就自己去吧，就當作沒有我這個壓艙手吧。」艾貝說：「我要跳船了。」

馬克一臉訝異地瞥了她一眼。「怎麼，妳已經不行了嗎？」

「你沒看見我整個人掛在船邊嗎？我可不是在看風景。」

「可憐的艾貝！我一定會補償妳的，好不好？我保證。香檳、鮮花，看妳喜歡哪一家餐廳，隨妳挑。」

「現在你只要讓我下船，我就已經謝天謝地了。」

他大笑起來，慢慢把船靠向碼頭。「遵命，大副。」

正當變調搖滾號沿著遊客碼頭緩緩滑行的時候，穆漢德斯和漢克跳上碼頭，把船頭和船尾的纜繩綁緊，而艾貝也迫不及待地一個箭步跳上碼頭。站上碼頭那一剎那，碼頭彷彿也在搖晃。

「纜繩綁個樣子就好了。」馬克說：「等我們去搞清楚亞契那邊到底出了什麼事，然後我們就回來了。」

「搞不好他已經在開派對了。」穆漢德斯說。

艾貝和馬克並肩沿著碼頭往前走，馬克的手圈住她的肩膀，那副姿態彷彿在宣告世人，她是屬於他的。艾貝心裡想，派對，老天，待會兒他們又要開始扯帆船了。她不難想像，那一大群皮膚曬成古銅色的大男人等一下又會圍成一圈，手裡端著金湯尼雞尾酒，身上穿著Polo衫，驚天動地哄堂大笑。

他們跨進俱樂部，豔陽高照的戶外一下子變成陰涼的室內。她立刻就察覺到氣氛不太對勁。太安靜了。她看到瑪瑞莉站在吧檯前面，手上端著一杯飲料，又看到亞契獨自坐在桌子前面，桌上擺著一個杯墊，上面卻沒有飲料。紅眼號的船員聚集在吧檯旁邊，每個人都一動也不動，悶不吭聲。瑪瑞莉把玻璃杯舉到嘴邊，啜了一小口，然後又放回吧檯上，偌大的酒吧裡鴉雀無聲，只聽得到冰塊在瑪瑞莉的杯子裡碰撞，發出叮叮噹噹的聲響。

馬克問：「有什麼不對勁嗎？」

瑪瑞莉抬起頭來，眨了眨眼，彷彿現在才發現馬克已經進來了。接著，她又轉回頭去看著吧檯，呆呆看著杯子。

「他們找到亞倫了。」她說。

「史賽克」牌的骨鋸切割骨頭的時候，會發出一種嘎吱嘎吱的刺耳聲響，令人難以忍受。不過，有時候，令人受不了的是那種氣味。眼前這具屍體的味道真的很可怕。

重案組警探伯納德．卡茲卡瞄了一眼站在解剖檯對面的倫奎斯。倫奎斯已經被那股惡臭擊倒了。這位年輕的夥伴半轉開頭，戴著手套的雙手拱成杯狀，捂住嘴巴和鼻子，那張像電影明星一樣帥氣的臉扭曲變形，吐得口歪眼斜。倫奎斯的胃還沒有經過嚴格的訓練，受不了解剖的場面。其實，絕大多數的警察也都始終練不出那種鐵胃。開膛剖肚的屍體，這可不像看大聯盟職棒那麼精采刺激，卡茲卡從來沒有喜歡過。

不過，多年來，卡茲卡一直訓練自己把解剖的過程當成一種心智訓練，嘗試著不要把被害者看成是一個人，而是把他當成是一個純粹的生物體，死亡的生物體。他曾經看過被火燒得焦黑的屍體，看過從二十層樓的高度摔下來，摔得粉身碎骨的屍體，還有被子彈打成蜂窩的屍體，被刀子砍得體無完膚的屍體，被老鼠咬得千瘡百孔的屍體。對他而言，只要一上了解剖檯，每一具屍體看起來都一樣，只不過是一具具被剝開的標本，等著他去檢驗分類。如果不從這個角度去看屍體，那就是在跟自己過不去。唯一例外是小孩子的屍體。每次一看到小孩子的屍體，他就會受不了。

伯納德．卡茲卡今年四十四歲，太太已經過世了。三年前，他眼看著自己的太太死於癌症。如今，他總算已經熬過了那場最可怕的夢魘。

此刻，他全神貫注地看著那具解剖中的屍體，面無表情。死者是一位四十四歲的白種男性，已婚，有兩個已經上大學的孩子，職業是心臟內科醫師。警方已經比對過死者的指紋，也請死者的太太來認過屍，確認了死者的身分。對死者的太太來說，認屍的過程想必是無比的煎熬。光是看到自己心愛的人變成一具冰冷的屍體，就已經夠難受了，更何況，當自己心愛的人是被吊死的，而且在溫熱的房間裡密閉了兩天，辨認那樣的屍體眞是難以想像的駭人。

他聽說死者的太太在停屍房裡當場倒在地上，昏死過去。

卡茲卡低頭看看亞倫．李維的屍體，心裡想，這也難怪。死者的臉一片慘白，沒有半點血色。他死亡的那一刻，脖子被那條皮帶勒住，動脈的血流都中斷了。他的舌頭已經發黑，看起來彷彿長滿了鱗片，伸出到嘴巴外面，伸得長長的，而且因爲在空氣中暴露了兩天，表面的唾液都乾掉了。他的眼皮微微張開，露出一條細縫，露出充血的鞏膜，整個眼白變成一片駭人的血紅。皮帶在脖子上留下一道勒痕，脖子以下的皮膚上出現一種典型的下垂部積血，小腿和手臂上血管破裂的地方有瘀血般的斑點，還有針點狀的充血，也就是所謂的「塔德斑」。屍體上的特徵和警方研判的死因吻合，也就是，死者是吊死的。肉眼看得到的外傷，除了脖子上的勒痕之外，還有左邊的肩膀上有一小塊錢幣大小的瘀青。

羅巴頓醫師和他的助理都穿著手術袍，戴著手套和護目鏡。他們已經完成了胸腹聯合切開。那是一道Y形的切口，從兩邊的肩膀開始劃出兩道斜對角切口，在胸骨下端會合，然後再往下沿著腹部劃出一道垂直的切口，切開到恥骨。羅巴頓醫師已經和緬因州警方合作了三十二年了，幾乎沒有什麼案子會令他大驚小怪，或是情緒激動。事實上，每次他在解剖屍體的時候，表情都會顯得有一點百無聊賴。他的腳放在錄音機的踏板上，一下踩，一下放，一邊解剖一邊錄音，聲音還是像平常一樣平板單調。接著，他把一整片看起來像三角形盾牌的胸骨和肋骨掀起來，露出胸膜腔。

「懶蟲，要不要看看？」他問卡茲卡。其實，從各方面來看，卡茲卡的長相還算過得去，所以，懶蟲這個綽號和他的長相無關，而是來自於他的天性。他天生就有一種臨危不亂的氣質，行事風格慢條斯理。他的警察同僚喜歡消遣他說，如果你禮拜一朝伯納德．卡茲卡開了一槍，他可能要到禮拜五才會喊痛。只不過，要是你把他惹毛了，他的反應就會快到令人難以想像。

卡茲卡彎身湊向前，仔細端詳著胸腔裡面，表情和羅巴頓一模一樣，完全不動聲色。「我看不出有什麼異常的地方。」

「沒錯。也許胸膜有點充血，那很可能是組織缺氧所造成的毛細血管滲漏。不過，這種現象跟死因是吻合的。死者是窒息而死的。」

「所以說，既然清楚了，我們應該可以走了吧？」倫奎斯說。他說話的時候，人已經開始悄悄從解剖檯旁邊走開了，想躲開那股惡臭，迫不及待地想去找點別的事情做。年輕小伙子差不多都是這樣，總是迫不及待的想直接切入重點。只要能夠跳過那些無關緊要的瑣碎細節就行了。上吊自殺，他根本不想在這種無謂的事情上浪費時間。

卡茲卡還是站在手術檯旁邊沒有動。

「眞的有必要繼續看後續的解剖嗎，懶蟲？」倫奎斯問。

「現在才剛開始而已呢。」

「一看就知道是自殺。」

「在我看來這個案子沒那麼單純。」

「你沒聽到剛剛法醫在說嗎?解剖的結果顯示這是典型的自殺案件。」

「這個人是三更半夜睡到一半爬起來的。他起床穿好衣服,然後開車出門。你想像一下,有誰會在三更半夜爬出溫暖的被窩,然後跑到醫院頂樓上吊自殺?」

倫奎斯瞥了屍體一眼,然後又立刻把頭轉開。

這時候,羅巴頓和他的助理已經切斷了氣管和大血管,取出心臟和肺臟。羅巴頓把那一團看起來鬆鬆軟軟的器官放到懸掛式磅秤上。內臟的重量使得磅秤的托盤上上下下彈了好幾次,發出嘎吱嘎吱的聲響。

「如果你想好好檢查一下器官的話,這是最後的機會了。」羅巴頓說。他手上的刀子已經開始在切除脾臟了。「我們已經快完工了,接下來,屍體會直接送到葬禮會場。這是家屬的要求。」

「有什麼特別的原因嗎?」倫奎斯問。

「他是猶太人。你也知道,猶太人都會盡快埋葬死者。所有的器官都必須放回屍體裡。」說著,羅巴頓把脾臟也放到磅秤上,然後看看抖來抖去的指針。接著,工作結束,他們要先休息了。

倫奎斯扯掉身上的手術袍,露出肌肉糾結的壯碩肩膀。那是他在健身房裡汗流浹背練出來的成果。這個人有用不完的精力,現在,他正在展現這種精力。這個人永遠在追求「愈大愈好」的境界。這就是倫奎斯。沒辦法,還是得和這個人一起工作,所以,今天還是得幫他上一課,這一課叫做「不要輕易相信第一眼的印象」——只不過，要給這位年輕的警察上一課，可不是件容易的事。這位年輕警察儀表出衆，自信滿滿，而且，跟卡茲卡的童山濯濯比起來，他的頭髮還眞是茂密。

羅巴頓繼續把屍體的內臟取出來。他正在把腸子扯出來。那一圈圈的腸子彷彿永遠扯不完。接下來，他一口氣挖出了一整團的器官。那是肝臟、胰腺，還有胃。最後，腎臟和膀胱也被切除了，丟在那個嘎吱嘎吱的磅秤上。他把這次測到的重量又大聲唸了一遍，記錄下來，然後對著錄音機喃喃嘀咕了幾句。此刻，整具屍體看起來就像一個大洞穴，空蕩蕩的。

羅巴頓繞過解剖檯，走到屍體腦袋的那一邊，然後拿起手術刀，從一隻耳朵後面切下去，沿著整個後腦勺一直割到另外一隻耳朵後面，把頭皮割開，然後啪的一聲猛然把頭皮往前掀開，覆蓋在屍體臉上。接著，他把另外半邊的頭皮往後掀開到後頸上，讓頭骨的邊緣露出來。接著，他拿起擺動式氣鋸。沒多久，骨灰粉屑開始漫天飛揚，他皺起眉頭，整張臉皺成一團。那一刻，沒有人說話，因爲鋸子的聲音太吵了，而且，眼前的景象開始變得令人作嘔。看著屍體的胸腔和腹腔被切開，那種感覺雖然怪異，卻也還能維持一種超然客觀的疏離感，彷彿只是看著屠夫在宰殺一頭牛。然而，當你看著一個人頭皮被掀開，覆蓋在臉上，你會有一種感覺，彷彿那具屍體最像人的部分被摧毀了。那具屍體，只有那張臉最能夠讓你感覺到那曾經是個人，某個有名有姓的人。

倫奎斯看起來臉色已經開始發青了。他突然坐到水槽邊那張椅子上，整個臉埋進兩隻手掌裡。那張椅子很特別。很多次，只要一有警察來到這個地方，那張椅子就會派上用場。

羅巴頓把鋸子放下來，然後移開頭蓋骨。接著，他把腦子剝離頭殼，準備拿出來。他切斷了視神經，然後又切斷了血管和脊椎神經。接著，他小心翼翼地把腦子拿出來。那一團腦子在他手上輕微顫抖著。「看不出什麼異常。」他說。接著，他把那個腦子放進一個裝滿福馬林的桶子裡。

「接下來，我們要開始解剖最關鍵的部位——脖子。」

事實上，先前的步驟基本上都只是預備動作，爲接下來這個步驟做準備。取出內臟和腦子，是爲了要抽掉顱腔和胸腔內的體液。這樣一來，血液和體液就會減到最低的量，不會遮蔽到視線，干擾到頸部的切割工作。

先前，解剖剛開始進行的時候，纏在脖子上那條皮帶就已經先拿掉了。現在，羅巴頓開始檢查脖子皮膚上的勒痕。

「這是典型的倒V形。」他大聲說明。「你看這邊，懶蟲，勒痕平行的兩側和那條皮帶的寬度吻合。脖子後面也一樣，看到了嗎？」

「看起來像是皮帶扣環留下來的痕跡。」

「沒錯。到目前爲止都不令人意外。」羅巴頓一邊說著，一邊拿起手術刀，開始切割頸部。他愈割愈深，沒多久，甲狀軟骨上端的兩角露出來了，顏色像珍珠一樣白白的。

「沒有骨折。這邊有一點出血，在帶狀肌裡面，不過，甲狀軟骨和舌骨似乎都沒有受損的跡象。」

「那代表什麼？」

「不代表什麼。上吊不一定會導致頸部外傷。上吊之所以會導致死亡，純粹是因爲流向腦部的血液遭到阻斷，換句話說，只要頸動脈受到壓迫就會致死。一般說來，要是你想自殺，那是一種比較不痛苦的死法。」

「你似乎很有把握，這是自殺案件。」

「除此之外，只剩下一種可能性：意外事件。那可能是一種性虐待狂式的窒息式性行爲。不過，你先前說過，根據現場的證據，那種可能性已經排除了。」

倫奎斯說：「他褲襠的拉鏈並沒有拉開，那話兒還乖乖窩在裡頭，看不出來他打過手槍。」

「所以說，唯一的可能性就是自殺。從來沒有聽過採取上吊手法的謀殺案件。如果有人是先被勒死然後才僞裝成上吊，那麼，他脖子上一定會有不一樣的勒痕，而不是現在這種倒V形。除此之外，如果你想把繩圈硬套在一個人的脖子上，那幾乎百分之百可以確定，那個人身上一定還會有別的外傷。他一定會反抗的。」

「不過，他的上臂有瘀青。」

羅巴頓聳聳肩。「一個人如果想傷害自己，方法多得很。」

「有沒有可能他是先被下了藥，昏迷之後才被吊在上面？」

「我會幫你做毒物反應測試的，懶蟲，只要你開心就好。」

這時候，倫奎斯忽然笑起來。「我們一定要想盡辦法讓懶蟲開心。」說著，他慢慢離開解剖檯旁邊，開始往外走。「四點了，懶蟲，該走了吧？」

「頸部解剖還沒有完成，我想繼續看看。」

「我實在搞不懂這具屍體有什麼地方讓你看了會興奮起來，你是不是連那話兒都硬了？擺明了那就是自殺。你幹嘛不就此結案，然後我們就可以走人了？」

「只要搞得清楚那盞電燈是怎麼回事，我就會認定那是自殺。」

「什麼電燈?」羅巴頓問。終於有事情勾起他的興趣了,他那雙戴著護目鏡的眼睛陡然亮了起來。

「懶蟲一直念念不忘房間裡那盞燈。」倫奎斯說。

「李維大夫上吊死亡的地點是醫院裡那間空病房。」卡茲卡解釋說:「發現屍體的那個裝潢工人幾乎可以確定房間的燈是關著的。」

「然後呢?」羅巴頓問。

「呃,你所推斷的死亡時間和我們所推斷的案情相當吻合——李維大夫死亡的時間是星期六凌晨,距離天亮還有很長的一段時間。這意味著,要嘛就是他摸黑上吊自殺,要嘛就是有人把燈關掉了。」

「或是那個工人根本他媽的不記得自己究竟看到什麼。」倫奎斯說:「那傢伙嚇到連膽子都吐到馬桶裡去了,你以爲他還會記得當時電燈是開著還是關著嗎?」

「雖然那只是一個小細節,不過,我很在意。」

倫奎斯笑起來。「我倒不覺得那有什麼重要。」他一邊說,一邊把手上的手術袍丟進洗衣袋裡。

那天傍晚快六點的時候,卡茲卡開著他那輛Volvo轎車進入貝賽醫院的停車場。他鑽出車子,走進醫院的大廳,坐電梯上十三樓。到目前爲止,他還不需要用到密碼鑰匙卡。走出電梯之後,他必須爬上一座緊急樓梯,才能到最頂樓。

一爬到樓梯最上層,他最先注意到的是,頂樓靜悄悄的沒有半點聲音,感覺空蕩蕩的。過去這好幾個月來，這個地方一直在整修。今天倒是沒有建築工人進來，不過他們的工具放了滿地。空氣中瀰漫著鋸屑和新油漆的氣味，還有……某種別的氣味。那種氣味和解剖室裡的氣味很像。死亡的氣味，腐爛的氣味。他一步步往前走，沿路經過一架鋁梯，一把馬奇牌的電鋸，然後走到牆角轉了個彎。

拐彎之後是另外一條走廊。走到一半，他看到有一扇門上面圍著警方的黃色封鎖帶，門關著。他推開門，彎腰從塑膠帶底下鑽進去。

那個房間裡的裝修工程已經完成了，壁紙是全新的，所有的櫥櫃擺設都是特別訂製的。房間裡有一扇落地窗，站在窗前可以俯瞰遼闊的城市景觀。這是專為那些錢花不完的病人所設置的閣樓特等病房。他走進浴室，把牆上的電燈開關往上撥。浴室裡的擺設更豪華，有一個大理石的梳妝檯，黃銅製的裝飾配件，鏡子上還附有化妝燈，馬桶的造型簡直就像一座皇冠。接著，他把電燈關掉，走出浴室。

他走到衣櫃前面。

這裡就是亞倫．李維醫師上吊自殺的地點。皮帶的一頭掛在衣櫃的榫釘上，另一頭套在李維的脖子上。顯然，李維醫師就只是把兩腿放軟，讓皮帶緊緊勒住喉嚨，阻斷頸動脈的血液流向腦部。萬一臨死前的片刻他突然回心轉意不想死了，他只要兩腿使力站起來，脖子上的皮帶就鬆了。然而，他並沒有這樣做。他把自己吊在那裡，吊了五秒鐘到十秒鐘的時間。只要五秒鐘到十秒鐘的時間，他就昏過去了。

三十六個鐘頭之後，也就是禮拜天下午，那個工人跑到這個房間來，打算完成浴缸水泥填縫的施工。他做夢都想不到會看到一具屍體。

卡茲卡走到房間另一頭的落地窗前，站在那裡眺望著窗外的波士頓城，心裡想，亞倫·李維醫師，你究竟闖了什麼樣的大禍，逼得自己非要上吊自殺不可？

心臟內科醫師，已婚，家庭幸福美滿，兩個小孩已經念大學了，而且還擁有一輛豪華的Lexus。有那麼短暫的片刻，卡茲卡忽然感到整件事有點荒謬，對亞倫·李維感到有點惱火。這個傢伙眞的懂得什麼叫做絕望，什麼叫做走投無路嗎？究竟會有什麼萬不得已的理由，逼得你非得了結自己的生命不可？懦夫。孬種。卡茲卡轉身從窗前走開，氣得渾身發抖。任何人選擇這種方式了結自己的生命，都會讓他感到很噁心。此外，爲什麼會選擇這個地方？爲什麼會選擇在這個與世隔絕的房間裡上吊自殺？在這種地方，就算你死了好幾天都不會有人知道。爲什麼？

想自殺，死法多得很。李維本身是一個醫生，他輕而易舉就能夠弄到麻醉藥，或是巴比妥鹽酸。他輕而易舉就能夠取得足以致命的劑量。他很清楚注射多少苯巴比妥就足以致命。他理所當然應該很懂，因爲這是他的本行。很久以前，卡茲卡自己也曾經從瓶子裡倒了幾顆安眠藥出來，根據自己的體重計算需要幾顆藥丸。他把那些藥丸擺在餐廳的桌上，目不轉睛地看著，腦海中盤算著那些藥丸能夠帶給他多少自由，多少解脫。那些藥丸能夠終止他內心的傷痛，內心的絕望。等到他把身邊事務都料理好，接下來，那就是一種最方便的解脫，也是一種永遠無法挽回的解脫。然而，他一直找不到解脫的時機。他還有太多未了的責任。安妮的葬禮還沒有安排好，醫院的帳單還沒有付清，有一場審判需要他出庭作證。接著，拉克斯伯瑞發生了一起兇殺案，有兩名死者。接著，汽車貸款還有八期要付。接著，布魯克林那邊又發生一起兇殺案，有三名死者。接著，又有另一場審判需要他出庭作證。

到頭來，懶蟲卡茲卡終究還是沒有自殺，因爲他實在太忙了，忙到沒有時間自殺。

那已經是三年前的事了。如今，安妮已經入土爲安，而那些安眠藥也已經不知道被他丟到哪裡去了。這些日子以來，他再也沒有想過自殺這件事了，只不過，偶爾他還是會想到那天擺在餐桌上的那些藥丸，心裡很納悶，爲什麼當初自己居然會有那樣的念頭，而且只差一點點就走上那條不歸路。此刻，他一點都不同情三年前的那個懶蟲，也一點都不同情任何一個自艾自憐的傢伙。對那些以爲用一瓶藥丸結束自己的生命就可以一了百了的人，他眞是一點也不同情。

那麼，你又有什麼正當的理由了結自己呢，李維大夫？

他站在窗前眺望，波士頓城一望無際，明亮的燈火在夜色中燦爛閃爍。他忽然想到，亞倫·李維臨死前的時刻該會是什麼樣的情景？他努力想像，想像自己半夜三點從床上爬起來，開車到醫院。他想像自己搭電梯到十三樓，然後爬樓梯到十四樓。他想像自己走進那個房間，把皮帶掛在衣櫃的榫釘上，然後把皮帶的另一頭捲成一個套環，套進自己的脖子。

想到這裡，卡茲卡忽然皺起眉頭。

他走到電燈開關前面，把開關鈕撥上去，電燈陡然亮起來。電燈的開關功能很正常，那麼，究竟是誰把燈關掉的？是亞倫·李維自己關的嗎？還是那個發現屍體的工人？

還是另有其人？

細節，卡茲卡思索著。就是這些小地方快要把他逼瘋了。

11

「我眞的不敢相信。」伊蓮反覆說著同一句話。「我就是沒辦法相信。」她沒有哭。葬禮上，她從頭到尾都沒有掉過半滴眼淚。她婆婆茱迪斯看在眼裡，心裡很不舒服。後來到了墓園，當牧師開始朗誦猶太教頌禱詞的時候，茱迪斯毫無顧忌地放聲大哭起來。她身上的喪服有一道明顯的裂痕，象徵著被悲傷撕裂的心。她的哭聲就像那道裂口一樣，毫無保留地展現在衆人眼前。但伊蓮的喪服上沒有裂痕，而且她從頭到尾都沒有掉過半滴眼淚。此刻，她坐在客廳的椅子上，大腿上放著一盤小菜。她反覆說著同一句話。「我不敢相信他已經走了。」

「妳沒有把鏡子遮住。」茱迪斯說：「妳實在應該把鏡子遮起來，家裡所有的鏡子。」

「想遮就遮吧，妳高興就好。」伊蓮說。

茱迪斯離開客廳，到屋子裡其他地方去找床單，以便用來遮鏡子。過了一會兒，客廳裡所有的客人都聽到樓上的衣櫃開開關關的聲音。那是茱迪斯。

「那一定是猶太人的習俗。」瑪瑞莉·亞契悄悄說。她一邊說，一邊把另一盤一口三明治遞給艾貝。

艾貝拿了一個橄欖三明治，然後又把盤子遞給下一個人。盤子在滿客廳的客人手上繞了一圈。似乎沒有人有心思吃東西。有人嘴巴輕輕嚼了幾下，有人輕輕啜了一口汽水，似乎每個人都只有這麼一點點胃口。艾貝也沒什麼胃口吃東西，甚至不太想說話。整個客廳裡至少有二十幾個人，有幾個坐在沙發上，有幾個坐在椅子上，有幾個三五成群站在那裡圍成一圈，不過，大家話都不多。

這時候，樓上傳來一陣馬桶沖水的聲音。不用說，那一定是茱迪斯。伊蓮皺了一下眉頭，好像有點不好意思。看得出來，大家臉上都露出一種強忍著不好意思笑出來的表情。艾貝聽到她坐的那張椅子後面有人開始在聊天氣了。那個人說，今年的秋天來得好晚，都已經十月了，樹葉才剛開始發黃。終於有人開口了，打破了那種尷尬的沉默。接著，大家又開始重新聊起來。有人說，一到秋天花園就如何如何。有人問，你在達特茅斯住得還習慣嗎？今年秋天真的有點熱，對不對？眾人閒話家常的聲音此起彼落，圍繞著伊蓮。伊蓮悶不吭聲，不過，聽到大家又開始聊起來，她顯然鬆了一口氣。

放三明治的托盤已經在客人手中轉了一輪，又傳回到艾貝手上。托盤已經空了。「我再去裝一些三明治。」她跟瑪瑞莉說了一聲，然後就從沙發上站起來，走到廚房去。她看到大理石櫃檯上放著好幾個大盤子，盤子裡放滿了吃的東西。今天大概沒有人會肚子餓。她一邊掀開那盤煙燻鮭魚上的保鮮膜，一邊看著廚房窗外。她看到幾個人站在房屋側邊那片石板鋪成的露台上。是亞契和雷．穆漢德斯，還有法蘭克．茨威克。他們三個在交談，邊說邊搖頭。她心裡想，到了這種場合，男人就是會想盡辦法開溜，算了，隨他們去吧。男人沒耐性陪傷心的寡婦掉眼淚，也耐不住大半天不說話。他們把太太丟在屋子裡，把這項折磨人的任務丟給她們。他們甚至還帶了一瓶威士忌到外面去。露台上有一張遮著大陽傘的桌子，那瓶酒就放在桌子邊緣，伸手就拿得到，倒酒很方便。茨威克從桌子另一頭伸手過來，拿起酒瓶倒了一小杯。他正要把瓶蓋塞回去的時候，忽然瞥見了艾貝。他好像跟亞契說了些什麼，亞契和穆漢德斯也都轉過頭來看著她。他們都跟她點點頭，揮了揮手打個招呼。然後，那三個大男人就走下露台，走到花園那邊去了。

「吃的東西準備太多了，現在我眞不知道要怎麼處理這麼一大堆東西。」伊蓮說。艾貝沒有留意到，伊蓮不知道什麼時候走進廚房來了。伊蓮站在那裡，楞楞地看著櫃檯的檯面，搖搖頭說：「我跟宴會承包商說總共會有四十個客人，結果她就給我送了這麼一堆東西來。只可惜今天不是喝喜酒。喝喜酒的時候，大家都會大吃大喝。葬禮結束後，沒有人有胃口吃東西。」她從其中一個盤子裡拿起一片蘿蔔，那片蘿蔔被雕成了一小朵玫瑰花。「眞漂亮，對不對？眞不知道他們怎麼有辦法把蘿蔔雕成這個樣子？費這麼大的工夫，到頭來還不是一樣一口被吞進肚子裡。」說著，她又把那片蘿蔔放回盤子裡。她站在那裡好半天沒有吭聲，默默地用一種讚嘆的眼神看著那片蘿蔔雕花。

「我很難過，伊蓮。」艾貝說：「眞希望我能夠讓妳覺得好過一點，可是我不知道該說什麼。」

「我只是希望能夠搞懂這整件事。從來沒有聽他說過什麼，他從來沒有告訴過我他……」說到這裡，她嚥了一口唾液，搖搖頭。她拿著那盤食物走到冰箱那邊，打開門把盤子擺在架子上，關上門，然後轉身看著艾貝。「那天晚上妳跟他說過話。妳有沒有聽他提到什麼——妳有沒有聽到任何蛛絲馬跡，暗示他可能會……」

「我們在討論一個病人的狀況。亞倫只是想確定我的處理程序有沒有錯誤。」

「你們談的就只有那些而已嗎？」

「我們都在談病人的事情。我看不出亞倫有哪裡怪怪的，只不過看起來有點憂鬱。伊蓮，我根本無法想像他會……」說到這裡，艾貝就說不下去了。

伊蓮眼睛又看向另外一個盤子，看著滿盤裝飾用的綠洋蔥。洋蔥被切成一條條細細長長的葉片，像蕾絲一樣捲曲。「妳有沒有聽亞倫說過……說過一些他不想讓我知道的事情？」

「妳的意思是……？」

「妳有沒有聽過什麼傳聞，說他在外面有女人？」

「絕對沒有。」艾貝搖搖頭，然後又強調了一次。「從來沒有。」

伊蓮點點頭，不過，艾貝的再三保證似乎並沒有讓她比較安心。「我並不是真的認為他在外面有女人。」她一邊說，一邊拿起另一個盤子走到冰箱那邊。她打開門，把盤子放進去，關上門，然後又說：「我婆婆責怪我，認為那一定是我的錯。一定很多人跟她有同樣的念頭。」

「自殺的人都是自己想死，不是被別人逼的。」

「可是半點預兆都沒有。完全沒有。噢，我知道他的工作不怎麼順心，他一直說他想離開波士頓，甚至說他不想再幹醫生了。」

「他為什麼這麼不開心？」

「他不肯跟我談醫院的事。當年他在麻州內蒂克鎮自己開業的時候，我們一天到晚都在聊診所的事情。後來，貝賽醫院找上了他，他們開出的條件好到令人難以抗拒。可是，自從我們搬到這裡來之後，他整個人都變了，彷彿變成一個我不認識的人了。每天回到家，他就像殭屍一樣坐在電腦前面，一直玩電腦遊戲，一玩就是一整晚。有時候，我三更半夜醒過來，都會聽到那種喀噠喀噠或是嗶嗶的聲音。那是亞倫，他就這麼自己一個人整夜不睡覺，一直玩遊戲。」說到這裡，她搖搖頭，低頭楞楞地盯著櫃檯桌面上的另一個盤子，盤子裡的食物原封未動。「妳是最後一個跟他說話的人，妳還記不記得，他有沒有提到什麼事情？」

艾貝凝視著廚房窗戶外面，努力回想，設法在腦海中拼湊出那天和亞倫談話的情景，然而，她實在想不出當天有任何異樣的地方。那天晚上就像平常一樣，亞倫只是打電話來跟她討論病人的狀況。從前的記憶似乎都攪和在一起了，每到夜晚值班的時刻，她已經累得腦袋昏昏沉沉，只記得電話裡亞倫的聲音聽起來都是千篇一律平板單調，交代她要做些什麼事情。

這時候，隔著廚房的窗口，她看到外面那三個男人已經從花園那邊走回來了。她看著他們穿越露台，走進廚房的門。茨威克手上提著那瓶蘇格蘭威士忌，瓶子裡的酒只剩下一半了。他們走進廚房，朝她點點頭打個招呼。

「艾貝，那個小花園滿漂亮的。」亞契說：「妳實在應該去逛一逛。」

「我是有點想。」她說：「伊蓮，要不要陪我到外面去，帶我參觀……」講到一半，她忽然停住了。

本來站在冰箱旁邊的伊蓮忽然不見了。艾貝轉頭看看廚房四周，看到那幾個盤子還放在櫃檯上，旁邊有一個保鮮膜的紙盒，盒子開著，一截保鮮膜露在外面隨風擺盪。

伊蓮不知道什麼時候已經走到廚房外面去了。

有一個女人在瑪莉．艾倫的床邊禱告。足足有半個鐘頭，她一直坐在那裡，低著頭雙手合十，嘴裡嘀咕著向主耶穌基督禱告，祈求祂展現神蹟，拯救瑪莉．艾倫的俗世軀殼，治好她，賜予她力量，淨化她的軀體和她那在塵世中玷污的靈魂，這樣一來，也許她最終就能夠接納神的旨意，彰顯主的榮耀。

「不好意思。」艾貝說：「很抱歉打擾妳，不過，我必須幫艾倫太太檢查一下。」

然而，那個女人根本不理她，繼續禱告。艾貝心裡想，她大概沒聽到吧。艾貝正打算要再叫她一次的時候，忽然聽到那個女人最後說了一句：「阿門。」接著，那個女人抬起頭來看著艾貝，眼神冷冷的沒有半點笑意。她那深棕色的頭髮已經開始變灰白了。她盯著艾貝，眼中流露出一種被激怒的神色。

「我是迪麥多醫師。」艾貝說：「我負責照顧艾倫太太。」

「我跟妳一樣，我也負責照顧艾倫太太。」那個女人一邊說，一邊站起來。她似乎沒有要跟艾貝握手的意思，雙臂夾著一本聖經交叉在胸前。「我是布蘭達．海妮，我是瑪莉的姪女。」

「我倒是沒聽瑪莉提過她有姪女。不過，我很高興看到有人來探望她。」

「我兩天前才聽說她生病了。一直都沒有人打電話通知我。」她說話的口氣彷彿在暗示，這一切的疏忽都是艾貝的錯。

「我們一直都以爲瑪莉沒有親人。」

「這我就不知道爲什麼了。不過，現在我來了。」說著，布蘭達轉頭看看她的姑媽。「她一定會好起來的。」

艾貝心裡想，只可惜她恐怕好不了了。她走到床邊輕輕叫了一聲：「艾倫太太？」

瑪莉睜開眼睛。「我沒有在睡覺，迪麥多醫師。我只是在休息。」

「今天覺得怎麼樣？」

「還是覺得噁心想吐。」

「那可能是嗎啡的副作用。我會開一點胃藥給妳。」

這時候，布蘭達忽然插嘴說：「妳在給她注射嗎啡嗎？」

「幫她止痛。」

「沒有別的辦法可以幫她止痛嗎？」

這時候，艾貝轉身看著瑪莉的姪女。「海妮太太，能不能麻煩妳先離開病房？我要幫妳姑媽做一下檢查。」

「我是海妮小姐。」布蘭達說：「而且，我相信瑪莉姑媽一定希望我留在這裡。」

「我還是必須請妳離開。」

布蘭達瞥了她姑媽一眼，顯然指望她姑媽會幫她說話，可是瑪莉．艾倫楞楞地直視著前方，不發一語。

這時候，布蘭達緊緊抓住手上的聖經。「瑪莉姑媽，妳要找我的話，我就在門口等。」

布蘭達關上門那一剎那，瑪莉忽然低聲嘀咕了一句：「老天爺。這一定是老天爺在懲罰我。」

「怎麼說？妳是在說妳姪女嗎？」

瑪莉用一種疲憊的眼神盯著艾貝。「妳覺得我的靈魂需要拯救嗎？」

「我想那只有妳自己最清楚，輪不到別人替妳決定。」說著，艾貝拿出她的聽診器。「來，我幫妳聽聽肺部的聲音好不好？」

瑪莉乖乖坐起來，撩起身上的袍子。

她的呼吸聲聽起來悶悶的。艾貝用手指頭敲敲瑪莉背後，聽到一種氣體和液體交雜的咕嚕聲。聽起來，她肺部積水的現象比上次檢查的時候更嚴重了。

艾貝挺起上身問：「呼吸還順暢嗎？」

「還好。」

「我們可能很快就要再幫妳做抽液了，或是再幫妳插一次胸管。」

「爲什麼？」

「爲了讓妳呼吸更順暢，讓妳覺得舒服一點。」

「就只是爲了這個嗎？」

「艾倫太太，讓妳舒服一點，這應該是一個很重要的理由了吧？」

瑪莉又躺回去，頭埋進枕頭裡。「既然如此，需要的時候我自然會告訴妳。」她嘴裡喃喃嘀咕著。

艾貝走出病房時候，看到布蘭達．海妮就站在門口等著。「妳姑媽想睡一下。」艾貝說：「也許妳可以改天再來。」

「大夫，我有很重要的事情得跟妳談一談。」

「什麼事？」

「有關嗎啡的事情，我剛剛問過護士。眞的有必要打嗎啡嗎？」

「我想，妳姑媽大概會說有必要。」

「嗎啡害得她整天昏昏沉沉的，從早睡到晚。」

「我們想盡辦法讓她感覺不到痛苦。癌細胞已經擴散到全身了，包括她的骨頭、腦子。那種痛苦是最難受的，超乎妳的想像。最慈悲的做法，就是盡可能消除她的痛苦，讓她舒舒服服的走。」

「讓她舒舒服服的走？那是什麼意思？」

「她的日子已經不多了。我們已經無能爲力。」

「妳剛剛說，讓她舒舒服服的走，所以說，妳幫她注射嗎啡就是爲了這個目的嗎？」

「這是她要求的，而且，此時此刻，這正是她所需要的。」

「大夫，這種狀況我從前也碰到過。我另外還有好幾個親戚也經歷過臨死前的時刻，所以，我剛好知道，透過醫藥幫助病人了結自己的生命，那是違法的。」

艾貝感覺到自己已經氣得滿臉通紅。她拚命壓抑自己的憤怒，努力讓自己講話的聲音保持平靜。「我想妳是誤會了，我們只是盡量讓妳姑媽感覺舒服一點。」

「要讓她舒服一點，有別的方法。」

「比如說？」

「向更高層次的力量求助。」

「妳的意思是向上帝禱告嗎？」

「那有什麼不對嗎？禱告幫助我度過了許多最艱苦的時刻。」

「妳願意爲妳姑媽禱告，我當然樂見其成，不過，如果我沒記錯的話，聖經裡好像沒有任何地方提到不准病人使用嗎啡。」

布蘭達那張臉忽然變得很臭，她正要開口反駁的時候，艾貝的呼叫器忽然響起來了。

「不好意思。」艾貝冷冷地說了一句，然後就走開了。兩個人的交談就此中斷。這樣也好，因爲她已經瀕臨爆發的邊緣，忍不住快要冒出尖酸刻薄的話了，比如說：妳向上帝禱告的時候，是不是應該順便祈求祂展現神蹟，讓妳姑媽起死回生呢？聽到這種話，布蘭達一定會氣炸。目前她官司纏身，塔利歐已經準備要控告她了，而維克多．福斯則是處心積慮要醫院炒她魷魚。在這個節骨眼，她最不希望看到的，就是又有另一個病人的家屬向醫院申訴她。

她走到護士站，拿起電話，撥了呼叫器上面顯示的號碼。

電話裡她聽到一個女人回答：「服務台。」

「我是迪麥多醫師。是妳在呼叫我嗎？」

「是的，大夫。有一位伯納德．卡茲卡先生在服務台這邊，他想請問妳是不是可以到大廳這邊來見他。」

「我沒聽說過伯納德．卡茲卡這個名字。我不認識那個人。妳能不能問他一下，他是做什麼的？」

她隱隱約約聽到電話裡有人在交談。過了一會兒，那個女人又說話了，語氣聽起來怪怪的，似乎語帶保留。「迪麥多醫師？」

「怎麼樣？」

「他是警察。」

大廳上那個男人看起來有點面熟，年紀大約四十五、六歲，中等身高，中等身材，長得並不特別帥，也不特別醜。那是一張不容易令人印象深刻的大眾臉。他的頭髮是深棕色的，頭頂中央已經開始變稀疏了。有些男人會刻意把旁邊的頭髮梳到中間，拚命遮掩，只可惜，到了這種地步，再怎麼遮掩也無濟於事了。她朝他走過去，愈走愈近，這時候，她忽然有一種感覺，似乎他也察覺出她就是他要找的人了。打從她跨出電梯那一刻開始，他眼睛就緊盯著她。

「迪麥多醫師嗎？」他說：「我叫伯納德．卡茲卡，重案組警探。」

一聽到他的身分，她嚇了一跳。到底怎麼回事？他們握手的時候，兩個人眼神交會，那一剎那，她終於想到她在哪裡見過他了。是在亞倫．李維的葬禮上。那天，他身上穿著黑西裝，沉默不語，一個人站得遠遠的。在葬禮進行的過程中，他們的眼神偶爾會互相交會。葬禮上有人用希伯來語在朗誦祭文，艾貝半句也聽不懂，於是，她只好眼睛瞄來瞄去，逐一打量著前來弔唁的客人。也就是在這個時候，她注意到現場還有另外一個人也在打量著其他客人。他們互相對望了一眼，但那只是短暫的片刻，他們很快又瞥開了視線。當時，那個人並沒有在她腦海中留下什麼深刻的印象，然而此刻，當艾貝抬頭看著他的臉，她發現自己被他的眼睛吸引住了。他灰灰的眼珠子流露出一種平靜的神情，給人一種堅毅不拔無所畏懼的感覺。伯納德．卡茲卡唯一會引人注目的地方，就是他眼中那種智慧的神采，除此之外，你可能根本不會留意到這個人的存在。

她問：「你是李維他們家的朋友嗎？」

「不是。」

「可是我在葬禮上有看到你。是我認錯人了嗎？」

「那天我確實有去。」

她愣了一下，沒有再往下說，想等他自己開口解釋，然而，他卻只是問她：「附近有沒有什麼地方我們可以私下談一談？」

「你想談什麼呢？」

「李維醫師的死。」

這時候，她瞥了一眼醫院的大門。外頭陽光燦爛，這一整天她都沒有跨出醫院的大門。

「外面有個小庭院，那邊有幾條長板凳。」她說：「要不要到那邊去聊？」

外頭的天氣暖烘烘的，十月天美好的午後，庭院的花園外圍是一圈環形的花圃，此刻正是菊花盛開的季節，放眼望去一片黃澄澄的，間或夾雜著鐵鏽般的赭紅色。中央的小噴水池靜靜地噴出一道細細的水柱，令人心曠神怡。他們兩個找了一條木頭長板凳坐下來。原先有兩個護士坐在另一條板凳上，一看到他們坐下來，她們就站起來走回醫院的大樓去了，於是，花園裡只剩下艾貝和那個警探了。一開始，他們都沒有說話，那種尷尬的沉默令艾貝感到有點不自在，不過，那位警探卻似乎完全不在意。他似乎很習慣這種冗長的沉默。

「妳的名字是伊蓮．李維告訴我的。」他說：「她建議我跟妳談一談。」

「爲什麼？」

「上個禮拜六凌晨，妳跟李維醫師交談過，對不對？」

「是的。我們通過電話。」

「那妳還記不記得當時是幾點幾分？」

「應該是在凌晨兩點左右。我當時人在醫院裡。」

「是他打給妳的嗎？」

「呃，他打電話到外科加護病房，說要找值班的資深住院醫師。那天晚上剛好是我值班。」

「他爲什麼會打電話？」

「討論一個病人的問題。她出現手術後發燒的現象，亞倫想跟值班醫師討論處理的程序。比如說，該做哪些檢驗，哪些部位需要拍X光片。我能不能先請教你，爲什麼要問我這個？」

「我想把事件每個細節的時間順序串連起來。照妳這麼說，李維醫師是凌晨兩點打電話到外科加護病房的嗎？」

「沒錯。」

「後來妳還有再跟他交談過嗎？我的意思是，凌晨兩點你們通過電話之後，還有再交談過嗎？」

「沒有了。」

「後來妳有沒有打電話找他？」

「有，可是他已經出門了。接電話的是伊蓮。」

「當時是幾點？」

「我不知道。大概是三點吧，或是三點十五分。我沒有仔細看時鐘。」

「那天早上的其他時間，妳都沒有再打電話去他家了嗎？」

「沒有。我撥他的呼叫器，撥了好幾次，可是他都沒有回電話。我知道他人就在醫院裡，在某個地方，因爲他的車在停車場。」

「妳是什麼時間看到他的車子停在那裡的？」

「不是我看到的，是我男朋友赫德爾醫師。凌晨四點他開車進停車場的時候看到的。噢，對了，能不能請教你，重案組爲什麼要調查這件事？」

他不理會她的問題，又繼續追問：「伊蓮‧李維說，凌晨兩點十五分的時候，有人打電話到家裡。她丈夫接了電話之後，過沒幾分鐘就穿好衣服出門去了。妳知道是誰打電話給他的嗎？」

「我不知道。可能是醫院裡的護士吧。伊蓮不知道嗎？」

「她丈夫接電話之後，把電話拿到浴室裡去講，所以她沒有聽到他跟對方說了些什麼。」

「不是我打的。我只跟亞倫通過一次電話。好了，我眞的很想知道，你爲什麼要問我這些問題。這不太像是警方的例行公事。」

「確實不是。這不是例行公事。」

這時候，艾貝的呼叫器又響了。一看到上面顯示的號碼，她立刻就知道是哪裡打來的了。那不是急診室的號碼，而是住院醫師辦公室的號碼。不過，不管是哪裡打來的，她總算有藉口可以開溜了，因爲她已經開始受不了了，不想再跟這個警察講下去了。於是，她站起來。「警察先生，我得去忙了，一堆病人等著我去看。我實在沒有時間回答你這些模稜兩可的問題。」

「妳錯了，我的問題都是很具體的。我只是想搞清楚，那個時間是誰打了電話，還有，那個人在電話裡說了什麼。」

「爲什麼？」

「因爲那跟李維醫師的死有關。」

「你的意思是，他上吊自殺是別人慫恿的嗎？」

「我只是想知道，打電話給他的人是誰。」

「難道你沒辦法從電話公司的電腦系統調資料嗎？他們不是都有記錄嗎？」

「兩點十五分打給李維醫師那通電話，是從貝賽醫院打出去的。」

「這麼說來，可能是護士打的。」

「也有可能是當時在醫院裡的任何一個人。」

「你的結論就是這樣嗎？你認爲有人從貝賽醫院打電話給亞倫，跟他說了一些事情，結果把亞倫逼得上吊自殺，是這樣嗎？」

「我們只是在思考，除了自殺之外，是否還有別的可能性。」

她瞪大眼睛看著他。他講話的口吻如此平靜，她不由得開始懷疑，是不是自己耳朵有問題，聽錯了。她又慢慢坐回椅子上，有好一會兒，兩個人都沒有再說話。

有一位護士用輪椅推著一個女人經過庭院，在花圃旁邊徘徊流連，看了一會兒菊花，然後又走了。這時候，整個庭院裡靜悄悄的，只聽得到噴泉如音樂般清脆悅耳的淙淙水流聲。

「你的意思是，他有可能是被謀殺的囉？」艾貝問。

他沒有立刻回答這個問題。她看著他的臉，實在猜不透他會怎麼回答。他坐在那裡一動也不動。從他坐的姿勢，他手的動作，還有他的表情，完全猜不透他心裡在想什麼。

「亞倫是上吊自殺的嗎？」她又問了一次。

「解剖的結果顯示他確實是窒息而死。」

「那你還在懷疑什麼？聽起來像是自殺沒錯。」

「確實很有可能。」

「那你爲什麼不接受這個結論？」

他遲疑了一下。這是她第一次看到他眼中流露出猶豫的神色，而且，她知道此刻他正在盤算接下來要說什麼。她看得出來，眼前這個男人，在還沒有通盤了解整個事情的來龍去脈之前，不會採取任何行動。眼前這個男人，一旦計畫周詳之後自然就會採取行動。

他說：「就在他死去的兩天之前，李維醫師帶了一部全新的電腦回家。」

「就這樣嗎？就因爲這件事，你就懷疑他不是自殺？」

「他用那部電腦做了很多事。第一，他訂了兩張機票，目的地是加勒比海岸的聖露西亞，出發的日期大概就在聖誕節那幾天。另外，他寄了一封電子郵件到達特茅斯去給他兒子，跟他討論感恩節假期打算怎麼過。這一點，也許妳也可以思考一下，迪麥多醫師。就在自殺的兩天前，這個人還在計畫未來要做的事。他顯然還在期待到海邊去度過一個愉快的假期。然而，兩天後，半夜兩點十五分，他忽然從床上爬起來，開車到醫院，搭電梯到樓上，然後又爬樓梯上到沒半個人的頂樓。接著，他把皮帶吊在衣櫃的榫釘上，然後在另一頭打了個套環，套在脖子上，然後兩腿放軟，把自己吊在皮帶上。在這種情況下，他不會立刻昏迷。他有五秒鐘甚至十秒鐘時間可以反悔。他家裡還有太太和小孩，而且他還打算到聖露西亞去度假。這樣的人居然會突然決定上吊自殺，孤零零地一個人在黑漆漆的房間裡上吊自殺。」說著，卡茲卡凝視著她的眼睛。「也許妳也可以想想看，這有什麼道理。」

艾貝嚥了一口口水。「我恐怕沒打算去想這些問題。」

「我想過了。」

她看著他那平靜的灰眼珠，心裡忽然覺得很好奇：你腦子裡還會想些什麼恐怖的事情？這個人的工作，就是從最恐怖的角度去看事情。什麼樣的男人會幹這種工作？

「我們知道，李維醫師車子就停在醫院的停車場，停在那個固定的位置上。可是，我們不知道他開車到這裡來做什麼，也不知道他爲什麼要出門。他在半夜兩點十五分接了一通電話。據我們所知，除了那通電話之外，妳是最後一個跟李維醫師說話的人。妳有沒有聽到他說他要到醫院來？」

「他擔心病人。可能就是因爲這樣，他決定自己到醫院來，處理病人的問題。」

「意思是，把病人交給妳，他不放心嗎？」

「卡茲卡先生，我只不過是一個第二年的住院醫師，不是主治醫師，而亞倫是移植小組的內科醫師。」

「據我所知，他不是心臟科醫師嗎？」

「沒錯，不過他同時也是內科醫師。當病人出現異常現象的時候，比如說發燒，護士都會通知他。然後，他可能會找別科的醫師來會診，如果有必要的話。」

「他打電話給妳的時候，有沒有提到他要到醫院來？」

「沒有。我們在電話裡討論的是處理程序模擬，也就是說，我告訴他我要如何如何處理，比如說，我說要幫病人做血液檢驗，並且照X光片。他同意了。」

「就這樣嗎？」

「我們在電話裡談的就是這些而已。」

「妳覺得他講的話是否有哪裡怪怪的？」

這時候，艾貝又停下來想了一下。她忽然想到，那天剛接起電話的時候，亞倫似乎愣了一下，他的口氣聽起來好像嚇了一跳。

「迪麥多醫師？」

她抬頭看看卡茲卡。儘管他叫她的時候很小聲，但他的眼神忽然變得銳利起來，彷彿察覺到什麼。

「妳想到什麼了嗎？」他問。

「我忽然想到，當時，他發現值班的住院醫師是我，似乎不太高興。」

「為什麼不高興？」

「因為那個病人的身分很敏感。她丈夫和我——我們兩個有過衝突，很激烈的衝突。」說到這裡，她撇開頭看旁邊。一想到維克多．福斯，她忽然覺得有點想吐。「亞倫一定寧願我離福斯太太遠一點。」

卡茲卡有好一會兒一直沒有再說話。艾貝不由自主地又抬頭看看他。

「妳說的是維克多．福斯的太太嗎？」他問。

「是的，你認識那個人嗎？」

卡茲卡又坐回椅子上，輕輕嘆了口氣。「我知道他是VMI國際集團的創辦人。對了，他太太究竟動了什麼手術？」

「心臟移植手術。她現在已經好多了。我們幫她打了好幾天的抗生素，現在已經退燒了。」

卡茲卡若有所思地盯著噴泉。在陽光的照耀下，一道道的水柱閃爍著金光，彷彿一條條的金鍊子。接著，他突然站起來。

「謝謝妳了，迪麥多醫師，打擾妳不少時間。」他說：「我可能還會再打電話給妳。」

她回答說：「不客氣，隨時歡迎。」然而，她才剛開口，他就已經轉身走開了，快得像一陣風。這個人還眞是靜如處子，動如脫兔，眞是神奇。

這時候，她的呼叫器又嗶嗶叫了起來。又是住院醫師辦公室在呼叫她。她把呼叫器的聲音按掉，然後又抬起頭來，這時候，卡茲卡已經看不見人影了。這個人轉眼就消失無蹤，簡直就像在變魔術。他提出的疑問一直纏繞在她腦海中，她邊走邊想，走回醫院大廳，拿起室內對講機的話筒。

接電話的是一個祕書。「住院醫師辦公室。」

「我是艾貝．迪麥多，剛剛是妳在呼叫我嗎？」

「噢，是的，有兩件事要找妳。剛剛接到一通外線電話要找妳，是新英格蘭器官銀行打來的，那個人叫做海倫．露易絲。她說，關於上次器官移植的問題，她想知道妳是不是已經找到答案了。不過，我第一次呼叫妳的時候，妳並沒有回電話，所以她就掛斷了。」

「要是她再打電話來，妳就告訴她，關於那個問題，我已經找到答案了。那麼，第二件事是什麼？」

「這裡有一封妳的掛號存證信函，我幫妳簽收了，希望那不是什麼嚴重的事。」

「掛號存證信函？」

「幾分鐘前才剛送來的，我在猜，妳應該會想早點知道。」

「是誰寄來的？」

她聽到那個祕書在翻動紙頁的聲音，然後聽到她說：「是霍克斯．克瑞格．蘇斯曼律師事務所寄來的。」

艾貝感覺到自己的胃彷彿陡然往下一沉。「我馬上就過去。」說完，她立刻掛斷電話。又是塔利歐的訴訟案。她感覺自己彷彿被司法的巨輪輾過，粉身碎骨。她搭電梯到管理部那層樓的時候，感覺自己手心在冒汗。迪麥多醫師，平常在急診室總是表現得泰山崩於前而色不變，現在卻是一副緊張兮兮的模樣，彷彿快要崩潰了。

住院醫師辦公室的祕書正在講電話，一看到艾貝就立刻伸手指了一下郵件架。

艾貝那一欄裡面放了一個信封，信封左上角印著霍克斯．克瑞格．蘇斯曼的字樣。她把信封撕開。

起初她搞不懂這封存證信函到底要幹什麼，後來，她仔細一看，看到原告的姓名，終於明白了。她感覺自己的胃彷彿往下墜落，摔到底了，摔了個粉碎。這封信函根本就跟凱倫．塔利歐無關。那是另外一個病人，一個名叫邁克．傅立曼的人，一個酒鬼。他食道的血管腫脹，結果卻不小心弄破了血管，死在醫院的病房裡。當時她在內科執勤，負責照顧他。她還記得，病人的下場很悲慘，當時場面實在令人震驚。如今，邁克．傅立曼的太太卻跑出來控告她，並且委託霍克斯．克瑞格．蘇斯曼代表她提出告訴，而艾貝就是被告，而且是這個案子裡唯一的被告。

「迪麥多醫師？妳還好嗎？」

這時候，艾貝才猛然發覺自己整個人靠在郵件架上，感覺整個房間彷彿在搖搖晃晃。護士皺起眉頭看著她。

「我……我沒事。」艾貝說：「我很好。」

艾貝急急忙忙走出辦公室，還沒走到門口就已經開始用跑的。她飛快地衝進值班醫師休息室，把自己鎖在裡面，整個人跌坐在床上。接著，她又把那封信攤開，重看一次，一次又一次。

兩個禮拜，兩件訴訟案。薇薇安說對了，下半輩子，艾貝就只能等著每天上法院了。

她心裡明白，該打個電話給律師了，然而此刻，她卻沒有勇氣打電話。她呆呆坐在床上，楞楞地盯著那封攤開在大腿上的存證信函。她想到過往的那無數年月，想到自己投注了多少時間和心血，好不容易才爭取到現在的一切。她想到那無數個夜晚，她宿舍的室友都跑出去約會，而她卻爲了熬夜念書，累到趴在書上睡著。她想到那無數的週末假日，爲了賺學費，到醫院打工幫病人抽血，從早班做到晚班，抽了一筒又一筒的血。她想到自己還有十二萬美金的貸款還沒有償還。她想到每天晚上，她幾乎都是拿花生醬抹麵包裹腹。她想到自己不知道錯過了多少部電影，多少場音樂會，只因爲她根本負擔不起。

接著，她想到彼得。彼得正是支撐她熬下去的動力。很久很久以前，她多麼渴望救彼得的命，然而卻無能爲力。她腦海中的彼得，永遠活在十歲那一年。

她快要被維克多．福斯打敗了。他曾經說過，他要毀掉她，而現在，他已經開始動手了。反擊。是時候了，該反擊了。只不過，她根本不知道要如何反擊。她實在不夠聰明。手上拿著那封信，感覺上彷彿拿著強酸，感覺到一陣灼熱刺痛。她絞盡腦汁，想了又想，想看看有沒有什麼辦法能夠阻止他。然而，想了半天，她想得到的，也就只有那一天在外科加護病房，他把她推倒在地上。這是她唯一可以用來反擊的武器。她可以告他毆打和傷害。只可惜，這樣還不夠。

反擊。妳一定要想辦法反擊。

這時候，呼叫器又響起來了。是外科病房在呼叫她。這個節骨眼，她實在沒心情回電話。不過，她還是伸手把電話拿起來，按了號碼。「我是迪麥多。」她沒好氣地大聲說。

「大夫嗎？我們這裡有點麻煩。瑪莉．艾倫的姪女在這裡。」

「剛剛下午四點，我們正準備幫瑪莉注射嗎啡的時候，布蘭達不讓我們注射。妳是不是可以——」

「怎麼回事？」

「我馬上過去。」說完，艾貝立刻放下話筒，把那封存證信函塞進口袋裡，心裡咒罵著，該死的布蘭達。她直接走樓梯，一口氣跑下兩層樓。跑到病房區的時候，她已經氣喘吁吁。她喘氣不是因爲跑太快，而是因爲生氣。她一陣狂風地衝進瑪莉．艾倫的病房。

房間裡有兩個護士正在跟布蘭達爭論，瑪莉．艾倫躺在床上。她已經醒了，可是她看起來似乎很虛弱，很痛苦，根本說不出話來。

「妳們沒看到她嗎啡已經打得夠多了嗎？」布蘭達正在大聲叱喝：「妳們瞎了眼嗎？妳們沒

看到她連話都沒辦法跟我講了嗎？」

「也許她根本不想跟妳講話。」艾貝說。

護士轉過來看著艾貝，臉上露出鬆了一口氣的表情。講話有份量的人終於出現了。

「海妮小姐，麻煩妳離開病房。」艾貝說。

「根本就沒有必要注射嗎啡。」

「這個由我來決定。好了，請妳離開病房。」

「她的時候已經不多了，她必須保持清醒。」

「爲什麼？」

「這樣她才能夠全心全意接納主。萬一她還來不及接納祂就走了——」

這時候，艾貝朝護士伸出手。「嗎啡給我。我來打。」

護士立刻把針筒遞給艾貝，然後，艾貝就走到靜脈注射管旁邊，拿掉針頭的蓋子，這時候，她看到瑪莉．艾倫虛弱地點了點頭，一臉感激的表情。

「妳要是敢打針，我就打電話找律師。」布蘭達說。

「隨妳便。」說著，艾貝把針頭刺進靜脈注射管的注入孔。她正要把針筒的推桿往下壓時，布蘭達忽然衝上來，把她姑媽手臂上的導管拔掉。那一剎那，手臂上的針孔立刻冒出血來，滴到地板上。看到一滴滴鮮紅的血滴在油布地板上，艾貝一肚子的怒火立刻像火山一樣爆發了。

其中一位護士立刻抓了一片紗布，按住瑪莉．艾倫的手臂。那一剎那，艾貝轉身看著布蘭達說：「滾出去！」

「是妳逼我的，大夫。」

「滾出去！」

布蘭達瞪大眼睛看著她，往後退了一步。

「妳是要等我叫警衛來，把妳扔出去嗎？」艾貝愈吼愈大聲，一步步朝布蘭達逼近。布蘭達則是一步步往後退，退到走廊上。「我警告妳，別再靠近我的病人！別再拿妳的狗屁聖經來騷擾她！」

「我是她的親人！」

「我管他媽的妳是誰！」

聽到這句話，布蘭達目瞪口呆地看著艾貝，然後什麼話都沒有再說，轉身走開了。

「迪麥多醫師，能不能跟妳說幾句話？」

艾貝一轉身，看到護理督導長已經站在旁邊了。她叫喬琪娜．史畢爾。

「大夫，這樣說話好像不太得體。我們不能在大庭廣眾之下說這種話。」

「她剛剛把病人手臂上的注射管抽掉了！」

「處理這種狀況，可以用別的方法，比如說叫警衛來。隨便都可以找得到人來處理這種事。可是，在醫院裡，我們可不能用罵髒話的方式來處理這種狀況。您了解嗎？」

艾貝深深吸了一口氣，然後說：「我了解了。」接著她又很小聲地咕噥了一句：「不好意思。」

過了一會兒，她把瑪莉．艾倫的靜脈注射管插回去之後，就走回值班醫師休息室，無精打采地躺回床上。她楞楞地盯著天花板，心裡想：我究竟是怎麼搞的？她從來沒有像這樣失態過，從來沒有想這樣咒罵過病人，或是病人的家屬。她心裡想，我一定是瘋了，也許我根本就不適合當醫生。

這時候，她的呼叫器又響了。老天，饒了我，讓我安靜一下好不好？要是能夠有一整天，或是一整個禮拜都聽不到呼叫器在鬼叫，沒有電話來吵她，沒有人來騷擾她，那該有多好？剛剛是醫院的總機小姐在呼叫她。她拿起電話撥了一個零。

「大夫，有外線電話找妳。」總機小姐說：「我幫妳接通。」接著，艾貝聽到一陣喀嚓喀嚓的雜音，然後就聽到一個女人的聲音說：

「艾貝．迪麥多醫師嗎？」

「我就是。」

「我這裡是新英格蘭器官銀行，我叫海倫．露易絲。上個禮拜六妳有留言，說要查詢一位心臟捐贈者的資料。我們一直在等你們貝賽醫院回我們電話，可是卻一直沒有人打過來，所以我只好再打個電話過來詢問一下。」

「眞是不好意思，我實在應該打個電話給妳，可是這陣子醫院裡亂成一團。上次打電話跟你們查詢之後，終於搞清楚了，原來只是一場誤會。」

「這樣倒也省事，反正我也查不到資料。如果妳還有別的問題，歡迎妳隨時打電——」

「不好意思。」艾貝突然插嘴。「我沒聽清楚，您剛剛說什麼？」

「我說找不到資料。」

「爲什麼找不到？」

「因爲我們的電腦系統裡沒有妳要查詢的資料。」

足足有十秒鐘，艾貝都沒有再說話。後來，她終於慢慢開口問：「妳百分之百確定沒有那些資料嗎？」

「我已經搜尋過電腦裡所有的檔案。根據妳上次給我的器官摘取日期，我們的電腦裡找不到捐贈者的紀錄。整個佛蒙特州都找不到。」

12

「在這裡。」柯林．衛蒂格把那本《專科醫師名錄》攤開在桌上，然後說：「提姆．尼可拉斯，佛蒙特州立大學學士，塔夫茲大學醫學博士，麻州總醫院住院醫師。專長：胸腔外科。服務機構：威爾考克斯紀念醫院，佛蒙特州柏林頓。」說著，他把那本名錄往前一推，滑到會議桌中間，讓會議室裡的每個人都看得到。「所以說，柏林頓那邊眞的有一位叫做提姆．尼可拉斯的胸腔外科醫師，不是亞契憑空想像的人物。」

「上個禮拜六我和他通過電話。」亞契說：「尼可拉斯強調說，摘取心臟的時候，他就在現場，地點就在威爾考克斯紀念醫院。不過，很不巧的是，當我想打聽那天有誰和他同時在手術房裡，結果卻問不到半個人。現在，我連尼可拉斯都聯絡不到了。他辦公室裡的職員告訴我，他已經有一陣子沒有來上班了，而且逾期未歸。傑瑞米，我搞不懂這究竟是怎麼回事，不過，祈求老天保佑，但願我們不會被牽扯進去，因爲我已經開始覺得有點不太對勁了，事有蹊蹺。」

傑瑞米．帕爾調整了一下坐姿，似乎有點不安，眼睛看向蘇珊．卡薩多律師。艾貝坐在會議桌的最邊邊，坐在器官移植事務聯絡人唐娜．塔斯旁邊，而傑瑞米卻連看都不看她一眼。也許他根本就不想看她，因爲這一切都是艾貝闖的禍，是她把這些麻煩事攤開來，引起衆人的注意。就是因爲她，所以才必須召開這場會議。

「究竟是怎麼回事？」帕爾問。

亞契說：「我想，應該是維克多．福斯幹的好事。他跳過了器官捐贈的登記體系，直接找上捐贈者，私自弄了一顆心臟給他太太。」

「有可能這樣做嗎？」

「只要你錢夠多——有可能。」

「沒有人會懷疑他錢不夠多。」蘇珊說：「我不久前才看過最近一期的《吉普林財經雜誌》，他也在『全美國最有錢的五十個人』名單上，排名第十四。」

「我想你還是先跟我說明一下，器官指定捐贈體系是怎麼運作的。」帕爾說：「因爲我實在搞不懂這整件事的來龍去脈。」

這時候，亞契轉頭看看器官移植事務聯絡人。「這些事通常都是唐娜在安排的。讓她來說明會比較清楚。」

唐娜點點頭。「整個體系的運作是很簡單明瞭的。」她說：「等待器官捐贈的病患名單分爲兩種，一種是全國性的，一種是地區性的。全國性的器官捐贈組織叫做『美國器官分享聯合網路』，簡稱『美聯網』。而地區性的器官捐贈事務則是由『新英格蘭器官銀行』統籌安排。這兩個組織都是根據病人的需求程度來安排受贈順序。他們不管你有沒有錢，不管你是什麼種族，什麼社會階層。他們完全根據病患需求的急迫性來做決定。」說著，她打開一個檔案夾，抽出一張紙，遞給帕爾。「這張就是本地等候器官捐贈的病患名單。我已經把這張名單傳眞到布魯克林給『新英格蘭器官銀行』。你可以看到，上面只有每位病患的狀況，需要什麼器官，距離哪一所器官移植醫院最近，還有聯絡電話。那個號碼通常就是各醫院器官移植事務聯絡人的號碼。」

「上面這些符號代表什麼？」

「臨床生理數據資料。捐贈者身高體重的上下限。此外，這些符號也顯示，病患先前是否有接受過移植手術。如果有的話，表示病患體內有特殊的抗體，這會使得生理組織交叉比對更加困難。」

「妳剛剛說，這份名單是根據需求的程度排列的嗎？」

「沒錯。編號一號的那位病患病情最危急。」

「那麼，福斯太太的編號是多少？」

「她接受移植手術的那一天，她在AB血型名單上的編號是第三。」

「那麼，前面兩號的病患現在情況如何？」

「我跟新英格蘭器官銀行查詢過，福斯太太手術之後，過了幾天，那兩位病患經過重新診斷，被認定進入緊急狀況代號8號，也就是已經沒有生命跡象，因此被剔除到名單之外。」

「妳的意思是，他們死了嗎？」蘇珊．卡薩多輕聲問了一句。

唐娜點點頭。「他們一直等不到器官捐贈。」

「老天。」帕爾咕噥著說：「這麼說來，福斯太太移植的那顆心臟，本來應該是要捐贈給別人的。」

「大概就是這麼回事。我們也搞不清楚他是怎麼安排的。」

「如果有捐贈器官可以用的時候，我們從何得知？」

「他們會打電話通知我們。」唐娜說：「通常都是這樣。首先要看捐贈者是在哪家醫院，然後，那家醫院的聯絡人就會開始安排。他會查詢『新英格蘭器官銀行』最新的等候病患名單，看看第一號病患名字後面的電話號碼是哪一家醫院，然後就打電話通知。」

「所以說，是威爾考克斯紀念醫院的聯絡人打電話通知妳的囉？」

「是的。我和他通過電話，因爲從前有一些捐贈器官是從他們那邊來的。所以說，這次的捐贈器官，我怎麼也不可能想到會有這種問題。」

亞契搖搖頭。「我實在想不透福斯是怎麼安排的。整個過程中的每一個步驟似乎都是合法的，而且看起來光明正大。顯然他買通了威爾考克斯醫院的某個人。我敢打賭，一定是那個聯絡人。這麼一來，福斯太太就有心臟可以用了。這是非法買賣器官的案件，而我們貝賽醫院就這麼莫名其妙被牽扯進去了。而且，我們甚至沒有任何文件可以核對捐贈者的身分。」

「到現在還是找不到文件嗎？」帕爾問。

「我一直找不到。」唐娜說：「我的辦公室裡根本找不到捐贈者的資料。」

艾貝心裡想，*一定是維克多．福斯，是他把文件偷走的。*

「還有更嚴重的問題。」衛蒂格說：「最嚴重的是那兩顆腎臟。」

帕爾皺起眉頭瞪著將軍。「什麼意思？」

「福斯太太不需要腎臟。」衛蒂格說：「她也不需要胰臟或肝臟。那麼，捐贈者其他的器官呢？如果這些器官根本就沒有登記在系統裡，那麼，它們跑到哪裡去了？」

「一定是被丟掉了。」亞契說。

「沒錯。那些器官至少可以再救三、四條人命，可是就這麼被糟蹋掉了。」

整個會議室裡的人都搖起頭來，露出沮喪的表情。

「那麼，我們該怎麼辦？」艾貝問。

這時候，會議室裡陷入一片沉默，沒有人回答她的問題。

「我也不確定該怎麼處理。」說著，帕爾眼睛看向律師。「怎麼樣，我們需不需要負什麼責任?」

「我們只是要負一點道德上的責任。」蘇珊說：「不過，如果我們把這件事呈報上去，恐怕還是免不了要承擔一些後果。事實上，我已經想到好幾種後果。第一，這件事恐怕逃不掉在媒體上曝光的命運。這是非法買賣器官的案件，而且又牽涉到維克多．福斯，這可是頭條大新聞。第二，從某個角度來說，我們等於是洩露了病患的隱私，這樣一來，有一部分病患會流失，結果是，醫院恐怕就沒辦法安穩經營了。」

衛蒂格語帶輕蔑地哼了一聲。「妳說的大概是那些有錢的病人吧。」

「應該說他們是醫院的命脈。」帕爾糾正他。

「完全正確。」蘇珊又繼續說：「萬一他們聽到什麼風聲，聽到貝賽醫院惹出事情，害得維克多．福斯這樣的人遭到調查，這樣一來，他們就不會再信任我們了。他們會懷疑我們可能會洩露他們的機密資料。因此，他們就不會再推薦別人到我們醫院來做自費移植手術。最後一點，萬一這整件事遭到扭曲，使得他們誤以爲這是某種陰謀，誤以爲我們是共謀，那該怎麼辦?這樣一來，我們在器官移植中心這個領域的地位就難保了。另一方面，要是福斯眞的跳過器官捐贈體系，私下取得器官，那麼，我們也擺脫不了干係。」

艾貝瞥了亞契一眼。一聽到這種可能性，亞契似乎嚇了一跳。這件事足以摧毀貝賽醫院的器官移植研究計畫，摧毀整個小組。

「這些消息傳出去沒有?洩露了多少?」帕爾問。這時候，他終於正眼看著艾貝了。「迪麥多醫師，妳跟新英格蘭器官銀行的人說了些什麼?」

「我跟海倫．露易絲談過，不過當時我不知道究竟是怎麼回事。我們兩個都沒有頭緒。我們只是想搞清楚，爲什麼捐贈者的資料沒有在他們的電腦系統裡。不過，也就到此爲止了。問題到現在還沒有答案。緊接著，我就立刻把這件事告訴亞契和衛蒂格醫師了。」

「還有赫德爾。妳一定告訴過赫德爾了。」

「我還沒有跟馬克講到話。今天一整天他都在動手術。」

帕爾吁了一聲，鬆了一口氣。「那就好。所以說，到目前爲止，只有我們這幾個人知道。而那位露易絲太太也只是認爲妳也搞不清楚究竟怎麼回事。」

「沒錯。」

蘇珊．卡薩多也和帕爾一樣，露出一種鬆了一口氣的表情。「不過，我們還是得做一下損害控管。此刻我們要做的是，亞契醫師要打個電話給新英格蘭器官銀行，告訴那位露易絲太太，說我們已經弄清楚了，整件事是一場誤會。運氣好的話，她就此不再過問了。同時，我們繼續進行調查，不過，只能私下祕密進行。我們必須設法再聯絡上那位尼可拉斯醫師。也許他能夠幫助我們澄清一些事情。」

「尼可拉斯還在請假，而且似乎沒有人知道他什麼時候會回來。」亞契說。

「不是還有另外一個外科醫師嗎？」蘇珊問。「從德州來的那個傢伙，他人在哪裡？」

「你是說梅普斯？我還沒有打電話給他。」

「該有人打個電話給他了。」

這時候，帕爾忽然插嘴說：「我可不這麼認爲。這件事，我覺得我們不應該再打草驚蛇，驚動其他人。」

「你的理由是什麼，傑瑞米？」

「這堆爛攤子，我們知道的愈少，就愈不會被牽扯進去。我們應該躲到十萬八千里外，躲得遠遠的。你去告訴海倫．露易絲，說這次是直接捐贈，所以才沒有經過新英格蘭器官銀行的系統。然後，這件事我們就不要再過問了。」

「換句話說。」衛蒂格說：「我們要像鴕鳥一樣，把頭埋在沙子裡。」

「碰到不乾淨的東西，那就眼不見爲淨。」說著，帕爾環顧左右，逐一掃視著會議桌旁的每一個人。沒有人吭聲，所以他似乎也就認爲大家都有共識了。「不用我說你們也應該明白，今天在場的任何一個人都不能把這件事洩露出去。」

這時候，艾貝按捺不住了。「問題是。」她開口說：「不乾淨的東西不會自動變乾淨。不管我們是故意視而不見，或是充耳不聞，它都不會消失的。」

「貝賽醫院是無辜的。」帕爾說：「我們本來就不應該受牽連，而且，我們不應該引起別人注意，那是不公平的。」

「那麼，道義上的責任呢？這種事有可能再度發生。」

「短時間之內，我不相信福斯太太會有需要再度移植心臟。所以說，迪麥多醫師，這只是一個單獨個案。丈夫走投無路，只好破壞遊戲規則，以便救自己的太太。整件事就到此爲止了。接下來，我們唯一需要做的，也不過就是提高警覺，以免類似的事件再度發生。」說著，帕爾看著亞契。「辦得到嗎？」

亞契點點頭。「那當然，我們非這樣做不可。」

「那維克多．福斯會怎麼樣？」艾貝問。會議室裡靜悄悄的，沒有人吭聲。這時候，她明白了：他不會怎麼樣的。像維克多．福斯這種人是永遠不會怎麼樣的。他能夠征服整個醫療體系，買到一顆心臟，買通一個外科醫師，甚至買下整間醫院。而且，他還可以花錢請律師，請一整個軍團的律師，足以把她這個卑微的外科住院醫師壓得粉身碎骨，足以毀掉她多年來的夢想。

她說：「他想毀掉我。我本來以為，他太太完成心臟移植之後，他就會停手了，可是他沒有。他把動物的內臟丟進我的車子裡。他到法院控告我，告我兩個案子，而且我相信，接下來還會有更多。現在他用這種手段在對付我，而你卻叫我眼不見為淨，實在太難了。」

「妳能證明那是福斯幹的嗎？」

「還會有誰？」

「迪麥多醫師。」帕爾說：「我們醫院的信譽已經岌岌可危。我們大家都在同一條船上，必須同心協力，包括妳在內。妳也是這家醫院的一份子。」

「萬一這件事到最後還是曝光了，那該怎麼辦？萬一這件事變成《波士頓環球報》的頭條新聞，那該怎麼辦？他們會指控我們貝賽醫院隱瞞眞相。到時候，大家都會被炸得鼻青臉腫。」

「這就是為什麼，在座的各位絕對不能洩露這件事。」帕爾說。

「紙包不住火，這件事早晚會曝光的。」她不自覺地抬起下巴。「很可能會。」

帕爾和蘇珊對望了一眼，露出緊張的神色。

蘇珊說：「沒辦法，我們是一定得承擔這種風險的。」

艾貝扯掉身上的手術袍，丟進洗衣籃裡，然後用力推開那道雙扇門。已經快半夜了，剛剛那位遭到刺傷的病人已經動完手術，送進恢復室了。有一位實習醫師正在寫「手術後護理指示」，而此刻急診室也沒什麼緊急狀況。西線無戰事，平靜的夜晚。

然而，她不知道自己是不是眞的想要這種平靜的時刻。因爲，她會有太多的時間胡思亂想，會一直去想今天下午那場會議。

她想到，這是我唯一反擊的機會，而我卻沒辦法採取行動。如果我想成爲這團隊的一份子，我就沒辦法反擊。如果我想維護貝賽醫院的利益，我就沒辦法反擊。

其實，維護貝賽醫院的利益，也就等於維護自己的利益，因爲看起來，他們還是把她當成團隊的一份子。這是個好現象。這意味著她有機會可以繼續留在醫院裡，有機會繼續擔任住院醫師，直到服務期滿。這有點像浮士德在跟魔鬼打交道。守口如瓶，然後繼續完成自己的夢想。不過，這還要看維克多・福斯肯不肯讓她稱心如意。

此外，這也要看她的良知能不能容許她幹這種事。

那晚上，她好幾次忍不住想拿起電話打給海倫・露易絲。只要一通電話就可以把新英格蘭器官銀行扯進來，只要一通電話就可以揭發維克多・福斯。此刻，她一步步走回值班醫師休息室，邊走邊想，尋思著自己究竟該怎麼做。她打開門鎖，走進休息室。

一進到房間，連燈都還沒有打開，她立刻就注意到裡面有一股香氣。那是玫瑰花和茉莉花的香味。她打開燈，一頭霧水地看著辦公桌上那只插滿了鮮花的花瓶，猜不透那是哪來的。

這時候，她聽到一陣棉被摩擦窸窸窣窣的聲音，立刻轉頭看向床那邊。「是馬克嗎？」她問了一聲。

他被她的聲音嚇了一跳，就醒過來了。起初他有點迷迷糊糊的，彷彿想不起來自己身在何處。然後，他一看到她，立刻笑了起來。「生日快樂。」

「老天，我根本就忘了。」

「我可沒忘。」他說。

她走到床那邊，坐到他旁邊。他連身上的手術用刷手服都沒脫就躺在床上睡著了。她彎腰吻了他一下。他身上還有優碘的味道，那是一種疲倦的味道，一種熟悉的味道。

「哎喲，好刺人。你需要去刮鬍子了。」

「我需要的是妳再吻我一下。」

她嫣然一笑，乖乖又吻了他一下。「你跑來這裡多久了？」

「現在幾點了？」

「半夜十二點。」

「兩個鐘頭了。」

「你十點就跑到這裡來等我了嗎？」

「其實我是沒想到妳竟然不在，等著等著，不知不覺就睡著了。」他在狹窄的床上挪了一下身體，移到旁邊去，讓出位置讓她躺下來。她把鞋子扯掉，躺到他旁邊。床很溫暖，男人的身體也很溫暖，一躺上去就覺得很舒服。她本來想告訴他今天下午開會的事，還有，她又多了一條官司，然而此刻，她什麼都不想說，只想依偎在他懷裡。

「對不起，我忘了買蛋糕。」他說。

「眞不敢相信，我竟然忘了自己的生日。搞不好是我自己刻意想忘掉的。我已經二十八歲了。」

他笑了起來，伸出一隻手把她擁在懷裡。「那可不是，妳還眞是個老太婆了。」

「我忽然覺得自己好老。尤其是今天晚上，這種感覺特別強烈。」

「是喔，照妳這麼說，那我豈不已經是化石了？」說著，他無限溫柔地在她耳朵上親了一下。「既然我已經不可能返老還童，那麼，或許現在也該是時候了。」

「該是時候？幹嘛？」

「做一件事。那是我好幾個月前就該做的事。」

「什麼事？」

他轉過來面對她，一隻手輕輕捧著她的臉。「求妳嫁給我。」

她瞪大眼睛看著他，半天說不出話來，內心欣喜若狂。她知道自己的眼神想必已經洩露出心底的答案了。她突然深深感受到他每一個細微的表情，每一個細微的動作。她感受到他溫暖的手在她臉上溫柔的撫觸，感受到他那疲倦的面容。他已經不再年輕了，然而，正因爲如此，她反而更感覺到他是如此親近。

「好幾天前，有一天晚上，我忽然明白這就是我想要的。」他說：「那天晚上妳在值班，我回到家裡，帶了一盒外賣的食物當晚餐。吃過飯之後，我上床睡覺，當時，我看到梳妝檯上放著妳的東西。妳的梳子，妳的首飾盒，妳的胸罩。妳似乎習慣把胸罩隨手亂丟，從來不收好。」說到這裡，他輕輕笑了一聲，而她也跟著笑了起來。「反正，就是那個時候，我忽然明白了，不管我住在哪裡，我都會希望看到妳的東西擺在我的梳妝檯上。我想，我不能沒有妳，再也不能了。」

「噢，馬克。」

「最奇妙的是，妳幾乎很少在家裡，而當妳回到家的時候，我總是不在。我們好像只有在醫院的走廊裡碰到的時候，可以揮揮手打個招呼，或是運氣好在電梯裡碰到的時候，可以牽牽手。

這樣倒也無妨，因爲對我來說，最重要的是，當我回到家的時候，我可以看到妳的東西放在梳妝檯上，那樣我就知道妳曾經回來過。這樣就夠了。」

聽到這裡，她不禁淚眼盈眶，模模糊糊看到他露出笑容。她感覺到他心跳得很快，彷彿很緊張。

「妳覺得呢，迪麥多醫師？」他輕聲細語地問了一句。「我們工作這麼忙，有沒有辦法擠出一點時間舉行婚禮呢？」

她一下子喜極而泣，一下子又破涕爲笑。她回答說：「我答應，我答應，我答應，我答應！」說著，她坐起來，趴在他身上，雙手圈住他的頸子，頭湊近他的臉，嘴唇湊近他的嘴唇。他們兩個人都笑起來，又是親又是笑，由於搖晃得太厲害，床墊裡的彈簧發出嘎吱嘎吱的聲響，聽起來很刺耳。那張床實在太小了，兩個人根本沒辦法擠在一起睡覺。

不過，如果只是要親熱的話，那張床的大小倒是剛剛好。

她年輕的時候曾經是個美人。有時候，瑪莉．艾倫會看著自己的手，看著手上的皺紋和咖啡色的老人斑，不免會嚇一跳，開始困惑地想著：這是誰的手？一定是別人的手，一個老女人的手。那不會是我的手，不會是漂亮的瑪莉．海琪的手。後來，當那片刻的困惑一閃而逝之後，她轉頭看看病房四周，這才意識到原來是自己在做夢。這不像是睡覺時候做的夢，而彷彿是一陣迷霧飄過腦際，瀰漫在腦海中。即使她已經醒過來了，那團迷霧卻還是沒有散去。那一定是嗎啡的作用。謝天謝地，還好有嗎啡可以用。嗎啡消除了她的痛苦，在她腦海中打開了一扇神祕之門，讓一些影像浮現在她的腦海裡。那是昔日生命中一幕幕記憶的影像，而她的生命已經快要走到終點了。她曾經聽過有人形容生命像一個圓圈，總有一天會走回原點。然而，她覺得自己的人生似乎沒有這麼規律，相反的，她覺得自己生命就像織錦掛毯上那些凌亂的線，有些斷了，有些糾纏在一起，沒有一條是直的，沒有一條在原來的位置上。

不過，那些線條是如此色彩繽紛，令人眼花撩亂。

她閉上眼睛，那一剎那，那扇神祕之門嘩啦一聲打開了。門外是一片大海，一道海灘玫瑰搭成的矮樹籬，滿眼盡是粉紅的色澤，飄散著陣陣清香。溫暖的海水淹沒了她的腳趾頭，浪濤從海灣那邊滾滾而來。她感覺到有一雙手在她身上塗抹乳液，感覺很舒服。

那是傑佛瑞的手。

這時候，那扇門又開得更寬了，他從門外走進來。他看起來和她記憶中一模一樣，只不過，那不是他當時在海灘上的模樣，而是他初次與她相遇時的模樣，身上穿著制服，滿頭凌亂的黑髮，頭轉過來看著她，臉上的表情似笑非笑。那是他們第一次四目相對，在波士頓的街道上。當時她手上抱著一包雜貨，那模樣看起來像極了一個年輕的家庭主婦，正急急忙忙要趕回家，幫自己的先生準備晚餐。她身上穿著咖啡色的衣服，顏色難看透頂。當時是大戰期間，物資缺乏，每一樣東西都要物盡其用。她的頭髮都沒有梳理，風一吹，頭髮凌亂飛散，看起來像極了巫婆。她覺得自己的模樣看起來一定醜得嚇人。然而，那個年輕人居然站在人行道上對著她微笑，而且當她從他旁邊走過去的時候，他的眼睛還一直盯著她看。

第二天，他又去站在老地方，這一次，兩個人之間的感覺不再陌生了，兩個人之間似乎多了點什麼。

傑佛瑞。傑佛瑞就像另一條遺落的線，不過，他和她的丈夫不一樣。她的丈夫彷佛一條磨損得太嚴重的線，因爲太脆弱而綳斷。而傑佛瑞卻彷彿掛毯上的一條線，而那條線早在掛毯剛開始編織的時候就被扯斷了，於是掛毯上出現一道裂縫，直到整條掛毯都織好了，那道裂縫依然存在。

接著，她又聽到開門聲。這一次是病房的門眞的打開了。她聽到腳步聲輕輕地靠近她床邊。因爲打了嗎啡的關係，她整個人昏昏沉沉的，連想張開眼睛都很費力。後來，她好不容易睜開了眼睛，發覺房間裡黑漆漆的，只看得到一小圈亮光在附近移動。她猛眨了幾下眼睛，想看清楚那圈亮光。亮光像螢火蟲一樣到處飛舞，後來終於停在她的床單上，變成一個刺眼的小光點。她更用力地猛眨眼睛，想看清楚周遭的東西，後來終於看到床邊有一團黑影。那團黑影模模糊糊的，看起來並不眞實。她心裡納悶著，會不會又是嗎啡在作怪，又在做夢了，彷彿有一些不愉快的記憶從門外跑進來糾纏她。她聽到被子滑開的聲音，感覺到有一隻手抓住她的手臂。那隻手冷冰冰的，而且感覺上很像橡皮。

她突然感到一陣恐懼，倒抽了一口氣。這不是在做夢。這是眞的。**眞的**。這隻手是要來帶她到某地方去，帶她走。

她驚慌起來，開始掙扎，拚命想掙脫那隻手。

這時候，她聽到一個聲音輕聲細語地說：「不要怕，瑪莉，沒事的。只不過是時間到了，妳該睡覺了。」

瑪莉安靜下來。「你是誰？」

「今天晚上輪到我來照顧妳。」

「吃藥的時間已經到了嗎？」

「是的，時候到了。」

瑪莉看到那個光點又開始移動了，慢慢照到她的手臂上，照到靜脈注射管。她看到那隻戴著手套的手拿出一根針筒。接著，針筒的蓋子被拿掉了，上面有一根東西在微弱的光線下閃閃發亮。那是針頭。

瑪莉忽然緊張起來。那個人戴著手套。為什麼要戴手套？

這時候，她說話了。「我要找護士。請你按鈴叫護士來。」

「不需要。」那個人一邊說，一邊把針頭刺進靜脈注射管的注射孔，然後用一種穩定的速度慢慢壓下推桿。瑪莉感到一陣溫熱注入自己的血管，然後沿著手臂往上擴散。她留意到那個針筒裝得滿滿的，而且注射的時間太久，和平常注射止痛劑量的時間不一樣。後來，滿針筒的藥水都打進了她的血管裡，這時候，她心裡想，不太對勁。怪怪的。

「我要找護士。」她說。她虛弱無力，掙扎著抬起頭開始喊叫：「護士小姐！麻煩妳！我要——」

這時候，那隻戴著手套的手立刻伸過來掩住她的嘴巴，用力把她的頭推回枕頭上。那力道之大，使得瑪莉感覺自己的頸椎彷彿啪啦一聲斷掉了。她伸手想推開那個人的手，可是卻無能為力。那隻手壓在她嘴巴上，壓得好緊好緊，掩蓋了她的喊叫聲。她拚命掙扎，感覺到靜脈注射管被扯掉了，生理食鹽水從管口滴出來。那隻手還是緊緊壓住她的嘴巴。這時候，那股溫熱的感覺已經從手臂蔓延到胸口，然後漸漸湧向她的腦袋。她拚命想把腳抬起來，可是卻發覺動不了了。

後來，她放棄了，覺得一切都無所謂了。

那隻手從她臉上移開。

她感覺自己彷彿在奔跑，感覺自己彷彿又回復到少女時代的模樣，長長的金髮迎風飛舞，飄散在肩頭上。她感覺腳底下的沙子好溫暖，聞到風中飄散著海灘玫瑰和海洋的芳香。

這時候，那扇神祕之門完全敞開了。

睡夢中，艾貝沉浸在一個溫暖又安全的世界裡，然而，那陣突如其來的電話鈴聲卻把她從美夢中拖出來。艾貝驚醒過來，發覺有一隻手環抱在她胸前。那是馬克的手。這張床那麼小，眞不知道他們怎麼有辦法擠在一起睡覺。她輕輕地移開馬克的手，伸手去抓電話。

「我是迪麥多。」

「迪麥多醫師，我是西區四樓的夏綠蒂。艾倫太太剛剛過世了。實習醫師現在正好都在忙，人都不在。不知道妳有沒有空下來一趟，宣告病人死亡。」

「好的，我馬上來。」艾貝掛斷電話，躺回床上，躺了一下子，享受一下那種慢慢醒過來的舒服感覺。艾倫太太死了。艾貝沒想到會這麼快，不過她倒是鬆了一口氣，艾倫太太的苦難終於結束了。不過，艾貝發現自己居然會覺得鬆了一口氣，那一剎那，她忽然有一種罪惡感。此刻是半夜三點，有一位病人死了，感覺上似乎不是那麼令人悲傷，反而只是覺得很麻煩，害得人沒辦法睡覺。

艾貝坐起來，雙腳伸到床下，伸進鞋子裡。馬克發出細微的鼾聲，顯然根本沒有聽到電話鈴響。艾貝微微一笑，彎腰親了他一下。「我願意。」她湊到他耳邊，輕聲細語地說了一句，然後就走出房間。

她來到西區四樓的護理站和夏綠蒂碰面，然後一起沿著走廊走到最裡面。瑪莉的病房就在那裡。

「我們是在凌晨兩點查房的時候發現的。半夜十二點的時候我去看過她，她在睡覺，所以說，她是在半夜十二點之後才過世的。無論如何，她走得平平靜靜，沒有痛苦。」

「妳已經通知家屬了嗎？」

「我已經打電話給她的姪女了，就是寫在病歷表親屬欄裡那一個。我跟她說過，說她可以不必親自來，不過她還是堅持要來。她已經在路上了。我們已經在清洗病房，等她過來。」

「清洗？」

「一定是瑪莉自己把靜脈注射管拔掉了，滿地都是生理食鹽水和血跡。」夏綠蒂一邊推開病房的門，一邊說，然後兩人一起走進病房裡。

在床頭燈的照耀下，瑪莉．艾倫躺在床上的模樣看起來很安詳，彷彿在睡覺，雙手擺在身旁，被單平平整整地蓋到胸口。只不過，已經很明顯看得出來，她已經走了，並不是在睡覺，因爲她的眼皮半張著。她下巴底下墊了一條捲起來的毛巾，以免她的下巴垂下來。親屬們來致哀的時候，一定不希望看到死者嘴巴張得大大的。

此刻艾貝要做的工作，只需要幾秒鐘。她把手指頭放在瑪莉的頸動脈上。已經沒有脈搏了。接著，她把瑪莉的袍子掀起來，用聽診器聽聽她的胸口，聽了大約十秒鐘。沒有呼吸，沒有心跳。她掏出一支筆型小手電筒，照向瑪莉的眼睛。瞳孔微微放大，沒有收縮反應。接下來，宣告死亡只剩下行政文書工作了。護士都看得出來，病患顯然已經死亡，所以，艾貝的角色只不過是確認護士所發現的事實，然後寫在病歷表上。醫生有很多義務，而宣告病人死亡就是其中之一，只可惜醫學院裡沒有人會教你這些東西。新來的菜鳥實習醫師第一次面臨病人死亡的時候，通常都會手足無措，不知道該怎麼辦。有些人會沒頭沒腦地演講起來，有些人會叫護士拿聖經來。這些呆子都會在護士每年舉辦的「笨蛋醫師笑話排行榜」上名列前茅。

在醫院裡，病人過世的時候可不是醫生發表演講的時候。這種時刻，醫生該做的事情是在病歷表上塡寫資料，簽名。艾貝拿起瑪莉．艾倫的病歷表，開始做她該做的事。她在病歷表上寫著：「沒有自發性呼吸，沒有自發性脈搏。聽診器聽不到心跳聲。瞳孔中度放大，沒有收縮反應。0305病人宣告死亡。」寫完，她把病歷表闔起來，轉身準備走開。

這時候，她看到布蘭達．海妮就站在病房門口。

「很遺憾，海妮小姐。」艾貝說：「妳姑媽在睡夢中過世了。」

「什麼時候的事？」

「半夜十二點過後。我相信她走的時候沒有痛苦。」

「她走的時候，有沒有人在她旁邊？」

「病房區有護士在値班。」

「可是沒有人在病房裡，在她旁邊，對不對？」

艾貝遲疑了一下，決定還是實話實說比較好。「確實沒有。病房裡只有她自己一個人。我相信她是睡覺睡到一半的時候走的，平平靜靜的走了。那是一種福氣。」說著，她開始往前走，離開床邊。「如果妳想的話，可以在這裡陪她一下。我會叫護士讓妳自己一個人待在這裡。」她一邊說，一邊從布蘭達旁邊走過去，走向門口。

「爲什麼你們都不幫她做急救？」

艾貝猛然轉身瞪著她。「因爲我們已經無能爲力了。」

「妳不是可以幫她做心臟電擊，讓她心跳恢復嗎？」

「那要看情形。」

「那麼，妳有幫她做電擊嗎？」

「沒有。」

「爲什麼不做？是因爲她太老了，不需要救了嗎？」

「這跟年齡沒有關係，只是因爲她是癌症末期了。」

「她進醫院才兩個禮拜。這是她告訴我的。」

「她已經病得很重了。」

「我想，你們這些人害她病得更重。」

聽到這句話，艾貝突然覺得胃裡一陣翻攪。她已經很累了，現在只想回家，舒舒服服地躺到床上，可是這個女人偏偏不放過她，難聽的話一句又一句，沒完沒了。可是她必須忍下這口氣，必須保持冷靜。

「我們已經無能爲力了。」艾貝又說了一次。

「你們至少可以幫她做心臟電擊，爲什麼不做？」

「她已經沒有生命跡象，這意味著做心臟電擊已經沒有用了。而且，我們也尊重妳姑媽的意願，沒有讓她用呼吸器。所以說，海妮小姐，妳是不是應該也要尊重她呢？」一說完，艾貝不等布蘭達開口說話，立刻就走開了。一方面，她也是爲了趁自己還沒有說出會讓自己後悔的話之前，趕快離開。

她回到值班醫師休息室，發現馬克還在睡覺。她爬上床，側躺著，背靠著馬克的胸口，把他的手拉到自己胸前。她希望自己能夠趕快沉入夢鄉，回到那個溫暖安全的世界，然而，瑪莉．艾倫的身影一直在她腦海中纏繞。她看到那條毛巾塞在瑪莉下巴底下，以免她的下巴往下掉。她看到瑪莉的眼皮微張，覆蓋著目光呆滯的眼球。她的屍體已經顯現出初期的腐敗現象。她發覺自己對瑪莉．艾倫這個人一無所知，不知道瑪莉心裡想的是什麼，不知道她是否有過令她魂牽夢縈的人。艾貝是她的醫生，而艾貝卻只知道瑪莉是怎麼死的。瑪莉沉沉睡去，就此長眠。

不過，好像也不盡然。臨死之前，瑪莉不知道什麼時候扯掉了手上的靜脈注射管。護士發現滿地都是生理食鹽水和血跡。難道瑪莉當時很激動嗎？還是很困惑？究竟發生了什麼事，使得她不得不扯掉插在血管裡的注射管？

瑪莉．艾倫這個人有太多令她不解的地方。這件事又變成一個令人困惑的謎團。

這時候，馬克輕輕地嘆了口氣，靠近她，把她抱得更緊。她抓著他的手放在自己的胸口，放在自己的心頭。儘管她爲瑪莉感到悲傷，但她還是不自覺地微微一笑，心裡默唸著，我願意。這是嶄新人生的開始，她和馬克的新人生。瑪莉．艾倫的人生結束了，而他們的人生才剛要開始。年老的病人去世，總是令人悲傷，然而，醫院這種地方正是生命交會的所在。

衰老的生命走了，新的生命誕生了。

一輛計程車來到崔爾西鎮，在布蘭達．海妮家門口停下來。她下車的時候，時間是早上十點。她還沒有吃早餐，而且打從凌晨接到電話之後，整夜都沒睡。不過，她並不覺得累，也一點都不餓。如果說她有什麼感覺的話，那就是平靜，無比的平靜。

從半夜開始，她一直在姑媽的床邊禱告，直到凌晨五點，護士才過來把她姑媽的屍體推到太平間。她從醫院走出來的時候，本來想直接回家，可是，她搭著計程車回家的途中，心裡忽然不安起來，覺得好像有什麼事情沒有做。瑪莉姑媽的靈魂現在怎麼樣了？此刻，在前往天國的途中，姑媽的靈魂究竟在何處飄蕩？更糟糕的是，姑媽的靈魂是否眞的上得了天堂？有沒有可能被困在什麼地方，就像電梯被卡在兩層樓中間一樣？姑媽的靈魂究竟是會上天堂，還是下地獄呢？布蘭達實在沒把握。就是這件事令她感到不安。

瑪莉姑媽並沒有好好對待自己。姑媽沒有和她一起禱告，沒有祈求主的寬恕。她在床頭櫃上放了一本聖經，可是姑媽卻連看都不看一眼。布蘭達心裡想，瑪莉姑媽實在太漫不經心了。在這樣的關鍵時刻，怎麼可以漫不經心呢？

從前有一些親朋好友瀕臨死亡的時候，布蘭達也碰過這種狀況。在大限即將來臨的前夕，他們卻都顯得如此漫不經心，如此平靜。只有她敢大聲說出來，說要拯救他們的靈魂。他們的靈魂究竟會上天堂，還是下地獄呢？這件事似乎只有她一個人在關心。關心大家的靈魂，對她來說是一件好事。事實上，她實在太關心大家的靈魂了，所以，她甚至會拚命打聽誰家有人生病了。不管生病的親朋好友住在美國哪一州，她都會不遠千里跑到他們家去，陪伴病人，直到病人過世。這項工作逐漸變成她的使命，而且，正因爲如此，有些人認爲她是這個家族的聖人。不過，她實在太謙虛了，不肯接受這項頭銜。她不是什麼聖人，她只是做好自己份內的工作。在主的座前，每一位謙卑的僕人都會這樣做的。

然而，這次她失敗了，沒有來得及拯救瑪莉姑媽的靈魂。死神來得太快了，她姑媽還來不及敞開內心接納主，就已經走了。這就是爲什麼布蘭達感到如此挫敗。凌晨五點四十五分的時候，當她坐著計程車離開貝賽醫院的時候，內心感到無比地挫敗。她姑媽死了，而她卻來不及拯救姑媽的靈魂。她布蘭達是何等人物，然而，她竟然沒有能力說服自己的姑媽。假如瑪莉姑媽能夠再多撐一天，也許她就來得及說服她了。

半路上，計程車經過一座教堂門口。那是美國新教聖公會所屬的教堂，不過，就算不是布蘭達所信仰的教派，好歹也是教堂。

「麻煩你停車。」她對計程車司機說：「我要在這裡下車。」

於是，清晨六點鐘的此刻，布蘭達已經坐在聖安德魯大教堂的長椅上了。她在那裡坐了整整兩個半鐘頭，低著頭默默禱告，沒有發出聲音。她在爲瑪莉姑媽禱告，祈求上帝赦免那個女人的罪，無論她犯過什麼罪。她祈禱姑媽的靈魂能夠脫困，就像那部電梯一樣，開始往上升，而不至於再卡在兩層樓中間，不再往下降。後來，當布蘭達終於禱告完畢，抬起頭來的時候，已經是早上八點三十分了。教堂裡還是空蕩蕩的，看不到半個人影。早晨的陽光穿透彩繪玻璃，灑落在藍色金色混雜的馬賽克拼花地板上。她全神貫注地看著聖壇。耶穌基督聖像頭部的影像投射在聖壇上，五彩繽紛。她知道那是從彩繪玻璃上投射下來的，而此時此刻，那似乎是某種徵兆，彷彿上帝已經允諾了她的祈求。

瑪莉姑媽的靈魂已經得救了。

布蘭達從長椅上站起來的時候，大概是因爲空著肚子，忽然覺得有點頭重腳輕。不過，她內心滿懷喜悅。因爲她的努力，又有一個靈魂得以奔向那永恆之光。上帝竟然聽到了她的祈求，多麼幸運啊！

她走出聖安德魯教堂的時候，心情非常愉快，感覺飄飄然，宛如騰雲駕霧。一走出大門，她看到一輛計程車正好就停在街角，引擎還發動著，彷彿專程在那邊等她似的。這又是另一個徵兆。

坐車回家的途中，她沉浸在心滿意足的狂喜中，一路上恍恍惚惚，彷彿被催眠了一樣。

她爬上家門口門廊的階梯時，滿腦子想著，待會兒可以安心享用早餐了，然後再好好睡他一覺。儘管她是上帝的僕人，總也要有時間可以休息一下。她一邊想，一邊打開大門的鎖。

一推開門，她立刻就看到地上撒滿了信件。那一定是郵差早上從門上的投遞孔丟進來的。那不外是帳單、教會的會訊，還有募款函。這世上需要幫助的人真是太多了！布蘭達把滿地的信件撿起來，一邊走向廚房，一邊翻看手上的那疊信件。最底下的那一封是一個牛皮紙袋，上面寫著她的名字。奇怪的是，上面只寫著她的名字，卻沒有收件人地址。

她把紙袋撕開，抽出裡面的文件，攤開來看。上面只打了一行字：

妳姑媽並非自然死亡。

底下的簽名是：一個朋友。

那一剎那，那堆郵件從她手上滑落，帳單和會訊撒滿了廚房的地板。她重重地跌坐在椅子上。她已經感覺不到餓了，內心再也無法平靜。

這時候，她聽到窗外傳來一陣呱呱的啼叫聲。她抬頭一看，看到一隻烏鴉窩在窗外的樹枝上，黃澄澄的眼睛一直盯著她。

那又是另一個徵兆了。

13

法蘭克・茨威克本來低頭看著手術檯上的病人，然後忽然抬起頭來說：「是不是該跟妳說一聲恭喜了呢？」

艾貝一走進手術室，立刻就發覺茨威克和兩個護士正衝著她笑。艾貝才剛做完十分鐘例行的刷手消毒，手上還在滴水。

「我做夢也想不到那個男人居然會自願上鉤，本來我以爲八輩子也不可能。」那位負責洗手的護士一邊說，一邊遞一條毛巾給艾貝。「這件事證明了，孤家寡人這種毛病不是絕症。迪麥多醫師，他是什麼時候開口的？」

艾貝把手伸進消毒過的手術袍，戴上手套。「兩天前。」

「妳竟然有辦法整整兩天不透露半點風聲？」

艾貝笑了起來。「我只是想先確定他不會突然反悔。」而他並沒有反悔。甚至可以說，我們對彼此的信任更是前所未有的。她臉上掛著微笑，走到手術檯旁邊。病人已經麻醉了，仰面朝天躺著，全身覆蓋著無菌布，只露出胸口。胸口塗滿了優碘，變成一片黃棕色。眼前要進行的只是一個簡單的胸廓切開術，針對病患的肺部表面結節進行楔形切除。她雙手活動了一下。這是手術前的例行動作，她已經做過不知多少次了。她鋪上無菌布，用夾子夾好，接著又鋪上藍色的布幔，然後再多用好幾個夾子夾好。

「那麼，你們的好日子是哪一天？」茨威克問。

「我們還在討論。」事實上，她和馬克兩個人都還沒有什麼實際行動，只是紙上談兵。婚禮的排場要多大？該邀請哪些人？婚禮該在室內舉行，還是露天？所有的事情都懸而未決，只有一件事是確定的，那就是，他們度蜜月的地點一定會在海灘上。管他哪個海灘都沒關係，只要旁邊有棕櫚樹就可以了。

一想到暖烘烘的沙灘和碧藍的海水，還有，一想到馬克，她都感覺得到自己一定是笑得滿面春風。

「我敢跟妳打賭，馬克滿腦子想的一定是船。」茨威克說：「他一定會想在船上舉行婚禮。」

「上船免談。」

「喔唷，聽起來像是斬釘截鐵，沒得商量。」

這時候，她已經幫病人蓋好了布幔，然後抬起頭來，看到馬克正好推開門走進來。馬克已經刷手消毒好了。他穿上手術袍，戴上手套，站到手術檯旁邊她對面的位置。

他們兩個對望了一眼，微微一笑，然後她拿起手術刀。

這時候，對講機忽然嗶嗶響了起來，喇叭上有一個聲音說：「迪麥多醫師在嗎？」

「她在這裡。」機動勤務護士回答。

「能不能請她換裝到外面來？」

「他們正準備要開刀了，妳不能等一下嗎？」

對講機裡那個聲音遲疑了一下，然後又說：「帕爾先生要她馬上離開手術室，到外面來。」

「妳告訴他我們在動手術！」馬克說。

「他知道。我們還是要迪麥多醫師立刻出來。」對講機那個聲音又重複了一次。「馬上。」

馬克看了艾貝一眼。「那妳就去吧，我會叫他們找個實習醫師來當助理。」

艾貝從手術檯旁邊走開，脫掉手術袍，心裡有點緊張。事情不太對勁。要不是有什麼緊急事故，帕爾不會在手術途中把她叫出去。

她推開手術室大門的時候，心頭怦怦狂跳。她走到前面的辦公桌那邊。

傑瑞米．帕爾就站在那裡，他旁邊是兩個醫院的警衛和護理督導長。他們全都板著臉，沒有半點笑意。

「迪麥多醫師。」帕爾說：「麻煩妳跟我們來好嗎？」

艾貝看了看警衛。那兩個警衛散開來，站到她旁邊，把她夾在中間。而護理督導長也動了一下，往後退了一步。

「到底怎麼回事？」艾貝問：「我們要去哪裡？」

「妳的置物櫃。」

「我不懂，到底怎麼回事？」

「大夫，我們只是要做一下例行檢查。」

艾貝心裡想，這可不是什麼例行檢查。被兩個警衛夾在中間，艾貝似乎也別無選擇，只好跟在帕爾後面走了。他們沿著走廊走到女性置物間，護理督導長先走進去看看，確定裡面有沒有人在之後，就招招手叫他們進去。

「妳的置物櫃是七十二號嗎？」帕爾問。

「是的。」

「能不能麻煩妳打開一下?」

艾貝伸出手抓住那個組合號碼掛鎖,在其中一個數字轉輪上轉了一圈,接著忽然停下來轉身看著帕爾。「請你先告訴我,這究竟是怎麼回事。」

「只是例行檢查。」

「我已經不是高中生了,搞這種檢查好像太老了點。你究竟想找什麼?」

「把櫃子打開就對了。」

艾貝看了看警衛,然後又看了護理督導長一眼。他們都一臉狐疑地盯著她。她心裡想:我一個人應付不了他們。假如我拒絕打開櫃子,他們一定會認爲我藏了什麼東西。這實在太瘋狂了,可是,要化解這種場面,最好的辦法就是乖乖合作。

她又伸手去抓掛鎖,把每個轉輪上數字都轉到正確的位置,然後把鎖打開。

艾貝打開櫃門的時候,帕爾朝她靠過來,警衛也跟在他後面靠過來,站在他旁邊。裡頭放著她的外出服、聽診器、手提包,還有一個花朵圖案的化妝袋。那是値班時用的。此外還掛著一件巡房時用的白袍。他們要她乖乖配合檢查,那麼她就他媽的配合得徹底一點。她把化妝袋的拉鍊拉開,把裡頭的東西攤給每一個人看。明顯看得出來那是一些女性的私密用品,有牙刷、衛生棉,還有生理期止痛藥。其中有一位警衛臉紅了。今天一整天眞是過得緊張刺激,眞是夠了。接著,她把袋子的拉鍊拉上,然後打開手提包。裡面也沒有什麼怪東西,只有一個皮夾,一本支票簿,一串車鑰匙,還有好幾片衛生棉。那是女人最私密的東西。兩個警衛看起來已經開始不自在了,而且似乎有點不好意思。

艾貝開始暗自得意。

她把手提包放回櫃子裡，然後把那件白袍從鉤子上拿下來。白袍一拿到手上，她立刻就發覺不太對勁。那件袍子忽然變重了。她把手伸進口袋裡，摸到一個四四方方的東西，摸起來很平滑。那是一個玻璃藥瓶。她把瓶子掏出來，瞪大眼睛看著那商標。

硫酸嗎啡。那個瓶子已經空了。

「迪麥多醫師。」帕爾說：「麻煩把那個東西拿給我。」

她抬頭看看他，緩緩地搖搖頭。「我根本不知道這東西是哪兒來的。」

「把瓶子給我。」

艾貝內心太震驚了，腦子裡一片空白，不知道要做何反應。她楞楞地把瓶子交給他。「我不知道瓶子怎麼會跑到我口袋裡。」她說：「我根本沒見過那個瓶子。」

帕爾把那個瓶子交給護理督導長，然後轉身看看警衛。「麻煩你們把迪麥多醫師請到我的辦公室。」

「全是狗屁。」馬克大叫。「擺明了，她是被人設計的。」

「現在說這話還言之過早。」帕爾說。

「全是恐嚇騷擾的伎倆，而這也不過是另一套把戲。就像那些訴訟案一樣，還有丟在她車子裡那些血淋淋的器官。現在又是這玩意兒。」

「這個完全不一樣，赫德爾醫師。這件事牽涉到病人死亡。」說著，帕爾看著艾貝。「迪麥多醫師，妳何不乾脆跟我們說實話呢？這樣大家會比較省事。」

他根本就是要她認罪，要她乾脆俐落地承認自己犯罪。艾貝轉頭瞄瞄圍繞在桌子四周的人，看看帕爾，看看蘇珊·卡薩多，看看護理督導長。然而，她沒有去看馬克。她不敢看他，因爲她很怕看到他眼中露出懷疑的神色。

她說：「告訴你，我根本毫不知情。我根本不知道那個嗎啡瓶子是怎麼跑到我櫃子裡去的。我不知道瑪莉·艾倫是怎麼死的。」

「是妳宣告她死亡的。」帕爾說：「就在兩天前的晚上。」

「是護士發現的。當時她已經死了。」

「那天晚上是妳値班。」

「沒錯。」

「那天妳整晚都在醫院裡。」

「那還用說嗎，要不然値班是幹什麼的？」

「所以說，瑪莉·艾倫嗎啡過量致死那天晚上，妳人就在醫院裡。而且，今天我們在妳的櫃子裡找到這個東西。」那個嗎啡瓶本來倒放在閃閃發亮的紅木桌面上，帕爾把那個瓶子豎起來，彷彿讓它站在舞台的正中央。「這是管制物品。光是持有這個東西，事情就已經很嚴重了。」

艾貝瞪大眼睛看著帕爾。「你說什麼？你剛剛說艾倫太太死於嗎啡使用過量？你怎麼會知道？」

「我們驗屍的時候檢驗出血中的藥物含量濃度。濃度高得嚇人。」

「她當時在接受嗎啡治療，我們用滴定法測量出剛剛好的劑量，可以讓她舒服一點。」

「檢驗報告在我手上，今天早上送過來的。每公升0.7毫克。濃度只要到每公升0.2毫克就足以致命。」

「給我看看。」馬克說。

「沒問題。」

馬克快速瀏覽了一下那份報告。「爲什麼有人會要求在驗屍的時候檢查血液中的嗎啡濃度呢？她不是癌症末期的病人嗎？」

「反正就是有人交代要檢查。你知道這個就夠了，不必知道太多。」

「我需要知道的事情還多得很。」

帕爾瞥了蘇珊．卡薩多一眼。蘇珊說：「我們懷疑這位病患並非自然死亡，當然有我們的道理。」

「什麼道理？」

「這不是重點——」

「什麼道理？」

蘇珊深深嘆了一口氣。「艾倫太太有一位親戚要求我們調查。她說她收到一封信，信上暗示說，病患的死因可疑。當然，我們立刻就通知衛蒂格醫師，請他進行解剖化驗。」

馬克把檢驗報告拿給艾貝看。艾貝仔細看了一下，一眼就認出了「申請醫師」那一欄的簽名。那個潦草得無法辨認的簽名確實就是將軍的字跡，昨天早上十一點，他提出申請要驗屍做藥物含量檢驗。當時是瑪莉．艾倫死亡之後八個小時。

「這件事跟我毫無關係。」艾貝說：「我不知道那些嗎啡是誰幫她注射的。可能是實驗室作業有誤，或是護士不小心弄錯了——」

「我可以替我手下的護士擔保。」護理監督長說：「在列管藥物的管理上，我們一向嚴格遵守規定。我相信你們都很清楚，不可能是護士弄錯的。」

「那麼。」馬克說：「妳的意思是，是病人自己刻意使用過量的嗎啡嗎？」

好一會兒都沒有人說話，辦公室裡陷入一陣冗長的沉默。後來帕爾終於開口說：「是的。」

「太荒謬了！那天晚上艾貝和我在一起。我們就在值班醫師休息室裡！」

「一整晚嗎？」蘇珊問。

「沒錯。那天是她的生日，所以我們，呃……」說到一半，馬克清了清喉嚨，看了艾貝一眼。那一剎那，他們兩個心裡想的都一樣：我們睡在一起。「我們在慶祝。」他說。

「你們整晚都一直在一起嗎？」帕爾問。

馬克遲疑了一下。艾貝心裡想，其實他並不是那麼確定。那天晚上有人打電話進來找她的時候，他根本沒聽見，一直睡，甚至她兩次爬下床的時候都沒有驚醒他。一次是半夜三點，她到病房去宣布艾倫太太已經死亡。另一次是半夜四點，她去幫另外一位病人裝置靜脈注射。他似乎打算要說謊來掩護她，然而她心裡明白，那是沒有用的，因為馬克根本不知道那天晚上她做過什麼事，而帕爾很清楚。護士已經告訴過他了，而且他一定也看過她在病歷表上所填寫的護理指示，上面都有記錄時間。

她說：「馬克和我一起在休息室裡，不過他睡了一整個晚上。」說著，她看了他一眼，用眼神暗示他，一定要說實話，只有說實話才救得了我。

「那麼妳自己呢，迪麥多醫師？」帕爾問：「妳也是整個晚上都待在休息室裡嗎？」

「他們呼叫我到病房去了好幾趟。不過，這個你應該已經知道了，對不對？」

帕爾點點頭。

「你真以爲自己什麼都知道嗎？」馬克質問：「那你說，她爲什麼要做這種事？爲什麼她要殺害自己的病人？」

「大家都知道，她贊成安樂死。」蘇珊・卡薩多說。

艾貝瞪大眼睛看著她。「妳說什麼？」

「我們和護士聊過。有一次，她們聽到迪麥多醫師這樣說。我這裡有記錄，是護士引述妳當時的說法。」說著，蘇珊翻了翻桌上那本黃色橫格筆記本，接著又說：「妳說，『如果嗎啡可以讓她舒服一點，那我們就應該給她，即使那會導致她提早死亡。』以上就是護士所引述的。」接著，蘇珊看著艾貝。「這是妳親口說的，對不對？」

「這些話跟安樂死扯不上關係！我說的是如何減輕病人的痛苦！如何讓病人舒服一點。」

「所以，妳確實說過那些話，對不對？」

「也許說過！不過我想不起來了。」

「此外，妳還跟艾倫太太的姪女交談過，她叫布蘭達・海妮，對吧？好幾個護士親眼目睹，而且，我們在座的史畢爾太太也看到了。」說著，她朝那位護理督導長點了點頭，然後又低頭看看筆記本。「妳們起了爭執。布蘭達・海妮認爲她姑媽注射了太多嗎啡，可是迪麥多醫師不這麼認爲，到後來甚至開口罵髒話。」

面對這樣的指責，艾貝倒是無可否認。她確實和布蘭達起過爭執，也確實罵過髒話。沒想到當時的一時衝動，現在就要自食惡果了。無情的巨浪洶湧而來，一波比一波更高聳，不斷沖擊著她。她感覺自己彷彿快要窒息了，動彈不得。

這時候，忽然聽到有人在敲門，接著，衛蒂格醫師走了進來，然後小心翼翼地輕輕關上門。

好一會兒，他一句話也沒說，只是站在會議桌最尾端，眼睛看著艾貝。她已經有了心理準備，等著另一波巨浪席捲而來，壓在她頭上。

「她說她什麼都不知道。」帕爾說。

「我想也是。」衛蒂格說：「迪麥多，我想妳是眞的不知道這回事，對吧？」

艾貝看著將軍的眼睛。她一直不太敢逼視著他那雙湛藍的眼睛，因爲他的眼神是如此咄咄逼人，充滿權威，而那種權威足以左右她的未來。然而，此刻，她還是鼓起勇氣直視著他，因爲她一定要讓他看見，她的內心坦蕩蕩，沒什麼好隱瞞的。

「我沒有害死我的病人。」她說：「我對天發誓。」

「我知道妳一定會這麼說。」衛蒂格把手伸進白袍的口袋裡，掏出一副號碼掛鎖，砰的一聲重重地放在桌子上。

「這是什麼？」帕爾問。

「這是迪麥多醫師置物櫃的掛鎖。剛剛那半個鐘頭，我覺得自己好像突然變成什麼號碼掛鎖大王了。我打電話問一個鎖匠，他說這種掛鎖裡面有彈簧機制，閉著眼睛都打得開。而且，鎖後面有一組代碼。隨便找一個有執照的鎖匠，都可以從那個代碼找出數字組合。」

帕爾瞄了掛鎖一眼，然後聳聳肩，一副很輕蔑的樣子。「那又怎麼樣，那證明不了什麼。但這件事關係到一個死去的病患，還有，那玩意兒。」說著，他用手指著那個嗎啡藥瓶。

「你們這些人是怎麼搞的？」馬克說：「難道你們還看不出來這是怎麼回事嗎？先是一封匿名信，然後你們立刻就在她的衣櫃裡找到這個瓶子。這根本就是有人在陷害她。」

「爲什麼要陷害她？」蘇珊問。

「破壞她的名譽。害她被開除。」

帕爾哼哼冷笑了一聲。「難道你的意思是，眞的有人謀害了一位病患，目的只是爲了要毀滅迪麥多醫師的前途？」

馬克正要開口回答，接著忽然遲疑了一下，似乎在考慮該不該說。這種陰謀論聽起來有點荒唐，大家都心裡有數。

「赫德爾醫師，你不得不承認，陰謀論聽起來有點牽強。」蘇珊說。

「只不過，你們對我的指控聽起來更荒謬。」艾貝說：「你們爲什麼不看看維克多．福斯幹了些什麼事？這個人心理有點問題。他在外科加護病房公然羞辱我，又把一些血淋淋的器官放在我車子裡。只有心理變態的人才會幹這種事。接著，他又控告我——目前已經有兩個案子了。那才是剛開始而已。」

辦公室裡陷入一陣沉默。蘇珊瞥了帕爾一眼。「她還不知道嗎？」

「顯然不知道。」

「知道什麼？」艾貝問。

「午餐時間過後沒多久，霍克斯．克瑞格．蘇斯曼律師事務所打電話過來。」蘇珊說：「他們已經撤銷了告訴。兩個案子都撤銷了。」

艾貝整個人往後一仰，靠在椅背上。「我眞搞不懂。」她嘴裡喃喃嘀咕著。「他究竟在幹什麼？福斯究竟在搞什麼花樣？」

「假如是維克多．福斯在對妳進行恐嚇騷擾，現在看起來，他已經停手了。所以這件事跟福斯沒有關係。」

「那麼，你又怎麼解釋目前這個事件？」馬克問。

「看證據。」蘇珊指著那個玻璃瓶。

「可是妳沒有人證。病人的死亡和這個玻璃瓶之間沒有絕對的關聯。」

「不管怎麼樣，我覺得我們還是會得到相同的結論。」

辦公室裡那種凝滯的沉默已經足以令人窒息。這時候，艾貝忽然發覺，根本沒有人在看她。甚至連馬克也沒有在看她。

後來，衛蒂格終於開口了。「那你打算怎麼辦，帕爾？打電話報警嗎？讓這個爛攤子變成媒體的頭條新聞嗎？」

帕爾遲疑了一下，然後說：「暫時還不到那個地步……」

「如果你要指控艾貝，最好要有把握，否則就不要指控。除非你有把握，否則對迪麥多醫師非常不公平。」

「老天，將軍。別把警察扯進來。」馬克說。

「如果你們這些人認為這是謀殺案，那麼，你們就應該報警。」衛蒂格說：「同時，你們應該把媒體記者也找來，然後派出你們的公關人員去擺平他們。他們可以給媒體一點刺激性的新聞。所以，最好的辦法就是，公開這件事。」說著，他眼睛看著帕爾。「如果你想把這件事當成謀殺案。」

他在挑釁帕爾。

帕爾退縮了。他清了清喉嚨對蘇珊說：「我們還沒辦法百分之百確定這是謀殺。」

「在你做任何事情之前，最好先確定這是謀殺。」衛蒂格說：「你最好他媽的百分之百確定。」

「我們還在調查這件事。」蘇珊說：「我們還要再多找幾個病房區的護士談一談，看看我們有沒有遺漏什麼細節。」

「那樣最好。」衛蒂格說。

接著又是一陣沉默。沒有半個人在看艾貝，彷彿她已經消失了，變成一個隱形人。根本沒有人理會她。

後來，艾貝終於開口說話了，所有的人似乎都嚇了一跳。她幾乎快要認不出自己的聲音了，聽起來好陌生，好平靜，好沉穩。「現在我想回去看看病人了，可以嗎？」她說。

衛蒂格點點頭說：「去吧。」

「等一下。」帕爾說：「她不可以回去看病人。」

「你根本就還沒辦法證明我有罪。」艾貝一邊從椅子上站起來，一邊說：「將軍說得對，如果你要指控我，最好要有十足的把握，否則你就不要指控。」

「目前至少有一項罪名是成立的。蘇珊說：「妳非法持有管制藥品。大夫，我們不知道妳是如何取得那些嗎啡的，不過，那些嗎啡是在妳的置物櫃裡找到的，這就已經夠嚴重了。」接著，她眼睛看著帕爾。「我們別無選擇了。我們可能要背負法律上的責任，這種潛在的風險實在太高了，萬一她的病人當中又有誰出了差錯，而事後被外界察覺，嗎啡這個事件我們知情不報，我們就完了。」接著，她又轉頭對衛蒂格說：「還有，將軍，你的住院醫師教學小組也會跟著一起完蛋。」

蘇珊的警告產生作用了。大家最擔心的就是法律上的責任。衛蒂格也和任何一個醫師一樣，怕死了律師和官司。這一次，他沒有再反駁了。

「這是什麼意思？」艾貝問：「你們要開除我嗎？」

這時候，帕爾站起來了，意思就是已經有結論了，會議可以結束了。「迪麥多醫師，妳現在暫時先停職，等候進一步通知。妳不可以再跨進病房去，不可以接觸任何一位病患，妳明白嗎？」

她明白。她非常明白。

14

船出海之後，已經是第十三天了。這一天，在睡夢中，耶可夫腦海中忽然浮現出媽媽的影像，猛然驚醒過來。那記憶如此鮮明，彷彿空氣中依然飄散著媽媽身上的香味。當時，他感到很困惑，爲什麼自己那麼多年都沒有夢見媽媽，甚至好幾個月都沒有想到她。夢醒的那一剎那，殘留在他腦海中的最後一瞥，是她的嫣然一笑。一縷金髮輕輕拂過她的臉頰。她那碧綠的雙眼看著他，視線彷彿能夠穿透他，看向他身後的遠處，彷彿他只是一個虛幻的影像，而不是一個有血有肉的人。夢醒的那一剎那，他突然覺得她的模樣看起來如此熟悉，他立刻就知道那一定是他媽媽。多少年來，他一直努力回想媽媽的模樣，然而，他始終想不起來她長什麼樣子。耶可夫沒有媽媽的照片，也沒有任何紀念品。然而，這麼多年來，不知道爲什麼，對媽媽容貌的記憶彷彿隱隱約約深藏在他腦海中，彷彿一顆種子埋藏在黝黑而豐饒的土壤中。昨天晚上，那顆種子終於綻放出花朵。

他還記得媽媽，而且，媽媽好美。

那天下午，海上忽然風平浪靜，平靜無波的灰藍海面宛如鏡面的玻璃，反映著同樣灰寒的黝黯天空。耶可夫走到甲板上，想找欄杆撐住身體。那遙遠的海天之際彷彿一團灰濛濛的大魚缸，耶可夫實在分不清海洋和天空中間的界線在哪裡。他曾經聽廚子說過，前面會有暴風雨，到了明天，大家吃到肚子裡的麵包，喝下去的湯，恐怕都要吐得一乾二淨了。不過，今天海上倒是風平浪靜，空氣凝滯沉重，感覺好像快要下雨了。由於耶可夫不停地哄騙慫恿，亞利克西終於肯離開床舖，跟著耶可夫一起跑到外面來探險。

耶可夫帶他去的第一個地方是「地獄」，也就是機房。黑漆漆的機房裡充斥著叮叮噹噹的金屬撞擊聲。他們在裡面晃了一會兒，後來亞利克西開始抱怨，說他聞到汽油味會想吐。亞利克西的胃跟嬰兒一樣脆弱，動不動就想吐。於是，耶可夫就把他帶到艦橋上。不過，船長太忙了，根本沒時間跟他們講話，而那個領航員也是一樣忙。這樣一來，耶可夫就沒有機會炫耀一下他的特權地位，船長特別允許他常常到艦橋上來。

接下來，他們跑到廚房去，可是廚子心情不好，正在鬧脾氣，根本沒有拿東西給他們吃，連一片麵包也沒有。他正忙著準備吃的東西給船尾艙的乘客，那群從來沒有人見過的乘客。廚子抱怨說，他們這兩個小鬼真的很麻煩，要這個要那個，耗費了他太多時間精神。他一邊喃喃嘀咕著，一邊把兩個玻璃杯和一瓶葡萄酒放在托盤上，然後把托盤推進升降機，按下按鈕。升降機發出嗡嗡的聲響，開始往上升，把東西送到那個祕密船艙。接著，他又轉身過來面對爐子。爐子上有一個平底鍋，裡頭的東西發出吱吱的聲響。旁邊還有幾個湯鍋冒出熱騰騰的蒸氣。他掀起其中一個湯鍋的蓋子，剎那間，一股奶油和洋蔥的香味冒出來，瀰漫了整間廚房。他拿了一根木杓攪拌鍋子裡的東西。

「洋蔥必須慢慢燉。」他說：「燉久了就會像牛奶一樣香甜。想烹調出好吃的東西，一定要有耐性，可是這年頭已經找不到有耐性的人了。每個人都想速戰速決，所以不管什麼東西都往微波爐裡一丟！那種東西吃起來大概很像在嚼陳年牛皮。」說著，他蓋上鍋蓋，然後掀起炒鍋的蓋子。鍋子裡有六隻煎得通體金黃的鳥，每隻都比小男生的拳頭大。「你們看，這像不像天堂的美食？」他說。

「這眞是我見過最小號的雞了。」亞利克西大驚小怪地叫起來。

廚子笑了起來。「小笨蛋，這是鵪鶉，不是雞。」

「爲什麼我們從來都沒有吃過鵪鶉？」

「因爲你們不是住在後船艙。」接著，廚子把熱騰騰的鵪鶉放進碟子裡，撒上一些荷蘭芹的碎屑。然後，他往後退了一步，欣賞自己的傑作。他紅通通的臉上滿是汗水。「你們看，這玩意兒他們可是沒得挑剔的。」這時候，升降機已經又降回來了，於是他就把那些盤子推進去。

「我餓了。」耶可夫說。

「你一天到晚肚子餓。去吧，去切一片麵包吃吧。麵包已經不新鮮了，不過你可以拿去烤一烤。」

那兩個男生在抽屜裡翻了半天找麵包刀。廚子說得對，那條麵包眞的又乾又不新鮮。耶可夫用左手臂的殘肢壓住麵包，切了兩片下來，然後拿著那兩片麵包，走到烤麵包機那邊去。

「看看你們兩個把我的地板搞成什麼樣子！」廚子大叫：「麵包屑掉得滿地都是。撿起來。」

「你去撿起來。」耶可夫對亞利克西說。

「麵包屑是你弄掉的，不是我。」

「那是因爲我在切吐司。」

「反正麵包屑不是我弄掉的。」

「好吧，那我把你那片吐司丟掉好了。」

「你們兩個！誰去把麵包屑撿起來！」廚子大吼了一聲。

這時候，亞利克西立刻蹲下來，把麵包屑都撿起來。

耶可夫把第一片吐司塞進烤麵包機的凹槽裡，突然間，一團灰灰的毛球從凹槽裡竄出來，跳到地板上。

「老鼠！」亞利克西嚇得渾身發抖。「有老鼠！」

耶可夫從一頭追，廚子從另一頭追，亞利克西則是雙腳跳來跳去，而那團灰色的毛球繞著他腳邊兩頭亂竄。廚子甚至還拿起一個鍋蓋，朝老鼠砸過去。老鼠猛然竄上亞利克西的腿，亞利克西嚇得尖叫起來，於是老鼠又回頭逃竄，跳回地板上，然後一溜煙鑽進櫃子底下，不見了。

這時候，爐子那邊忽然傳來一股燒焦味。廚子嘴裡咒罵著，連忙跑過去把火關掉。他又繼續咒罵個不停，用鍋鏟把黏在鍋子上的焦洋蔥刮掉。他不知道花了多少心思，用奶油細火慢煎，料理那些洋蔥。「我的廚房裡竟然有老鼠！你們看看！我的洋蔥全毀了。現在我又得從頭再來一次。他媽的該死的老鼠。」

「牠躲在烤麵包機裡。」耶可夫說。他想到老鼠鑽到裡面爬來爬去，亂抓亂咬，突然感到有點噁心。

「搞不好在裡面拉屎。」廚子說：「該死的老鼠。」

耶可夫小心翼翼地瞄瞄烤麵包機的凹槽。裡面已經沒有老鼠了，不過卻有一些怪怪的土黃色小顆粒。

他把烤麵包機推向水槽，打算把那些髒東西倒出來。

這時候，廚子忽然大叫起來：「喂！你是白癡嗎？你在幹什麼？」

「我想把烤麵包機清乾淨。」

「你沒看到水槽裡有水嗎？看清楚，電線還插在插座上。要是你把那玩意兒放進水裡，然後伸手去碰到水，你就死定了。沒有人教過你嗎？」

「米夏叔叔沒用過烤麵包機。」

「不光是烤麵包機。任何東西，只要是有電線插在插座上的，都不能碰到水。看來你也是個笨蛋，跟其他那些人沒什麼兩樣。」說著，他揮揮手，把他們推向廚房門口。「去吧去吧，你們兩個給我出去。你眞是個討厭鬼。」

「可是我餓了。」耶可夫說。

「那你只好和其他人一樣，等著吃晚飯吧。」說著，他把一片厚厚的奶油丟進平底深鍋，然後又瞥了耶可夫一眼，大吼了一聲：「出去啊！」

於是兩個男生只好走出去了。

他們在甲板上玩了一會兒，後來開始覺得冷起來。接著，他們又跑到艦橋上去了一趟，碰碰運氣，可是卻還是一樣被趕出來。兩個人百無聊賴，後來，耶可夫忽然想到，整艘船上只剩下一個地方能去了。到了那個地方，他們就不會打擾到別人，也不會有人來打擾他們。那是他的祕密基地。他之所以願意帶亞利克西去那裡，只是因爲想報答他，而且前提是，這一次亞利克西一定要鼓起勇氣，不可以哭哭啼啼。耶可夫自從上船以後，就開始到處探險，到了第三天，他就發現這個地方了。當時，他在機房的走道上瞥見一扇關著的門。他打開那扇門，發現裡面是一個天井狀的樓梯間。

一個奇幻世界。

那個天井有三層船艙的高度，中間有一個螺旋梯盤旋而上。第二層的出口銜接到一個脆弱的鐵板走道，要是你在上面跳，鐵板會發出嘩啦嘩啦的聲響。走道底端有一扇藍色的門通往後船艙，那扇門永遠都是鎖著的。耶可夫試過想打開那扇門，後來終於放棄了，連想都不再去想了。

他們沿著樓梯爬到最上層。站在那裡往下看，那種高度會令人頭暈目眩，隨便跳幾下，把鐵皮踩得嘩啦嘩啦響，膽小的亞利克西一定會嚇死。要嚇唬他實在太容易了。

「不要再跳了！」亞利克西哭喊著。「你沒看到走道在晃嗎？」

「這叫做騰雲駕霧。在奇幻世界騰雲駕霧。你不覺得這很好玩嗎？」

「我不想騰雲駕霧！」

「你什麼都沒興趣。」耶可夫本來想繼續跳，讓那個鐵皮走道繼續搖晃，可是亞利克西看起來已經快要崩潰了。他一隻手緊抓著欄杆，另一隻手抱著蘇蘇。

「我要下去了。」亞利克西開始啜泣起來。

「噢，好吧。」

於是，他們又沿著樓梯往下走，樓梯的鐵皮發出嘎吱嘎吱的細微聲響，聽起來很悅耳。到了最底下，他們又在樓梯下面玩了一會兒。亞利克西發現了一條舊繩子，就把繩子的一頭綁在最底層的走道欄杆上，然後學人猿泰山一樣抓著繩子盪來盪去。那個高度距離地面還不到半公尺，感覺不怎麼刺激。

接著，耶可夫帶他去看那個空條板箱。那個箱子是他在樓梯下面一個隱密的角落裡發現的。他們爬進黑漆漆的箱子裡，躺在一堆木屑上，聽著「地獄」那邊傳過來轟隆隆的引擎聲。躺在這裡可以感覺得到大海就近在咫尺，那浩大黝黑的海洋彷彿一座搖籃，整個船身在搖籃裡輕輕擺盪著。

「這裡是我的祕密基地。」耶可夫說：「你不可以告訴別人喔。現在你馬上對天發誓，絕對不會告訴別人。」

「我幹嘛告訴別人？這個地方感覺好噁心喔，又濕又冷。我敢跟你打賭，一定有老鼠躲在這裡。搞不好我們現在就躺在老鼠屎上面。」

「這裡才沒有老鼠屎呢。」

「你怎麼知道？這裡黑漆漆的，你什麼都看不見。」

「如果你不喜歡這裡，那你就出去啊，去啊。」耶可夫隔著木屑踢了他一腳。白癡亞利克西。他早該知道不應該帶他到這裡來。要是有人整天抱著髒兮兮的玩具狗娃娃，片刻不離身，你就該明白，你根本不用指望這種人會喜歡冒險。「你走啊！反正你也不覺得好玩。」

「我不知道要怎麼回去。」

「你以為我會告訴你怎麼走嗎？」

「是你帶我來的，你當然得帶我回去。」

「嗯，我不會帶你回去的。」

「你最好帶我回去，否則我會告訴所有的人，這裡就是你的狗屁祕密基地。眞是噁心的地方，全是老鼠屎。」亞利克西一邊說著，一邊從箱子裡爬出來，腳用力一踢，把一堆木屑踢到耶可夫臉上。「現在就帶我回去，要不然——」

「你閉嘴。」耶可夫說。他一把抓住亞利克西身上的襯衫，用力推了他一把，結果兩個男生都摔倒在那堆木屑上。

「你這個王八蛋。」亞利克西叫罵著。

「噓，你聽，你聽！」

「什麼東西？」

上面不知道什麼地方，有一扇門嘎吱一聲打開了，然後又砰的一聲關上了。鐵板走道發出匡啷匡啷的聲響，每個腳步聲都迴盪在整個天井裡，回音綿綿不絕。

耶可夫慢慢爬起來，攀在箱子的開口，偷看上面的走道。有人在敲那扇藍色的門。過了一會兒，門開了，那一剎那，耶可夫瞥見一個金髮女郎的身影，但轉眼間那個身影立刻又消失了，門又關上了。

耶可夫又躺回箱子裡。「是娜迪亞。」

「她還在外面嗎？」

「沒有，她從那扇藍色門走進去了。」

「門裡面是什麼東西？」

「我不知道。」

「你不是大探險家嗎？」

「是啊，就好像你是個大混蛋。」說著，耶可夫又踢了他一腳，可惜沒踢到，只是把一堆木屑踢得滿天飛。「那個門老是鎖著，有人住在裡面。」

「你怎麼會知道？」

「因爲娜迪亞剛剛在敲門，裡面的人開門讓她進去。」

這時候，亞利克西又縮回箱子裡，躲到最裡面。他本來還想到外面去探險，現在開始猶豫了。他嘴裡喃喃嘀咕著：「他們就是吃鵪鶉的人。」

一聽到亞利克西的話，耶可夫立刻想到那些托盤，還有托盤上擺著的那瓶葡萄酒和兩個玻璃杯，想到用奶油煎得吱吱響的洋蔥，想到那六隻浸泡在香濃肉汁裡的的小鳥。這時候，他的胃忽然咕嚕咕嚕響了起來。

「你聽聽看。」耶可夫說：「我的胃可以發出很奇怪的聲音。」接著，他猛然把肚子縮進去，然後又挺出來，肚子裡立刻發出一陣咕嚕咕嚕的水流聲。任何人聽到那種聲音，一定會嘖嘖稱奇。

然而，亞利克西卻只是淡淡地說：「好噁心。」

「什麼東西你都覺得噁心。你究竟是哪根筋不對？」

「我不喜歡噁心的東西。」

「你從前不是很喜歡聽我肚子裡的聲音嗎？」

「呃，現在已經不喜歡了。」

「都是因爲娜迪亞的關係，對吧？她害你們個個都變得娘娘腔，變得多愁善感。你們都迷上她了。」

「才沒有。」

「明明就有。」

「才沒有！」說著，亞利克西抓了一把木屑撒向耶可夫，撒了他一臉。接著，兩個男生立刻扭打成一團，在箱子裡滾來滾去，從一邊滾向另一邊，一邊滾一邊咒罵，拳打腳踢。可是箱子裡太窄了，空間不夠，兩個人拳腳施展不開，所以也很難眞的傷到對方。後來，亞利克西手上的蘇蘇突然掉進木屑堆裡，他緊張得拚命挖，到處摸索他的狗娃娃。這時候，耶可夫也累了，懶得再跟他打了。

於是兩個人就停手了。

有好一會兒，他們各自靠在箱子的一邊休息。亞利克西緊緊抱著蘇蘇，而耶可夫則是拚命擠自己的肚子，想繼續弄出那種噁心的聲音。過了一會兒了，他也玩膩了，懶得再擠肚子了。機房那邊持續傳來低沉的引擎聲，船身隨著海浪起伏擺動，令人昏昏欲睡。他們兩個人百無聊賴，躺在那裡一動也不動。

亞利克西說：「我才沒有迷上她。」

「我才懶得管你迷不迷。」

「不過，另外那幾個男生都喜歡她。你有沒有注意到他們談起她的時候那副模樣？」說到這裡，亞利克西停了一下，然後又補了一句：「我喜歡她身上的味道。女人身上的味道就是不一樣，聞起來軟軟的。」

「軟不是用聞的。」

「本來就聞得出來。如果你在一個女人身上聞到那種味道，你就會知道，當你摸到她的時候，那種感覺一定是軟軟的。不用想也知道。」說著，亞利克西摸了摸蘇蘇，耶可夫聽得到他的手在破破爛爛的布面上摩擦，沙沙作響。

「我媽媽身上聞起來就是那種味道。」亞利克西說。

這時候，耶可夫忽然回想起他做的夢，想到夢中那個女人，想到她的嫣然一笑。一縷柔細的金髮輕輕拂過她的臉頰。沒錯，亞利克西說得對。在夢中，他媽媽身上聞起來確實有一種柔軟的味道。

「也許聽起來很驢。」亞利克西說：「不過，我真的記得。我還記得一些媽媽的事情。」

耶可夫伸了個懶腰，腳一挺直，提到木箱的底端。他忽然想到，我已經長大了嗎？但願如此。只要我長得夠大，我就可以踢破那面牆。

「你從來沒有想過你媽媽嗎？」亞利克西問。

「沒有。」

「反正你也不記得她。」

「我記得她長得很漂亮，眼睛是綠色的。」

「你怎麼會知道？米夏叔叔說，她離開你的時候，你還是個小嬰兒。」

「誰說的？當時我已經四歲了，四歲已經不是小嬰兒了。」

「我媽媽離開我的時候，我已經六歲了。我六歲就幾乎什麼都不記得了，你四歲哪有可能記得什麼。」

「我剛剛不是說了嗎？她的眼睛是綠色的。」

「好吧，就算她眼睛是綠色的，還有呢？」

這時候，忽然聽到有一扇門被關上，發出匡啷一聲巨響，兩個人立刻安靜下來。耶可夫扭動著身體慢慢攀爬上箱子的開口，抬頭看看上面。又是娜迪亞，她剛從那扇藍色的門走出來，經過那條走道，然後消失在前艙口。

「我不喜歡她。」耶可夫說。

「我喜歡。我真希望她是我媽媽。」

「她根本就不喜歡小孩子。」

「她告訴過米夏叔叔，她把自己的人生奉獻給小孩子。」

「你相信嗎？」

「如果不是，她幹嘛要這樣說？」

耶可夫想了半天，實在想不出該怎麼回答。只不過，就算他想得到原因，亞利克西恐怕也聽不下去。白癡亞利克西。每個人都是白癡。娜迪亞把所有的人都蒙在鼓裡。船上總共有十一個小男生，每個小男生都愛上她了。吃飯的時候，每個人都爭先恐後搶著坐在她旁邊。他們都目不轉睛地看著她，打量她，像小狗一樣在她身上嗅來嗅去。到了夜裡，他們都躺在床鋪上說悄悄話，說娜迪亞這個如何如何，娜迪亞那個如何如何。說來說去不外她喜歡吃什麼東西，中午吃了什麼之類的。他們也喜歡猜測她的身世背景，例如她幾歲，她那件灰裙子裡面是什麼顏色的小褲褲。他們也議論紛紛，不知道那個人人討厭的葛瑞格是不是她的愛人？結果大家意見一致，都認定他不是。大家都努力貢獻自己有限的知識，討論女性的身體結構。比較年長的男生曾經對大家解釋過，衛生棉球是幹什麼用的，他們用一些很可怕的字眼描述得很仔細，例如那玩意兒是怎麼塞進去的。這種東西對那些年紀比較小的男生造成了很大的影響，從此他們對女人就產生了一種根深柢固的觀念——這種動物身上有一個神祕的黑洞。而這一切只會更令他們對娜迪亞產生無邊的想像。

這種想像也感染到耶可夫，只不過，他對娜迪亞的想像並非愛慕的想像，而是恐懼的想像。

他之所以會害怕娜迪亞，全是因爲她給他們做血液檢驗。

出海之後第四天，那些男生都還躺在床鋪上吐得七葷八素，呻吟不休。那一天，葛瑞格和娜迪亞來到他們住的艙房，手上拿著托盤，上面擺滿了針筒和小玻璃管。他們說，只是輕輕扎一針，抽一小管子的血，確認你們的健康狀態。如果不能確保你們的身體是健康的，那麼，根本就不會有人想認養你們。他們兩個逐一走到每個男生的床邊。海面上風浪很大，船身顛簸得很厲害，他們的身體略微有點搖晃，托盤裡的玻璃管撞來撞去，發出叮叮噹噹的聲響。娜迪亞似乎不太舒服，好像快要吐了，所以由葛瑞格負責抽血。每走到一位小男生的床邊，他們會問他叫什麼名字，然後幫他戴上一個塑膠手環，上面寫著一個號碼。接著，葛瑞格會在那男生手臂上綁一條大橡皮筋，然後在皮膚表面拍幾下，讓血管凸出來。有幾個男生哭叫起來，娜迪亞只好壓住他們的手，安撫他們，好讓葛瑞格抽血。

唯獨耶可夫是娜迪亞安撫不了的。無論她多麼努力，就是沒辦法把他按住，讓他不要動。他說什麼都不肯讓那支針頭刺進自己的手臂，而且他還狠狠踢了葛瑞格一腳，讓葛瑞格知道他沒有那麼容易就範。這時候，娜迪亞終於露出眞面目了。她把耶可夫僅剩的那隻手緊緊壓在床上，壓得非常用力，而且還擰他的肉，幾乎快把他的手臂扭斷了。葛瑞格抽血的時候，她的眼睛死盯著耶可夫。當血液慢慢抽進針筒裡的時候，娜迪亞很輕柔地跟他說話，聲音聽起來好溫柔。艙房裡所有的人都聽著娜迪亞的聲音，但他們聽到的只是她輕聲細語的安慰。然而，耶可夫盯著她那雙灰色的眼睛，看到的卻是迥然不同的另一個人。

後來，他設法把手上那個塑膠手環咬斷了。

而亞利克西還是乖乖戴著他的手環。他的號碼是307。那個號碼彷彿是一種證明，代表他身體很健康。

「你覺得她自己有小孩嗎？」亞利克西問。

耶可夫聳聳肩。「但願她沒有。」他一邊說，一邊扭動著身體，攀上箱子的開口，抬頭往上一看，看著空無一人的走道和空蕩蕩的樓梯。那座樓梯盤旋而上，看起來好像一條只剩下骨架的蛇。那扇藍色的門還是一樣關得緊緊的。

他把身上的木屑拍掉，從躲藏的箱子裡爬出來。「我餓了。」他說。

正如廚子所預測的，下午陰沉灰暗的天氣很快就變了，海上的風浪開始變大了。雖然不是猛烈的暴風雨，但已經足以令乘客無法隨意活動，不管是大人還是小孩，都被困在艙房裡。這正好合了亞利克西的意，因爲他本來就喜歡窩在床鋪上。無論你怎麼威脅利誘，他就是說什麼都不肯離開自己的床鋪。外頭的天氣又濕又冷，地面搖搖晃晃，他實在沒興趣到外面去探險。對於船上那些潮濕的陰暗角落，他實在不像耶可夫那麼有興趣。他喜歡把毯子拉到肩頭上，把自己整個人包在裡面，每當他轉身或扭動身體的時候，毯子裡就會噴出一股熱氣，噴在臉上暖烘烘的很舒服。他喜歡蘇蘇躺在枕頭旁邊那種感覺。

一整個早上，耶可夫拚命想把亞利克西拉下床，想哄他再跟他去一次奇幻世界。最後他終於放棄了，決定自己一個人去。後來他又跑回來一、兩次，想看看亞利克西有沒有改變主意，可是亞利克西整個下午一直睡，連晚餐都沒吃，一直睡到晚上。

到了晚上，耶可夫忽然醒過來，感覺似乎有什麼地方不太對勁。剛開始他說不上來是哪裡不對勁。會不會只是暴風雨過去了呢？他可以感覺到整艘船變得很平穩，後來他才發現，原來是引擎的聲音變得不一樣了。轟隆隆的引擎聲原本從來沒有停過，此刻引擎聲忽然變得和緩低沉，聽起來悶悶的。

他爬下床，跑過去搖一搖亞利克西。「你醒醒。」他壓低聲音叫他。

「走開，不要吵我。」

「你聽。船停了。」

「不關我的事。」

「我要到外面去看一看，跟我來吧。」

「我好睏。」

「你已經睡了一天一夜了。你不想去看看陸地嗎？我們一定離陸地很近了，因爲船不可能半途停在海上。」說著，耶可夫彎腰湊近亞利克西耳朵旁邊，輕聲細語地引誘他。「說不定我們可以看到燈火，看到美國。要是你不跟我來，你就會錯過這個好機會。」

亞利克西嘆了口氣，身體動了一下，似乎開始猶豫，不知道該不該跟他走。

最後，耶可夫使出撒手鐧。那是無法抗拒的誘惑。「剛剛吃晚餐的時候，我留了一個馬鈴薯沒吃。」他說：「我可以給你，不過，除非你先跟我來。」

亞利克西沒有吃晚餐，甚至連午餐也沒吃。對他來說，馬鈴薯已經是天堂美味了。「好吧，好吧。」亞利克西坐起來，彎腰穿上鞋子。「馬鈴薯在哪裡？」

「我們先上去。」

「耶可夫，你這個混球。」

他們躡手躡腳地穿越兩邊床舖中間的走道，以免吵醒雙層床上另外幾個還在睡覺的男生，然後爬樓梯走到上面的甲板上。

一到外面，陣陣微風迎面拂來。他們靠在欄杆邊，聚精會神地看著遠處的海面，尋找陸地城市的燈火。然而，遠處的海上只見一片黝黑，模模糊糊看不清海天的界線在哪裡。

「我什麼都看不見。」亞利克西說：「馬鈴薯給我。」

耶可夫從口袋裡掏出那顆寶貝馬鈴薯。亞利克西立刻蹲下來，狼吞虎嚥地啃那顆冷冰冰的馬鈴薯，吃相簡直像野獸。

耶可夫轉身看向艦橋那邊。透過艦橋的窗口，他看得到雷達螢幕上的綠色閃光，看到一個人形的黑影站在窗口張望。那是領航員。他一個人窩在那個屬於他的小地方，究竟在看什麼東西？

沒多久，亞利克西已經吃光了那顆馬鈴薯，站起來對他說：「我要回去睡覺了。」

「我們可以去廚房找更多吃的東西。」

「我不想再碰到老鼠。」亞利克西開始在甲板上摸索著，回頭走向甲板的另一邊。「更何況，我好冷。」

「我不會冷。」

「那你自己一個人留在這裡好了。」

後來，他們走到樓梯口的時候，忽然聽到一陣刺耳的巨響。接著，整個甲板突然亮起刺眼的強光。兩個男生嚇了一跳，不敢動彈，猛眨眼睛看著那團突如其來的強光。

耶可夫一把抓住亞利克西的手，把他拖到艦橋的樓梯下面，兩個人蹲下來，從樓梯板間的空隙看著外面。他們聽到講話的聲音，看到兩個人走進那個泛光燈圍成的圓圈裡，身上都穿著白色的防護衣。那兩個人同時彎下腰，好像在拉什麼東西。接著，他們聽到一陣金屬刮擦的聲音，好像有什麼蓋子被用力推開了，結果，那一輪光圈中央射出另一道光線，彷彿一隻令人望而生畏的眼睛張開了，射出一道藍光。

「這些該死的技工。」其中一個人說：「他們大概永遠不會想去修好這個蓋子。」

接著，那兩個人挺直身體，抬頭看向天空。隨著他們視線的方向，遠處的天空傳來一陣隆隆的雷聲。

耶可夫也抬起頭來看天空。那陣隆隆的雷聲愈來愈接近，愈來愈低沉，聽起來不再像是雷聲，而是一聲有規律的咻咻聲。那兩個人往後退，退到光圈外面。這時候，那陣轟隆隆的聲音已經飛到頭頂上了，彷彿一陣龍捲風在夜色中席捲而來。

亞利克西用手遮住耳朵，整個人趴下去，躲在陰影中。原來那是一架直升機，朝著那圈光暈慢慢降下來，最後降落在甲板上。耶可夫卻毫不畏縮，睜大眼睛繼續看。

其中一位穿防護衣的人又出現了。他彎腰跑過去，拉開直升機的門。耶可夫看不見直升機裡面有什麼東西，因爲他的視線被樓梯的柱子擋住了。他慢慢從那片陰影中走出來，朝甲板走了幾步，剛剛好可以繞過樓梯的柱子看到前面。他瞥見直升機駕駛員和另外一位乘客。那是一個男人。

「喂！」頭頂上忽然有一個聲音在大喊。「你們這兩個小鬼！」

耶可夫抬頭一看，發現領航員正站在艦橋的平台上探頭往下看。

「你們兩個在下面幹什麼？你們不怕受傷嗎？趕快上來！快點！」

那個穿防護衣的人也看見兩個男生了。他開始朝他們走過來，臉上的表情看起來很不高興。

耶可夫匆匆忙忙衝上樓梯，亞利克西嚇壞了，緊緊跟在他後面。

「主甲板上有直升機降落的時候，一定要躲遠一點，這個你們不懂嗎？」領航員大吼。他用力打了一下耶可夫的屁股，把他推進駕駛室。他指著裡頭的兩張椅子說：「你們兩個給我坐好。」

「我們只是看看而已。」耶可夫說。

「這個時間你們應該在睡覺的。」

「我本來是在睡覺啊。」亞利克西抽抽噎噎地說：「是他把我拖出來的。」

「你們兩個知不知道，被直升機的螺旋槳打到頭會怎麼樣嗎？知道嗎？」說著，領航員用力拍了一下亞利克西骨瘦嶙峋的脖子。「就像這樣，你腦袋就飛了，血噴得到處都是。那可是很壯觀的。你們以為我是在開玩笑，是不是？你們最好相信我，每次有直升機降落的時候，我絕對不會下去的。我會躲得遠遠的。不過，要是你們不怕腦袋被切掉，那麼，下去也沒關係，隨便你們。」

亞利克西開始啜泣起來。「我想回去睡覺！」

這時候，直升機又開始發出隆隆怒吼，他們不由自主地轉頭過去看。他們看到直升機又緩緩飛上天空，螺旋槳形成猛烈的氣流，把甲板上那兩個人身上的防護衣刮得劈啪響。接著，直升機慢慢旋轉了九十度，然後猛然加速，很快就隱沒在夜色中。空氣中迴盪著一陣細微的隆隆聲，後來就像閃電過後的雷聲一樣，漸漸消失了。

「那架直升機要去哪裡？」耶可夫問。

「你以為他們會告訴我嗎？」領航員反問。「他們只是打電話來告訴我，等一下他們要來載東西，叫我把船轉向逆風的方向。就這樣。」說著，他把手伸到儀表板上，在其中一個開關上撥了一下。

剎那間，泛光燈倏然熄滅，甲板上立刻陷入一片漆黑。

耶可夫把臉貼在艦橋窗口的玻璃上。直升機的隆隆聲已經不見了，放眼望去，四面八方只剩一片浩瀚黝黑的大海。

亞利克西還在哭。

「好了，別哭了。」領航員罵了一聲，拍了一下亞利克西的肩膀。「男生長這麼大了，怎麼還這麼娘娘腔。」

「那是來幹什麼的？我是說，直升機是來幹什麼的？」耶可夫問。

「我剛剛不是說過了嗎？來載東西。」

「載什麼東西？」

「我沒問。他們叫我做什麼，我就做什麼。」

「他們是誰？」

「後艙的旅客。」說著，他伸手把耶可夫從窗戶旁邊拉開，然後把他推向門口。「回去睡覺吧。你沒看到我在忙嗎？」

於是，耶可夫跟在亞利克西後面走出去，走到門口的時候，他忽然瞥見雷達螢幕。不知道多少次了，他常常盯著那個雷達螢幕，看著那條光線三百六十度不停旋轉，看得目瞪口呆了，整個人彷彿被催眠了一樣。此刻，他又走到螢幕前面，看著那條光線繞圈圈，一圈又一圈。那一剎那，他立刻就發現，圓形的螢幕邊緣出現一個小小的銀白光點。

「那是不是另一艘船？」耶可夫問：「在那裡，在雷達上。」他指著那銀色光點。每當雷達光線劃過光點的時候，光點就變得更亮。

「還會是什麼？好了，你們出去吧。」

兩個男生走到外面去，乒乒乓乓地走下艦橋的樓梯，走到主甲板上。這時候，耶可夫又抬頭瞄了一眼，看著泛著綠色光暈的艦橋窗口，領航員的黑影輪廓投射在窗口上。他在守望，他永遠都在守望。

耶可夫說：「現在我知道了，知道直升機飛到哪裡去了。」

吃早餐的時候，彼得和瓦倫丁不見了。其實，前一天晚上，他們兩個離開的消息就已經傳到耶可夫住的那間艙房。所以，那天早上當他坐到餐桌旁邊，發現桌子對面那一排男生安靜得出奇，他並不覺得奇怪，因為他早就知道原因了。那些小男生當中沒有半個人懂，為什麼彼得和瓦倫丁會最先離開這艘船，會最先被選上。打從一開始，他們就認為彼得應該會是最後剩下來的、沒人要的那一個，除非有哪個家庭喜歡白癡小孩，只不過，好像不太可能會有這樣的家庭。而瓦倫丁是在拉脫維亞的首都里加上船的。他滿聰明的，長得也滿好看的，只不過，那幾個年紀比較小的男生都知道，他有個不為人知的變態怪癖。每當熄燈之後，他會把內褲脫掉，爬到那些小男生的床上，悄悄問：「怎麼樣，摸到了嗎？感覺得到我那裡有多大嗎？」接著，他會抓住他們的手，強迫他們摸他那裡。

不過，現在瓦倫丁已經走了。他和彼得，兩個人都走了。娜迪亞說，有人選上他們兩個了，他們去找新的爸爸媽媽了。

至於其他男孩子都沒有被選上，都是挑剩的。

那天下午，耶可夫和亞利克西跑到甲板上，攤開手腳躺在前一天晚上直升機降落的地點，眼晴瞪著湛藍的天空。萬里無雲，天空看不見直升機。甲板上暖烘烘的，兩個男生躺在上面，彷彿兩個茶壺放在汽車的散熱器上一樣，開始感到昏昏欲睡。

「我一直在想。」耶可夫說，一邊閉上眼睛，避免陽光刺痛眼睛。「要是我媽媽還活著，我才不想被人收養。」

「可是她已經死了。」

「她可能還活著。」

「那她爲什麼不回來找你呢？」

「也許她現在已經在找我了，可是我卻跑到這裡來，在一望無際的大海上，沒有人找得到我。除了雷達，沒有人找得到我。我要去告訴娜迪亞，叫她帶我回去。我不要新媽媽。」

「可是我要。」亞利克西說。說到一半，他忽然沉默了一會兒，然後又繼續說：「你會覺得我有什麼毛病嗎？」

耶可夫笑了起來。「你是不是在問我，除了笨笨的之外，你還有沒有什麼別的毛病？」

接著，亞利克西沒有吭聲。耶可夫斜眼瞄了一下亞利克西，發現他用手遮住自己的臉，肩膀一抖一抖的。他感到很納悶。

「喂。」耶可夫問：「你在哭嗎？」

「沒有。」

「你明明在哭，難道不是嗎？」

「我才沒有。」

「你眞的很像小嬰兒，動不動就哭。我說你笨笨的，只是在跟你開玩笑。」

亞利克西整個人蜷成一團，雙手環抱著膝蓋。他是眞的在哭沒錯。雖然他沒有哭出聲音，不過耶可夫看得到他胸口一起一伏，吸氣吸得很用力。耶可夫實在搞不懂他，也不知道該怎麼安慰他。那一剎那，他忽然又想罵人了，想罵他笨女生，愛哭的小鬼。可是後來想了一下，又忍住了。他從來沒有看過亞利克西這個樣子，覺得有點內疚，也有點害怕。他只不過是跟他開個玩笑，爲什麼亞利克西會把笑話當眞呢？

「我們下去吧，下去玩繩子盪鞦韆。」說著，耶可夫推了一下亞利克西的肋骨。

亞利克西很生氣地推開他的手，然後猛然站起來，紅通通的臉上滿是淚痕。

「你到底怎麼搞的？」耶可夫問。

「爲什麼他們挑了那個笨笨的彼得，卻沒有挑我？」

「他們也沒有挑我啊。」耶可夫說。

「可是我眞的沒什麼毛病啊！」亞利克西哭著說，然後拔腿就跑，跑到甲板下面的船艙去了。

耶可夫坐著一動也不動。他低頭看著自己左手臂的殘肢，然後說：「我也沒什麼毛病啊。」

「騎士走到主教第三格。」輪機師科比契夫說。

「你走來走去都是這一步。難道你沒有新的花樣嗎？」

「我比較相信屢試不爽的手法。每次我走這步棋，你一定會輸。該你下了，快點快點，沒時間等你。」

耶可夫把棋盤倒轉過來，分別從好幾個不同的角度打量那個棋盤。接著，他跪在椅子上，俯視著棋盤上那一整排卒子，彷彿那是一群身穿黑甲冑的士兵，已經列隊布好陣勢，待命行動。

「你究竟在幹什麼？」科比契夫問。

「你有沒有注意到，王后有鬍子？」

「你說什麼？」

「你看，她有鬍子。」

科比契夫咕噥著說：「那只是她衣服領口的荷葉邊，不是鬍子。你到底要不要下？」

耶可夫把王后放回棋盤上，伸手去把騎士拿起來，擺在一個格子上，想了一下又拿起來，擺在另一個格子。他就這樣反覆換了好幾個地方。輪機室這個「地獄」瀰漫著轟隆隆的引擎聲，把他們團團圍住。

後來，科比契夫懶得再看棋盤了。他打開一本雜誌，飛快地翻來翻去，盯著一張又一張的美女圖片。全美國最漂亮的一百個女人。他偶爾會咕噥一句說：「這也算漂亮嗎？」或是「就算叫我的狗跟這個女人上床，我也不願意。」

耶可夫又拿起王后，放在主教第四格，然後說：「好了。」

科比契夫看耶可夫走了這一步，鼻子咕嚕哼了一聲。「為什麼你老是會犯同樣的錯誤？為什麼老是太快就讓王后走出來？」他丟下手上的雜誌，彎身湊向前，移動他的士兵。這時候，耶可夫瞄到雜誌上有一張漂亮的臉蛋。那是一個女人，一個金髮女郎。她嘴上掛著一抹憂鬱的微笑，一縷鬈曲的頭髮遮住了她的臉頰。她的眼睛似乎不是在看你，而是看著你身後某個遙遠的地方。

「那是我媽媽。」耶可夫說。

「你說什麼？」

「是她，是我媽媽！」他忽然衝向前去搶那本雜誌，撞到那個用來當桌子的條板箱，結果把棋盤撞翻了，上面的士兵、主教和騎士都飛起來，四處飛散。

科比契夫一把搶走那本雜誌，不給耶可夫。「你他媽的怎麼搞的？」

「給我！」耶可夫大喊。他發了瘋似地掐住科比契夫的手臂，要媽媽的照片。「給我！」

「你這小子瘋了，那不是你媽媽！」

「是她！我還記得她的模樣！她就是長那個樣子，就像那個樣子！」

「不要再掐我了。滾開，聽到沒有？」

「給我！」

「好吧好吧，讓你看。那不是你媽媽。」科比契夫把那本雜誌摔在條板箱上。

「看到了嗎？」

耶可夫瞪大眼睛看著那張臉。她臉上的五官，每一個小地方，都和他夢中看到的一模一樣。她歪著頭的模樣，還有嘴角旁邊的小酒窩，甚至燈光照在她頭上那種感覺。他說：「就是她。我看過她的臉。」

「每個人都看過她的臉。」科比契夫指著照片下面的名字。「蜜雪兒·菲佛。她是電影明星，美國人。甚至連名字都不是俄國人的名字。」

「可是我認識她！我夢見過她！」

科比契夫大笑起來。「你和另外那些男生一樣，個個都是色瞇瞇的。」接著，他看看四周，看著撒了滿地的棋子。「看你搞得一團亂。要是所有的士兵棋子都找得回來，那眞要謝天謝地了。來吧，東西是你打翻的，你就要撿起來。」

樣。

耶可夫站在那裡沒有動靜，瞪大眼睛看著那個女人，腦海中浮現出夢中她對他嫣然一笑的模科比契夫嘴裡喃喃嘀咕了幾句，自己跪下去趴在地上，開始滿地摸來摸去，把掉到機器底下的棋子撿出來。「你大概在什麼地方看過她的臉，比如說電視或是雜誌，看過以後就忘了。後來做夢的時候才又回想起來。就是這麼回事吧。」他一邊說，一邊把兩個主教和一個王后放回棋盤上，然後站起來坐回椅子上。他滿臉通紅，水桶般的胸膛劇烈起伏，喘得很厲害。他輕輕拍拍自己的腦袋。「人的腦子是一種很奇怪的東西，他會把自己經歷過的一些事情變成夢，而我們常常分不清什麼是眞的，什麼是夢。有時候，我會夢見自己坐在一張桌子前面，滿桌都是山珍海味，都是我想吃的東西。後來，等到夢醒了，我才發現自己還在這艘該死的破船上。」他伸手拿起那本雜誌，把蜜雪兒．菲佛那一頁撕下來。「來吧，這張送你。」

耶可夫收下之後，一句話也沒說，只是把那張紙拿在手上，呆呆地看著。

「如果你喜歡幻想她是你媽媽，那就隨你吧。有些男生幹的事情更恐怖。好了，把地上的棋子撿一撿，喂！喂，小子！你要去哪裡？」

耶可夫手上緊緊抓著那張紙，一溜煙跑出「地獄」輪機室。

他跑到甲板上，靠在欄杆邊，面對著大海。那頁雜誌已經變得皺巴巴了，被風吹得劈哩啪啦響。他低頭一看，發覺那兩片微笑的嘴唇已經皺成一團，因爲那頁雜誌被他抓得太緊了。

他抓住那張紙的一邊，然後用牙齒咬住另一邊，把那張紙撕成兩半。這樣還不夠，還不夠。他喘得很厲害，幾乎快要哭出來了，可是卻沒有哭出聲音。他把那兩張紙再次對半撕開，一次又一次，彷佛一頭野獸正在撕裂獵物身上的肉。接著，他把手上的碎紙片撒到半空中，讓它們隨風飄揚。

那些紙片很快就飛得無影無蹤，然而，他手上還抓著一小片。那是眼睛的部分，而眼睛下面，就在他手指頭抓著的地方，有一小塊星星狀的痕跡。那好像是一滴眼淚掉在紙上濺開的痕跡。

他把那張碎紙片往欄杆外一丟，看著它隨風飄揚，愈飄愈遠，最後飄落到海面上。

15

她大概快五十歲了，臉型削瘦，乾癟癟的，看得出來多年以前就已經失去了女性的光采。不過，在伯納德·卡茲卡看來，女人會失去魅力，不完全是爲了這個原因。女人的魅力，並非來自晶瑩剔透的皮膚，或是光采亮麗的頭髮，而是在於眼中的神采。從這個角度來看，他認識的幾個七十幾歲的女人就很有魅力了，其中之一就是他太太的姑媽瑪格麗特。自從安妮過世之後，他和瑪格麗特之間反而愈來愈親近。事實上，卡茲卡每隔一個禮拜都會和瑪格麗特見個面，喝喝咖啡聊聊天。這已經變成他最盼望的事情。他這種癖好大概會令他的夥伴倫奎斯感到很困惑。倫奎斯是標準的大男人，渾身充滿了陽剛之氣。他認爲女人一旦過了更年期之後，根本就連再看一眼都是多餘的。人畢竟是一種動物。男人根本不應該在沒有生育能力的女人身上，浪費他們的體力和精子。難怪卡茲卡答應負責去詢問布蘭達·海妮的時候，倫奎斯一副如獲大赦的樣子。他認爲，和過了更年期的女人打交道，正是伯納德·卡茲卡的專長，因此，他的意思就是，在整個重案組的警探當中，卡茲卡是唯一有那種耐性和韌性聽那些老女人講話的人。

實際的經過正是如此。在剛剛那十五分鐘裡，卡茲卡以無比的耐性聆聽布蘭達·海妮連珠炮般的喋喋不休。她講話的風格實在很難聽得懂，一下子講具體的事情，一下子又跳到神祕的宗教經驗。她本來在講上天的徵兆，忽然又跳到嗎啡注射，一口氣講下來，連氣都不用換。如果這個女人討人喜歡的話，說不定他還會覺得這種古怪的天性還滿有趣的，只可惜她實在很難討人喜歡。她那雙藍眼睛冷冰冰的，沒有絲毫溫情。她火氣很大，而火氣大的人是沒什麼吸引力的。

「我和醫院的人談過這件事。」她說：「而且，我直接去找他們的院長帕爾先生。他答應我他會進行調查，可是，那已經是五天前的事了，到目前為止，我還沒有得到進一步的消息。我每天都打電話去找他，可是他辦公室的人告訴我，他們還在調查。呃，今天我忽然覺得受夠了，於是我決定找你們警察。本來你們也打算敷衍我，先把我推給一個菜鳥警察。我始終認為，要找就要找最高層的，尋求那至高無上的力量。我永遠都是這樣，例如每天早上祈禱的時候，我就是在尋求至高無上的力量。這一次，最高層的人就是你了。」

卡茲卡好不容易才憋住，沒有笑出來。

「我在報上看過你的名字。」布蘭達說：「是貝賽醫院的醫生死掉的那個案子。」

「妳說的是李維醫師嗎？」

「大概是吧。既然你知道那間醫院出了什麼事情，那麼，你就是我要找的人。」

卡茲卡差點就想嘆口氣，可是又忍住了。他知道，要是他嘆了氣，她一定會認定他是不耐煩。他說：「那張紙條可以給我看看嗎？」

她從手提袋抽出一張摺起來的紙，遞給他。那張紙上面打了一行字：妳姑媽並非自然死亡。一個朋友。

「信封在哪裡？」

於是她把信封也拿出來。信封上打的字是布蘭達．海妮。信封口用膠水封著，信封是被撕開的。

「妳知道這封信有可能是誰寄的嗎？」他問。

「不知道。也許是醫院裡的一個護士。這個人一定知道很多內情，所以才有辦法告訴我。」

「妳說過，妳姑媽是癌症末期，那麼，她很有可能是自然死亡的。」

「既然如此，為什麼有人寄這封信給我？顯然有人知道另有隱情。有人希望這件事應該深入調查。我也希望這件事能夠進一步調查。」

「妳姑媽的遺體目前在哪裡？」

「在莫德瑞墓園。在我看來，醫院很快就埋葬了她的遺體。」

「這是誰決定的？應該是直系血親。」

「我姑媽生前留下了遺囑。反正醫院的人是這樣說的。」

「妳跟妳姑媽的醫生談過嗎？說不定他們可以把這件事情弄清楚。」

「還是不要跟他們談比較好。」

「為什麼不要？」

「照目前的情況看來，他們好像不太能信任。」

「我明白了。」這時候，卡茲卡終於嘆了一口氣。他拿起筆，翻開他的筆記本，翻到空白頁。「負責照顧妳姑媽的醫生是哪幾個？可以告訴我嗎？」

「主治醫師是柯林．衛蒂格醫師，不過，實際上做決定的人是他手下的住院醫師。我想，她應該就是你要調查的人。」

「她叫什麼名字？」

「迪麥多醫師。」

這時候，卡茲卡忽然抬起頭來看著她，一臉驚訝。「艾貝．迪麥多嗎？」

布蘭達忽然不說話了，沉默了好一會兒。卡茲卡看得出來，布蘭達臉上那種驚訝的神情是很明顯的。

她小心翼翼地說：「你認識她嗎？」

「我跟她談過話。那是另外一個案子。」

「那麼，那應該不會影響你對這個案子的判斷，對吧？」

「絕對不會。」

「眞的嗎？」她充滿挑釁地問了他一句。她那種眼神令他覺得很不舒服。其實，他並不是那麼容易就會被激怒的人，所以，此刻他覺得很奇怪，爲什麼這個女人那麼討人厭。

倫奎斯偏偏就挑這個時候從書桌前面走過去，臉上露出一種詭異的笑容。那是一種充滿同情的笑容。本來應該是倫奎斯要負責詢問這個女人的。這是很好的機會，可以訓練一個人的禮貌和自制力，對倫奎斯應該會很有幫助的。倫奎斯實在應該加強他的禮貌和自制力。

卡茲卡說：「海妮小姐，我一向很努力讓自己保持客觀。」

「那你應該好好調查一下這位迪麥多醫師。」

「爲什麼要針對她呢？」

「因爲就是她希望我姑媽早點死。」

布蘭達的話令卡茲卡感到很不可思議。不過，那封信究竟是怎麼回事？到底是誰寄的？這一切都還是疑雲重重。說不定是布蘭達自己寄給自己的，反正有些人想出名想瘋了，爲了引人注目，什麼稀奇古怪的事情都幹得出來。不過，剛剛布蘭達提出的那種狀況，他倒是覺得可能性還滿高的。她說，瑪莉．艾倫是被她的醫生謀殺的。當年在醫院裡，接連好幾個禮拜，卡茲卡目睹自己的太太受盡折磨，一步步逼近死亡，所以，他很清楚癌症病房裡是什麼樣的狀況。他親眼目睹那些護士所展現出來的高度同情，親眼目睹腫瘤科醫師全心投入搶救生命。他們很清楚，什麼時候該奮戰不懈，繼續挽救病人的生命。然而，當病人的痛苦已經達到極點，已經不值得再為了多活一天而苟延殘喘的時候，他們也會明白，死神已經佔了上風，他們已經輸了。安妮瀕臨死亡的那幾天，有好幾次卡茲卡恨不得安妮趕快安息，趕快解脫。當時要是有醫生建議讓安妮早點走，他一定會同意。然而，醫生卻始終沒有這樣建議。癌症病人通常很快就會死亡，那麼，醫生有必要為了讓病人提早死亡，賭上自己前途嗎？就算瑪莉．艾倫的醫生做出這樣的建議，真的能夠就此認定這叫做謀殺嗎？

那天下午和布蘭達．海妮談過之後，開車到貝賽醫院的途中，心裡其實不是很樂意。不過，職責所在，他還是得到那裡去做進一步調查。到了醫院的服務台，他查出瑪莉．艾倫確實是在布蘭達所說的那一天去世的，紀錄上的死因是未分化癌細胞轉移。除此之外，服務台的職員也沒有進一步的資料了。主治大夫衛蒂格醫師此刻正在動手術，整個下午都沒有時間。於是，卡茲卡拿起電話，撥了艾貝．迪麥多呼叫器的號碼。

過了一會兒，她回電了。

「我是重案組警探卡茲卡。」他說：「上個禮拜我們談過話。」

「是的，我還記得。」

「我還有一些問題想請教妳，這是另外一個不相干的案子。我要到哪裡跟妳碰面呢？」

「我在醫學圖書室。你打算跟我談很久嗎？」

「應該不會。」

他聽到她嘆了口氣，然後有點不太情願地說：「好吧。圖書室在二樓，在管理部這邊。」

依據卡茲卡過去的經驗，一般人都很喜歡和重案組的警察聊天，除非他或她是嫌疑犯。一般人都喜歡看熱鬧，對謀殺案和警察的工作都很好奇。他常常被他們問的問題嚇了一跳，甚至有時候問這種問題的，竟然是那種滿臉慈祥的老太太。每個人都渴望聽到兇殺案的細節，愈血腥愈好。然而，這位迪麥多醫師聽起來似乎打從心裡不想跟他講話。他很好奇，究竟是什麼原因？

他終於找到了圖書室。圖書室在資料處理室和財務室中間，裡頭有幾排書架，一張圖書管理員用的辦公桌，沿著牆壁還隔了幾間小小的閱讀室。迪麥多醫師就站在影印機旁邊，正在把一本醫學期刊放在掃描板上。她正在整理一堆紙張，把那些紙疊成一堆，放在附近一張桌子上。看到她居然在做這麼瑣碎的工作，他感到很意外。另外，同樣令他感到意外的是，她身上穿的是一條裙子和一件襯衫，而不是那種綠色的刷手袍。他一向認爲那種刷手袍就是外科住院醫師的制服。打從他第一次見到艾貝．迪麥多那一天起，他就覺得她是一個很有魅力的女人。此刻，看見她穿著一條這麼漂亮的裙子，看見她那頭烏黑的秀髮披散在肩膀上，那一剎那，他覺得她眞是豔光四射。

她抬起頭來看他，朝他點了點頭。就在這個時候，他發現今天她似乎有什麼地方不太一樣。她看起來有點緊張，一副小心翼翼的樣子。

「我快印好了。」她說：「再拷貝一篇文章就好了。」

「今天不用上班嗎？」

「不好意思，你剛剛說什麼？」

「我還以爲外科醫師一天到晚都穿著刷手袍。」

她把那本期刊翻到另外一頁，然後壓在掃描板上，按下啓動鍵。「今天沒有排班動手術，所以我就來找點資料做研究。衛蒂格醫師需要這些資料做參考。」她說話的時候低頭盯著影印機，彷彿她必須全神貫注地看，影印機才會發出嗡嗡的聲響開始啓動，掃描燈的光線才會亮起來。後來，最後一張紙終於送出來了。她把那一疊紙放到桌上，和原先那一疊文件堆在一起，然後坐下來。她把桌子對面那張椅子拉出來。她隨手拿起一支釘書機，但一下子又把它放了回去。

她還是沒有正眼看他。她問：「案子有什麼進展嗎？」

「如果妳說的是李維醫師的案子，目前還沒有。」

「眞希望我想得到一些事情可以告訴你，可是我實在想不起來。」她一邊說，一邊從那堆紙上拿了幾張起來，然後拿起釘書機用力一按，把那幾張紙釘在一起。

「我今天來找妳，不是爲了李維醫師的案子。」他說：「是另一個案子，跟妳的病人有關。」

「哦？」她拿起另一疊紙，塞進釘書機的夾縫裡。「你說的是哪個病人？」

「一位叫做瑪莉．艾倫太太的病人。」

一聽到這個名字，她懸在半空中的手頓了一下，然後才放下來，重重地按在釘書機上。

「妳還記得她吧？」他問。

「是的。」

「聽說她是上個禮拜死掉的。就在貝賽醫院這邊。」

「沒錯。」

「妳能夠確認她的死因是未分化癌細胞轉移嗎？」

「是的。」

「末期嗎？」

「是的。」

「所以，她的死亡日期和妳預估的一樣嗎？」

艾貝遲疑了一下。只不過，那短暫片刻的遲疑卻已經足以挑起他獵犬般的警覺性。

她慢慢地說：「可以算是跟我預估的差不多。」

他用一種銳利的眼神盯著她，而她似乎也感覺到了。有好一會兒，他都沒有再說話。根據他的經驗，保持沉默反而會令對手更緊張。他語氣平靜地問：「她的死有什麼不尋常的地方嗎？」

這時候，她終於抬起頭來看著他。他注意到，她坐著一動也不動，幾乎是全身僵硬。

「你所謂的不尋常是指哪一方面？」她問。

「她死亡時的情況。她是怎麼死的？」

「能不能告訴我，你為什麼要調查這件事？」

「艾倫太太有一位親戚很關心這件事，跑來找我們。」

「應該是布蘭達．海妮吧？她的姪女？」

「是的。她認為她姑媽並非因病死亡。」

「所以說，你認為這件案子是謀殺嗎？」

「我只想確定這件事值不值得進一步調查。妳覺得呢？」

她沒有回答。

「布蘭達．海妮收到一封匿名信，信上說瑪莉．艾倫並非自然死亡。有沒有什麼地方會讓妳覺得她說的有可能是眞的？有沒有任何蛛絲馬跡？」

他預料得到，她可能會出現幾種不同的反應。例如，她可能會大笑，說這實在是太荒唐了。或者，她可能會說布蘭達．海妮是神經病。或者，她可能會露出困惑的樣子，甚至可能會因爲莫名其妙被問這種問題而不太高興。要是她出現上述的任何一種反應，都是合理的。然而，她的反應卻出乎他意料之外。

她臉上忽然失去了血色，瞪大眼睛看著他，然後輕聲地說：「卡茲卡先生，我拒絕再回答任何問題。」

那個警察才剛走出圖書室，艾貝立刻慌慌張張的衝到距離最近的電話旁邊，撥了馬克的呼叫器號碼。他立刻就回電了，她總算鬆了一口氣。

「那個警察剛剛又來了。」她壓低聲音說：「馬克，他們知道瑪莉．艾倫的事。布蘭達都跟他們說了。那個警察一直問我她是怎麼死的。」

「妳沒有跟他說什麼吧？」

「沒有，我——」說到一半，她深深吸了一口氣。那口氣呼出來的時候，聲音聽起來像是快要哭出來了。「我根本不知道該說什麼。馬克，我想我已經露出馬腳了。我很害怕，而我想那個警察發現了。」

「艾貝，這件事關係重大。我問妳，有人在妳的櫃子裡找到嗎啡，這件事妳應該沒有告訴他吧？」

「沒有。可是老實說，我眞想告訴他。老天，馬克，我嚇得連膽子都快吐出來了。也許我應該告訴他眞話。如果我和盤托出，把一切的眞相告訴他——」

「不可以。」

「老實告訴他不是比較好嗎？他早晚會發現的，他早晚會把眞相挖出來的。我相信他一定會的。」說著，她又嘆了一口氣，感覺得到淚水已經開始在眼眶裡打轉了，感覺到自己隨時都會哭出來，在大庭廣衆的圖書館，在衆目睽睽之下。「我覺得自己已經別無選擇了。我必須去報警。」

「萬一他們不相信妳呢？要是他們去現場蒐證，查出嗎啡是在妳櫃子裡找到的，那麼，對他們來說，結論就很明顯了。」

「照你這麼說，那我該怎麼辦？等他們來逮捕我嗎？我受不了。我眞的受不了。」她的聲音開始發抖了，彷彿喃喃自語般地又說了一次：「我受不了。」

「到目前爲止，警察什麼都不知道。我什麼都不會告訴他們，而且我相信，衛蒂格和帕爾也會守口如瓶。他們比妳更不希望這件事張揚出去。所以，艾貝，妳要克制自己。衛蒂格正在想盡辦法讓妳復職。」

過一會兒，她漸漸回復鎭靜，然後終於又開口說話了。她說話的聲音很小，不過已經恢復平靜。「馬克，萬一瑪莉．艾倫眞是被謀殺的呢？那麼，這件事就應該要由警方來調查了。我們應該去報警才對。」

「妳眞的想這樣做嗎？」

「我不知道。我一直在想，也許我們應該這樣做，那是我們的義務。職業道德與工作倫理。」

「該怎麼做，全看妳自己。不過，我希望妳要先想清楚會有什麼後果。」

她早就想過了。她想過要把這件事告訴警方，也想過自己可能會遭到逮捕。她已經反反覆覆想了很久了。她知道自己該做什麼，可是卻不敢採取行動。*我眞是個懦夫。我的病人死了，而且可能是被謀殺的，而我滿腦子想的卻只是該如何保住自己的他媽的面子。*

這時候，圖書室管理員走了進來。她推著一台推車，上面裝滿了書，輪子發出嘎吱嘎吱的聲響。接著，她坐到辦公桌前面，開始在書本封面的內頁蓋戳章。砰。砰。

「艾貝。」馬克說：「在妳採取任何行動之前，先想清楚。」

「我該走了，待會兒再跟你談。」說完，她掛斷電話，走回桌子旁邊，坐下來，楞楞地看著那一疊影印的醫學期刊文章。今天一整天就做了這些事，一整個早上就只是整理出這堆文件。她身爲醫生卻沒有辦法幫病人看病，身爲一個外科醫師卻被擋在手術室門外。護士和職員都搞不懂究竟怎麼回事。她可以確定，現在整間醫院裡一定已經流言四起。今天早上，當她經過病房區去找衛蒂格醫師的時候，所有護士都轉過頭來看著她。她很好奇，她們會背著她說些什麼？

其實，她很怕聽到她們在她背後會說的那些話。

這時候，那一陣陣的砰砰聲響已經停了。艾貝發現那個管理員已經停止在封面內頁蓋戳章，抬起頭來看著她。

就像醫院裡其他人一樣，她對我也是一肚子狐疑。

想到這裡，艾貝忽然臉紅了。她把那疊文件整理好之後，拿到管理員辦公桌前面。

「妳總共印了多少張？」

「這些都是幫衛蒂格醫師印的，妳可以去跟住院醫師辦公室收費。」

「我還是得知道明確的影印張數。這是標準作業程序。」

艾貝把手上那疊文件放在桌上，開始一張一張的數。她早該知道這個管理員的脾氣。這個女人已經在貝賽醫院待了大半輩子了，每當有菜鳥實習醫師來到她的圖書室，她一定會再三交代，這裡是她的地盤，每個人都必須遵守她的規矩。此時此刻，艾貝已經開始想發火了。對那個管理員，對全醫院的人，對她的人生即將面臨的一場災難，她已經開始壓抑不了滿肚子的氣了。這時候，她終於把手上那疊文件都數完了。

「總共兩百一十四張。」說著，她把那疊文件往桌上一甩，那一剎那，她突然留意到第一頁上面那個名字。醫學博士亞倫．李維。那篇文章的標題是〈重病患者和門診患者心臟移植手術存活率比較〉，作者是亞倫，雷吉夫．穆漢德斯，還有勞倫斯．昆斯特勒。她緊盯著亞倫的名字，猛然心頭一震，忽然又想起亞倫已經死了。

那個圖書館員也看到亞倫的名字了。她搖搖頭說：「眞不敢相信李維醫師已經走了。」

「我可以體會妳的感受。」艾貝低聲說。

「而且，沒想到突然又看到那兩個名字並列在一起。」那個女人又搖了搖頭。

「不好意思，妳剛剛說什麼？」

「昆斯特勒醫師和李維醫師。」

「我好像沒聽過這位昆斯特勒醫師。」

「噢，妳還沒有進來之前，他曾經是這裡的醫師。」管理員把那本影印機使用紀錄闔起來，小心翼翼地放回書架上。「那至少已經是六年前的事了。」

「六年前發生了什麼事？」

「就像當年的『查爾斯．史都華殺妻案』一樣。妳應該知道吧，那個人從托賓大橋上跳下去。而昆斯特勒醫師也是從同樣的地點跳下去的。」

艾貝又低頭仔細看看那篇文章，看著第一頁上端那兩個名字。「妳是說他自殺嗎？」

管理員點點頭。「就跟李維醫師一樣。」

四個人圍著那張餐桌，把麻將牌搓得嘩啦嘩啦響。那聲音實在太吵了，把講話的聲音都掩蓋住了。於是，薇薇安把那個裝滿了豆芽菜的濾鍋擺在水槽裡，走過去把廚房的門關起來，然後又走回水槽前面。她把乾癟癟的豆芽扯斷，然後把豆子丟進一個碗裡。艾貝從來沒見過，居然有人會不厭其煩的把豆芽菜的尾巴扯掉。薇薇安告訴她，只有我們這種吹毛求疵的該死的中國佬才會幹這種事。中國人要不了幾分鐘就能夠把一整盤的食物吃得一乾二淨，然而他們居然有辦法耗上好幾個鐘頭洗那個盤子。誰會留意到豆芽菜有沒有尾巴呢？薇薇安的祖母就是這種人，而她的朋友們也都是這種人。如果你把一些尾巴沒有扯掉的豆芽放在一個盤子裡，然後把那個盤子端到那些老太太面前，她們一定會全體皺起鼻頭。於是，儘管我們這位孝順的孫女是堂堂的天才外科醫師，而且又即將自己開業，她還是乖乖執行這個艱鉅的任務，聚精會神地扯掉豆芽的尾巴。她的動作很快，非常有效率。薇薇安就是薇薇安，就算只是剝豆芽也是高人一等。她在聽艾貝告訴她那些事情的時候，那雙靈巧的手就連半秒鐘也沒有停下來過。

「老天。」薇薇安還是說得很小聲。「老天，妳被整慘了。」

這時候，隔壁房間搓麻將的聲音忽然不見了。新的一局開始了。她們隱隱約約聽得到有人在聊天的聲音，偶爾穿插著咚的一聲。那是有人把麻將牌丟到桌子中央的聲音。

「妳覺得我該怎麼辦？」艾貝問。

「迪麥多，不管他用的是哪一個方法，他眞的整倒妳了。」

「這就是爲什麼我會來找妳。妳也曾經被維克多・福斯整過，知道他的能耐。」

「沒錯。」薇薇安嘆了口氣。「我比誰都清楚。」

「妳覺得我應該去報警嗎？還是我應該隱瞞這件事，然後祈求老天保佑，但願他們不要挖得太深？」

「馬克怎麼說？」

「他覺得我應該守口如瓶。」

「我的想法和他一樣。我天生就很不信任那些戴帽子的。妳覺得妳可以把事情的經過對警方和盤托出，相信那樣對妳最有利，看起來，妳似乎比我對警察更有信心。」薇薇安拿起一條抹布，擦乾自己的手，然後眼睛盯著艾貝。「妳眞的認爲妳的病人是被謀殺的嗎？」

「嗎啡劑量那麼高，除了謀殺，還能有別的解釋嗎？」

「在那之前，她注射的嗎啡劑量已經很高了，而且已經不見得壓得住疼痛了，所以，也許她已經受不了了，需要超高的劑量才能夠讓自己舒服一點。或者，也有可能是先前劑量逐漸增加，已經累積到致命的程度了。」

「可是，除非有人幫她注射了額外的劑量，否則她是不會死的。我無法確定那是不小心還是刻意的。」

「妳的意思是，有人這樣做，只是爲了要陷害妳？」

「沒有人幫癌症末期死者驗屍的時候，會去檢查體內殘留的嗎啡劑量！顯然有人刻意要讓別人注意到這起謀殺。顯然有人很清楚那的確是謀殺，所以寄了一封信給布蘭達・海妮。」

「妳確定那就是維克多・福斯幹的嗎？」

「除了他還有誰？只有他想把我踢出貝賽醫院。」

「只有他嗎？」

艾貝瞪大眼睛看著薇薇安，心裡想：還有誰希望我滾出貝賽醫院？

飯廳裡，痲將牌搓得震天價響，意味著一局又結束了。那種驚天動地的噪音令艾貝感到很不安。她開始在廚房裡踱來踱去，一會兒走到流理台上的電鍋旁邊，一會兒又走到火爐上的鍋子旁邊。鍋子裡冒出陣陣蒸氣，那種味道聞起來熱辣辣的，充滿了異國風味。「這實在太瘋狂了。我簡直不敢相信，有誰會光是爲了把我踢出去而做出這種事。」

「傑瑞米．帕爾必須設法保住自己的飯碗，此刻，福斯想必就給了他很大的壓力。想想看，整個醫院的董事會全是福斯那群有錢的兄弟，他們絕對有那個能力把帕爾炒魷魚，除非他先把妳一腳踢開。嘿，迪麥多，看起來並非妳得了妄想症，而是眞的有人在追殺妳。」

這時候，艾貝整個人跌坐在餐桌旁邊的椅子上。隔壁房間依然傳來陣陣的搓牌聲，聽得艾貝頭都開始痛了。那種嘩啦嘩啦的聲音，再加上幾個老太太嘰嘰喳喳在閒扯，整間屋子鬧哄哄的。那幾個老太太講起廣東話的嗓門之大，簡直就像在吼叫，明明是在聊天，可是那種尖銳的聲調聽起來就像在吵架。薇薇安怎麼有辦法忍受跟奶奶住在一起呢？每天被那種鬧哄哄的聲音疲勞轟炸，光是這一點就足以令艾貝發瘋。

「到頭來，罪魁禍首還是又追回到維克多．福斯頭上。」艾貝說：「不管他用的是哪一種方法，最後一樣都能夠報仇的。」

「既然如此，那他爲什麼要撤銷告訴？這很沒道理。他派出一輛壓路機來對付妳，結果突然就沒有下文了。」

「現在雖然沒有一堆人要來告我，但我卻變成謀殺嫌疑犯了。他換的這種手法可眞是驚天動地。」

「可是妳看，這不是很沒道理嗎？福斯大概花了不少錢才鼓動那些人來告妳，他不會平白無故撤銷告訴，除非他擔心可能會有某種後果。比如說，妳反過來告他。妳有打算這樣做嗎？」

「我跟律師討論過，他勸我不要。」

「所以說，福斯幹嘛要撤銷告訴？」

艾貝也想不透爲什麼。

她開著車從薇薇安家出發，離開梅洛斯，準備回家。一路上她一直在想這個問題。已經快黃昏了，這個時間，一號公路就像平常一樣，已經開始塞車了。雖然外頭下著毛毛雨，但艾貝還是把車窗打開，因爲車內還殘留著一股豬內臟的腐臭味。她覺得那股臭味恐怕永遠清不掉了。那會永遠瀰漫在她的車子裡，讓她永遠不會忘記維克多．福斯的怒火。

托賓大橋快到了。勞倫斯．昆斯特勒就是挑選那個地方結束自己的生命。開上大橋之後，她開始減速，然後彷彿患了強迫症似的，不由自主地往旁邊看，看著河面。天空一片陰霾，河水看起來黑黝黝的，風拂過河面，激起陣陣漣漪。她覺得自己不會選擇溺水這種死法。想像那種驚慌，想像手腳拚命掙扎，想像冰冷的河水灌進喉嚨，喉嚨立刻緊縮。她很好奇，不知道昆斯特勒掉到水面那一剎那，人是否還是清醒的。不知道他是否曾經在洶湧的水流裡掙扎。接著，她也想到了亞倫。兩個人都是醫生，兩個人都自殺了。她忽然想到，剛剛忘了跟薇薇安打聽一下昆斯特勒。假如那個人是六年前死的，薇薇安說不定聽說過他。

艾貝看河面看得太專心了，沒有留意到前面的路段從收費站那邊回堵過來，前面的車子已經開始減速了。後來，她瞥了前面的馬路一眼，這才赫然驚覺前面那輛車已經停住不動了。

艾貝猛踩煞車。就在那短短的一瞬間，她感覺到車子後面被撞了一下。她瞄了一眼後視鏡，看到後面那輛車子裡的女人正在搖頭，一副很不好意思的樣子。就在那個時候，橋上整個堵死了，車子一動也不動。艾貝下了車，走到後面看看車子有沒有撞壞。

艾貝在檢查後保險桿的時候，那個女人也下了車，緊張兮兮地站在艾貝旁邊。

「看起來還好。」艾貝說：「沒有受損。」

「眞對不起，我大概是恍神了。」

艾貝瞄了那個女人的車子一眼，發現她的前保險桿也沒有受損。

「眞是不好意思。」那個女人說：「我一直在注意我後面那輛車。」說著，她伸手指著她車子後面那輛紫紅色的旅行車。那輛車的引擎沒有熄火。「結果一個不留神就撞上妳的車了。」

這時候，有車子按了一聲喇叭。前面的車子又開始動了。艾貝趕緊回到車上，繼續往前開。經過收費站的時候，她不由自主地回頭往橋上瞥了最後一眼。勞倫斯．昆斯特勒就是在那個地方縱身一躍，結束了自己的生命。亞倫和昆斯特勒，他們倆彼此認識，而且在一起工作，甚至還一起合寫文章。

她啓動車子的導航系統，往劍橋大學區的方向開過去，腦海中思潮起伏。

這兩位醫生都是心臟移植小組的成員，結果兩個人都自殺了。

她心裡想，不知道昆斯特勒有沒有太太，不知道昆斯特勒太太是不是也和伊蓮．李維一樣，感到茫然困惑。

她的車子環繞著哈佛公園的外圍前進，到了布瑞特街口，車子要轉彎了，她不經意地瞄了一眼後視鏡。

這時，她發現一輛紫紅色的旅行車跟在她車子後面。那輛車也隨著她轉進布瑞特街。

她繼續往前開，到了維拉街口，她又看了後視鏡一眼。那輛車還是跟在她後面。難道剛剛在橋上的時候，那輛車就已經在跟蹤她了嗎？當時在橋上，她只是不經意地瞄了那輛車一眼，沒有留下什麼深刻的印象，只記得車子的顏色。此刻，不知道爲什麼，看到那輛車子，她忽然感到很不安。也許是因爲她剛剛才經過那座橋，也許是因爲她剛剛瞥見了河面，令她聯想起昆斯特勒的死，聯想起亞倫的死。

這時候，她靈機一動，突然向左轉，開上梅瑟街。

那輛旅行車也跟著向左轉。

接著，她又左轉到肯登街，然後右轉到奧本街，一路上眼睛一直緊盯著後視鏡不放，心裡幾乎認定那輛旅行車一定會出現。然而，當她又轉回到布瑞特街的時候，那輛旅行車並沒有跟上來。她終於鬆了一口氣。大概是那種女性防身自衛的節目看太多，緊張過頭了。

她一路直接開回到家門口，轉上車道。馬克還沒有回來，不過，這是意料中事。儘管天上下著毛毛細雨，他還是執意駕駛他的「變調搖滾號」出海，跟亞契繼續大戰一回合。他跟她說，除非碰上颶風，否則不能拿天氣不好來當作不出海的藉口。比賽照常進行。

她走進屋子裡。午後的陽光從窗口射進來，光線微弱朦朧，屋子裡一片昏暗。當她走到客廳的茶几那邊，正要伸手去打開檯燈時，忽然聽到門外的布魯斯特街傳來一陣低沉的引擎聲。她立刻看向窗外。

那輛紫紅色的旅行車正從她家門口駛過，經過車道的時候，車速忽然慢下來，很慢很慢，彷佛那個司機正慢慢地仔細打量艾貝的車子。

把門鎖起來。把門鎖起來。

她衝到大門前面，轉動旋轉鈕，把第二段鎖也鎖上，然後把鍊條扣上。

對了，還有後門。後門鎖了嗎？

她沿著走廊衝進廚房，發現後門沒有第二段鎖，只有按鈕鎖。她拖了一張椅子過來，把門頂住，頂在門把上。

然後，她又走回客廳，站在窗簾後面偷看外面。

那輛旅行車已經不見了。

她左右張望，整個臉盡可能貼在窗框兩邊的角落，讓視線範圍擴大到極限。不過，街道兩頭空蕩蕩的，由於天上下著毛毛雨，整個路面濕濕滑滑的。

她把燈關掉，但沒有拉上窗簾。她坐在那黑漆漆的客廳裡，瞪大眼睛看著窗戶外面，心裡想，那輛旅行車一定會再度出現的，是不是該報警呢？然而，她又能跟警察說什麼？並沒有人闖進來威脅到她的生命安全。她在客廳裡呆呆坐了將近一個鐘頭，看著外面的街道，心裡暗暗祈求馬克趕快回家。

然而，那輛旅行車始終沒有再出現，而馬克也一直還沒有回來。

趕快回來吧。趕快從你那艘爛船上下來，趕快回來吧。

她想像此刻他就在那片海灣裡，頭頂上的帆被風吹得劈哩啪啦響，帆桁發出砰砰的聲響。灰沉沉的天空下，海面的浪濤洶湧翻騰，就像她剛剛看到的河水一樣。昆斯特勒就死在那條河裡。

她拿起電話，撥了薇薇安家的號碼。電話一接通，她立刻就聽到趙家那種特有的驚天動地的喧鬧聲，聽到有人用廣東話在大吼大叫，放聲大笑。在一陣嘈雜聲中，她隱隱約約聽到薇薇安的聲音說：「我聽不清楚妳的聲音。妳剛剛說了什麼？再說一次好不好？」

「心臟移植小組裡還有另外一個醫生，他六年前死了。妳認識那個人嗎？」

薇薇安回答的時候是用嘶吼的。「認識。不過，好像沒有那麼久，大概是四年前吧。」

「妳知不知道他爲什麼要自殺？」

「他不是自殺。」

「妳說什麼？」

「呃，妳等我一下好嗎？我去換一台分機。」

接著，艾貝聽到對方的話筒放到桌上發出砰的一聲，然後等了很久很久，彷彿要等八輩子一樣，快要耐不住了。後來，好不容易才聽到薇薇安拿起了另一台分機。「好了，奶奶！妳可以掛了！」她大喊了一聲。接著，電話裡那嘈雜的廣東話的聲音突然消失。

「妳剛剛說他不是自殺，那是什麼意思？」艾貝問。

「他是意外死亡的。他家的壁爐設計有問題，滿屋子裡全是一氧化碳。他太太和他們的小女兒也死了。」

「等一下，等一下。我說的那個人叫做勞倫斯．昆斯特勒。」

「我根本沒聽過叫昆斯特勒的人。妳說的那件事一定是我還沒有進貝賽醫院之前的事。」

「那妳剛剛說的人是誰？」

「他是一個麻醉醫師。在他們招募茨威克之前，麻醉醫師就是他。我一時想不起來，他姓什麼來著……噢，對了，他姓漢尼斯。」

「他是移植小組的成員嗎？」

「沒錯。他很年輕，剛靠獎學金念完研究所。他並沒有在醫院待很久。我還記得，出事情的時候，他正在考慮要搬回西部去。」

「你確定那是意外嗎？」

「不是意外是什麼？」

艾貝凝視著窗外，看著空蕩蕩的街道，沒有說話。

「艾貝，妳怎麼了？」

「今天有人跟蹤我。一輛旅行車。」

「妳想太多了。」

「馬克還沒有回來。天都快黑了，這個時間他本來應該已經到家了。我一直在想亞倫，還有勞倫斯．昆斯特勒。昆斯特勒從托賓大橋上跳河身亡。此外，再加上妳剛剛告訴我的這個漢尼斯，總共已經三個了，薇薇安。」

「兩個是自殺，一個是發生意外。」

「他們是同一家醫院的醫生，這比例未免太高了點。」

「嗯，那是統計學上的集合嗎？還是說，在貝賽醫院工作眞的是會令人非常非常沮喪？」薇薇安試著想幽默一下，可是她實在不是那塊料，而她自己也心知肚明。過了一會兒，她又說：「妳眞的認爲有人在跟蹤妳嗎？」

「那不是妳剛剛說的嗎？妳說，並非妳得了妄想症，而是眞的有人在追殺妳。」

「我說的是維克多．福斯，或是帕爾。他們是有那個動機恐嚇妳，騷擾妳。可是，應該不至於開著旅行車跟蹤妳吧？而且，這跟亞倫或是另外那兩個醫生有什麼關係呢？」

「我也不知道。」艾貝把兩條腿縮到椅子上，整個人縮成一團，讓自己暖和一點。那是一種不自覺的自我防衛的姿態。「可是我愈來愈怕了。我老是會想到亞倫的事情。我不是告訴過妳，那個警察說的話——他說，亞倫可能不是自殺。」

「他有什麼證據嗎？」

「就算他有證據，也一定不會告訴我的。」

「也許他會告訴伊蓮。」

對了，死者的遺孀。她一定會想知道眞相，她一定會對警方提出要求。

掛了電話之後，艾貝從電話簿裡翻出伊蓮．李維的電話號碼，然後坐下來，深呼吸了幾下，鼓起勇氣，準備打電話。外頭的天色已經完全黑了，原本是毛毛細雨，現在雨勢已經變大了。馬克仍舊沒有回來。她把窗簾拉上，打開燈，屋子裡所有的燈。此刻，她需要亮光，需要溫暖。

她拿起電話，打給伊蓮。

電話響了四聲之後，她心裡想，可能要轉接到答錄機了，於是她清了清喉嚨，準備留言。接著，她突然聽到三聲刺耳的嘟嘟聲，然後是一段錄音：「您所撥的號碼目前已經停用，請查明後再撥……」

艾貝又重撥了一次，一邊按一邊仔細確認自己沒有按錯按鍵。

響了四聲之後，那三聲刺耳的嘟嘟聲又出現了。「您所撥的號碼目前已經停用……」

她掛斷電話，冷冷地看著電話機，彷彿電話機故意在跟她過不去。伊蓮幹嘛要換電話號碼？她在躲誰？

屋外，有一輛車子逐漸靠近，雨水劈哩啪啦打在車身上。艾貝衝到窗口，從窗簾的縫隙往外看。一輛BMW正開上車道。

她默默禱告了一句，謝天謝地。

馬克回來了。

16

馬克又倒了一杯葡萄酒。「沒錯，他們兩個我都認識。」他說：「不過，我和勞倫斯．昆斯特勒比較熟，跟漢尼斯比較沒那麼熟。漢尼斯和我們一起工作的時間並不長。至於勞倫斯，他就是當初招募我加入小組的那群醫生當中的一位。當時，我才剛從醫學研究所畢業，就被他們拉進小組了。那個人還不錯。」馬克一邊說，一邊把酒瓶放回桌上。「他人眞的很不錯。」

這時候，服務生從桌子旁邊走過去。他正在帶路，把一位衣著華麗鮮豔的女人帶到附近的一張桌子前面。那桌的客人立刻起了一陣喧嘩，七嘴八舌地跟她打招呼。「親愛的，妳終於來了。」「妳打扮得眞漂亮！」此時此刻，那種歡呼喝采的聲音聽起來格外刺耳，感覺很粗俗，甚至下流。她忽然覺得，此刻要是她和馬克兩個人待在家裡該有多好。偏偏他就是要到外面的餐廳吃。他們兩個人能夠在晚上相聚的機會實在是少之又少，自從訂婚之後，一直都還沒有機會好好慶祝一下。他點了葡萄酒，然後一直舉杯敬她，沒多久，酒瓶已經快要空了——這陣子，他似乎酒愈喝愈多，常常這樣不知不覺就喝掉一瓶酒。她看著他倒空了酒瓶，心裡想：自己官司纏身，這件事似乎也連帶令馬克感到心煩。

「爲什麼你從來沒有跟我提過他們？」她問。

「因爲我一直沒有再想到他們兩個人。」

「我一直覺得，總該有人會提起他們吧。特別是自從亞倫過世以後。這六年來，移植小組失去了三位同僚，而大家卻閉口不談，那種感覺像是你們很怕提起這件事。」

「提到過去的事會令人心情很不好。特別是，如果瑪瑞莉在旁邊的時候，我們都盡量不談那個話題。她認識漢尼斯的太太，甚至還幫他們的孩子安排洗禮。」

「就是那個死去的嬰兒嗎？」

馬克點點頭。「出事的時候，大家都很震驚。全家人就這樣走了。瑪瑞莉聽到這個消息的時候，甚至有點情緒失控。」

「確定那是意外嗎？」

「那棟房子是他們幾個月前才買的，一直還沒有時間換掉舊的壁爐。沒錯，那是一場意外。」

「不過，昆斯特勒並非死於意外。」

馬克嘆了口氣。「沒錯。勞倫斯並非死於意外。」

「你知不知道他爲什麼會自殺？」

「亞倫爲什麼會自殺？人爲什麼會自殺？我們至少可以找出半打以上的可能原因，只可惜，艾貝，沒有人眞的知道。永遠不會有人知道，也永遠不會有人懂。我們都看著未來的遠景，告訴自己，人生會愈來愈美好，一定會愈來愈順利。只可惜，不知道爲什麼，勞倫斯忽然失去了高瞻遠矚的能力，忽然看不見未來的美好願景。在那樣的時刻，當我們看不見未來的時候，我們就會崩潰。」說著，他又啜了一口酒，然後又一口，只不過，看他那副模樣，酒灌進嘴裡，似乎毫無滋味，而東西吃進嘴裡，似乎也是食之無味。

餐後的甜點都還沒吃，他們就離開了餐廳。兩個人默默無語，心情都很沉重。

天上斷斷續續飄著雨，霧愈來愈濃了，馬克開著車，在茫茫的雨霧中穿梭。兩個人都沒有說話，車內一片沉寂，只聽得到雨刷劃過擋風玻璃，發出窸窸窣窣的聲響。

艾貝腦海裡迴盪著馬克剛剛說的話：當我們看不見未來的時候，我們就會崩潰。

艾貝楞楞地望著車窗外的迷霧，心裡想著：我已經快要到那種地步了。我已經看不見未來了。我無法預知接下來會發生什麼事。甚至，我看不見我們兩個人的未來。

後來，馬克終於開口了。他輕柔地說：「艾貝，我想帶妳去看一樣東西。我想聽聽妳有什麼看法。搞不好妳會認為我瘋了。不過，說不定妳也有可能會瘋狂愛上這個構想。」

「什麼構想？」

「那是我長久以來的夢想，想了大半輩子了。」

他們車子往北開，離波士頓市區愈來愈遠，一路上經過瑞威爾鎮，經過林恩鎮，經過史旺斯克特，最後抵達馬伯赫德小艇碼頭。馬克停了車，然後對她說：「到了，她就在這裡，就在碼頭的最尾端。」

她是一艘遊艇。

艾貝站在碼頭上，全身發抖，腦海中一片茫然，看著馬克在船邊走來走去，從船頭走到船尾。現在，他整個人突然生龍活虎起來，聲音充滿了活力。整個晚上，他一直無精打采，現在總算精神來了，激動得手舞足蹈。

「那是一艘遊艇。」他說：「四十八英尺長，全套配備，所有的必需品該有的都有了。船是全新的，導航設備也是最新型的。老天，這艘船幾乎從來沒有出過海。她可以帶我們走遍天下，想去哪裡就去哪裡。我們可以去加勒比海，去太平洋。艾貝，此刻呈現在妳眼前的，就是自由！」他站在船塢上，兩隻手舉得高高的，彷彿在跟那艘船致敬。「絕對的自由！」

她搖搖頭說：「我不懂。」

「有了她，我們就解脫了！去他媽的城市，去他媽的醫院。我們把這艘船買下來，然後離開這個鬼地方，海闊天空。」

「去哪裡？」

「哪裡都可以。」

「可是我哪裡都不想去。」

「現在，我們根本沒有必要待在這裡。」

「有必要。我有必要。我不能就這樣捲起舖蓋走人！馬克，我還有三年的工作要做，我必須把住院醫師的任期做滿，否則就沒辦法成爲正式的外科醫師。」

「艾貝，我自己就是外科醫師。我現在的身分就是妳想要的，或者說，妳自以爲想要的。老實告訴妳，根本不值得。」

「可是我努力了這麼久，現在怎麼可以就這樣放棄呢？」

「那我呢？妳會放棄我嗎？」

她瞪大眼睛看著他，忽然懂了。這就對了，這一切都是爲他自己。那艘船，解脫，自由自在海闊天空。這個快要結婚的男人突然迫不及待的想要逃離自己的家。也許連他自己都沒有意識到，那是一種象徵。

「艾貝，我很想做這件事。」他一邊說，一邊朝她走過來，眼睛閃閃發亮。那是一種狂熱的眼神。「我已經跟這艘船的賣方報價了，所以才會那麼晚回家。今天晚上我跟那位仲介碰過面了。」

「你都還沒有跟我商量就跟對方報價了？連一通電話都沒打給我？」

「我知道這聽起來很瘋狂——」

「我們怎麼買得起這艘船？我自己現在還一屁股債！我的學生貸款不知道還要花多少年才還得清，而你竟然要買一艘船？」

「我們可以貸款，就當作是買第二個家。」

「船不能當作家。」

「至少是一種投資。」

「我不會拿我的錢做這種投資。」

「我沒有要花妳的錢。」

她倒退了一步，瞪大眼睛看著他。「你說對了。」她語氣平靜地說：「那根本不是我的錢。」

「艾貝。」他喊叫了一聲，聲音聽起來像在呻吟。「老天，艾貝——」

天上又開始下起雨來，冰冷的雨水打在她臉上，她卻渾然無覺。她走回車子旁邊，開門坐進去。

他也跟著坐進車子裡，好一會兒兩個人都沒有說話，只聽到雨水叮咚叮咚打在車頂上聲音。

後來，他終於開口了，口氣很柔和。「我會把報價撤銷掉。」

「我希望你明白，那不是我要的。」

「那妳要的是什麼？」

「我一直覺得我們可以不分彼此，分享一切。當然，我不是說錢。我並不在乎錢。令我傷心的是，你居然認爲你出的是自己的錢。那是不是說，我們以後就像這樣，你的我的要分得一清二楚？那是不是說，我們現在就要先簽署一份婚前協議書，什麼家具歸你，哪個孩子歸我，要先談清楚？」

「妳不會明白的。」他說。聽到這句話，她覺得有點意外，因爲他的口氣中有一種莫名的絕望。接著，他發動了車子。

開車回家的途中，他們默默無語，一直到了半路上，艾貝才開了口。

艾貝說：「也許我們該考慮一下，要不要解除婚約。馬克，也許結婚並非你眞正想要的。」

「那麼，結婚是妳想要的嗎？」

她看著窗外，嘆了口氣。「我不知道。」她低聲咕噥著。「我已經不知道了。」

那是她的眞心話。她眞的已經不知道了。

一家三口的慘劇

那天半夜，亞倫．漢尼斯醫師和他的家人都睡覺的時候，死神從地下室的台階潛入屋內。通風不良的壁爐所產生的一氧化碳是這場意外的元兇，在元旦當天奪走了三條人命，包括現年三十四歲的漢尼斯，三十三歲的太太蓋兒，還有他們六個月大的小女兒琳達。隔天下午將近黃昏的時候，他們的幾位朋友才發現他們已經死了。那幾位朋友是應邀到他們家吃晚餐的……

艾貝調整了一下那張報紙微縮影片的位置，畫面上就出現了漢尼斯和他太太的照片。他的臉圓圓胖胖的，表情嚴肅，而他太太則露出一種似笑非笑的表情。此外，沒有看到那個小嬰兒的照片，也許《波士頓論壇報》認為六個月大的小嬰兒個個看起來都差不多。

艾貝換上另一張微縮影片，日期是漢尼斯一家人意外死亡的三年半之前。她在「大都會版」的首頁找到了她想看的那篇報導。

波士頓內港尋獲失蹤醫師的屍體

星期二，波士頓港口發現一具浮屍，經指認，死者的身分是勞倫斯．昆斯特勒，一位胸腔外科醫師。上星期，有人發現昆斯特勒醫師的車子被遺棄在托賓大橋南向車道的緊急停車道上。警方猜測，他可能是自殺身亡。然而，由於案發經過沒有目擊證人，因此偵辦的工作目前尚未終結……

艾貝把昆斯特勒的照片移到螢幕畫面中間。照片中的昆斯特勒醫師擺出一種常見的標準姿勢，穿著醫師的白袍，脖子上掛著一副聽診器，眼睛直視著相機的鏡頭。

此刻，艾貝感覺照片中的昆斯特勒彷彿正凝視著她。

你為什麼要這樣做？你為什麼要跳河？她腦海中尋思著。接著，腦海中又冒出一個無法壓抑的疑問：是你自己跳的嗎？

被醫院解除了醫師的職務，倒是有一個好處，那就是，艾貝可以溜出貝賽醫院，整個下午都在外面晃，而且根本不會有人留意，也沒有人在乎。她根本不必再回醫院，因此，當她走出波士頓公共圖書館，走進人群熙熙攘攘的柯普萊廣場，那一剎那，她既感覺空虛，又感到輕鬆自在。

如果她願意的話，整個下午的時間都可以完全屬於她自己。

她決定開車去伊蓮家。

過去那幾天，她到處打聽伊蓮家的新電話號碼。可是，瑪瑞莉．亞契根本不知道伊蓮家的電話號碼改了，而移植小組幾位醫生的太太也都不知道。

此刻，昆斯特勒和漢尼斯的身影一直纏繞在她的腦海中，那影像如此清晰，彷彿近在眼前，令人難受。她沿著九號公路往西開，往紐頓市的方向前進。其實，她並不是很想跟伊蓮說話，只不過，過去這幾天來，每當她想到昆斯特勒和漢尼斯，她就會不自覺地也想起亞倫。如今回想起來，亞倫葬禮那一天，很奇怪地就是沒有人提起先前死掉的那兩個醫生。換成是別人，一定會有人自然而然地提到他們兩個人，一定有人會說，這是第三個了。或者，貝賽醫院怎麼楣氣這麼重？或者，這三個人之間是不是有什麼共同點？然而，所有的人都絕口不提，就連伊蓮也一樣，而伊蓮一定認識昆斯特勒和漢尼斯。

甚至連馬克也絕口不提。

假如這件事他瞞著我，那麼，他還有什麼別的事情也瞞著我呢？

她把車子開上伊蓮家門口的車道，然後在車上坐了一會兒，雙手抱著頭，努力想掙脫那種沮喪的情緒，然而，心中的陰影卻是揮之不去。我的世界開始一片一片的瓦解了，她心裡想。我失去了工作，現在就連馬克也跟我漸行漸遠了，而最要命的是，我居然完全搞不清楚究竟出了什麼事。

那天晚上，她不自覺地跟大家提到昆斯特勒和漢尼斯，而就從那個時候開始，她和馬克之間的感覺全變了。他們同住在一個屋簷下，睡同一張床，可是，兩個人之間的互動卻開始變得十足機械化。比如說那檔子事。黑暗中，當她閉上眼睛，她感覺自己彷彿在跟一個陌生人親熱。

她抬頭看看那棟房子，心裡想：說不定伊蓮知道什麼內情。

她下了車，走上大門口的階梯。這時候，她發現報紙還擺在門口，總共有兩份，捲成一團丟在門廊上。那已經是一個禮拜前的報紙了，紙都已經開始發黃了。爲什麼伊蓮沒有把報紙拿進去呢？

她按了一下門鈴，可是卻沒有人來開門。她試著敲敲門，然後又按了一下門鈴。結果還是一樣，屋子裡傳來一陣門鈴空洞的回聲，然後又陷入一片寂靜。沒有腳步聲，沒有人講話的聲音。她低頭看看那兩份報紙，忽然明白事情有點不對勁。

大門鎖著，於是她走下門廊，從屋子旁邊繞到後花園。那是一條碎石鋪成的走道，一路延伸到彎彎曲曲的花圃，花圃裡盛開著杜鵑和繡球花。草坪看起來很平整，好像最近才修剪過，可是那個石板露台看起來卻空蕩蕩的，有一種不安的感覺。她忽然想到，葬禮那天下午，露台上本來有一張遮陽傘桌，還有幾張椅子，現在都不見了。

廚房的門鎖著，不過，旁邊有一扇玻璃滑門緊鄰著露台，門閂沒有扣上。艾貝輕輕推了一下，門就滑開了。她喊了一聲：「伊蓮，妳在家嗎？」接著，她就走了進去。

廚房裡空蕩蕩的，所有的家具、地毯通通不見了，就連牆上那幾張照片也不見了。她楞楞地盯著空蕩蕩的牆壁，盯著地板。地板上原先鋪著地毯的位置，變成一塊長方形，和四周被太陽曬得褪色的木板比起來，感覺顏色比較深暗。接著，她走進客廳。空蕩蕩的客廳裡迴盪著她的腳步聲。整間屋子彷彿被掃蕩過似的，空空如也，只看到大門郵件投遞口底下，有幾張廣告明信片撒落在地面上。她拿起其中一張，看到上面收件人寫著「住戶」兩個字。

接著，她又走進廚房。就連冰箱裡也是空空如也，外殼擦得亮晶晶的，飄散著一股消毒水的味道。牆上的電話機聽不到嗡嗡的聲音。

她走到屋外，站在車道上，感到十分茫然。就在兩個禮拜前，她曾經在這間屋子裡，坐在客廳的沙發上，一邊品嚐小菜，一邊欣賞掛在壁爐上那幾張李維家人的照片。此刻，她甚至懷疑眼前那景象會不會是自己的幻覺。

她坐進車子裡，腦海中一片茫然。接著，她不自覺地開始倒車，把車子退出車道，然後啓動衛星導航系統，心不在焉地往前開。她眼睛幾乎沒有在看路，腦海中一直想著，爲什麼伊蓮會莫名其妙失蹤了。她究竟跑到哪裡去了？亞倫才剛過世，她就這麼突然消失，彷彿過去的生活方式被連根拔起，這實在講不通。更何況，從屋子裡的情況看來，她離開的時候似乎很匆忙，驚慌失措。

這時候，她突然感到一陣不安，瞥了一眼後視鏡。自從禮拜六那天在後視鏡裡瞄到那輛紫紅色的旅行車之後，她沒事就會瞄瞄後視鏡。這已經變成一種習慣了。

有一輛暗綠色的Volvo跟在她車子後面。艾貝納悶著，那輛車子原先是不是停在伊蓮家外面的？她無法確定。剛剛沒有特別去留意。

那輛Volvo閃了幾下大燈。

艾貝開始加速。

那輛Volvo也跟著加速。

她向右轉，開上一條主幹道。這裡是郊區，沿路是一整排的加油站和小型購物中心。這裡人很多，大庭廣眾，眾目睽睽。不過，那輛Volvo還是緊跟著她，還是一直在閃大燈。

她實在受夠了，受夠了一天到晚被人追殺，受夠了擔驚受怕。管他去死吧，要是他眞想騷擾她，現在，她可要扭轉形勢，迎頭反擊了。

她突然轉進一家購物中心的停車場，而他還是跟在她後面。她瞄了車窗外一眼，發現附近人很多，成群的顧客推著手推車，還有不少車子在找停車位。這裡就是動手的好地方。

她猛踩了一下煞車。

那輛Volvo也跟著緊急煞車，輪胎在地面摩擦發出尖銳刺耳的吱吱聲，差一點就撞上她車子的後保險桿。

她飛快地鑽出車子，衝向那輛Volvo，然後怒氣沖沖地猛敲駕駛座的車窗。「你這個混帳，窗戶打開！打開！」

那個駕駛把車窗降下來看著她，然後摘掉臉上的太陽眼鏡。「迪麥多醫師嗎？」伯納德・卡茲卡說：「我猜得沒錯，果然是妳。」

「你幹嘛跟蹤我？」

「我看到妳開車從那棟房子前面出來。」

「不，我說的是更早之前。先前你爲什麼要跟蹤我？」

「什麼時候？」

「上禮拜六。你開著一輛旅行車。」

他搖搖頭。「我不知道妳在說什麼旅行車。」

她往後退了幾步。「算了。反正不要再跟蹤我就對了，可以嗎？」

「我剛剛是想叫妳停到路邊。妳沒有看到我在閃大燈嗎？」

「我不知道是你。」

「能不能告訴我，妳到李維醫師家做什麼？」

「我正好路過，想去探望一下伊蓮。我不知道她已經搬家了。」

「妳能不能把車子停到停車位？我想跟妳聊聊。這一次，妳是不是還要拒絕回答問題呢？」

「那要看你想問的是什麼。」

「我要問李維醫師的事。」

「你只是要跟我聊他而已嗎？只談亞倫的事嗎？」

他點點頭。

她想了一下，忽然靈機一動，對了，既然他可以問她問題，反過來，她也可以問他問題。不管這位姓卡茲卡的警察口風有多緊，說不定還是可以套出一些情報來。

她瞄了購物中心一眼。「那邊有一家甜甜圈店，我們乾脆到裡面去喝杯咖啡，怎麼樣？」

警察和甜甜圈。這兩者之間的關係已經成為一種笑料，特別是在一般社會大眾印象中，每一次看到那種圓滾滾的警察，看到巡邏車停在甜甜圈店外面，就更覺得好笑。只不過，這位伯納德·卡茲卡看起來不像嗜甜甜圈如命那一型的警察。他只點了一杯黑咖啡，一口一口慢慢啜飲著，顯然喝得很不是滋味。有些男人會沉溺享受，沉溺在那種邪惡的、毫無必要的事物中，然而，這位卡茲卡卻給艾貝一種感覺，覺得他完全不是那一型的。

他開門見山立刻就問到重點了。「妳為什麼要到那棟房子去？」

「我去找伊蓮。我想跟她聊聊。」

「聊什麼？」

「一些私事。」

「在我印象中，妳們兩個人並不熟。」

「是她告訴你的嗎？」

他不理她，繼續追問：「妳承認妳們兩個不熟嗎？」

她嘆了口氣。「對。大概吧。我們會認識，純粹是因爲亞倫的關係，如此而已。」

「既然如此，妳來找她做什麼？」

她又深深吸了一口氣。她突然想到，說不定他已經察覺到她很緊張。「最近我碰到一些很奇怪的事。我想跟伊蓮談談這些事。」

「什麼事？」

「上個禮拜六有人跟蹤我。那是一輛紫紅色的旅行車。我經過托賓大橋的時候，從後照鏡看到那輛車，後來，我回到家之後，那輛車又出現了。」

「還有呢？」

「這樣還不夠煩嗎？」她死盯著他的眼睛。「我嚇死了。」

他沒有吭聲，彷彿想從她的表情看出她是不是眞的害怕。「這件事和李維太太有什麼關係？」

「就是你讓我對亞倫的死起了疑心。我開始懷疑他是否眞的是自殺死的。後來，我查出貝賽醫院有兩個醫生也死了。」

這時候，卡茲卡皺起眉頭。她忽然明白，這是他第一次聽到這件事。

「六年半前。」她說：「有一位名叫勞倫斯．昆斯特勒的醫師也死了。他是胸腔外科醫師，從托賓大橋上跳下去。」

卡茲卡沒有說話，不過，艾貝看到他略微調整了一下坐姿。那動作很輕微，幾乎感覺不到。

「接著，三年前，有一位麻醉醫師也死了。」艾貝繼續說：「他叫漢尼斯。他、他太太，還有他們的小女兒都死了，死因是一氧化碳中毒。警方說那是意外，因爲壁爐通風不良。」

「眞是不幸。不過，這種意外每年冬天都會有。」

「然後是亞倫。加起來總共是三位醫師，三個都是移植小組的成員。你不覺得這太過巧合了嗎？」

「妳的結論是什麼？有人盯上了移植小組的醫生，一個一個殺掉嗎？」

「我只是歸納出一種模式。你是警察，該去調查的人是你。」

卡茲卡往後靠在椅背上。「妳是怎麼牽扯進來的？」

「我男朋友也是移植小組的成員。儘管馬克嘴巴不承認，可是我感覺得到他很不安。我感覺得到整個小組的人都很不安，彷彿都在猜，接下來是誰要遭殃。不過，他們倒是都絕口不提，就好像，當乘客走到登機門的時候，沒有人會提到墜機這兩個字。」

「所以說，妳是不是擔心妳男朋友可能會有生命危險？」

「是的。」她回答得很簡單，心裡眞正的想法卻沒有說出口。她之所以這樣做，其實是因爲她希望馬克能夠回到她身邊，希望馬克能夠回復到從前那樣。她搞不懂他們兩個之間究竟出了什麼問題，不過，她卻明白，他們倆的關係已經岌岌可危。自從那天晚上，她提到昆斯特勒和漢尼斯之後，他們之間的關係就開始變質了。這些心裡的話，她並沒有告訴卡茲卡，因爲這只是她個人的感覺，她的直覺。卡茲卡這種人講究的是明確的證據。

顯然，他希望她多告訴他一些事情，可是她卻沒有再吭聲。於是，卡茲卡又開口問：「妳還有別的事情要告訴我嗎？隨便什麼都可以。」

她忽然有點驚慌，心裡想，他的意思顯然是指瑪莉·艾倫。她本來有一股衝動，想把事情的經過和盤托出，現在就告訴他。但當她看著他的眼睛，立刻又把那股衝動按捺下去了。她飛快地轉頭，避開他的目光，然後立刻反過來問他。

「你爲什麼要監視伊蓮家？」她問：「你們就是在監視，對不對？」

「我去找隔壁的鄰居問一些問題，後來，我走出來的時候，正好看到妳正在倒車，從車道上退出來。」

「你是說你去詢問伊蓮的鄰居嗎？」

「那只是例行公事。」

「我可不這麼認爲。」

她很不情願地抬起頭來看他。他那雙灰色的眼睛咄咄逼人，猜不透他心裡在想什麼。

「你爲什麼還在調查這個自殺案件呢？」

「丈夫才剛過世，才隔一個晚上，她立刻就收拾行李離開了，沒有告訴任何人她要搬去什麼地方。這實在很不尋常。」

「你的意思該不是說，伊蓮是畏罪潛逃之類的吧？不會吧？」

「不是。我覺得她很害怕。」

「怕什麼？」

「妳不知道她在怕什麼嗎，迪麥多醫師？」

她發現自己不由自主地一直盯著他的眼睛，沒辦法不去看他。她發現他的眼神很平靜，卻又潛藏著一股難以言喻的熱情，不知不覺看呆了。有那麼一剎那，她發覺自己徹底被迷住了。她沒想到自己居然會有這樣的感覺，也不懂爲什麼，在茫茫人海中，唯獨這個男人會對她產生這樣的吸引力。

「不知道。」她說：「我不知道伊蓮在逃避什麼。」

「我還有另一個疑問，也許妳可以幫我解答。」

「什麼疑問？」

「亞倫．李維怎麼有辦法賺這麼多錢？」

她搖搖頭說：「據我所知，我並不覺得他算得上多有錢。一個麻醉醫師每年頂多賺個二十萬美金吧，而且，大多數的錢要用來付他兩個孩子念大學的學費。」

「他的家族有錢嗎？」

「你是指遺產嗎？」她聳聳肩。「我聽說亞倫的爸爸是修電器的工人。」

卡茲卡往後靠到椅背上，好像在沉思。此刻，他沒有在看她，眼睛卻盯著他面前那杯咖啡。這個男人有一種很專注的特質，令她十分好奇。他跟人談話談到一半的時候，會突然就這樣不說話，令她有種被遺棄的感覺。

「警察先生，他究竟有多少錢？」

他抬起頭來看她。「三百萬美金。」

艾貝嚇了一跳，楞楞地盯著他。

「李維太太失蹤之後。」他說：「我忽然想到，也許應該調查一下他們家的財務狀況。於是，我去找他們家的會計師，他告訴我，就在李維死去之後沒多久，伊蓮發現她丈夫有一個開曼群島銀行的帳戶。她從來不知道自己的先生有那個帳戶。她問會計師要怎麼提領那些錢，後來，她突然就離開了，沒有預先告訴任何人。」說著，卡茲卡用一種詢問的眼神看著她。

「我不知道亞倫怎麼會有那麼多錢。」她嘴裡喃喃嘀咕著。

「他的會計師也不知道。」

說到這裡，兩個人忽然都不說話了，過了一會兒，艾貝伸手去拿她那杯咖啡，發覺咖啡已經冷掉了。不只咖啡冷，心也很冷。

她壓低聲音問：「你知道伊蓮在哪裡嗎？」

「我們大概已經掌握了她的行蹤。」

「可以告訴我嗎？」

他搖搖頭。「迪麥多醫師。」他說：「以目前來說，我並不覺得她希望別人找到她。」

三百萬美金。亞倫．李維怎麼有辦法賺到三百萬美金呢？

開車回家的路上，她一直在想這個問題。她怎麼也想不透，區區一個麻醉醫師怎麼可能賺到那麼多錢。老婆喜歡收藏名貴古董，兒子在念私立大學，他根本不可能還有那麼多錢。而且，他為什麼要把他的錢藏起來？如果有人想逃避國稅局的糾纏，開曼群島就是專門給他們藏錢的地方。不過，就連伊蓮也是在亞倫死後才發現那個帳戶。丈夫過世之後，她在整理他的文件時，赫然發現那個帳戶，發現他背著她把錢藏起來。當時，她內心不知道有多麼震驚。

三百萬美金。

她把車子開上車道的時候，不自覺地左顧右盼，尋找那輛紫紅色旅行車的蹤影。她已經開始養成一種習慣，沒事就瞄瞄馬路，從街頭瞄到街尾，看看有沒有什麼動靜。

她走進大門的時候，踩到一堆下午送來的郵件。大部分都是醫學期刊。這棟屋子裡住了兩個醫生，收到的郵件幾乎都跟他們的工作有關，而且一次都是兩份。她把那堆郵件撿起來，捧在懷裡走進廚房，放到餐桌上，然後開始整理，分成兩疊。兩堆垃圾郵件，一堆是他的，一堆是她的。兩個人的人生，他的人生，她的人生。桌上的東西全是些不值得一顧的東西。

下午四點了。她決定今天晚上要好好煮一頓飯，準備一桌美酒燭光晚餐。這樣不是很好嗎？現在她已經是一個閒閒在家的女人。現在，貝賽醫院那些大頭正在研究，看看要不要讓她繼續幹外科醫師，趁這段時間，她可以佈置浪漫的燭光晚餐，發揮女性特有的嬌柔，好好修補她和馬克之間的關係。飯碗沒了，至少還可以抓住這個男人。

去妳的，迪麥多。妳已經開始沒志氣了。

她把自己那疊垃圾郵件捧起來，朝垃圾桶走過去，然後腳踩在掀蓋踏板上。就在她正準備要把郵件丟進去的時候，忽然瞥見垃圾桶裡面有一個大牛皮紙袋。紙袋上的寄件人地址旁邊用粗體字印著「遊艇」兩個字，引起了她的注意。她把那個紙袋拿出來，撥掉沾在上面的咖啡渣和蛋殼。

紙袋頂端印著兩行字：

東風遊艇銷售維修公司

馬波赫小艇碼頭

收件人是馬克，可是收件地址並不是布魯斯特街他們家的地址。那是一個郵政信箱號碼。

她又看看那行字：東風遊艇銷售維修公司

她走出廚房，走到客廳馬克的書桌後面。他的文件都放在最底下那個抽屜裡。抽屜鎖著，不過她知道鑰匙放在哪裡。她打開另外一個抽屜，找到了鑰匙。

打開那個抽屜之後，裡頭是各種家庭雜務文件，其中有一個檔案夾貼著「船」的標籤。那是「變調搖滾號」那艘型號J-35的帆船的文件。接著，她看到另外一個檔案夾，看起來很新，上面的標籤寫著「H-48」。

她把「H-48」檔案夾裡的文件抽出來，發現那是東風遊艇公司的銷售合約。「H-48」是那艘船廠牌型號的簡寫。H代表著名的「欣克利遊艇」，48代表四十八英尺長。

她坐到椅子上，忽然感到一陣噁心，心裡想，你瞞著我私下交易。你說過你要撤銷報價，可是你還是買了。無所謂，反正是你自己的錢。看起來，你的態度已經很明顯了。

她的視線逐漸移到那頁文件的最底端，看看付款期限那一欄。

沒多久，她就離開家出門去了。

「付現金買器官。有可能嗎？」

伊凡．塔拉索夫攪拌著咖啡裡的奶精，攪到一半忽然停下來，瞄了薇薇安一眼。「妳說有人在買賣器官，有證據嗎？」

「還沒有。我現在是在問你，這有沒有可能。如果有，那是怎麼進行的？」

塔拉索夫醫師往後一仰，靠在椅背上，啜了一口咖啡，想了一會兒。時間是四點四十五分，這裡是麻州總醫院外科醫師休息室。除了偶爾有幾個穿著刷手服的醫生從旁邊經過，走進更衣室，整個休息室裡靜悄悄的。大約二十分鐘前，塔拉索夫醫師才剛動完手術，現在手上還沾著殘留的手套滑石粉，脖子上還掛著手術用的口罩。再次看到他，艾貝還是覺得很舒服，因爲他的模樣實在很像她爺爺。那雙柔和的藍眼睛，銀灰色的頭髮，平靜的語調。艾貝心裡想，唯有那種說話不會大吼大叫的男人，聲音才會充滿權威感。

「當然，傳言很多。」塔拉索夫說：「每次一有名流顯貴得到器官，大家就會開始揣測，是不是又跟錢有關了。只不過，始終沒有任何證據，純屬揣測。」

「你聽過什麼樣的傳言嗎？」

「聽說有人花錢讓親人的名字排到等候名單前面，不過，我倒是從來沒有親眼見過。」

「我見過。」艾貝說。

塔拉索夫看著她。「什麼時候？」

「兩個禮拜前。維克多．福斯太太的名字被排到名單最前面。她本來是名單上的第三個，結果心臟卻給了她。前面那兩個病人後來都死了。」

「美國器官分享聯合網路不可能容許這種事情發生，新英格蘭器官銀行也不會允許的。他們的規定是很嚴格的。」

「新英格蘭器官銀行根本不知道有這回事。事實上，他們的系統裡找不到捐贈者的資料。」

塔拉索夫搖搖頭說：「這實在難以置信。假如那顆心臟並非來自器官分享聯合網路，也不是來自新英格蘭器官銀行，那麼，究竟是哪裡來的？」

「我們猜，應該是那個心臟還來不及被列入器官銀行的系統，就先被福斯花錢攔截下來了，所以就直接給了他太太。」薇薇安說。

「到目前爲止，我們所知道的就只有這樣。」艾貝說：「就在福斯太太進行移植手術的幾個鐘頭之前，貝賽醫院的器官移植事務聯絡人接到一通電話。那通電話是柏林頓的威爾考克斯紀念醫院打來的，說他們有器官要捐贈。他們摘取了那顆心臟之後，用飛機送到波士頓，大約在凌晨一點的時候送進我們的手術室。送心臟來的人是一個叫做梅普斯的醫生。捐贈者的資料文件也跟著那個心臟一起送過來了，可是不知爲什麼，那份文件不見了。從那時候起，再也沒有人見過那份文件了。我在《專科醫師名錄》上查過梅普斯這個名字，可是，名錄上找不到叫做梅普斯的外科醫師。」

「那麼，摘取手術是誰做的？」

「應該是一個名叫提姆．尼可拉斯的外科醫師做的。名錄上有他的名字，所以我們知道這個人眞的存在。從他的資歷上看來，這個人在麻州總醫院受過幾年訓練，你還記得他嗎？」

「尼可拉斯？」塔拉索夫喃喃唸著那個名字，然後搖搖頭問：「他待在這裡的時間是哪一年？」

「十九年前。」

「我得去查一下住院醫師的資料。」

「我們在猜，事情應該是這樣的。」薇薇安說：「福斯太太需要一顆心臟，而她丈夫有的是錢可以幫她買一顆。他不知道用什麼方法把消息放出去了。大概是什麼祕密管道，或是黑社會之類的，搞不清楚。提姆．尼可拉斯手上正好有個捐贈者，於是他就跳過新英格蘭器官銀行，把那顆心臟直接送到貝賽醫院。我想，很多人都被收買了，包括貝賽醫院的某個職員。」

塔拉索夫似乎嚇到了。「確實有可能。」他說：「妳們說得沒錯，事情的經過很可能是這樣。」

這時候，休息室的門忽然嘩啦一聲打開了，兩個醫生一邊說笑一邊走進來，走向咖啡壺。他們在那邊加奶精和糖，搞了半天，好像沒完沒了。後來，他們終於走出去了。

塔拉索夫還是一臉驚駭的樣子。「我自己也介紹過病人到貝賽醫院去。那可是全國最頂尖的心臟移植中心。他們爲什麼要跳過登記系統呢？爲什麼要冒這種風險，爲什麼要違反器官分享聯合網路和新英格蘭器官銀行的規定，自找麻煩呢？」

「答案很明顯。」薇薇安說：「爲了錢。」

這時候，又有一個外科醫師走進休息室，於是他們又都安靜下來。那個醫生的手術袍都被汗水浸透了。他筋疲力盡地呻吟了一聲，跌坐在一張休閒椅上，往後一仰，閉上眼睛。

艾貝壓低聲音對塔拉索夫說：「我們必須請你幫忙去查一下住院醫師的檔案，查查提姆·尼可拉斯的資料，看看能不能找出一些和他有關的線索，幫我們搞清楚，他是不是眞的在這裡受過訓練，或是說，他的資歷根本就是假造的。」

「我會打電話給他，直接問清楚。」

「不，不要。我們還不知道這個案子牽連有多廣。」

「迪麥多醫師，我這個人比較直。如果眞有一個非法體系在私下買賣器官，我一定要把它搞清楚。」

「我們也一樣。不過，塔拉索夫醫師，我們必須很小心。」說到這裡，艾貝有點不安地瞥了一眼那個坐在椅子上打瞌睡的外科醫師。她壓低了聲音，聲音小到幾乎快要聽不見了。「過去這六年多來，貝賽醫院有三個醫生死掉了。兩個自殺，一個是意外。三個人都是我們移植小組的成員。」

看到他臉上那種震驚的表情，她知道她的警告已經產生作用了。「妳是故意要嚇我的。」他說：「對不對？」

艾貝點點頭。「你是應該要知道怕。我們都一樣。」

到了外面，艾貝和薇薇安站在停車場，頭頂上的天空陰沉沉的，飄著濛濛細雨。她們各自走到自己的車子旁邊。時候到了，該自己想辦法解決問題了。白天的時間愈來愈短了，現在才不過五點，天色已經開始暗了。艾貝渾身發抖，把身上的雨衣包得更緊，轉頭看看停車場四周。沒看到紫紅色的旅行車。

「我們手上的線索還不夠。」薇薇安說：「我們不能勉強進行調查。如果我們現在就試著動手，可能會打草驚蛇，驚動維克多．福斯，這樣一來，他就會開始湮滅證據。」

「妮娜．福斯不是第一個。我想，貝賽醫院從前就幹過這種勾當。亞倫死的時候，帳戶裡有三百萬美金。他一定被收買很長一段時間了。」

「妳覺得他開始後悔了嗎？」

「我知道他想離開貝賽醫院，離開波士頓。也許他們不肯放過他。」

「昆斯特勒和漢尼斯也是同樣的下場。」

艾貝吁了長長的一口氣，然後又轉頭看看停車場四周，看看有沒有旅行車的蹤影。「恐怕他們眞的就是這樣送命的。」

「我們必須多找出幾個人，找出其他接受移植的病人，或是更多捐贈者的資料。」

「所有捐贈者的資料都鎖在移植事務聯絡人的辦公室裡。即使資料眞的在那裡，我必須撬開辦公室的門，才能把資料偷出來。妳忘了嗎，妮娜．福斯那個案子，他們根本找不到捐贈者的資料。」

「好吧，那我們從受贈病患那邊下手好了。」

「妳是說病歷表嗎？」

薇薇安點點頭。「我們把那些受贈者的身分查出來，還有，他們得到心臟的時候，在等候名單上原先是排第幾名。」

「我們可能需要新英格蘭器官銀行幫忙。」

「沒錯。可是我們要先把受贈者查出來，還有日期。」

艾貝點點頭。「我辦得到。」

「我很想幫妳，可是我已經不能再跨進貝賽醫院的大門了。我是他們最可怕的噩夢。」

「我們兩個都一樣。」

薇薇安笑了起來，彷彿那是很光榮的事。她看起來好嬌小，好像一個小孩子穿著一件太大號的雨衣。這個夥伴看起來眞是弱不禁風。不過，儘管她的外表很難令人對她產生信心，但她的眼神卻足以鼓舞人心。她的眼神看起來炯炯有神，不屈不撓，而且彷彿已經看透了人世險惡。

「好了，艾貝。」薇薇安嘆了口氣。「現在可以告訴我，馬克究竟怎麼回事了嗎？爲什麼我們要瞞著他？」

艾貝吁了一大口氣，很痛苦的說：「我想他也是共犯。」

「馬克？」

艾貝點點頭，抬頭看著細雨濛濛的天空。「他也想離開貝賽醫院，他一直說他想開著船離開這裡，逃到天涯海角。這就是亞倫死前想做的事。」

「妳認爲馬克也被收買了嗎？」

「幾天前，他買了一艘船。我說的可不是普通的船，那是一艘遊艇。」

「他對船一直都很狂熱。」

「這艘船價値五十萬美金。」

薇薇安沒說話。

「最要命的是。」艾貝喃喃說：「他付的是現金。」

17

病歷室在醫院的地下室，從病理檢驗室和太平間這邊沿著走廊過去就到了。那是全貝賽醫院的醫生最熟悉的一個部門。每當醫生要在病歷表上簽名、口述出院紀錄摘要、在檢驗報告上簽名，或是口述護理指示的時候，他們都必須到這裡來。病歷室裡擺設著舒適的桌椅，另外，爲了配合醫生飄忽不定的工作時間，病歷室的辦公時間一直到晚上九點才結束。

艾貝走進病歷室的時候，時間已經是傍晚六點了。正如她所料，病歷室的工作人員都去吃晚飯了，裡頭空蕩蕩的只剩下小貓兩、三隻，在場的醫生除了她之外，只有另一個神情憔悴的實習醫生。職員的辦公桌上擺著一疊堆積如山尚未處理的病歷表。

艾貝心頭怦怦狂跳，慢慢靠近職員的辦公桌，面帶微笑。「我在幫衛蒂格醫師整理統計資料，他目前正在進行一項心臟移植手術病患的病理研究，能不能麻煩妳從電腦裡幫我列出一份清單？我需要過去兩年來所有心臟移植病患的資料，包括姓名、病歷號碼。」

「如果要搜尋這種病歷資料，你們心臟科的人必須填寫一份申請表格。」

「他們都下班了。那份表格我下次再補給妳可以嗎？我希望明天一早之前就能夠把這些資料準備好，妳應該知道將軍的脾氣。」

那個職員笑了起來。是的，她確實知道將軍的脾氣。於是，她坐下來開始敲鍵盤，螢幕上出現一個搜尋畫面。她在診斷分類欄輸入了「心臟移植」這四個字，然後輸入搜尋的年份，最後按下輸入鍵。

沒多久，病患的姓名和病歷號碼開始一個接一個出現了。艾貝看著螢幕上的資料不斷往下跑，不知不覺被迷住了。後來，那個職員按下列印鍵，沒多久，印表機開始跑出一串名單。她把那頁名單交給艾貝。

名單上總共有二十九個病患，最後一個就是妮娜·福斯。

「能不能麻煩妳幫我找出前十位病患的病歷表？」艾貝問。「我恐怕今天晚上就得趕工了。」

那位職員走進檔案室，過了一會兒，她又走出來了，手上捧了一大疊病歷表。「這是前兩位病患的病歷表，我再去拿後面那些人的。」

艾貝捧著那堆病歷表走到一張桌子旁邊，砰的一聲重重地放在桌上。心臟移植病患的病歷表總是愈寫愈多，沒完沒了，這兩位也不例外。她翻開第一位病患的檔案，翻到個人資料那一頁。

那位病患名叫吉拉德·羅瑞，四十四歲，付費方式是個人保險，住在麻州的威瑟斯特。她無法確定這些病患的身分彼此之間是否有關聯，於是就把病患的資料全部抄在黃色的便條紙上。此外，她把手術的日期和時間、執行手術的醫師姓名也抄下來。其中有幾個名字是她認得的：亞倫·李維、比爾·亞契、法蘭克·茨威克、雷·穆漢德斯。當然，還有馬克。不出她所料，病歷表上果然沒有捐贈者的資料，翻遍了整本病歷表都找不到。通常，捐贈者的資料和受贈者的資料是分開保存的。然而，在護士的註記中，她發現上面有一條寫著：「0830——器官摘取手術已經完成，捐贈的心臟已從康乃狄克州的諾沃克送出，目前正在路上。病患已推進手術室，進行手術前準備……」艾貝在便條紙上寫著：0830。摘取手術於康乃狄克州諾沃克執行。

這時候，那位病歷室的職員推了一整車的病歷表來到艾貝桌子旁邊，把另外五位病患的病歷表放在桌上，然後又回去繼續拿。

整個晚餐時間，艾貝忙個不停，連飯都沒吃，連半秒鐘都沒休息。那段時間，她只打了一通電話給馬克，跟他說會晚一點回家。

到了九點，病歷室要下班了，她才猛然發覺自己快餓昏了。開車回家的途中，她在麥當勞停下來，買了一個大麥克堡、一份大薯、一杯香草奶昔。聽說膽固醇可以補腦。她找了一個角落的座位，坐下來狼吞虎嚥，邊吃邊左顧右盼，看看餐廳四周的動靜。這個時間，主要的顧客通常是那些剛看完電影的觀眾，或是出來約會的年輕人，此外，偶爾會有一、兩個那種神情沮喪的喪偶男人。似乎根本沒有人留意到她坐在那裡。她把薯條吃得乾乾淨淨，然後就離開了。

發動車子之前，她飛快地瞄瞄停車場四周。沒看到旅行車。

十點十五分，她終於回到家了。馬克已經關燈上床睡覺了。她鬆了一口氣，因爲這樣一來，她就不會被問東問西。房間裡一片漆黑，她脫掉衣服，爬上床鑽進被窩裡，不過，她並沒有碰到他的身體。她忽然感覺自己好像很怕碰觸到他。

這時候，他突然驚醒了，伸手過來撫摸她。她突然全身僵硬起來。

「今天晚上我忽然好想妳。」他嘴裡喃喃低語著，把她的臉轉過來面向自己，深深吻了她，吻了很久。他的手慢慢滑到她的腰際，輕撫著她的臀部，輕撫著她的大腿。她一動也不動，感覺自己彷彿變成了一具人體模特兒，全身硬邦邦的，根本無力抗拒。當他把她拉進懷裡，挺進她體內的時候，她閉著眼睛，聽到自己心頭怦怦狂跳。他一次又一次的挺進，兩人的嘴唇猛烈交纏，這個時候，她茫然地想著，*我是在跟誰親熱呢？*

當一切結束了，他從她體內緩緩滑出來。

「我愛妳。」他輕聲低語著。

過了很久，一直到他睡著了，她才輕聲說了一句。

「我也愛你。」

早上七點四十分，她又回到病歷室。裡頭已經有好幾個醫生正在準備晨間巡房要用的資料，職員們正忙著應付他們，忙得不可開交。艾貝又跟職員要了五位病患的病歷表，迅速作了筆記，過了一會兒，她把病歷表拿回去還給職員，然後就離開了。

整個上午她都待在醫學圖書室，幫衛蒂格醫師找出更多文章。中午過後沒多久，她又回到病歷室去。

她跟職員要了十位病患的病歷表。

薇薇安把桌上最後一片披薩吃掉了。她已經吃掉四片了，只不過，眞不知道她東西是吃到哪裡去了，對艾貝來說，那簡直是個謎。她個子小小的，簡直像個聖誕小精靈，然而，她吃起那些高熱量食物，簡直就像是一座壁爐在燒燃料油。打從她們走進「必勝客」之後，艾貝只吃了幾口，而且吃得很勉強。

薇薇安拿了一張餐巾紙擦擦手。「這麼說來，馬克還不知道囉？」

「我什麼都還沒有告訴他。我想，我是不敢告訴他。」

「妳怎麼受得了呢？住在同一個屋簷下，兩個人卻不說話？」

「我們會說話，只是不談這件事而已。」艾貝伸手摸摸桌上那一疊筆記。那疊筆記她整天都帶在身邊跑來跑去，而且小心翼翼地藏起來，以免被馬克發現。昨天晚上，離開麥當勞回到家之後，她把那些筆記藏在沙發底下。最近她似乎一直在隱瞞某些東西，不想讓他發現。她真的不知道，這種狀況能夠維持多久。

「艾貝，妳早晚都得跟他談清楚的。」

「時候還沒到。我必須先搞清楚。」

「妳該不是在怕馬克吧？不會吧？」

「我怕他會矢口否認。這樣一來，我就沒辦法分辨他有沒有說實話。」說著，她伸手撥了撥頭髮。「老天，好像我已經完全分不清什麼是真的，什麼是假的。我一直覺得自己是一個腳踏實地的人。如果我渴望什麼東西，我就會拚命工作去得到它。可是現在，我不知道該怎麼辦，不知道該採取什麼行動。我所倚賴的一切事物忽然都消失了。」

「妳說的是馬克吧。」

艾貝搓搓自己的臉，彷彿已經筋疲力盡了。「特別是馬克。」

「妳的臉色好難看，艾貝。」

「我一直都睡不好。要煩惱的事情太多了。不光是馬克，還有瑪莉．艾倫的事。我一直在想，不知道什麼時候，那個警察卡茲卡會出現在我家門口，手上拿著一副手銬。」

「妳覺得他在懷疑妳嗎？」

「他太聰明了，一定會起疑心的。」

「不過他一直都沒有再來找妳。也許他忽略掉了，說不定妳高估了他。」

艾貝又想起伯納德・卡茲卡那雙灰色的眼睛，他那寧靜安詳的眼神。她說：「他是一個高深莫測的人。不過，我覺得卡茲卡不只是聰明，而且不屈不撓。我很怕他。而且，很奇怪的是，他也令我著迷。」

薇薇安往後一仰，靠在椅背上。「這可有意思了。獵物被獵人迷住了。」

「有時候我眞想打電話給卡茲卡，把事情的經過一五一十全部告訴他，一了百了。」艾貝低下頭，把頭埋在手裡面。「我好累，眞希望有地方可以躲藏起來，好好睡他一個禮拜。」

「也許妳應該搬出來，不要再住在馬克家裡。我奶奶要走了，家裡會多一個房間出來。」

「她不是一直都住在妳家嗎？」

「她會輪流到每個孫子孫女的家裡去住。我有一個表姐住在康果爾德，現在她已經枕戈待旦，等著接我奶奶過去住。」

艾貝搖搖頭說：「我不知道該怎麼辦。問題是，我愛馬克。雖然我已經無法再信任他了，可是我還是愛他。另一方面，我知道我們現在做的事，有可能會毀了他的前途。」

「也有可能會救了他的命。」

艾貝一臉悲傷地看著薇薇安。「也許我能夠救他的命，可是我卻會毀了他的前途。他恐怕不會感謝我。」

「亞倫會感謝妳。昆斯特勒也會感謝妳。當然，漢尼斯的太太孩子也會感謝妳。」

艾貝沒有說話。

「馬克是否眞的有牽扯進去，妳究竟有多少把握？」

「我無法確定。這就是最麻煩的地方。我很希望能夠相信他，可是我卻沒有半點證據，無法確定他究竟有沒有牽扯進去。」她摸摸那疊筆記。「到目前為止，我已經看過二十五位病患的病歷表。有幾次移植手術是兩年前做的。每一份病歷表上都有馬克的簽名。」

「當然還有亞契和亞倫。這沒辦法證明什麼。妳還有找到什麼別的線索嗎？」

「每一份病歷表看起來都差不多，看不出哪一份有什麼奇怪的地方。」

「好吧，那麼，捐贈者的資料呢？」

「這個就有點奇怪了。」艾貝轉頭看看餐廳四周，然後彎身湊近薇薇安。「有些病歷表上面沒有提到捐贈的器官是從哪一個城市送過來的，不過，大部分都有。我發現某幾份病歷表有一個共同點。有幾顆捐贈的心臟是從佛蒙特州的柏林頓送過來的。」

「威爾考克斯紀念醫院嗎？」

「我不知道。護士的註記沒有特別提到是哪一家醫院。不過很奇怪的是，像柏林頓這種小地方竟然會有這麼多腦死的病人。」

這時候，薇薇安看著艾貝的眼睛，露出震驚的表情。「這就有點可怕了。我們原先假設的，只不過是有人利用某種地下管道，跳過器官銀行搶先取得器官。可是現在，有好幾個器官都來自同一個小鎮，這顯然已經不只是作弊了。說不定……」

「說不定這些器官是從活人身上取得的。」

她們忽然陷入一陣沉默。

艾貝心裡想，柏林頓是一個小型的大學城，到處都是年輕健康的大學生，都擁有年輕健康的心臟。

「能不能告訴我，在柏林頓做的那四次心臟摘取手術，手術日期是什麼時候？」薇薇安問。

「日期我都記錄下來了。妳爲什麼要問這個？」

「我要拿來比對柏林頓那邊的死亡紀錄，看看那個日期有誰死亡，說不定我們可以查出那四位捐贈者的身分。同時，我也要搞清楚，他們是什麼原因導致腦死。」

「報上的訃聞不見得會寫出死亡原因。」

「那我們就得去核對死亡證明，換句話說，我們兩個人當中必須有一個要去柏林頓一趟。那個地方我老早就想去了，都快想瘋了。就這樣！」薇薇安的語氣幾乎是興奮的。這位女戰士又要出征了。毫無疑問，她一定會採取行動，只不過這一次，她堅定的意志底下還是隱隱約約透露出一絲隱藏不住的不安。

「妳眞的要去嗎？」艾貝問。

「如果我們不去，那麼，維克多．福斯就贏了，而最後會遭殃的，就是像喬許．奧戴這樣的人。」說到這裡，她頓了一下，然後語氣平靜地問：「這是妳想做的事嗎，艾貝？」

艾貝低下頭，把臉埋在手掌心。「我好像已經別無選擇了。」

馬克的車子停在車道上。

艾貝把車停到他車子後面，然後關掉車子的引擎。她沒有下車，在車子上坐了好一會兒，努力想鼓起勇氣走下車，走進屋子裡，和他面對面。

後來，她終於下了車，走進大門。

他正好在客廳看夜間新聞。她一進去，他立刻把電視關掉。「薇薇安最近怎麼樣了？」他問。

「她很好。她已經安然脫困了，目前正透過關係要進威克菲爾醫院。」艾貝一邊說，一邊把外套掛在衣櫃裡。「你呢？今天過得怎麼樣？」

「今天有一個病人的主動脈被割斷了，至少流了十六單位的血。我們的手術一直到七點才結束。」

「病人救活了嗎？」

「沒有。最後還是回天乏術。」

「太可惜了。我很遺憾。」說著，她關上衣櫃的門。「我有點累了，我想上去洗個澡。」

「艾貝？」

她停下腳步看著他。這時候，他們兩個人分別站在客廳的一邊，隔著一小段距離，然而，此刻他們之間彷彿隔著一道鴻溝，足足有好幾公里寬。

「妳究竟怎麼了？」他問：「出了什麼事？」

「你也知道的，我很擔心會丟了飯碗。」

「我說的是我們兩個之間的問題。我們之間的感覺開始變得有點怪怪的。」

她沒有說話。

「我幾乎很難得見到妳。妳待在薇薇安家的時間，比待在我們家的時間多。而且，妳回到家的時候，感覺好像魂不守舍，心不在焉。」

「我只是有心事，如此而已。你知道爲什麼嗎？」

他跌坐回椅子上，突然顯得很疲憊。「艾貝，請妳坦白告訴我，妳是不是在跟別人約會？」

她瞪大眼睛看著他。她知道馬克有可能會疑神疑鬼，可是她眞的沒想到他會想到那裡去。聽到他居然會有這種無謂的懷疑，她差點就笑出來。眞希望問題有這麼簡單。眞希望我們面對的問題，只是一般的男女朋友之間的問題那麼單純。

「相信我吧。」她說：「我沒有跟別人在一起。」

「那妳爲什麼都不再好好跟我說話了？」

「我現在不是在跟你說話嗎？」

「妳根本就沒有在跟我說話！是我拚命想挽回從前那個艾貝。不知道什麼時候，我已經失去她了。我已經失去妳了。」他搖搖頭，眼睛看向別的地方。「我只是希望妳能夠再回到我身邊。」

她走到沙發前面，在他旁邊坐下來。她靠得還不夠近，沒有碰觸到他的身體，但至少感覺兩個人之間還有點親近，只不過，這種親近感已經有點遙遠了。

「好好跟我談一談吧，艾貝，求求妳。」他凝視著她，那一剎那，她忽然覺得他又變回了從前的馬克，彷彿再度看到她所熟悉的那張臉。她曾經隔著手術檯看著他那熟悉的笑容。那是她曾經深愛過的面容。「求求妳」他又說了一次，聲音無比輕柔。他握住她的手，而她並沒有把手縮回來，乖乖的讓他擁抱著她。過去，依偎在他懷中，總是令她很有安全感，然而此刻，她卻發覺自己再也無法放鬆了。她依偎在他的胸口，卻感覺全身僵硬。

「告訴我。」他說：「我們之間究竟出了什麼問題？」

她感覺淚水已經開始在眼眶裡打轉，於是就閉上眼睛，忍住淚水。「沒有什麼問題。」她說。

她感覺到他的手愈抱愈緊。她就算沒看到他的臉，心裡也已經明白，他知道她還是沒有說實話。

隔天早上七點三十分，艾貝開著車子抵達貝賽醫院的停車場，停進自己的車位。她在車子裡坐了一會兒，看著細雨綿綿的天空，看著濕答答的人行道，心裡想，現在才十月中，卻已經開始出現冬季陰鬱的味道了。昨天晚上她睡得很不好，事實上，她不知道自己已經多久沒辦法好好睡一覺了。一個沒辦法睡覺的人能夠撐多久？一個長期疲勞的人多久會發瘋？她瞥了一眼後視鏡，看到鏡中那個憔悴的影像正凝視著自己，那一剎那，她簡直快要認不出鏡中的自己，感覺自己彷彿看著一個陌生人。

才兩個禮拜，她感覺自己彷佛已經老了十歲。照這種衰老的速度，大概不用到十二月，她就要進入更年期了。

這時候，她突然瞥見後視鏡裡閃過一輛旅行車。

她猛一轉頭，正好看到一輛旅行車隱沒在一長排的車子後面。她繼續等著，看看那輛車子會不會再出現。可是後來，那輛旅行車一直沒有再出現。

她飛快地跨出車子，開始走向醫院。手上的公事包無比沉重，彷彿提著一具船錨，快把她壓垮了。這時候，她右邊附近有一輛車子引擎突然發出一陣怒吼。她猛一轉身，以爲是那輛旅行車，結果只是一輛小型休旅車正要倒車離開車位。

她胸口怦怦狂跳，一直到她進了醫院的大門，心跳才慢慢緩和下來。她從樓梯走到地下室，走進病歷室。這是她最後一次來了。名單上只剩下最後四位病患了。

她把申請單放在櫃檯上，然後說：「不好意思，能不能麻煩妳把這些病歷表拿給我？」

那位職員轉頭看看她。那一剎那，艾貝還以為自己看錯了，因為那個女人臉上的表情忽然僵住了。那位職員曾經幫她服務過，感覺上一直都很和藹可親。可是今天，她臉上沒有半點笑意。

「我需要這四份病歷表。」艾貝說。

那位職員看看那張申請單。「迪麥多醫師，很抱歉，那些檔案不能給妳。」

「為什麼不行？」

「這些檔案不准外借。」

「可是妳根本就還沒有看過那是什麼樣的檔案，怎麼知道不准外借呢？」

「上面交代，不准再借任何檔案給妳。這是衛蒂格醫師的命令。他說，只要看到妳過來，就要立刻通知他的辦公室。」

艾貝臉上忽然沒了血色，沒有吭聲。

「他還說，他根本就沒有交代任何人研究病歷表。」說到這裡，那位職員的口氣開始有一種譴責的意味，暗示說，迪麥多醫師，妳騙了我們。

艾貝不知道該怎麼回答她，那一剎那，整間病歷室忽然陷入一陣沉默。她一轉身，看到裡頭還有另外三位醫師都在看她。

於是，她趕快走出病歷室。

她的第一個念頭是趕快離開醫院，趕快開車閃人，因為碰到衛蒂格免不了會很尷尬，最好躲遠一點。最好開著車子不要停，跑得遠遠的，把這一切都拋到九霄雲外。她忽然想到，佛羅里達州的海灘和棕櫚樹，不知道開車要開幾天？她從來沒有去過佛羅里達。很多事情，別人都做過了，她都一直還沒有機會做。現在，只要離開這家見鬼的醫院，坐上車子，咒罵一聲：他媽的，你贏了，你們大家都贏了。這樣一來，她就什麼事都可以去做了。

然而，她並沒有走出醫院，反而跨進地下室的電梯，按了二樓。此刻，她忽然想通了很多事情。第一，她實在太頑固了，太愚蠢了，連逃避都不懂。第二，海灘並非她真正想要的。她真正想要的，是挽回自己的夢想。

她走出電梯，走上鋪著地毯的走廊。住院醫師辦公室就在走廊的轉角，途中會經過傑瑞米．帕爾的辦公室。她從傑瑞米祕書的辦公桌前面經過的時候，看到那個小姐忽然坐直起來，伸手去抓電話。

艾貝走到轉角，拐了個彎，走進住院醫師辦公室。有兩個男人站在祕書的辦公桌旁邊。艾貝從來沒有見過那兩個人。祕書抬頭看看艾貝，露出震驚的表情。那種表情跟帕爾的祕書一模一樣。她脫口而出說：「噢！迪麥多醫師——」

「我要見衛蒂格醫師。」艾貝說。

這時候，那兩個男人轉過來看著她。緊接著，艾貝被一陣強烈的閃光嚇了一跳。閃光一閃又一閃，艾貝一直往後退縮。那是相機的閃光燈。

「你們在幹什麼？」她質問他們。

「大夫，請問您對瑪莉．艾倫的死有什麼看法？」其中一個男人開口問。

「你說什麼？」

「她是您的病人，對不對？」

「你們究竟是什麼人？」

「我是蓋瑞．史塔克，波士頓先鋒報記者。聽說您支持安樂死，是眞的嗎？我們聽說您對安樂死的效益發表過意見。」

「我從來沒有公開談論過——」

「請問您爲什麼會遭到停職處分，不准執行醫療工作？」

艾貝往後退了一步。「請你們離開，不要來煩我。我不想跟你們說話。」

「迪麥多醫師——」

艾貝轉身逃出辦公室的時候，差一點就撞上傑瑞米．帕爾。他正要走進門。

「各位媒體朋友，麻煩你們立刻離開我的醫院。」帕爾大聲叱喝，然後轉身對艾貝說：「迪麥多醫師，妳跟我來。」

艾貝跟著帕爾走出辦公室，快步沿著走廊走進他的辦公室。他關上門之後立刻轉身看著她。

「半個鐘頭之前，先鋒報的記者就開始打電話來了。」他說：「接著，環球報的記者也打來了，再接著，又有五、六家報社的記者也打來了。到現在還沒完沒了。」

「是布蘭達．海妮告訴他們的嗎？」

「應該不是她，因爲那些記者似乎知道嗎啡的事，還有妳衣櫃裡那個小瓶子。這些東西她都不知道。」

她搖搖頭。「那怎麼會這樣？」

「不知道什麼原因，消息走漏了。」帕爾跌坐在他辦公桌後面的座位上。「這件事會毀了我們醫院。犯罪調查。警察會把我們醫院的走廊擠得水泄不通。」

警察。那是一定的，此刻，警方應該也得到消息了。

艾貝凝視著帕爾。她忽然覺得喉嚨好乾，講不出半個字。她在懷疑，是不是他故意洩露消息。接著，她轉念一想，應該不是他，因爲如果爆發了醜聞，他自己也會倒楣。

這時候，門上傳來砰的一聲巨響，接著，衛蒂格醫師走了進來。「眞該死，我要怎麼應付那些記者呢？」他問。

「將軍，你得擬一份聲明。蘇珊．卡薩多已經在路上了，等一下她會幫你修飾文句。目前，任何人都不要對那些記者發表任何聲明。」

衛蒂格很快地點點頭，然後眼睛盯著艾貝。「迪麥多醫師，我可以看看妳的公事包嗎？」

「爲什麼？」

「妳明知故問。妳沒有權力調閱那些人的病歷表。那些都是私人資料，而且是機密的。現在，我命令妳把所有抄下來的筆記全部交出來。」

她沒有動作，也沒有說話。

「我想，再加上一條偷竊的罪名，對妳應該沒什麼好處吧。」

「偷竊？」

「妳查閱那些病歷表是一種非法的行爲，因此，無論妳從那些病歷表取得什麼資料，都是一種偷竊的行爲。交出來吧。」

她沒有說話，默默把東西交給他。她看著他翻開筆記本，看著他快速翻動紙頁，撕掉她抄寫的筆記。她無計可施，垂頭喪氣。她再次被他們打敗了。這一次，他們又搶得先機，先下手爲強，而她根本措手不及。她早該想到的。剛剛上樓之前，她早該先把那些筆記藏起來的。只可惜，她滿腦子想的，都是等一下要說些什麼話，要怎麼跟衛蒂格解釋。

接著，他把那個公事包扣上，交還給她。「只有這些嗎？」他問。

她只能點點頭。

衛蒂格靜靜地凝視著她，看了好一會兒，然後搖搖頭說：「迪麥多，妳本來可以成爲一個很優秀的外科醫師，可是我想，現在該是時候了，我必須認清現實，如果需要人幫助。我建議去做一下精神狀態評估。另外，我要把妳從住院醫師教學計畫中剔除，今天開始生效。」接著，他又輕聲補了一句：「很抱歉。」聽到最後這句話，艾貝有點意外，因爲她聽得出來，他語氣中那種遺憾是眞心的。

18

倫奎斯警探一頭金髮，長得很帥，是典型的日耳曼美男子。他已經偵訊艾貝足足有兩個鐘頭了。他一邊問問題，一邊繞著偵訊室踱來踱去。假如這是一種心理戰術，目的是要讓她感受到壓力，那麼，這種戰術已經奏效了。艾貝是在緬因州的一個小鎮上長大的，那裡的警察總是在車上跟你揮手打招呼，或是在腰帶上掛著一串叮叮噹噹的鑰匙，神情愉快地在鎮上晃來晃去，或是在學校的畢業典禮上頒發市民榮譽獎章。在那個小鎮上，警察是沒什麼好怕的。

然而，艾貝很怕倫奎斯。他跨進偵訊室，把一個錄音機擺在桌上，打從那一刻起，她就開始害怕了。而當他從西裝口袋裡掏出一張卡片，宣讀她應有的權利時，她就怕得更厲害了。她是自願到警察局來的。她指名要見卡茲卡警探，沒想到他們卻派倫奎斯進來。他進行偵訊的時候，警察的架式十足，表現出來的侵略性是毫無保留的。

這時候，門開了，伯納德．卡茲卡終於走進偵訊室了。終於見到她熟悉的人，艾貝本來應該可以鬆一口氣了，然而，看到卡茲卡那種面無表情的模樣，艾貝一顆心還是七上八下。他站在桌子對面看著她，臉上露出一種疲憊的神情。

「聽說妳沒有找律師過來。」他說：「現在妳想打電話請律師過來嗎？」

「你們要逮捕我嗎？」她問。

「目前不會。」

「那麼，我隨時可以離開嗎？」

他遲疑了一下，看看倫奎斯。倫奎斯聳聳肩。「現在只是初步偵訊。」

「警官先生，你覺得我需要請律師嗎？」

卡茲卡又遲疑了一下。「迪麥多醫師，這眞的應該由妳自己來決定。」

「事情是這樣的，我是自願到警察局來的。我會來，是因爲我想跟你談一談，把事情的經過一五一十全部都告訴你。這位先生問我的問題，我都很樂於回答。如果你要逮捕我，那麼，是的，我就要打電話請律師過來了。不過，我必須先聲明，就算我找律師來，也絕不是因爲我做了什麼壞事。」她凝視著卡茲卡的眼睛。「所以，我的答案是，我不需要律師。」

這時候，倫奎斯和卡茲卡又互相使了個眼色。艾貝看不太懂那是什麼意思。接著，倫奎斯說：「懶蟲，交給你了。」然後他就走到角落坐下。

卡茲卡坐到艾貝對面的座位上。

「他剛剛問我的問題，我猜你現在大概又要全部重新問一次了。」艾貝說。

「開頭我沒聽到，不過，妳回答他的話，我應該大部分都聽到了。」

說著，他朝著遠遠的那面牆上的鏡子點點頭。她這才知道原來那不是鏡子，而是一面監視窗。倫奎斯在偵訊她的時候，他一直在監聽整個過程。她心裡想，不知道還有多少人躲在那面玻璃後面看她。她感覺自己彷彿在衆目睽睽之下赤身裸體，感覺受到侵犯。她挪動了一下椅子，撇開臉不再看鏡子，轉過頭來正眼看著卡茲卡。

「好吧，你要問我什麼？」

「妳說妳是被人陷害的，妳知道是誰嗎？」

「我本來以爲是維克多．福斯，可是現在我不敢確定是不是他了。」

「妳還有別的敵人嗎？」

「顯然有。」

「有人討厭妳討厭到這個地步，只是爲了要陷害妳，居然謀殺妳的病人？」

「說不定那不是謀殺。後來一直都沒有確認嗎啡的劑量究竟是多少。」

「已經確認了。幾天前，應布蘭達．海妮的要求，我們已經把艾倫太太的屍體挖出來重新檢驗。今天早上法醫已經做過劑量檢驗。」

艾貝默默聽他說出這件事，沒有吭聲。她聽到錄音機正在轉動，發出沙沙的聲響。她往後一仰，靠在椅背上。終於確定了，艾倫太太是注射嗎啡過量致死的。

「迪麥多醫師，前幾天妳告訴我，有一輛紫色的旅行車在跟蹤妳。」

「是紫紅色。」她喃喃低語說：「是一輛紫紅色的旅行車。今天我又看到那輛車了。」

「妳有記下車牌號碼嗎？」

「距離太遠，看不到。」

「好吧，我們來確認一下，看看我有沒有聽錯。妳說，有人偷偷幫妳的病人艾倫太太注射過量的嗎啡，然後，他—或是她—設計栽贓，把一瓶嗎啡放在妳的衣櫃裡。現在，有一輛旅行車到處在跟蹤妳。而且妳認爲，這些事都是維克多．福斯在幕後一手操縱的。對不對？」

「我認爲是他，不過，說不定是別人。」

卡茲卡往後靠到椅背上，眼睛盯著她。他的肩膀往下垂，彷彿他臉上那種疲憊的神情已經擴散到肩膀上了。

「好吧，麻煩妳再跟我們說一次心臟移植那件事。」

「整個過程，我已經很詳細的告訴過你們了。」

「我還是想不透，心臟移植和這個案子有什麼牽連。」

她深深吸了一口氣。她已經很詳細地告訴過倫奎斯，喬許．奧戴那件事的來龍去脈，還有妮娜．福斯取得心臟過程中的可疑之處。然而，倫奎斯的反應很冷淡，告訴他根本就是在浪費時間。現在，她又得把這些事從頭到尾說一遍。這只是在浪費更多時間。艾貝很喪氣地閉上眼睛。

「我想喝杯水。」

這時，倫奎斯走了出去。他出去之後，她和卡茲卡都沒有再說話。她閉著眼睛坐在那裡，心裡祈禱著，希望偵訊趕快結束。只可惜，偵訊恐怕永遠不會結束，她恐怕會被困在這個鬼地方，一次又一次的回答同樣的問題，永遠沒完沒了。也許她真的應該打電話找律師過來。也許她應該不顧一切一走了之。卡茲卡說，他們並沒有要逮捕她。目前還不會。

倫奎斯回來了，手上拿著一個裝著水的紙杯。她咕嚕咕嚕灌了幾口就把水喝光，然後空杯子放在桌上。

「那麼，大夫，那次心臟移植到底是怎麼回事？」

她嘆了口氣。「我想，亞倫那三百萬大概就是這麼來的。那些有錢的移植病患不肯浪費時間遵照名單上的排列順序等候器官，於是他就幫他們找到捐贈的心臟。」

「什麼名單？」

她點點頭說：「光是在我們美國，就有超過五萬個病患必須做心臟移植手術。這些病患多半都會死亡，因爲捐贈的心臟十分缺乏。捐贈者必須很年輕，而且生前必須很健康——這意味著絕大多數的捐贈者都是因爲意外傷害導致腦死的。只不過，符合這種條件的捐贈者數量有限。」

「那麼，哪一位病患可以獲得器官捐贈，是由誰來決定的？」

「那是一個電腦化作業的登記體系。我們這個地區是由新英格蘭器官銀行負責管轄的。這個體系採取百分之百的民主機制，病患的先後順序完全根據病情的嚴重性來決定的，不管你有沒有錢。這意味著，如果你在名單上排得很後面，那你就有得等了。那麼，假如你很有錢，而且很擔心自己還沒有等到器官就死了，那麼，你一定會想辦法跳過這個體系去取得器官。」

「辦得到嗎？」

「必須透過祕密管道，由懂醫學的人進行配對測試，透過這種方法跳過體系，預先找到可能的捐贈者，然後把他們的心臟直接交給那些有錢的病人。除此之外，還有另外一種更可怕的可能性。」

「什麼可能性？」

「他們會想辦法取得活體器官。」

「妳是說殺人嗎？」倫奎斯問。「那屍體怎麼處理呢？我們是不是得去調查那些失蹤人口？」

「我並沒有說事情一定是這樣。我只是說，有這種可能性。」說到這裡，她猶豫了一下。「我想，亞倫．李維也是共犯。所以，那三百萬美金可能就是這麼來的。」

卡茲卡依然不動聲色。看到他那副冷漠的模樣，艾貝開始有點光火了。

她又繼續說，愈說愈激動：「你明白嗎？這樣一來，我終於明白，他們為什麼要撤銷對我的告訴。也許他們希望我就此停手，不要再東問西問。可是我就是不罷休，一直到處打聽。如今，他們不得不抹黑我，因為我也有可能會威脅到他們。我有可能毀掉他們的一切。」

「那麼，他們爲什麼不乾脆殺了妳呢？」倫奎斯忽然開口問，他的口氣聽起來滿腹狐疑。她遲疑了一下。「我也不知道。也許他們認爲我知道的內情還不夠多。或者，他們是怕殺了我反而會敗露事跡，因爲亞倫才剛死沒多久。」

「妳的想像力眞豐富。」倫奎斯說完立刻大笑起來。

卡茲卡抬起手，簡單的比了一個手勢，叫倫奎斯閉嘴。「迪麥多醫師。」他說：「坦白說，這聽起來不太合乎邏輯。」

「可是，我想來想去，這種可能性最大。」

「我告訴妳另外一種可能性好不好？」倫奎斯說：「這種可能性最合乎邏輯。」說著，他朝桌子這邊走過來，眼睛盯著艾貝。「妳的病人瑪莉．艾倫受盡折磨，說不定是她求妳讓她解脫的。也許妳認爲那是一種人道的作爲。沒錯，那確實是很人道的，當醫生的人只要稍微有點良心，都會考慮這樣做。於是，妳就偷偷幫她注射了額外的嗎啡劑量。麻煩的是，有個護士看到妳做這件事，於是就寫了一封匿名信給瑪莉．艾倫的姪女。妳只不過是想發揮自己的人性，沒想到這下子卻惹上麻煩了。現在妳可能會被控告謀殺，下半輩子要蹲在監牢裡。愈想愈可怕，對不對？於是妳就編出了一套陰謀論，死無對證的陰謀論。大夫，我的推論聽起來是不是比較有道理呢？至少在我看來，這樣合理多了。」

「可是實際上並不是這麼一回事。」

「那是怎麼回事？」

「我說過，我什麼都告訴你了——」

「瑪莉．艾倫是妳殺的嗎？」

「不是。」她整個身體往前傾，雙手捏緊拳頭壓在桌面上。「我沒有殺害我的病人。」

倫奎斯看看卡茲卡。「她連撒個謊都不像，對不對？」說完，他就走出去了。

好一會兒，艾貝和卡茲卡都沒有說話。

後來，她小聲地問：「你現在要逮捕我嗎？」

「沒有。妳可以走了。」說著，他站起來。

她也跟著站起來。他們兩個站在那邊，你看我我看你，不知道偵訊算不算結束了。

「你爲什麼要放我走？」她問。

「等候下一次偵訊。」

「你認爲我有罪嗎？」

他遲疑了一下。其實，她知道他不應該回答這種問題，然而，看得出來他內心似乎陷入掙扎，不知道該不該對她說實話。最後，他沒有回答，徹底迴避這個問題。

「赫德爾醫師等妳很久了。」他說：「他在櫃檯那邊等妳。」接著，他轉身把門打開。「迪麥多醫師，我們下次再談了。」說完，他就走出去了。

她沿著走廊走到等候區。

馬克就站在那裡。「艾貝？」他輕柔地叫了她一聲。

他抱住她，她也順服地讓他抱著，只不過，那種感覺怪怪的，彷彿自己已經麻木了，彷彿自己的靈魂已經脫離了軀殼，在半空中飄蕩，遠遠地俯視著底下擁抱親吻的兩個陌生人。

她聽到他說：「我們回家吧。」然而，他的聲音聽起來也是同樣的遙遠。

隔著安全網，伯納德．卡茲卡看著那一對情侶朝門口走過去，忽然發覺赫德爾把那個女人抱得好緊。這種畫面不是警察每天都看得到的。那種愛，那種深情。通常他看到的男女不是吵得不可開交，就是打得鼻青臉腫、唇破血流，或是指著對方的鼻子破口大罵。或者，男女之間的關係純粹只是肉慾。外面的世界肉慾橫流，他每天都看得到。在波士頓出了名的男人樂園「戰區」，你可以看到妓女在街上公然拉客。當然，卡茲卡也不是什麼柳下惠，偶爾也會需要女人肉體的撫慰。

只不過，他已經很久沒有感受過愛了。此時此刻，他很羨慕馬克．赫德爾。

「喂，懶蟲！」有人在叫他。「三線電話，有人找你。」

卡茲卡伸手去抓話筒。「重案組警官卡茲卡。」他說。

「這裡是醫學實驗室，請稍候，羅巴頓博士要找您。」

卡茲卡一邊等，一邊轉頭看看等候區。艾貝．迪麥多和赫德爾已經不見了。他心裡想，這兩個人什麼都有了。郎才女貌，有錢，有飛黃騰達的美好前途。這個女人擁有如此令人欣羨的地位，那麼，只為了減輕垂死病人的痛苦，她有可能冒險失去這一切嗎？

這時候，電話裡傳來羅巴頓的聲音。「懶蟲嗎？」

「是啊。什麼事？」

「意外的發現。」

「好事還是壞事？」

「就稱之為出人意表好了。李維醫師身體組織的GC-MS檢驗報告已經送過來了。」

GC-MS就是「氣相層析質譜儀」，那是科學鑑識實驗室用來辨識毒品和毒素的。

「我還以爲你已經排除掉所有毒品的因素了。」卡茲卡說。

「我們只是把一般的毒品排除掉，例如迷幻藥、巴比妥酸鹽等等。不過，之所以會得到這樣的結果，是因爲原先我只採用免疫分析和薄層的色譜分析，而你別忘了，這個人可是個醫生，所以我覺得，光是靠一般檢驗是找不出線索的。於是，我另外又做了很多種藥物反應篩檢，包括強效止痛藥『吩坦尼』，還有俗稱『天使塵』的酚賽克力丁，還有幾種揮發性的毒品。結果，我在肌肉組織裡檢測出一種藥物的陽性反應。那是Succinylcholine。」

「那是什麼東西？」

「一種神經阻斷劑。這種藥物會抑制人體內的神經傳導素『乙醯膽素』，作用類似『d-tubocurarine』。」

「你是說『箭毒素』嗎？」

「沒錯。可是Succinylcholine的化學成分不一樣，通常只有手術的時候才會用到，用來麻痺肌肉，幫助病人呼吸順暢。」

「你的意思是，他是被人麻醉的？」

「沒錯，他已經完全癱瘓了。最可怕的是，當時他可能還是清醒的，可是卻無力掙扎。」說到這裡，羅巴頓停了一下，然後又繼續說：「懶蟲，這種死法眞恐怖。」

「藥物是怎麼進入他體內的？」

「注射。」

「可是屍體上沒看到半個針孔。」

「可能在頭皮上，被頭髮遮住了。老兄，那可是一個小到幾乎看不見的小洞。人死後皮膚會產生變化，我們可能很容易就會忽略掉。」

卡茲卡想了一下，忽然想到艾貝．迪麥多幾天前告訴他的事。他後來根本就沒有繼續追查那些事。

他說：「你能不能去幫我查兩份驗屍報告？一份應該是六年前的，有個傢伙從托賓大橋上跳下來。他的名字叫做勞倫斯．昆斯特勒。」

「姓名怎麼拼……好，我抄下來了。另外一個呢？」

「漢尼斯醫師。我不確定他叫什麼名字。那是三年前的案子，一氧化碳中毒的意外事件，全家人都死了。」

「那個案子我好像還記得。有一個是小嬰兒。」

「沒錯，就是那個。我去申請看看，看能不能把屍體挖出來。」

「你想找什麼東西，懶蟲？」

「還不知道。先前調查的時候可能遺漏了什麼。現在我們可能要重啓調查。」

「你想把六年前的屍體挖出來？」羅巴頓大笑起來，聽得出來他顯然採懷疑的態度。「你鐵定忽然變成樂天派了。」

「福斯太太，又有人送花來了，剛剛送來的，妳要我幫妳拿進來嗎？還是放在客廳就好？」

「麻煩妳拿進來。」妮娜坐在她最心愛的那扇窗戶前面的椅子上，看著女傭把一個花瓶拿進房間，放在床頭桌上。女傭把瓶子裡的花重新擺弄了一下，把一枝一枝的花移來移去，這時候，一股鼠尾草和夾竹桃的香氣朝妮娜迎面撲來。

「拿過來放在這邊，放在我旁邊。」

「是的，太太。」那個女傭把花瓶拿到妮娜椅子旁邊的小茶几上，把原來放在桌上那瓶香水百合拿走，挪出空間放那個新花瓶。「這些花跟平常送來的花不太一樣，對不對？」女傭說。從她的口氣，聽得出來她並不怎麼欣賞這瓶喧賓奪主的花。

「不會啊。」妮娜看看那瓶插得雜亂無章的花，微微一笑。她的眼光具有專業園丁的水準，很快就從顏色辨認出不同品種的花。那是俄羅斯鼠尾草和粉紅夾竹桃，紫黃雛菊和黃姬向日葵。還有雛菊，一株又一株的雛菊。那種花看起來是多麼的平凡，只不過，花的季節已經快結束了，怎麼還有人能找得到這種花呢？

她伸手輕撫著花朵，深深吸了幾口那屬於夏末的清香，忽然回想起自己花園裡那股清香。她病後身體太虛弱，根本沒辦法親自去照料花園。如今，夏天已經過去了，冬天來臨了，他們那棟坐落於新港的房子也已經關閉了。她是多麼痛恨每年的這個季節啊！園裡的花逐漸凋萎，而他們也要回到波士頓，回到這棟金碧輝煌的豪宅。這裡，天花板是用金葉裝飾的，走廊上有精工打造的雕花，而浴室裡鋪的是義大利卡拉拉來的大理石地磚。每當她看著屋子裡的深色木頭擺設，心情就很低落。他們的夏日別墅總是陽光燦爛，溫煦的風輕輕吹來，飄散著大海的氣息，滿室清爽。而這棟豪宅總會給她一種寒冬冷冽的感覺。她拿起一朵雛菊，深深吸一口那種強烈的香氣。

「妳要不要把這瓶百合放近一點？」女傭問：「百合花聞起來比較香。」

「聞到那個味道，我頭就痛。對了，這瓶花是誰送來的？」

女傭把貼在花瓶上那個小信封拿起來，打開封口。「『獻給福斯太太。祝您早日康復，柔依。』上面只寫了這句話。」

妮娜皺起眉頭。「我不認識叫做柔依的人。」

「說不定妳等一下就會想起來了。妳要不要到床上去躺一下？福斯先生說妳應該要多休息。」

「一天到晚躺在床上，我已經受夠了。」

「可是福斯先生說——」

「我等一下就會回床上去，現在我想先在這裡坐一下。我想一個人靜一靜。」

那個女傭猶豫了一下，然後只好點點頭，心不甘情不願地走出房間。

妮娜心裡想，終於，終於可以自己一個人清靜一下了。

過去這一個禮拜來，甚至於，自從她出院以來，她身邊總是擠滿了人。私人護士、私人醫師、女傭，還有維克多。特別是維克多。他整天在她床邊徘徊流連，大聲唸祝賀卡給她聽，過濾打進來找她的電話。他在保護她，但也等於是在侵犯她的隱私，把她囚禁在這間屋子裡。

這一切都是因爲他愛她。然而，他恐怕是愛得有點過頭了。

她疲憊地靠在椅背上，不知不覺盯著對面牆上那幅畫像。那是她的畫像，是他們結婚之後沒多久畫的，維克多請人畫的。這整件事都是他主導的，例如，她該穿什麼衣服，由他來挑選。那是一件淡紫色的絲綢晚禮服，上面有淡淡的玫瑰圖案。畫中的她站在一座葡萄藤纏繞的棚架底下，一隻手上拿著一朵白玫瑰，另一隻手垂在身旁，姿勢看起來有點怪異。她的笑容含羞帶怯，有點不知所措，彷彿當時她心裡想的是：我站在這裡只是應別人的要求。

此刻，她打量著畫中那青春年華的自己，忽然發覺，打從她剛剛新婚爲人妻，站在花園那一刻開始，直到現在，她幾乎沒什麼變。當然，隨著時光流逝，她的身體已經不一樣了，再也無法像從前那樣洋溢著青春活力。然而，在很多方面，她幾乎沒什麼改變。她還是一樣的害羞，一樣的笨手笨腳，一樣還是維克多・福斯私人擁有的財產。

這時候，她聽到他的腳步聲。他走進房間的時候，她抬起頭來看他。

「露依莎告訴我，妳沒有在睡覺。」他說：「妳眞的應該去睡一下。」

「我沒事，維克多。」

「妳現在還很虛弱。」

「已經過了三個多禮拜了。亞契醫師說，他另外一個病人已經在跑步機練習走路了。」

「妳跟別的病人不一樣。我覺得妳還是應該去睡個覺。」

她看著他的眼睛，語氣堅定的說：「我想在這裡坐一下，維克多。我想看看窗外的風景。」

「妮娜，我只是爲妳好。」

只可惜，她已經撇開臉不看他了。她看著窗外的公園，看著公園裡的樹。秋天的時候，那些樹曾經多麼茂密，枝葉燦然，只是入冬之後，枝葉終於也漸漸枯黃了。

「我想坐車出去兜兜風。」

「現在還不行。」

「……我想去公園，到河邊走走，隨便哪裡都好，我就是不想待在屋子裡。」

「妳不明白，妮娜。」

她嘆了口氣，然後有點悲哀地說：「不明白的人是你。」

有好一會兒，兩個人都沒有再說話。「這是什麼東西？」他問，手指著她椅子旁邊那瓶花。

「剛剛送來的。」

「誰送來的？」

她聳聳肩。「一個叫柔依的人。」

「這種花隨便在路邊都摘得到。」

「所以才叫做野花啊。」

他拿起那個花瓶，拿去放在角落的桌子上，然後把那一瓶香水百合拿回來放在她旁邊。「好歹這一瓶不是野花。」他說，說完就走出房間了。

她凝視著那瓶百合花。花很漂亮，充滿異國情調，完美無瑕，只可惜，那股香氣實在令她倒胃口。

她突然感到眼前泛起一陣淚光，視線開始模糊。她眨了眨眼睛，仔細看著桌上那個小信封。那信封是跟那瓶野花一起送來的。

柔依。誰是柔依？

她打開信封，拿出裡面那張卡片。過了一會兒，她發現卡片背後寫了幾個字。

上面寫著：有些醫生永遠說眞話。

底下是一個電話號碼。

下午五點，妮娜·福斯打電話來了。艾貝正好一個人在家。

「迪麥多醫師嗎？」艾貝聽到一個輕柔的聲音說：「妳就是那位永遠說眞話的醫生嗎？」

「福斯太太嗎？妳一定收到我的花了。」

「是的，謝謝妳。除了花，我還收到妳那封很奇怪的信。」

「爲了跟妳聯絡，我已經想盡各種辦法。寫信。打電話。」

「我已經回到家一個多禮拜了。」

「可是我一直聯絡不上妳。」

電話裡，福斯太太遲疑了一下，然後輕聲說：「我明白了。」

艾貝心裡想，**她根本不知道自己已經被孤立了。她根本不知道她的丈夫已經把她跟外界隔絕了。**

「現在有人會聽到妳在講電話嗎？」艾貝問。

「我自己一個人在房間裡。究竟是什麼事？」

「福斯太太，我必須跟妳見個面，而且不能讓妳先生知道。妳有辦法嗎？」

「先告訴我爲什麼。」

「電話裡講不清楚。」

「妳不先告訴我，我是不會跟妳見面的。」

艾貝遲疑了一下。「這件事和妳的心臟有關。妳在貝賽醫院移植的那顆心臟。」

「怎麼樣？」

「似乎沒有人知道那顆心臟是誰捐贈的，也沒人知道是哪兒來的。」說到這裡，她停了一下，然後悄聲地問：「福斯太太，妳知道嗎？」

有好一會兒，福斯太太沒有說話，只聽得到她急促而不規律的喘氣聲。

「福斯太太？」

「我不能再跟妳說了。」

「等一下，妳什麼時候能跟我見面？」

「明天。」

「怎麼碰面？在哪裡碰面？」

福斯太太又不說話了。就在她掛斷電話之前，妮娜說了一句：「我會想辦法。」

艾貝頭頂上是一片有條紋的遮雨棚，雨水滴答滴答地打在上面。艾貝已經在「塞魯奇便利商店」門口站了四十幾分鐘了。頭頂上那片帆布遮雨棚太窄了，雨水會打到她身上，冷得她全身發抖。這段時間，已經有好幾輛貨車停下來卸貨，工人把成堆的紙箱用手推車推進去，有「思樂寶」飲料、洋芋片、香菸，還有五花八門的小點心。

到了四點二十分，雨開始愈下愈大，而且開始起風了。強風挾帶著雨水斜斜地打進遮雨棚底下，把她的鞋子都淋濕了。她的腳已經凍得像冰塊。已經過了整整一個鐘頭了，妮娜．福斯恐怕不會來了。

這時候，停在路邊那輛「老墨之家」的餐車突然發動引擎，轟隆隆地開向馬路。艾貝被那陣巨響嚇了一跳，車子排出的廢氣聞起來有點想吐。接著，她又抬起頭來，忽然看到一輛黑色的加長型豪華禮車停在馬路對面，駕駛座的車窗降下來幾公分，開車那個人對她大喊：「迪麥多醫師嗎？請上車。」

她遲疑了一下。車窗玻璃顏色太暗了，艾貝根本看不見車子裡面，不過，她隱隱約約看到後座只有一個人影。

「時間快來不及了。」司機催她。

她跑到馬路對面，頭垂得低低的，以免被滂沱大雨打到臉。她打開後車門的時候，雨水流到她的眼睛裡，她猛眨眼睛，把雨水擠掉，努力想看清楚坐在後座那個人。後來，當她眼睛終於看清楚的時候，不禁嚇了一跳。

車子裡很陰暗，妮娜·福斯整個人看起來好蒼白，又瘦又小。她的皮膚簡直像抹了白粉一樣蒼白。「迪麥多醫師，請上車。」妮娜說。

艾貝鑽進車子裡，關上車門，接著，那輛長禮車開始慢慢加速，引擎隆隆作響，從路邊竄出來，匯入大馬路的車流裡。

妮娜·福斯穿著一件黑色的大衣，把全身裹得緊緊的，整個人隱沒在車內的陰影中，彷彿隱形人一樣，只剩下一張嬌小的臉龐懸浮在半空中。照理說，到這個時間，移植心臟的病人應該已經恢復得差不多了，不應該是這副模樣。艾貝還記得喬許·奧戴那紅潤的臉龐，記得他那精力充沛的模樣，他那爽朗的笑聲。

妮娜·福斯看起來簡直像是行屍走肉。

「不好意思，我們遲到了。」妮娜說：「我們花了不少工夫才想到辦法出門的。」

「妳先生知不知道妳來跟我見面？」

「不知道。」妮娜往後靠在椅背上，整張臉幾乎被那黑漆漆的羊毛衣領遮住了。「這些年來，我已經領悟到，有些事情是不能讓維克多知道的。迪麥多醫師，美滿婚姻的奧祕就是保持沉默。」

「美滿的婚姻應該不會這樣吧。」

「沒騙妳，眞的是這樣。很奇怪吧？」妮娜微微一笑，轉頭看著車窗外。微弱的光線從窗外照進來，在她臉上映出蜿蜒扭曲的光影。「男人是很脆弱的，很多事情他們都承受不了，而這些事多半都是他們自己造成的。妳懂嗎，這就是爲什麼他們需要我們女人。很好笑的是，他們打死都不肯承認。他們認定是他們在照顧我們女人，而我們心裡一直都很清楚，知道是怎麼回事。」說著，她轉頭看著艾貝，臉上的笑容消失了。「那麼，告訴我吧，我必須知道眞相。維克多究竟做了什麼事？」

「我還以爲妳能夠告訴我。」

「妳說那跟我的心臟有關。」妮娜伸手摸摸自己的胸口。在幽暗的車子裡，她那種姿態很容易讓人產生一種錯覺，看起來很神聖，彷彿聖父、聖子和聖靈同時顯現。「妳知道什麼內情嗎？」

「我只知道妳的心臟並非透過正常管道取得的。所有的移植器官都是透過一個中央註冊體系分配給適合的病人。可是妳的心臟並非這樣來的。根據器官銀行的紀錄，妳根本就沒有分配到心臟。」

妮娜的手還擺在胸口上，此刻，她捏緊拳頭，整隻手都泛白了。「那麼，我的心臟是哪兒來的？」

「我不知道。妳知道嗎？」

妮娜那張死人一般慘白的臉轉過來默默看著她。

「我想，妳先生一定知道。」艾貝說。

「他怎麼會知道？」

「因爲是他花錢買的。」

「心臟怎麼可能用錢買。」

「只要錢夠多，沒有什麼東西是買不到的。」

妮娜沒有吭聲。她不說話，等於默認這個很根本的事實。有錢能使鬼推磨。

這時候，那輛長禮車轉了個彎，轉向英邦門大道，沿著查爾斯河往西開。雨水打在灰濛濛的河面上，激起陣陣漣漪。

妮娜問：「妳怎麼會知道這件事？」

「最近我似乎成了一個大閒人。當妳突然沒了工作，妳會發現，悠閒的時候能夠創造的成就有多大。這會令妳大吃一驚的。就在過去這幾天，我查出了很多事情。不光是妳移植的那顆心臟，還有很多人移植的心臟也有問題。而且，福斯太太，我查到的事情愈多，我就愈害怕。」

「這種事妳為什麼要來找我？妳為什麼不去找警察？」

「妳沒聽說過嗎？最近有人幫我取了一個綽號，叫做安樂死師。他們說我因為心腸太慈悲，殺害自己的病人。當然，那全是胡說八道。可是大家偏偏很容易相信胡說八道。」艾貝一臉疲憊地看著車窗外的河面。「我已經丟了工作，沒有人相信我，而且我沒有證據。」

「那妳還剩下什麼？」

艾貝凝視著她。「我知道真相。」

這時候，長禮車壓到一個水坑，水花嘩啦嘩啦濺到車底。後來，車子轉了個彎，離開河邊大道，朝「後灣沼地」前進。

「妳做心臟移植手術那天晚上，十點鐘左右，貝賽醫院接到一通電話，說佛蒙特州的柏林頓那邊有一位捐贈者。三個鐘頭後，那顆心臟送進了手術室。摘取手術應該是在威爾考克斯紀念醫院做的，執刀的外科醫師叫做提姆．尼可拉斯。後來，妳的移植手術很順利的完成了，看不出有什麼異常。從各方面看來，妳的手術就像貝賽醫院大多數的手術一樣，一切都很正常。」說到這裡，她遲疑了一下。「只不過，有一個很重要地方有點異乎尋常。沒有人知道捐贈的心臟是從哪裡來的。」

「妳剛剛不是說那是從柏林頓那邊送來的嗎？」

「我剛剛只是說應該是。而且，後來尼可拉斯醫師失蹤了。他可能是躲起來了，或可能已經死了。而且，威爾考克斯紀念醫院說，那天晚上他們並沒有做心臟摘取手術。」

妮娜陷入一陣沉默，彷彿整個人忽然縮小，縮進那件羊毛大衣裡。

「妳並非第一個案例。」艾貝說。

妮娜轉過頭來看她，蒼白的臉上表情突然變得很僵硬。「妳是說還有別人？」

「至少有四個案例。我已經查過過去這兩年來的病歷資料，模式都一樣。貝賽醫院都會接到柏林頓那邊打來的電話，說找到了捐贈者。然後，心臟總是在半夜十二點過後送進我們的手術室。然後，手術會順利完成，一切都合乎標準。只不過，整個過程中有些地方感覺怪怪的。那四顆心臟，代表有四個人死掉了。我和一個朋友清查柏林頓當地那段期間的訃聞紀錄，結果卻找不到半個捐贈者。」

「那麼，那些心臟是哪兒來的？」

艾貝沒有說話，看著妮娜的眼睛。妮娜露出狐疑的眼神。艾貝說：「我不知道。」

這時候，長禮車又轉了個彎往北開，再度回到查爾斯河邊。他們正朝著烽火山的方向前進。

「我沒有證據。」艾貝說：「我沒辦法透過新英格蘭器官銀行去進行調查報告，也沒有任何人能夠幫我。他們都知道我現在正在接受調查。他們都認爲我是個瘋婆子。這就是爲什麼我會來找妳。那天晚上，我在加護病房見到妳的時候，心裡想：我眞希望能夠跟這個女人做朋友。」說到這裡，她停了一下。「福斯太太，我需要妳的幫助。」

有好一會兒，妮娜都沒有說話。她沒有在看艾貝，眼睛楞楞地看著前面，面無血色，像漂白的骨頭一樣慘白。後來，她彷彿做了什麼決定，長長地嘆了一口氣，然後說：「現在妳該下車了。我在這個街角停車方便嗎？」

「福斯太太，心臟是妳丈夫花錢買的。假如他眞的做了這種事，別人也有可能會做。我們根本找不到捐贈者！我們不知道那些心臟是哪兒來的——」

「就停在這裡吧。」妮娜對司機說。

禮車停靠到路邊。

「請妳下車吧。」妮娜說。

艾貝沒有動。她坐了一會兒，沒有說話。雨水滴答滴答打在車頂上。

「請妳下車。」妮娜說得很小聲。

「我本來以爲我可以信任妳。我本來以爲……」說著，艾貝緩緩搖搖頭。「再見了，福斯太太。」

這時候，她忽然感覺到有一隻手抓住她的手臂。艾貝轉頭一看，看著妮娜的眼睛。妮娜的眼神中充滿憂慮。

「我愛我的丈夫。」妮娜說：「而且他也愛我。」

「就因爲這樣，就可以什麼都不管了嗎？」

妮娜沒有說話。

艾貝鑽出車子，關上車門。那輛長禮車開走了。艾貝看著那輛車消失在暮色中，心裡想：這輩子我永遠不會再見到她了。

然後，她轉身往前走，垂頭喪氣，在大雨中踽踽獨行。

「現在要回家了嗎，福斯太太？」擴音器裡傳來司機的聲音，聽起來很單調，很微弱。妮娜本來在發呆，被那個聲音嚇了一跳。

「對。」她說：「載我回家吧。」

她抱住身上那件黑色羊毛大衣，把自己緊緊裹住，楞楞地盯著雨水在車窗上漫渙流淌。她尋思著，該跟維克多說些什麼呢？什麼話能說，什麼話不能說？她心裡想，難道我們的愛眞的變成這樣？我們的愛是無數的祕密累積起來的，而他有一個最可怕的祕密隱瞞著我。

她低頭開始哭泣。她爲維克多哭泣，爲他們的婚姻哭泣，也爲自己哭泣，因爲她知道自己該怎麼做，可是心裡卻很害怕。

雨水彷彿淚水般在車窗上流淌。那輛長禮車正要送她回家，回到維克多身邊。

19

蘇蘇眞的該洗個澡了。那幾個年紀比較大的男孩已經嚷嚷好幾天了。他們甚至威脅說，如果亞利克西再不把蘇蘇洗乾淨，他們就要把蘇蘇丟到海裡去。他們說，蘇蘇身上沾滿了你的鼻涕，難怪那麼臭。可是，亞利克西從來不覺得蘇蘇很臭。他喜歡蘇蘇身上的味道。他從來沒有洗過蘇蘇，因爲它身上有很多不同的味道，每種味道都代表不同的回憶。他在蘇蘇的尾巴上沾上肉汁的味道，那個味道會讓他回想起昨天的晚餐，娜迪亞把每一種食物都給了他雙份。（而且她還對著他微笑！）至於菸味則是米夏叔叔身上的味道，那是一種粗暴卻又溫暖的味道。甜菜的味道則是上次復活節早上留下來的，當時，他們一起笑鬧著，把水煮蛋吃掉，湯汁不小心滴在蘇蘇頭上。有時候，當他閉上眼睛，深深吸一口氣，他會聞到另一種味道，一種很淡很淡的味道。那已經是很多年很多年以前的味道了，可是還是聞得到。那不是香味，也不是臭味，不過，每次一聞到那種味道，他就會激動起來。那種味道會滲透到他的內心。那是他嬰兒時期的味道。那個味道會讓他聯想起，曾經有人細心呵護他，唱歌給他聽，寵愛他。

亞利克西緊緊抱著蘇蘇，縮進被窩裡，愈縮愈進去。他心裡想，我不會讓他們把你抓去洗的。

反正，能夠欺負他的人已經沒那麼多了。五天前，海上籠罩著霧氣，有一艘船從濃霧中浮現，靠到他們這艘船旁邊。所有的男孩子都跑到甲板上，靠在欄杆上觀看。娜迪亞和葛瑞格來回走來走去，逐一叫出他們的名字。尼可萊．亞利克西年科、帕佛．普瑞伯桑斯基！每叫出一個名字，就會有人發出勝利的歡呼，捏緊拳頭在半空中揮舞。好耶！我被選上了！

後來，那些挑剩的、沒有被選上的男孩還是趴在欄杆上，默默看著那艘小艇把那幾個被選上的男孩送到另一艘船上。

「他們要去哪裡？」亞利克西問。

「是美國的新家。」娜迪亞回答說：「好了，不要趴在欄杆上，上面愈來愈冷了。」

那幾個男孩還是留在原地沒動。過了一會兒，娜迪亞似乎也懶得管他們了。他們想留在甲板上，就隨他們去吧。然後她自己就走到底下的船艙去了。

「美國新家那些人一定很蠢。」耶可夫說。

亞利克西轉頭看著他。耶可夫盯著海上，眼神很兇猛，下巴凸出來，一副急著想找人打架的模樣。「在你眼裡，每個人都很蠢。」亞利克西說。

「確實都很蠢。船上的每個人都很蠢。」

「也就是說，包括你在內。」

耶可夫沒有吭聲。他就這麼用僅剩的那隻手緊緊抓著欄杆，看著另外那艘船隱沒在濃霧中。過了一會兒，他就走開了。

接下來那幾天，亞利克西幾乎都沒有再看到他。

這天晚上，就像平常一樣，耶可夫一吃完晚飯，人就不見了。亞利克西猜，他可能又跑到那個驢透的「奇幻世界」去了，躲在那個滿是老鼠屎的條板箱裡。

亞利克西把毯子拉上來，矇住自己的頭，整個人蜷曲成一團，抱著蘇蘇貼在自己臉上。沒多久，他就這樣不知不覺睡著了。

半夜裡，他忽然感覺有人伸手在搖他，聽到一個輕柔的聲音在叫喚他：「亞利克西，亞利克西。」

「媽咪。」他叫了一聲。

「亞利克西，該起床了。我要讓你驚喜一下。」

他迷迷糊糊地慢慢醒過來，發現四周一片漆黑。他感覺到那隻手還在搖他，聞到一股香氣。他認出那是娜迪亞身上的香味。

「時間到了，該走了。」她壓低著聲音說。

「妳要帶我去哪裡？」

「你得準備一下，準備見你的新媽媽了。」

「她在這裡嗎？」

「我要帶你去見她，亞利克西。這裡這麼多男孩子，她獨獨選上了你。你太幸運了。跟我來吧，不過，不要出聲音。」

亞利克西坐起來。他還是迷迷糊糊的，還沒有完全醒過來，不知道自己是不是在做夢。娜迪亞舉起手扶他爬下床舖。

「蘇蘇。」他叫了一聲。

娜迪亞把那隻狗布偶塞到他懷裡。「沒問題，你可以帶蘇蘇一起走。」說著，她牽起他的手。之前，她從來沒有牽過他的手。一陣喜悅的感覺席捲而來，他忽然完全清醒過來。此刻，他牽著她的手，兩個人一起往前走，準備去見他的新媽媽。四周一片漆黑。他很怕黑，不過他知道，娜迪亞會保護他的，不會有事的。不知道爲什麼，他似乎還記得：牽著媽媽的手就是這種感覺。

他們走出艙房，沿著一條昏暗的走道往前走。他太興奮了，腦袋裡一陣暈眩，走起路來跌跌撞撞，根本沒有留意他們要走去什麼地方。因爲他知道，娜迪亞會把所有的事情都料理好。他們拐了個彎，到了另外一條走道。他認不出這是什麼地方。這時候，他們穿過一扇門。

他們已經走進「奇幻世界」了。

眼前就是那條鐵製的走道，走過去就是那扇藍色的門。

亞利克西忽然停住腳步。

「怎麼了？」娜迪亞問。

「我不想進去裡面。」

「可是你非進去不可。」

「有人住在裡面。」

「亞利克西，不要找麻煩。」娜迪亞忽然用力抓住他的手，抓得好緊。「你一定要進去。」

「爲什麼？」

她似乎突然明白，得換個方法對付他了。她蹲下來，看著他的眼睛，用力抓住他的肩膀。「你想把事情搞砸嗎？你想惹她生氣嗎？她想要的是一個乖乖聽話的小男孩，可是看看你，你現在就很不乖。」

他的嘴唇顫抖著。他努力壓抑自己，不讓自己哭出來，因爲他知道大人是多麼痛恨小孩子哭。然而，他還是不由自主的掉下眼淚。這下子，事情大概都被他搞砸了。就像娜迪亞說的一樣，他老是會把事情搞砸。

「她還沒有確定要你。」娜迪亞說：「她還是有可能會選別的男孩子。你希望這樣嗎？」

亞利克西啜泣著說：「不希望。」

「那你爲什麼不乖一點？」

「我怕那些吃鵪鶉的人。」

「什麼？你實在太荒唐了。如果沒有人想要你這種小孩，我一點都不會覺得奇怪。」說著，她站起來，然後又抓住他的手。「來吧。」

亞利克西看看那扇藍色的門，嘴裡囁囁嚅嚅地說：「妳揹我。」

「你太重了，我的背會痛。」

「求求妳揹我。」

「你一定要自己走，亞利克西。好了，快點，不然就來不及了。」她伸手摟住他。

他開始往前走，不過，那純粹是因爲她在他身邊，緊緊摟著他。他就是這樣緊摟著蘇蘇。只要他們三個緊緊摟在一起，一切就會平安無事。

娜迪亞敲敲那扇藍色的門。

門嘩的一聲打開了。

耶可夫聽到他們經過走道的聲音，聽到亞利克西在啜泣，聽到娜迪亞在訓斥他，聲音很不耐煩。他爬起來攀在條板箱的邊緣，小心翼翼地偷看他們。他們正逐漸走向那扇藍色的門。過了一會兒，他們進了那扇門之後，人就不見了。

爲什麼進去的是亞利克西？爲什麼不是我？

耶可夫從條板箱裡爬出來，爬上樓梯，走到那扇藍色門的門口。他試了一下，想把門打開，只不過就像平常一樣，門還是鎖著。

他有點沮喪，於是又走回條板箱那邊。他已經把條板箱佈置成一個很舒服的祕密基地。這幾個禮拜來，他到處搜刮，弄到了一條毯子，一支手電筒，還有好幾本雜誌。雜誌裡全是裸體的美女圖片。此外，他還從科比契夫那裡偷了一個打火機和一包菸。耶可夫偶爾會抽一根，不過，香菸實在太少了，他必須省著點抽。有一次他不小心，搞得條板箱裡的木屑都燒起來了。那眞是夠刺激的。不過，他多半只是喜歡把香菸帶在身上那種感覺，比如說，把香菸盒拿在手裡把玩著，或是用手電筒照著香菸盒上的商標，一次又一次的唸出來。

其實，剛剛他聽到亞利克西和娜迪亞從走道上經過的時候，正好就是在把玩香菸盒。現在，他要等他們從那扇藍色的門走出來。他等了很久很久。他們到底在裡面幹什麼呢？

耶可夫把香菸丟到箱底。老天眞是不公平。他翻了幾頁雜誌，看了幾張裸女圖片，然後百無聊賴地玩著那個打火機，一次又一次的點燃。後來，他開始有點想睡覺了。於是，他整個人蜷曲成一團，不知不覺就睡著了。

不知道過了多久，他被一陣轟隆隆的聲音吵醒。起初他以爲是船的引擎壞掉了，後來發覺那聲音愈來愈大，而且不是從那個「地獄」輪機室傳過來的。那聲音是在上面的甲板上。

葛瑞格把那個塑膠袋的開口扭起來，用繩子綁住，放進冷藏盒裡，然後拿給娜迪亞。「好了，拿去吧。」

起初她似乎沒有聽懂他在講什麼，後來她看著他，臉上忽然一片慘白。他心裡想：這個賤貨大概受不了。「裡面要放冰塊。拿去吧，放一點冰塊進去。」說著，他又把那個冷藏盒推給她。她似乎嚇壞了，拚命往後退縮。後來，她深呼吸了好幾下，把那個冷藏盒接到手上，拿到房間的另一頭，放在櫃檯上，然後開始把冰塊放進冷藏盒裡。他注意到她的腿有點發抖。第一次做這種事總是會很震驚的。葛瑞格還記得，就連他自己第一次做的時候，也是吐了好久。娜迪亞會慢慢習慣的。

然後，他轉身面對手術檯。那位麻醉醫師正在把屍袋封起來，收拾那些沾滿了血的布塊。可是，那位外科醫師站在旁邊一動也不動，沒有動手幫忙。他整個人靠在櫃檯上，一副喘不過氣來的樣子。葛瑞格很厭惡地看了他一眼。當醫生的人把自己吃得像一頭肥豬，看起來格外噁心。今天晚上這位外科醫師看起來好像不太舒服，今天晚上開刀的時候，喘氣喘個不停，手抖得比平常厲害。

「我的頭痛死了。」那位外科醫師呻吟著說。

「你酒喝太多了，搞不好是他媽的宿醉。葛瑞格走到手術檯旁邊，抓住屍袋的一頭，然後和那位麻醉醫師合力把屍袋抬起來，放到輪床上。接著，葛瑞格把那堆髒兮兮的布拿起來，一樣丟到輪床上。他差一點就忘了那隻狗布偶。那隻狗掉在地上，髒兮兮的絨毛上沾滿了血。他把那隻狗撿起來，丟到那堆布上面。接著，他把輪床推到廢物丟棄槽的開口，掀開蓋子，把那個屍袋、布幔，還有那隻狗布偶全部丟進去。

那位外科醫師又開始呻吟。「頭痛死了，沒有這麼痛過……」

葛瑞格不理他。他把手套扯掉，走到水槽前面去洗手。天曉得那堆髒兮兮的布上面會有什麼樣的病毒細菌。說不定有蝨子跳蚤之類的。他彷彿醫生準備要動手術之前一樣，把手徹底洗乾淨。

這時候，他忽然聽到匡啷的一聲巨響，好像有什麼金屬用具摔到地上。葛瑞格立刻轉身過去看。看到那位外科醫師躺在地上，滿臉通紅的，四肢抽搐個不停，彷彿一具失控的玩偶。娜迪亞和那個麻醉醫師愣在那裡，嚇得全身僵硬。

「他怎麼了？」葛瑞格問。

「我不知道！」那個麻醉醫師說。

「那趕快想辦法呀！」

麻醉醫師蹲在那個全身抽搐的醫生旁邊，試著想辦法做點急救，儘管他心裡明白沒什麼用。他把那個人的手術袍脫掉，把氧氣口罩套在他臉上。他抽搐得愈來愈厲害了，兩條手臂像鵝的翅膀一樣亂揮亂拍。

「幫我按住口罩！」麻醉醫師說。「我要幫他打一針！」

葛瑞格蹲在那個人頭旁邊，扶著口罩。這位外科醫師的臉看起來很噁心，軟軟的，油膩膩的。他的嘴角淌出白沫，氧氣口罩套在臉上滑溜溜的。他的臉色已經開始發青。這時候，葛瑞格心裡明白，這個人已經有「發紺」的現象，急救只是白費工夫了。

過了一會兒，那個人果然死了。

有好一會兒，他們三人圍在那具屍體旁邊，楞楞地看著。那具屍體似乎變得更腫脹了，愈看愈怪異。他的腹部突出來，臉上的贅肉鬆垮垮的垂下來，整個人看起來像一團沒有骨頭的水母。

「好了，他媽的現在該怎麼辦？」那位麻醉醫師問。

「我們得再找一個外科醫師了。」葛瑞格說。

「在這片汪洋大海裡，到哪裡去撈一個外科醫師？我們必須變更計畫，趕快先找一個港口停靠。」

「或是把那些生貨轉送到……」話說到一半，葛瑞格突然抬頭往上看。娜迪亞和那個麻醉醫師也跟著抬頭往上看。現在他們都聽到直升機嘩嘩的聲音了。他看了櫃檯上那個冷藏盒一眼。「準備好了嗎？」

「我已經把冰塊放進去了。」娜迪亞說。

「那就去吧，拿上去給他們。」說著，葛瑞格回頭看看那個死掉的外科醫師的屍體，很厭惡地踢了一腳。「我們來處理這隻大鯨魚吧。」

甲板上的藍燈燦爛耀眼，好像藍色的眼睛。

耶可夫躲在艦橋的樓梯底下，從這裡可以先看到藍光，還有環繞在藍光外面那圈白光。燈光現在全部都亮起來了，那光芒如此耀眼，肉眼簡直沒辦法逼視。於是，他只好看著天空，看那輛直升機在上空盤旋。直升機從黝黑的天空翩然而降，螺旋槳所形成的強風掃向耶可夫的臉，逼得他不得不閉上眼睛。當他再度睜開眼睛的時候，發現直升機已經降落了。

直升機的門嘩啦一聲打開了，可是沒有人下來，好像在等什麼人上飛機。

耶可夫慢慢往前爬了一點，這樣才能夠從樓梯板中間的空隙看外面，看那輛直升機。他心裡想，亞利克西這小子運氣眞好。亞利克西一定是今天晚上要走了。

他聽到有一扇門砰的一聲關上了，有個人影慢慢靠近光圈的邊緣。是娜迪亞。她從甲板上走過，上半身彎下來，整個屁股翹起來。她很怕自己的豬腦袋被螺旋槳切掉。她上半身從直升機門口伸進去跟跟飛行員講話，翹翹的屁股還是露在外面。接著，她開始退後，退到光圈外面。

沒多久，直升機又起飛了。

燈光熄滅了，甲板上又陷入一片黑暗。直升機起飛的時候，耶可夫繞著樓梯挪動身體。他看到直升機的尾巴像繩子上的擺錘一樣繞了一個弧形，然後發出一陣轟隆巨響，飛走了，沿著海面往前衝，然後消失在夜色中。

這時候，耶可夫感覺到有一隻手抓住他的手臂。他大叫了一聲，猛力掙脫往後退，然後飛快地轉過身來。

「他媽的你在這裡做什麼？」葛瑞格問。

「沒什麼！」

「你看到了什麼？」

「我只看到直升機——」

「你到底看到了什麼？」

耶可夫瞪大眼睛看著他，嚇得不知道怎麼回答。

這時候，娜迪亞聽到他們的聲音了，於是從甲板上朝他們跑過來。「怎麼回事？」

「這小子又跑來偷看了。妳不是已經把艙門鎖起來了嗎？」

「我鎖了啊。他一定是更早之前就溜出來了。」她瞪著耶可夫。「老是他。我總不能無時無刻盯著他吧？」

「反正我已經受夠了這臭小子。」葛瑞格用力扯了一下耶可夫的手臂，把他拉向樓梯口。

這時候，耶可夫用力踢了他膝蓋後面一下。

葛瑞格慘叫了一聲，鬆開了手。

耶可夫開始跑。他聽到娜迪亞在大喊，聽到身後有腳步聲。接著，他聽到艦橋的樓梯傳來更多的腳步聲。他拚命往前衝，衝向船頭。然而，太遲了，他發現自己不知不覺跑到降落用的甲板上。

接著是喀嚓一聲巨響，甲板上的燈光忽然亮起來了。

耶可夫被困在刺眼的光圈中央。他伸手擋住刺眼的強光。他什麼都看不見了，只聽得到有人朝他跑過來。跌跌撞撞盲目亂跑，想躲開那些人。只可惜，那些人已經把他團團圍住了，逐漸逼近他。接著，他感覺到有人抓住他的襯衫，於是就掙扎著拳打腳踢。

有人甩了耶可夫一個耳光，把他打倒在地上。他掙扎著想爬開，可是有人用力踢他的腿，他又趴倒在地上。

「夠了！」娜迪亞大喊：「小心不要把他打死了！」

「小王八蛋。」葛瑞格齜牙咧嘴地咒罵了一聲。

有人扯住耶可夫的頭髮，把他從地上拖起來。葛瑞格把他往前推，推著他走過甲板，走向樓梯口。耶可夫走路的時候差一點就跌倒，還好有人扯住他的頭髮，他才沒有倒下去。他看不見他們要走去什麼地方，只知道他們正走下幾級樓梯，經過一條走道。葛瑞格一路上一直咒罵。他走路的時候也是有點一瘸一拐的。看到他那副模樣，耶可夫心中暗暗有點得意。

接著，有一扇門嘩啦一聲打開了，有人把耶可夫抓起來從門檻上扔進去。

「我要把你關在裡面，關到你爛掉。」說著，葛瑞格砰的一聲把門關上了。

耶可夫聽到他拉上門閂的聲音，聽到那些人的腳步聲漸漸遠離。房間裡一片漆黑，只有他自己孤零零的一個人。

他側躺在地上，整個人蜷曲成一團，雙手抱著膝蓋縮到胸前。他渾身發抖，那種感覺很奇怪。他拚命忍住，想讓自己不要發抖，可是卻還是抖個不停。他聽到自己的牙齒磨得嘎吱嘎吱響。他不是因為冷而發抖，那種顫抖是一種來自靈魂深處的顫動。他閉上眼睛，眼前卻浮現出一幕今天晚上看到的畫面。娜迪亞從甲板上走過去，彷彿在一片奇幻世界的光暈上漂浮滑行。直升機的門開著，等待著。接著，娜迪亞彎著腰，上半身伸進直升機裡，伸手拿了某個東西給飛行員。

那是一個盒子。

耶可夫把膝蓋抱得更緊，緊接著胸口。然而，他還是抖個不停。

他抽抽噎噎地啜泣著，把拇指伸進嘴裡，開始吸吮起來。

20

對艾貝來說，早上起床的時候是最難熬的。她醒過來的時候，恍恍惚惚中會有一種期待的感覺，期待新的一天。然後，她會忽然想到：我沒有地方可以去。想到這件事，那種內心的折磨並不亞於肉體上的痛苦。她會躺在床上，聽馬克穿衣服的聲音。她會聽他在黝黑的房間裡走來走去。她發覺自己不敢開口跟他說話，那一剎那，她會感覺自己被一陣沮喪的情緒淹沒了。他們同住在一個屋簷下，同床共枕，然而，最近這些日子，他們幾乎沒有再說話。聽著他走出房間，腳步聲漸漸遠去，艾貝心裡想，這意味著，愛已經消逝了。愛並非因爲爭吵而消逝，而是因爲沉默。

艾貝還記得，她十二歲那一年，爸爸被皮革工廠解僱。往後的幾個禮拜，他每天早上都會開車出門，彷彿像平常一樣要去上班。艾貝一直都不知道他跑去哪裡，也不知道他出去做什麼。一直到他過世那一天，他都沒有告訴她。艾貝只知道，她爸爸不敢待在家裡，面對自己的失敗。所以，他只好繼續裝模作樣，每天早上逃出自己的家。

今天，艾貝感覺自己就像他一樣。

她沒有開車，走路出門。她漫無目的地往前走，走過一個路口又一個路口，走到哪裡都無所謂。昨天晚上天氣就已經開始轉涼了。當她走到一家專賣貝果的小咖啡館的時候，她的臉都已經凍僵了。她買了一杯咖啡和一個芝麻貝果，找了一個座位坐下來慢慢吃。她才剛咬了一、兩口，無意間瞥見隔壁桌那個男人正在看《波士頓先鋒報》。

她赫然看到自己的照片登在頭版上。

那一剎那，她很想立刻奪門而出。她鬼鬼祟祟地轉頭看看咖啡館四周的動靜，心裡想，說不定此刻每個人都在看她。不過，還好沒有人在看她。

她從座位上跳起來，順手把貝果丟進垃圾桶，然後飛快地走出去。她忽然沒胃口了。她走到下一個路口，在一座書報攤買了一份《先鋒報》，然後走到一家商店門口，整個人縮成一團，渾身發抖，瞄了一眼報上的新聞。

外科醫師的訓練過程艱鉅嚴酷
最後的結果很可能是悲劇收場

無論從哪一方面來看，艾貝．迪麥多醫師都是一位傑出的住院醫師。根據她的部門主管柯林．衛蒂格醫師的說法，她是全貝賽醫院最傑出的醫師之一。幾個月前，迪麥多醫師的住院醫師訓練已經屆滿一年了。從那個時候開始，這幾個月來，她的狀況變得很不對勁……

讀到這裡，艾貝已經讀不下去了。她喘得很厲害，喘得很急，過了很久，激動的情緒才慢慢平息下來，繼續看完那篇報導。後來，她終於看完了，覺得很想吐。

記者什麼消息都打聽到了：她被告了好幾個案子；瑪莉．艾倫的死；她對布蘭達．海妮大吼大叫。這些都是無可抵賴的事實。把這些元素組合在一起，就會拼湊出某種形象。這是一個情緒很不穩定的女人，甚至有點危險性格。這樣的報導正好迎合了社會大眾的某種恐懼心理。大家都很怕碰上這種自命慈悲為懷的瘋狂醫生。

我真不敢相信他們描寫的人就是我。

就算她費盡千辛萬苦拿到了醫師執照，就算她做滿了住院醫師的任期，這樣的新聞也會跟著她一輩子，大家心中的疑慮會永遠陰魂不散。任何病人，只要是頭腦清楚的正常人，絕對不會讓自己面對瘋狂醫師手上的刀。

她手上抓著報紙，走著走著，不知道自己已經漫無目的地遊蕩多久了。後來，她終於停下來，發覺自己已經來到哈佛大學校區公園了。她的耳朵已經凍僵了，很痛。這時候，她才意識到午餐時間已經過了。她已經這樣遊蕩一整個早上了，半天的時間不知不覺過去了。她不知道接下來能去什麼地方。公園裡，到處都是揹著背包的學生，穿著粗花呢西裝、蓬首垢面的教授。每個人似乎都有地方可以去，除了她之外。

她又低頭看看報紙。上面那張照片是住院醫師名錄上的那張照片，那是她還在當實習醫師的時候拍的。照片中的她面對著鏡頭露出笑容，臉上有一種初生之犢不畏虎的熱切表情。那是一個蓄勢待發，迫不及待想去追求夢想的少女。

她把那份報紙丟進離她最近的一個垃圾桶，然後開始走回家。她心裡想著：我要反擊。我非反擊不可。

然而，她和薇薇安已經找不到別的線索了。昨天薇薇安搭飛機到柏林頓去，到了晚上，她打電話給艾貝，跟艾貝說了一個壞消息：提姆．尼可拉斯已經很久沒有看診了，而且沒有人知道他跑到哪裡去了。死巷子。另外，關於那四個心臟移植手術的案例，在那四個日期，威爾考克斯紀念醫院沒有任何心臟摘取手術的紀錄。又是另一個死巷子。另外，薇薇安跟當地的警方聯繫，他們表示，他們手上沒有失蹤人口的案件，也從來沒有處理過少了心臟的無名屍體。這是最後一個死巷子。

他們已經湮滅了所有的線索。我們永遠逮不到他們了。

她才剛跨進家門，就看到答錄機上的小燈一閃一閃的。那是薇薇安的留言，叫她回電。薇薇安留了一個柏林頓那邊的電話號碼。艾貝撥了那個號碼，可是卻沒有人接聽。於是她只好掛了電話。

接著，她打電話到新英格蘭器官銀行，可是不出她所料，他們還是一樣不肯幫她轉接給海倫·露易絲。發神經的迪麥多醫師最近發明了一套陰謀論，只可惜大家似乎連聽都懶得聽。她不知道自己還能打給誰。她翻遍了聯絡簿，看著一個又一個的名字。那都是貝賽醫院裡的熟人。衛蒂格醫師、馬克、穆漢德斯、茨威克、蘇珊·卡薩多、傑瑞米·帕爾。她已經不信任他們了。沒有半個人能信任了。

於是，她只好拿起電話，試著再打給薇薇安。這時候，她無意間朝窗外瞥了一眼，看到馬路對面遠遠的地方停著一輛紫紅色的旅行車。

你這個王八蛋。這次被我逮到了！

她衝到走廊的櫥櫃，拿出望遠鏡，然後又衝到窗口，對準焦距。這下子，車牌號碼看得清清楚楚。

逮到你了，她心裡得意的吶喊著，逮到你了。

她抓起電話，打給卡茲卡。她在等他上線的時候，忽然想到，好奇怪，為什麼她會想到要打電話給他。也許是一種本能反應。當你要求救的時候，你就會打電話給警察，而他是她唯一認識的警察。

「重案組卡茲卡。」他的口氣聽起來還是像平常一樣，不動聲色，公事公辦。

「那輛旅行車又出現了！」她大喊了一聲。

「抱歉，妳在說什麼？」

「我是艾貝．迪麥多。我跟你說過有一輛旅行車在跟蹤我，現在那輛車就停在我家門口。車牌號碼是539TDV，麻薩諸塞州的車牌。」

電話裡，卡茲卡沒有再說話。他正在把那個號碼抄下來。然後他又繼續說：「妳住在布魯斯特街，沒錯吧？」

「沒錯。麻煩你趕快派人過來，我不知道他們會幹什麼。」

「保持鎮靜，把門鎖好，明白嗎？」

「我知道。」她很緊張地吁了一口氣。「我知道。」

她記得門已經上鎖了，不過她還是過去檢查了一遍。所有的門窗都鎖好了。於是，她又走回客廳，站在窗簾前面，不時瞄瞄窗外，看看那輛旅行車還在不在。她暗自祈禱，希望那輛車不要跑掉。等一下警察來的時候，她真希望看看開車的那個人會有什麼樣的反應。

十五分鐘後，她看到一輛很眼熟的綠色Volvo開過來了。那輛Volvo停到路邊，正好停在那輛旅行車對面。她沒想到卡茲卡居然會親自出馬，但真的就是他。此刻，他正從車子裡鑽出來。一看到他，她忽然感到無比安心，心裡想，他知道該怎麼處理。卡茲卡很聰明，什麼事情他都有辦法應付。

他走到馬路對面，慢慢靠近那輛旅行車。

艾貝整個人貼到窗玻璃上，心頭突然一陣怦怦狂跳。她很好奇，不知道此刻卡茲卡是不是和她一樣，心臟怦怦狂跳。他走路的樣子看起來一副悠閒自在的模樣，慢慢靠近旅行車駕駛座的車門。後來，他姿勢有點變了，身體略微轉向艾貝這邊。那一剎那，她才留意到他手上拿著槍。她根本不知道他是什麼時候把槍掏出來的。

她幾乎不敢看了。她很替他擔心。

他側著身體往前挪動，瞄瞄車窗裡面。看他那副樣子，車子裡似乎沒什麼可疑的東西。接著，他繞到旅行車後面，臉貼在後窗上往裡面看。過了一會兒，他把槍收進槍套裡，轉頭看看街道兩頭。

這時候，附近有一棟房子的大門忽然打開了，有個穿著灰色工作服的男人氣沖沖地從門廊的台階上跑下來，邊跑邊揮舞著雙手，大聲咆哮。卡茲卡還是一副氣定神閒的模樣，慢慢把警徽掏出來。那個人把警徽接過來看了一下，然後又拿還給卡茲卡。後來，他把皮夾掏出來，拿出身分證給卡茲卡看。

那兩個男人站在那邊說話，說了一會兒，偶爾比手畫腳，一下指向那輛旅行車，一下指向艾貝家。後來，那個穿著工作服的人又走回那棟房子去了。

卡茲卡朝艾貝家走過來。

她開門讓他進來。「怎麼回事？」

「沒事。」

「開那輛車的人是誰？他爲什麼要跟蹤我？」

「他說他根本不知道妳在說什麼。」

她跟在他後面走進客廳。「我眼睛可沒瞎！我見過那輛旅行車，就在這條街上。」

「那個人說他以前從來沒有來過這裡。」

「那個人到底是誰？」

卡茲卡把他的筆記本掏出來。「他叫約翰．道赫蒂，三十六歲，麻薩諸塞州人，有執照的水電工。他說這是他第一次到布魯斯特街來。那輛旅行車登記的車主是『後灣水電工程公司』。那輛車上全是工具。」說完，他闔上筆記本，塞進西裝口袋裡。接著，他看著她，眼神還是跟平常一樣淡漠。

「我百分之百確定。」她嘴裡喃喃嘀咕著：「我確定是同一輛車。」

「所以，妳還是堅持有一輛旅行車在跟蹤妳嗎？」

「他媽的，我說的都是眞的！」她大叫起來。「眞的有一輛旅行車！」

看到她發脾氣，他只是輕描淡寫地揚了一下眉毛。後來，她強忍著怒氣，深深吸了一口氣。發脾氣是沒有用的，這個人不會吃這一套的。他是個理性至上的人，做事講究邏輯，就像電視影集「星艦迷航記」裡那位史巴克先生一樣，唯一的差別是，我們這位史巴克先生身上佩戴的是警徽。

她漸漸回復平靜了。她說：「我沒有妄想症，這不是我憑空捏造出來的。」

「以後，假如妳眞的再看到那輛旅行車，別忘了把車牌號碼記下來。」

「假如我眞的看到？什麼意思？」

「我會打電話到『後灣水電工程公司』去查證一下，確認看看有沒有道赫蒂這個人。不過，我倒是眞的相信他只是一個水電工。」說著，卡茲卡眼睛忽然瞄向客廳的另一頭。電話鈴聲響了。「妳不去接電話嗎？」

「拜託你先不要走。先別走。我還有事情要告訴你。」

他本來已經伸手要去抓門把，一聽到她的話，忽然又停下來。他看著她拿起電話。

「喂？」她說。

電話裡是一個女人的聲音，聲音很微弱。「迪麥多醫師嗎？」

那一剎那，艾貝忽然瞪大眼睛看著卡茲卡。光是看到她那種眼神，他似乎就已經明白了。這通電話非比尋常。「福斯太太嗎？」艾貝問。

「我查到一些東西了。」妮娜說：「我不知道那代表什麼意思，也不知道那是不是真的有什麼意義。」

這時候，卡茲卡已經來到艾貝旁邊了。他的動作好快，無聲無息，她根本不知道他是什麼時候靠過來的。他側著頭貼近話筒跟她一起聽。

「妳查到了什麼？」艾貝問。

「我打了幾通電話，打給銀行，打給我們的會計師。十月二十三日那一天，維克多轉帳匯了一大筆錢給一家公司。那家公司叫做『和平公司』，在波士頓。」

「確定是那一天嗎？」

「是的。」

艾貝心裡想，十月二十三日，那正是妮娜．福斯做心臟移植手術的前一天。

「妳知道『和平公司』是什麼樣的公司嗎？」艾貝問。

「不知道。維克多從來沒有跟我提過那家公司。這麼大的一筆轉帳金額，他通常都會和我商量……」說到這裡，她停頓了一下。艾貝聽到電話裡有別人的聲音，接著，她聽到一陣窸窸窣窣的聲音，好像是妮娜忽然慌張起來，碰到什麼東西。接著，妮娜又說話了，聲音聽起來很緊張，愈說愈小聲。「我不能再說了。」

「妳說那筆轉帳的金額很大，究竟是多少？」

有好一會兒，妮娜都沒有回答，艾貝還以為她已經把電話掛斷了。沒想到後來她忽然又聽到妮娜說話了，很小聲。

「五百萬美金。」妮娜說：「他轉帳匯了五百萬美金出去。」

妮娜掛斷了電話。她聽到維克多的腳步聲，不過，他走進房間的時候，她並沒有抬起頭來看他。

「妳在跟誰講電話？」他問。

「是辛西亞。她說她明年春天要去希臘度假。我在猜，加勒比海他們大概已經玩膩了。」沒想到謊話就這麼脫口而出，太容易了。這種情況究竟是什麼時候開始的？究竟從什麼時候開始，他們已經不再開誠佈公坦誠相對了？

他在她床邊坐下來。她感覺得到他在打量她。「等妳好一點。」他說：「說不定我們可以回希臘去。說不定我們還可以找辛西亞和羅伯一起去。妳覺得怎麼樣？」

她點點頭，低頭看看被子，看看自己的手。她的手指頭骨瘦嶙峋，愈來愈沒有血色。**只可惜，我再也不會好了，這一點，我們都心知肚明。**

這時候，她把腿伸到被子外面。「我得去上一下化妝室了。」她說。

「要我扶妳嗎？」

「不用，我沒事。」說著，她站起來，忽然感到有點頭重腳輕。最近，每當她站起來，或是稍微動一下，總是會感到一陣暈眩。此刻，她並沒有告訴維克多，而是等那種暈眩的感覺自己消失，然後再慢慢走進浴室。

她聽到他拿起話筒。

她關上浴室門那一剎那，忽然想到自己犯了一個錯誤。她剛剛撥出去那個號碼還留在電話機的記憶體上。維克多只要按下重撥鍵，他立刻就會知道她在說謊了。偏偏維克多就是會做這種事的人。他一定會知道，她剛剛並沒有打電話給辛西亞。他一定會知道的。他一定會發現，她剛剛打電話找的人，是艾貝．迪麥多。

妮娜站在那裡，背靠著浴室的門，聽著外面的聲音。她聽到他掛斷電話的聲音，聽到他叫了一聲：「妮娜？」

這時候，她忽然又感到一陣暈眩，眼前開始變得一片漆黑。她低下頭，努力想讓自己保持清醒。然而，她忽然感到自己的腿一陣癱軟，感覺到自己的身體慢慢往下滑。

她聽到他在敲門。「妮娜，我有話要跟妳說。」

「維克多。」她開口叫他，但聲音實在太微弱了，他根本聽不見。事實上，根本沒有人聽得見她的聲音。

她躺在浴室的地板上，全身虛弱無力，根本動彈不得。她太虛弱了，連叫他都叫不出聲音。

她感覺自己的心臟彷彿一隻揮舞著翅膀的蝴蝶，在胸口無力地搏動著。

「我們一定跑錯地方了。」艾貝說。

此刻，她和卡茲卡坐在車子裡。車子停在羅斯伯瑞一條沒落荒涼的街上。這一帶，很多店面都歇業關閉了，幾乎看不到有人在做生意。隔了幾家店面再過去一點，有一家健身房。那裡顯然是這條街上唯一還有在做生意的地方。他們聽得到健身房開著的窗口有聲音傳出來。那是重物撞擊的砰砰聲，還有男人豪邁的笑聲。健身房隔壁是一間空蕩蕩的店面，外面貼著「吉屋出租」的海報。再隔壁就是「和平公司」的大樓。那是一棟赤褐色砂石蓋成的四層樓建築。

和平醫療器材銷售維修公司

從裝了鐵欄杆的櫥窗望進去，裡頭擺了一堆破破爛爛的公司產品，有支架和枴杖、氧氣筒、預防褥瘡的泡棉床墊、床上用便盆，還有幾個穿著護士制服的假人模特兒。那件制服和護士帽一看就知道是六〇年代的產物。

艾貝隔著馬路凝視著櫥窗裡那些破破爛爛的展示品。她說：「不可能是這家『和平公司』。」

「找遍了整本電話號碼簿，名稱叫做『和平公司』的只有這一家。」

「爲什麼要匯五百萬美金給這種公司呢？」

「說不定這裡只是一家大企業的分公司，說不定他發現了什麼值得投資的商機。」

她搖搖頭說：「時機不對。想像一下，如果你是維克多．福斯，太太已經奄奄一息，而你想盡辦法要讓她動手術。這種節骨眼，你還會去想什麼投資嗎？」

「那要看他對他太太在乎到什麼程度。」

「他非常在乎。」

「妳怎麼會知道？」

她看著他。「我就是知道。」

他看著她，眼神還是像平常一樣平靜淡漠。她心裡想，好奇怪，現在看到他那種目光，已經不會再感到不自在了。

他打開駕駛座的車門。「我進去看看，看能不能查出一點蛛絲馬跡。」

「你打算怎麼做？」

「到處看看。找人打聽一下。」

「我跟你一起去。」

「不行，妳留在車裡。」說著，他已經準備要跨出車門了，這時候，她突然拉住他。

「你要搞清楚。」她說：「我是這整件事最大的受害者。我飯碗沒了，醫師執照也沒了。現在，有人說我是殺人兇手，有人說我是神經病，有人乾脆說我是殺人狂。我的人生已經快要完蛋了，我才是受害者。眼前可能是我挽回自己人生唯一的機會。」

「既然如此，那就不要把這個機會搞砸了，好不好？裡面可能有人會認出妳，這樣一來，鐵定會打草驚蛇。妳要冒這個險嗎？」

她頹然往後一仰，靠在椅背上。卡茲卡說對了。眞他媽的，他說對了。剛剛要開車過來的時候，他本來不讓她跟，可是她很堅持要一起來。她說，不管他要不要讓她跟，她自己開車，也一樣找得到這個地方。於是，她跟來了，然而，她甚至不能進那棟大樓。她甚至再也沒辦法爲自己的人生奮戰。她連最後這點權利都被剝奪了。她坐在那裡猛搖頭，氣自己的無能，氣卡茲卡爲什麼要提醒她，讓她發現自己的無能。

他說：「把門鎖好。」說完他就鑽出了車子。

她看著他越過馬路，看著他走進那扇破破爛爛的大門。她不難想像，他在裡面會看到什麼東西。一堆死氣沉沉的輪椅，嘔吐用的盆子，一整個衣架的護士制服，上面蓋著發黃的塑膠布，塑膠布上面蒙著一層灰。此外，他還會看到骨科用的鞋子。她不用想都知道裡面會有什麼樣大大小小的擺設，因為她去過這種醫療用品店。她的第一套醫師袍就是在這種店裡買的。

五分鐘過去了。十分鐘過去了。

卡茲卡，卡茲卡。你究竟在裡面做什麼？

他剛剛說他要去打聽一下，盡量避免打草驚蛇。她相信他的判斷力。重案組警察的平均智商高於外科醫師，不過卻比不上內科醫師。這是醫院裡的員工廣泛流傳的笑話，嘲笑那些愚蠢的外科醫師。內科醫師靠的是腦袋，外科醫師靠的是那雙寶貝手。假如有一個內科醫師正要從電梯裡走出去，門卻突然提早開始關起來，這時候，他會把手伸進去擋住門。不過，如果電梯裡的人是外科醫師，他會把頭伸進去。哈哈，笑死人。

二十分鐘過去了，現在已經五點多了。夕陽餘暉已經快要消失了，遠方的天際只剩下一片黯淡的晚霞。車窗開了一條細縫。從那條細縫，她可以聽得到外面的馬丁路德金恩大道上車子呼嘯而過的聲音。現在是尖峰時間。街道前面那家健身房有兩個肌肉僨張的鑣形大漢走出來，慢慢走到他們的車子那邊去。

她一直看著大樓門口，期待卡茲卡出現。

五點二十分了。

就連這條街上的車子也愈來愈多了，她只能偶爾從車流的縫隙中瞥見大樓的前門。後來，車陣忽然堵住了，她面前那兩部車中間露出一道縫隙。透過那道縫隙，她正好看得到馬路對面那棟「和平公司」的大樓。突然間，她看到有個男人從大樓的側門走出來。他在人行道上停下腳步，瞄了手錶一眼，然後又抬起頭來。那一剎那，艾貝的心臟差點就從嘴巴跳出來。她認得那個人的臉。他那對濃得異乎尋常的眉毛，他那副鷹鉤鼻。

那個人是梅普斯。妮娜·福斯做移植手術那天晚上，就是他把捐贈的心臟送進手術室的。

這時候，梅普斯開始沿著街道往前走，走了一段路之後，停在一輛停在路邊的藍色龐蒂克Trans Am跑車旁邊，掏出一副車鑰匙。

艾貝回頭看看「和平公司」那棟大樓，心裡暗暗祈禱，希望卡茲卡趕快出來。快點，快點，梅普斯快跑掉了！接著，她又轉頭看看那輛Trans Am。梅普斯已經上車了，扣上了安全帶，然後發動引擎，慢慢把車頭轉出來，駛離路邊，等著找個空檔切進車陣裡。

艾貝慌慌張張地瞥了啟動電門一眼，看到卡茲卡的車鑰匙還插在鑰匙孔上。

這可能是個機會，她唯一的機會。

那輛藍色的Trans Am已經開上馬路了。

沒時間考慮了。

艾貝爬到駕駛座，發動卡茲卡的車，然後飛也似地竄進車陣裡，輪胎高速摩擦地面，發出尖銳刺耳的吱吱聲。後面那輛車的駕駛氣得猛按喇叭。

前面的十字路口正要變成紅燈那一剎那，梅普斯的車飛快地穿越了路口。

艾貝緊急煞車，輪胎發出吱的一聲，車子猛然停下來。她前面有四輛車，根本沒辦法繞過它們闖過去。要是這樣等到綠燈，梅普斯可能已經又開了好幾個路口遠了。她坐在那裡算時間，時間一秒一秒過去了，她暗暗咒罵波士頓的紅綠燈，咒罵波士頓的駕駛人，咒罵自己的優柔寡斷。要是剛剛她早一刻衝進車陣，也許早就跟上了！此刻，那輛Trans Am已經快要看不見了，只看得到遠遠的車流裡閃著一點小藍光。他媽的，這個紅綠燈到底有什麼毛病？

後來，綠燈終於又亮了，可是車子還是一動也不動。前面那輛車的駕駛一定是睡著了。艾貝整個人往前傾，猛按喇叭，車子發出一陣震耳欲聾的叭叭聲。後來，前面的車子終於開始動了。她猛踩了一下油門，但過了一會兒，她忽然又放掉油門。

因爲她看到有人在猛拍她的車子。

她往右瞄了一眼，看到卡茲卡在車子右邊跟著跑。她踩下煞車，按下開關，讓門鎖鈕彈起來。

他嘩啦一聲拉開車門。「妳在搞什麼鬼？」

「趕快進來。」

「不要，妳先停到路邊——」

「他媽的趕快進來吧！」

他愣了一下，眨了幾下眼睛，然後就坐進車子裡。

這時候，她立刻猛踩油門，車子飛快地竄過路口。隔了兩個路口，她看到那個藍色的光點往右一閃。那輛藍色的Trans Am已經開上卡提街了。要是她沒有立刻跟上，可能又會被別的車子堵住，最後就會跟丟。於是，她猛轉方向盤，跨過左邊的雙黃線，超越三輛車，然後又及時切回原先的車道。她聽到卡茲卡扣上安全帶的聲音。這樣很好，因爲接下來她要表演飛車特技了。接著，他們右轉到卡提街。

「能不能告訴我，到底怎麼回事？」他問。

「那個人從和平公司大樓的側門走出來。就是開著前面那輛藍色車子的傢伙。」

「他是誰？」

「送心臟到我們手術室的人。他說他姓梅普斯。」這時候，她又發現車陣裡有個空檔，於是又飛也似地切進左邊的車道超車，然後又切回原來的車道。

卡茲卡說：「還是我來開車吧。」

「他往圓環那邊開過去了。什麼方向？他要往什麼方向……」

那輛Trans Am在圓環裡繞了一下，然後就朝東邊開出去了。

「他要上高速公路。」卡茲卡說。

「那我們也跟上去。」艾貝開進圓環，然後跟在那輛Trans Am後面開出去。

卡茲卡猜對了，梅普斯確實是要上高速公路的匝道。她跟在他後面，心頭怦怦狂跳，手上全是汗，抓在方向盤上滑溜溜的。一上了高速公路，她很可能會追丟了梅普斯。現在是下午五點三十分，這個時間的高速公路簡直是車水馬龍，整個車陣以時速九十公里的高速奔馳，卻又像遊樂場裡的碰碰車一樣擠成一團，每個開車人都像瘋了一樣，急著想趕回家。她開進高速公路的車流裡，遠遠瞥見梅普斯的車在前面切換到左邊的車道。

她本來想跟著切換到左邊的車道，可是有一輛卡車忽然從左後方擠過來，不肯讓路。艾貝打開左方向燈，朝左邊的車道慢慢擠過去，可是那輛卡車堅持不讓，兩輛車愈靠愈近。這是一種危險的遊戲，比比看誰是膽小鬼。艾貝繼續朝卡車擠過去，而那輛卡車還是不肯減速。她彷彿被腎上腺素沖昏了頭似的，根本不知道什麼叫害怕了。她滿腦子只想要追上梅普斯。此刻，握著方向盤的那個女人已經不是原來那個女人了，而是變成一個沮喪絕望、滿口髒話的陌生人。她簡直快要不認識自己了。此刻，她正在跟那些人搏鬥，那種感覺好痛快。她忽然感覺自己全身都是力量。那是一個渾身上下充滿雄性荷爾蒙的艾貝．迪麥多。

她把油門踩到底，然後瞬間切換到左邊的車道，正好擠到那輛卡車前面。

「老天爺！」卡茲卡大叫了一聲。「妳想害我們兩個都送命嗎？」

「管不了那麼多了。我一定要逮住那個傢伙。」

「妳在開刀的時候也是像這樣嗎？」

「噢，是啊。我眞他媽的是個貨眞價實的恐怖份子。你沒聽說過嗎？」

「老天保佑我千萬別生病。」

「咦？他在幹什麼？」

前面那輛Trans Am又在變換車道了，慢慢切向右邊，往「卡拉漢隧道」的方向開過去。「該死！」艾貝咒罵了一聲。她也跟著轉向右邊，一口氣橫越了兩個車道，開進那個洞穴般黑黝黝的隧道裡。牆面上的浮雕向後飛逝，整個隧道裡迴盪著輪胎摩擦地面的聲音，還有汽車呼嘯而過的咻咻聲。沒多久，灰濛濛的晨曦迎面照來，竟也讓他們覺得刺眼。

那輛Trans Am已經下了高速公路，艾貝也跟著下去了。

他們現在已經到了波士頓東區，洛根國際機場的入口。對了，她心裡想，梅普斯一定是要去那裡。機場。

然而，那輛車並沒有開進機場，而是顚簸著越過平交道，往西邊開。那一剎那，她有點訝異。那輛車子開進一條路。那一帶的街道交錯縱橫，簡直像迷宮一樣。

艾貝開始減速，保持一點距離。剛剛在高速公路上瘋狂追逐的時候，她感覺自己彷彿腎上腺素快速分泌，現在，那種激動的感覺已經慢慢消失了。到了這一帶，那輛Trans Am絕對逃不出她的手掌心。現在，比較困難的是要如何避免被發現。

他們沿著波士頓內港的碼頭向前奔馳。隔著一面鐵絲網牆，可以看到一排排的空貨櫃，三個疊在一起，看起來像巨大的樂高積木。貨櫃場再過去就是貨運區碼頭，天邊是一輪夕陽，遠遠望去，停靠在碼頭邊的輪船和裝卸用的起重機看起來像黑黑的剪影。那輛Trans Am忽然向左轉，駛進一扇開著的門，進入貨櫃場。

艾貝把車子靠向鐵絲網牆，把車停好。鐵絲網牆另一邊有一輛堆高機和一個貨櫃，從中間的空隙正好可以看到那輛Trans Am開到突堤碼頭的底端，然後就停住了。梅普斯走下車，爬上裝卸平台。有一艘船停靠在那裡。那艘船看起來像是小型的貨輪，她估計大概有兩百英尺長。

梅普斯大喊了一聲，沒多久，有個男人跑到甲板上，跟他揮揮手。梅普斯從舷梯板爬上那艘船，然後人就不見了。

「他跑來這裡幹什麼？」她問。「爲什麼要跑到船上來？」

「妳確定是同一個人嗎？」

「如果不是他，那麼，在和平公司工作的那個人鐵定是梅普斯的孿生兄弟。」說到這裡，她頓了一下，忽然想到，半個鐘頭前，卡茲卡不是在那家公司裡待了好半天嗎？「對了，你剛剛在那家公司有查到什麼東西嗎？」

「妳是要問我，在我發現車子被偷走之前，我在幹什麼嗎？」他聳聳肩。「就像它的門面一樣，那是一家醫療用品公司。我跟他們說，我要幫我太太買一張病床，他們就帶我去看一些最新型的展示品。」

「那棟大樓裡有幾個人？」

「我看到三個人。展示區有一個，另外兩個在二樓接訂貨電話。那三個人工作的樣子看起來很不愉快。」

「那三樓和四樓呢？」

「我猜那上面應該是倉庫。那棟大樓眞的沒什麼東西好追查的。」

她隔著鐵絲網牆看著那輛藍色的Trans Am。「你實在應該申請傳票，調查他們的財務進出狀況，看看福斯那五百萬跑到哪裡去了。」

「我們沒有理由申請傳票調查他們的財務狀況。」

「你還需要什麼證據呢？我知道那個傢伙就是送器官的人！我知道這些人在幹什麼勾當！」

「事實上，在目前這種狀況下，沒有半個法官會採信妳的證詞。」他說得很坦白。眞的夠坦白。「很抱歉，艾貝，不過，妳跟我一樣，妳自己心裡也明白，妳現在的信譽有很大的問題。」

她感覺自己跟他之間忽然又有了隔閡。她氣得又想縮回自己的世界裡。「你說對了，誰會相信我？我只不過是那個發神經的迪麥多醫師，又在滿嘴胡說八道。」

他沒有吭聲，不理會她那種自艾自憐的情緒發洩。她開始後悔說了那些話。那些受傷害的言語，那些冷嘲熱諷的言語，彷彿在他們兩個中間迴盪著。

有好一會兒，他們兩個都沒有再說話。這時候，有一架噴射機從他們頭頂上飛過去，像一隻巨大的猛禽張開翅膀飛掠而過。飛行慢慢爬升，在夕陽餘暉的照耀下閃閃發亮。後來，等到飛機引擎的隆隆怒吼漸漸遠去，卡茲卡又開口了。

「我不是不相信妳。」他說。

她看著他說：「沒有半個人相信我，你幹嘛要相信呢？」

「因爲李維醫師的關係。因爲他的死有點蹊蹺。」他凝視著正前方的馬路。馬路上愈來愈暗了。「一般來說，自殺的人不會像他那樣。一般人自殺，不會選擇在那種地方，因爲好幾天都不會有人發現你。一想到自己屍體腐爛的模樣，沒有人會喜歡的。我們會希望在自己的屍體長蛆之前，就會被人發現。我們會希望被人發現的時候，屍體至少還是人的模樣。而且，更奇怪的是，他明明要自殺，偏偏又做了那麼多計畫。他計畫到加勒比海去度假，陪他兒子一起過感恩節。他對未來還有計畫。」說著，卡茲卡轉頭看看旁邊。車外的夜色愈來愈深了，路燈一閃一閃的，開始亮起來了。「還有，他太太伊蓮。工作上，我常常要跟那些受害者的遺孀打交道。有些人看起來受到驚嚇，有些人看起來很悲傷，也有些人看起來一副解脫了的樣子。我自己的太太也死了。我記得，自從我太太過世以後，每天早上我都必須掙扎半天才起得了床。可是伊蓮·李維呢？她居然打電話給搬家公司，帶著所有的家當跑掉了。一個傷心的未亡人不會做這種事。那種情況看起來很像是畏罪潛逃，要不然就是嚇壞了。」

艾貝點點頭。她也是這麼覺得。伊蓮是嚇壞了。

「後來，妳又告訴我昆斯特勒和漢尼斯的事。」他說：「突然間，我發現這不是單一死亡的個案，而是好幾起相關聯的命案。而且，亞倫·李維看起來愈來愈不像自殺了。」

這時候，又有另一架噴射機飛過去，在轟隆隆的引擎聲中，根本聽不到對方講話。飛機傾斜著機身向左彎，此刻，夜霧已經逐漸籠罩了整個港口。雖然那架噴射機已經逐漸隱沒在西邊的天際，艾貝耳邊還是迴盪著那遙遠的隆隆引擎聲。

「李維醫師並非自己上吊自殺的。」卡茲卡說。

艾貝皺起眉頭看著他。「驗屍報告不是已經確認他是自殺身亡的嗎？」

「我們在他的屍體裡發現了殘留的藥物。上個禮拜，我們從鑑識科那裡拿到了檢驗報告。」

「有什麼新發現嗎？」

「他們在他的肌肉組織裡發現了殘留的琥珀醯膽鹼。」

她瞪大眼睛看著他。琥珀醯膽鹼。那是麻醉醫師每天都在用的藥，在手術的過程中用來幫助肌肉鬆弛。在手術房裡，那種藥是非常有用，非常重要的。然而，一旦出了手術房，濫用那種藥物，死法是極端恐怖的。那會導致身體完全麻痺，可是意識卻非常清楚。你會很清醒，很清楚發生了什麼事，然而，你卻動彈不得，也沒辦法呼吸。就像活生生在空氣中溺死一樣。

她嚥了一口唾液，忽然感到喉嚨一陣乾澀。「那不是自殺。」

「不是。」

她深深吸了一口氣，然後慢慢吐出來。那種感覺太恐怖了，好一會兒她都說不出話來。她甚至不敢想像亞倫慢慢死亡時的情景。她轉頭，隔著鐵絲網牆看著碼頭。夜霧開始籠罩著港口，彷彿一根根纖細的手指慢慢越過碼頭。這時候，梅普斯又出現了。在逐漸黯淡的夕陽餘暉中，那艘繫著纜繩的貨輪像一團黝黑的剪影，靜靜停泊在碼頭邊。

「我好想知道那艘船上有什麼東西。」她說：「我想搞清楚他跑到船上去做什麼。」說著，她伸手去開車門。

這時候，他制止了她。「現在還不行。」

「那要等到什麼時候？」

「我們把車子開到前面的路口，把車停好，然後在那等一下。」他瞥了天空一眼，然後再看看水面上愈來愈濃的霧。「天很快就黑了。」

21

「過了多久了？」

「才一個鐘頭。」卡茲卡說。

艾貝雙手抱胸，整個人縮成一團，渾身發抖。晚上愈來愈冷了，車子裡，他們呼出來的熱氣在車窗上凝成了一層霧。外頭籠罩在夜霧中，遠處的街燈隱約散發出昏黃的光暈。

「你說話的口氣很有意思。才一個鐘頭。以我的感覺，這一個鐘頭好像一整個晚上那麼漫長。」

「那要看妳從什麼觀點來看。我剛開始幹警察的時候，一天到晚在跟監別人。」

她實在很難想像卡茲卡年輕的時候是什麼模樣，很難想像他那副嫩嫩的菜鳥模樣。

「你爲什麼會想當警察？」她問。

車子裡一片昏暗，只看到他的黑影輪廓聳了聳肩。「我天生就是幹警察的料。」

「大概吧，看你的作風，確實是天生幹警察的。」

「那妳呢？妳爲什麼會想當醫生？」

她伸出手去抹了一下擋風玻璃，把上面的霧氣擦掉，然後盯著外頭層層堆疊的貨櫃，乍看之下彷彿一座四四方方的大峽谷。「我不知道該怎麼回答這個問題。」

「這個問題有那麼難回答嗎？」

「答案很複雜。」

「這麼說來，妳的出發點並不單純，譬如說，爲了拯救世人。」

這下子輪到她聳聳肩了。「在世人眼中，我是微不足道的。」

「妳在學校裡念書念了八年，然後又在醫院裡受訓五年。我想，妳應該有一個很強烈的動機。」

這時候，車窗上的霧氣又開始凝結了。她又伸手抹了一下擋風玻璃，但奇怪的是，濕濕的水氣摸在手上感覺卻是異樣的溫暖。「如果硬要我說出一個理由，我想，應該是因爲我弟弟吧。他十歲那年住進了醫院。我常常看到醫生在幫他治療，看他們怎麼工作。」

卡茲卡本來等著聽她繼續往下說，但她忽然不說了。於是，他很小聲地問她：「妳弟弟後來沒有救回來，是不是？」

她搖搖頭說：「那是很久以前的事了。」說著，她低頭看看沾了水的手，看起來亮亮的，那種暖暖的感覺彷彿手上沾著的是淚水。那一剎那，她忽然感覺自己眞的快要掉眼淚了。她心裡暗暗慶幸，還好卡茲卡沒有再追問，因爲她實在沒有心情再回答任何問題，不願再去回想到當年在急診室裡的情景，回想到彼得躺在輪床上，腳上的新網球鞋沾滿了血。當時，那雙鞋爲什麼看起來那麼小，對一個十歲的小男生來說，實在太小了。接下來，接連好幾個月，她每天看著他躺在病床上，昏迷不醒，肌肉漸漸萎縮，手腳向內收縮，整個人蜷曲成一團。他過世的那天晚上，艾貝把他扶起來抱在懷裡，慢慢搖著他。抱著他，感覺他輕飄飄的，像嬰兒一樣脆弱。

這些事，她都沒有告訴卡茲卡，然而，她感覺得到，卡茲卡似乎什麼都明白。他居然能夠心領神會，令她感到十分意外。她一直不覺得他是這種類型的人，不過，話又說回來，卡茲卡這個人確實有太多地方會讓她感到驚訝。

他看看外頭黝黑的夜色，忽然開口說：「天應該已經夠暗了。」

於是，他們下了車，穿過那扇開著的門，走進貨櫃場。夜霧迷茫中，隱隱約約看得到那艘貨輪的黑影輪廓。船上唯一的燈光，是低層船艙的一扇舷窗口透出來的一種怪異的綠光，除此之外，整艘船上一片漆黑，簡直就像是一艘廢棄的船。他們走到碼頭上，經過一堆疊在棧板上的空條板箱，疊得很高。

走到船的舷梯板前面時，他們忽然停下腳步，聽著海水拍打在船體上的聲音，聽著纜繩和鋼鐵摩擦的聲音。這時候，忽然又有一架噴射機呼嘯而過，他們兩個都被那陣隆隆巨響嚇了一跳。艾貝抬頭瞄了天空一眼，看著那噴射機的燈光漸漸遠去，忽然有一種奇怪感覺，感覺自己彷彿在茫茫的時間與空間中穿梭著。她忽然有一股衝動想伸手去抓住卡茲卡，扶著他，以免自己站不穩。她心裡納悶著，**我怎麼會跟這個人跑到碼頭上來呢？最近所發生的這一連串事情，究竟是怎麼把我推到生命中這個意想不到的時刻的呢？**

這時，卡茲卡忽然碰了一下她的手臂。他的手感覺好溫暖，好令人安心。「我要到船上看看。」他一邊說，一邊跨上舷梯板。走沒幾步，他忽然停下來，眼睛看向碼頭這邊。兩道汽車大燈的光束忽然從門口那片掃過來。那輛車子正穿越貨櫃場，朝他們的方向開過來。那是一輛旅行車。

艾貝根本來不及躲到條板箱後面去，因爲車子的大燈已經照到她了。這下子，她被困在突堤碼頭的最尾端了。

那輛旅行車忽然猛踩煞車，停下來。艾貝伸手遮在眼睛前面，擋住那刺眼的強光。她什麼都看不見了，只聽到有人打開車門，然後又砰的一聲猛關上，然後又聽到有人踩在碎石路面上發出嘎吱嘎吱的聲響。他們過來了，他們要把路堵住，以防艾貝他們脫逃。

這時候，卡茲卡已經站在她旁邊了。她根本沒有留意他是什麼時候從舷梯板上跳下來的，不過，反正他已經靠著她，擋在那輛旅行車和她中間。「好了，你們退後。」他說：「我們不是來找麻煩的。」

在車燈的刺眼光芒中，只看到那兩個黑色的身影遲疑了一下，然後又繼續往前逼近。

「讓我們過去！」卡茲卡說。

艾貝的視線被卡茲卡擋住了，看不清楚前面那兩個人。接下來究竟發生了什麼事，她根本搞不清楚。她只看到卡茲卡突然蹲下去，而同一時間，她也聽到一聲槍響，接著好像有什麼東西打在她背後碼頭的水泥地面上，瞬間又彈開了。

那一剎那，她和卡茲卡同時跳開，躲到條板箱後面去。接著，一發又一發的子彈從頭頂上呼嘯而過，打在條板箱上，木屑四散飛濺。他飛快地把她的頭壓下去，貼在地面上。

接著，卡茲卡開槍還擊，連開三槍。

這時候，他們聽到那兩個人開始往後退的腳步聲，聽到他們很快的交談了一、兩句。然後，他們聽到那輛旅行車發動了，引擎發出一陣隆隆巨響，輪胎發出吱吱的聲響，路面上的碎石子飛濺起來。

艾貝抬頭看了一下，看到那輛旅行車正朝他們衝過來，彷彿一具古時候攻城用的破城鎚，飛快地朝這堆條板箱撞過來。

卡茲卡舉槍瞄準，開火射擊，接連四槍打碎了車子的擋風玻璃。

那輛旅行車發了瘋似衝過來，在碼頭上顛顛簸簸地疾馳而來，一下偏左一下偏右，彷彿一具失控的破城鎚。

卡茲卡又開了兩槍，把彈匣裡面僅剩的兩顆子彈都打掉了。這是最後一搏了。

那輛旅行車還是一直衝過來。

艾貝只瞥見一片刺眼的強光迎面而來，然後就從碼頭上往旁邊一跳，跳進那片黝黑的海裡。瞬間掉進冰冷的水裡，那種感覺是很震驚的。她掙扎著浮出水面，被鹹鹹的海水和水面上懸浮的柴油嗆到好幾次。她揮舞著手腳，在黑漆漆的海水裡拚命掙扎。她聽到碼頭上有人大叫了一聲，然後是嘩啦一聲巨響。海水彷彿沸騰般翻湧而來，淹過了她的頭頂。她又掙扎著浮出水面，被水嗆得一陣猛咳。碼頭底端的水裡似乎有一片燐光般的綠色光暈。是那輛旅行車。那輛車慢慢沉進海裡，車頭的大燈在水裡射出兩道黯淡的光束。車子慢慢往下沉，那片綠色的光暈也漸漸變暗，最後又陷入一片漆黑。

卡茲卡。卡茲卡在哪裡？

她在水裡轉來轉去，手腳拚命划水，眼睛在四周的漆黑中拚命搜尋。海面還在晃動，一波波的海水打在她臉上，鹹鹹的海水刺痛了她的眼睛。她猛擠眼睛，拚命想看清楚眼前的東西。後來，她聽到一陣細微的嘩啦聲，看到幾公尺外有一個人的頭冒出海面。是卡茲卡。他用腳划水，朝她的方向看過來，發現她安然無恙，於是就抬頭往上看。碼頭上的人聲愈來愈嘈雜了——那聲音是從船上來的嗎？上面好像有兩個人，或是三個人，腳步聲沿著碼頭邊緣來來去去。那幾個人互相喊來喊去，可是他們的腔調很奇怪，聽不太懂他們在講什麼。

艾貝忽然發覺，他們講的**不是英語**，可是卻聽不出來那是哪一國的語言。

接著，碼頭上忽然亮起來，一道強烈的光束穿透霧氣，在海面掃射。

卡茲卡立刻潛進水裡，艾貝也跟著潛下去。她憋住一口氣，拚命往黑漆漆的外海游，遠離碼頭，游到憋不住了才浮出水面。她就這樣一次又一次浮到水面上，換一口氣，然後又潛下去。等到她第五次浮到水面上換氣的時候，已經脫離了光束照射的範圍，四周已經是一片漆黑。

這時候，碼頭上又多了另一道光。兩道光束穿透霧氣在海面上掃射，遠遠望去彷彿一雙虎視眈眈的眼睛。接著，她聽到附近有嘩啦的水聲，還有微弱的換氣聲。她知道卡茲卡也浮出水面了，離她不遠。

「我的槍不見了。」他喘著氣說。

「究竟怎麼回事？」

「不要問，繼續游。我們一定要游到下一座突堤碼頭。」

這時候，碼頭上忽然亮起一片耀眼的強光，照亮了黑夜的海上。原來是那艘貨輪打開了甲板上的燈，照亮了整個碼頭，每個角落一覽無遺。有一個人站在舷梯板上，另外一個人蹲在碼頭邊緣，手上提著一個強光手電筒。第三人站在他們旁邊，手上握著一把來福槍瞄準海面。

「走吧。」卡茲卡悄悄說了一聲。

艾貝立刻往下潛，手腳猛划水，在黝黑的水裡往前游。她游泳的技術一向不怎麼樣，水太深她會怕。水裡黑漆漆的，很可能深不見底。她浮出水面，換了一口氣，可是，不管她吸氣吸得有多用力，似乎還是吸不飽氣。

「艾貝，繼續游！」卡茲卡催她。「一定要游到下一座突堤碼頭。」

艾貝回頭瞄了那艘貨輪一眼，看到那具強光手電筒的光束在海面上來回掃蕩，範圍愈來愈大。光束已經快要照到他們了。

於是，她立刻又潛進水裡。

後來，她和卡茲卡好不容易游到岸邊了，這時艾貝已經累得手腳都癱軟了，幾乎動彈不得。岸邊的岩石沾滿了油污和海藻，滑溜溜的，她爬得很費力。他們在黑暗中慢慢往上爬，艾貝的膝蓋被一隻小藤壺咬了一口，痛得吐出來，吐在海裡。

卡茲卡抓住她的手臂，穩住她的身體。由於剛剛游得太費力，她全身抖得非常厲害，要不是因爲有他扶著，她還以爲自己已經差不多要癱倒在地上了。

後來，她胃裡的東西都已經吐得乾乾淨淨，幾乎連膽汁都吐出來了。然後，她虛弱無力地抬起頭來。

「好一點了嗎？」他很小聲地問她。

「我好冷。」

「那我們去找一個暖和的地方。」說著，他抬起頭瞄了碼頭一眼。碼頭上一片昏暗，隱隱約約看不太清楚。「我想我們應該爬得到木樁那邊，來吧。」

於是，他們慢慢爬上岩石，岩石上的海藻和苔蘚滑溜溜的，害他們摔倒了好幾次。後來，卡茲卡終於先爬上了碼頭，然後伸手把艾貝也拉上來。兩人蹲在碼頭上。

這時候，強光手電筒的光束穿透霧氣，照到他們身上。

一顆子彈啪的一聲打在水泥地上，就在艾貝正後方。

「趕快跑。」卡茲卡叫了一聲。

他們使盡全力往前猛衝，強光手電筒鎖住了他們，光束隨著他們奔跑的方向移動，看起來彷彿在黑暗中畫出Z字形。他們已經跑出了水泥碼頭的範圍，逐漸靠近貨櫃場。子彈不斷打在他們四周，地面上的碎石子四散飛濺。前面已經隱隱約約看得到堆積如山的貨櫃了，乍看之下彷彿一座座巨大的黑影。他們躲到一排貨櫃後面，聽到子彈打在金屬板上的聲音。後來，那些人停火了。

艾貝放慢腳步，猛喘氣。剛剛游泳游得太累，到現在還是渾身無力，滿身大汗。她渾身發抖，抖得非常厲害，幾乎連走路都走不穩，差一點絆倒。

那些人的喊叫聲愈來愈接近了，似乎分別從兩邊圍過來包抄他們。

卡茲卡抓住她的手，拉著她往兩排貨櫃中間更深的地方跑進去。後來，他們跑到了通道的最底端之後，左轉繼續跑，沒多久，他們猛然停下來。那條通道的最底端有燈光在閃。

他們已經搶到我們前面了！

卡茲卡猛然向右轉，跑進另一條通道。通道左右兩邊都是堆積如山的貨櫃，彷彿置身在峽谷裡。這時候，他們又聽到有人講話的聲音，立刻掉頭往回跑。他們不知道已經轉了幾個彎，艾貝根本搞不清楚他們是不是在轉圈圈，搞不清楚現在走的這條通道是不是剛剛走過的。

這時候，他們忽然看到前面有一道光芒閃爍。

他們立刻停住腳步，轉身往回跑，沒想到另一頭也有一道光芒在閃爍。那道光束左右掃掠，已經逐漸逼近他們了。

前面被他們堵住了，後面也被他們堵住了。

她嚇壞了，跌跌撞撞往後退了好幾步。她伸出手去扶旁邊的貨櫃，才沒有跌倒。這時候，她摸到兩個貨櫃中間有一道縫隙，可是寬度太窄，很難擠得進去。

這時候，兩頭閃爍的光束已經愈來愈逼近了。

她一把抓住卡茲卡的手臂，拉著他一起擠進那個縫隙裡。她像蟲子一樣一寸一寸地慢慢往裡面擠，穿過好幾層密密麻麻的蜘蛛網，最後，他們好不容易擠到最裡面的時候，卻被緊鄰的另一個貨櫃擋住了。他們被困住了，困在這個比棺材還狹窄的空間裡，沒辦法再過去了。

這時候，他們聽到腳步聲逐漸逼近，那種鞋子踩在碎石路面上沙沙的摩擦聲。

卡茲卡伸出手抓住她的手，只可惜這樣還是安慰不了她，無法緩和她驚恐的情緒。她的心臟在胸口怦怦狂跳。腳步聲愈來愈逼近了。

接著，她聽到有人在說話了——有一個人在叫另外一個人，而那個人回答的時候，講的是一種她聽不懂的話。然而，會不會是因爲自己心跳太快，血流加速，耳朵嗡嗡作響，所以聽到的聲音都是斷斷續續的，根本聽不清楚。

接著，一道光線從縫隙的開口一閃而過，那兩個人就站在開口附近交談著，說的還是那種她聽不懂的語言。要是他們用手電筒照進這個縫隙裡，就會發現他們要追殺的人正困在裡面動彈不得。這時候，有人狠狠朝地上踢了一腳，碎石子飛濺起來，打在貨櫃的鐵板上。

艾貝閉上眼睛。她嚇得不敢看了。萬一手電筒的光束眞的照進他們躲的地方，她可不想親眼看到那種場面。卡茲卡握住她的手，愈握愈緊。她緊張得肌肉緊繃，全身僵硬，呼吸很急促，彷彿像在氣喘。這時候，她聽到有人又狠狠踢了地上一腳，碎石子又飛起來打在貨櫃上。

沒多久，那兩個人好像走開了，腳步聲漸漸遠去。

艾貝還是不敢動。她不知道自己還有沒有辦法動。她的腿僵硬得像兩條石柱。她心裡想，幾年後，說不定會有人在這裡發現她的骨骸，一具嚇得僵直的骨骸。

卡茲卡倒是先有動作了。他慢慢移動到開口那邊。當他正打算探頭出去看看動靜的時候，忽然聽到很微弱的喀嚓一聲，看到一陣火光忽然亮起來，然後又熄滅了。有人點了一根火柴。卡茲卡嚇得不敢動。這時候，黑暗中開始飄散著一股菸味。

然後，隱隱約約聽到有人在遠遠的地方叫喊。

抽菸那個人咕噥著回了一句，然後就聽到他的腳步聲漸漸遠去。

卡茲卡還是不敢動。

他們兩個手牽著手，保持著這樣的姿勢，動都不敢動，也不敢出聲。那兩個追殺他們的人從洞口經過兩次。那兩次，兩個人都沒有停下來察看。

這時候，遠處傳來一陣低沉的隆隆聲，好像是遠方的海平線那邊在打雷。

接著，過了很久很久，他們都沒有再聽到任何聲音。

一個鐘頭之後，他們終於從躲藏的縫隙裡鑽出來了。他們躡手躡腳地沿著一長排的貨櫃往前走，走到一個地方，他們停下來看看碼頭邊的動靜。黝黑的夜忽然陷入一片寂靜，靜得令人不安。霧已經散了，遠方城市的燈火映照著夜空，使得天空閃爍的星光看起來有點黯淡。另外那座突堤碼頭一片漆黑，看不到半個人影，看不到燈光，連舷窗那片綠色的光芒也不見了。月光遍灑在海面上，遠遠望去，只看到碼頭長長的黑影輪廓。

那艘貨輪已經不見了。

22

心電監視螢幕上那條線忽然一陣亂跳，警報器大聲鳴叫起來，那聲音聽起來令人膽戰心驚。那是死亡的訊號。

「福斯先生。」護士一把抓住維克多的手臂，想把他從妮娜的床邊拉開。「醫生要急救，麻煩你讓一讓。」

「我不會離開她的。」

「福斯先生，要是你擋在這裡，醫生就沒辦法救你太太了。」

維克多很粗暴的甩開護士的手，護士整個人往後一縮，好像被他打到了。他還是站在他太太的床尾，抓著床尾的欄杆，抓得好緊好緊，指關節都泛白了，乍看之下彷彿骨頭露在外面。

「退後！」有人大聲喝令。「所有人都退後！」

「福斯先生！」說話的人是亞契醫師，他洪亮的聲音壓過了病房裡嘈雜的人聲，「我們必須幫你太太做心臟電擊！請你馬上讓開，不要站在病床旁邊！」

維克多放開床尾的欄杆，開始往後退。

電擊開始了。電流接通那一剎那，妮娜全身猛烈震動了一下。她實在太嬌小，太脆弱了，怎麼禁得起這樣的摧殘呢！他怒從中來，往前跨了一步，準備把那兩片電擊板搶走。可是，他的動作忽然停住了。

床頭上方的心電圖監視螢幕有動靜了。那條光線不再亂跳了，開始有規律地起伏，韻律和緩。他聽到有人吁了一口氣，而他自己也長長嘆了一口氣。

「收縮壓六十。逐漸升高。現在到六十五了……」

「心律好像開始恢復正常了。」

「收縮壓升高到七十五了。」

「好了，把靜脈注射流量減低吧。」

「她的手臂在動。要不要把她的手腕綁起來？」

這時候，維克多推開護士，擠到妮娜床邊，沒有人敢阻止他。他拉起她的手，貼在自己唇上。她手上有一股鹹鹹的味道。那是淚水的味道。他的淚水。

不要離開我，求求妳，求求妳，不要離開我。

「福斯先生？」有人在叫他。那個聲音聽起來感覺好遙遠。他轉頭一看，看到那個人是亞契醫師。

「可以跟我到外面去一下嗎？」亞契問。

維克多搖搖頭。

「她目前不會有事的。」亞契說：「這裡有很多護士會好好照顧她的。我們只是要到房間門口。我有話要跟你說，很急。」

維克多終於點了點頭。他無比溫柔地放下妮娜的手，然後跟著亞契走到病房外面。

他們站在內科加護病房區的一個安靜的角落裡。已經很晚了，燈光的亮度調得比較昏暗。值班護士坐在一整面的監視螢幕前面，遠遠看過去像是一個人形的黑影輪廓。她安靜無聲地坐在那裡，一動也不動。

「移植手術必須延期了。」亞契說：「摘取手術那邊出了點狀況。」

「什麼意思？」

「今天晚上沒辦法做移植手術了，必須等到明天。」

維克多轉頭看看他太太病房那邊。門上的監視窗沒有拉上簾布，他看到她的頭動了一下。她快要醒過來了，他必須守在她床邊。

他說：「明天不能再出任何差錯了。」

「絕對不會。」

「做完第一次移植的時候，你也是這樣說的。」

「移植器官的排斥作用往往是免不了的。無論我們怎麼預防，還是避免不了。」

「那你怎麼確定，第二顆心臟不會再出現排斥作用？」

「我也不敢保證。不過，福斯先生，以目前的情況來看，我們已經別無選擇了。抗排斥藥已經沒效了，而且她對OKT-3出現了過敏反應。除了再移植另一顆心臟，已經沒有別的辦法了。」

「你說明天就可以動手術了嗎？」

亞契點點頭。「我保證明天不會有問題。」

維克多回到妮娜床邊的時候，她還沒有完全清醒過來。從前，不知道多少次，每當她在睡覺的時候，他總是會這樣看著她。這些年來，他留意到她的容貌隨著歲月慢慢產生了變化。她的嘴角漸漸出現了一些細細的皺紋，下巴的皮膚漸漸有點鬆垂，那頭濃密的秀髮冒出愈來愈多的白絲。這一切的變化總是令他感嘆，因爲，這一切都在提醒著他，他們攜手共同走過的這趟旅程，只不過短暫如曇花一現，最終都將歸於那冰冷而孤寂的永恆。

儘管如此，正因爲那是她的容貌，無論她的容貌有多少變化，一路走來依然是他的最愛。幾個鐘頭過去了，她終於睜開了眼睛。剛開始他並沒有發現她醒過來了。他坐在她床邊的椅子上，累得筋疲力盡，肩膀鬆垮垮地往下垂。然而，他彷彿感應到什麼，忽然轉過頭來看著她。她正在看他，接著，她張開手，那種動作彷彿在告訴他，她想握握他的手。於是，他握起她的手，深深吻了一下。

她虛弱無力地說：「不會有事的。」

他笑著說：「對。對。當然是不會有事。」

「我一直都很幸運，維克多。眞的很幸運……」

「我們都很有福氣。」

「可是現在你必須學著放手讓我走了。」

那一剎那，維克多臉上的笑容消失了。他猛搖頭說：「不准說。」

「可是，你的人生還有那麼長的路要走。」

「妳爲什麼不說我們呢？」他用兩手握住她的手，彷彿握在手上的是水，而水卻不斷地從指縫間流失。「妳和我，妮娜。我們和別人不一樣！從前，妳總是對我這樣說，而我也一樣。妳忘了嗎？跟別人比起來，我們是那麼的不同，那麼的獨特。我們永遠不會有問題的。」

「可是，維克多，已經有點問題了。」她低聲呢喃著。「我已經出問題了。」

「我會解決那個問題的。」

她沒有再說話，只是悲哀地搖搖頭。

妮娜閉上眼睛，那一剎那，維克多在她的眼神中所看到的，似乎是一種無言的輕蔑。他低頭看著她的手。此刻，她的手被他握在手中，握得好緊好緊。只不過，她的手掌並沒有展開讓他握著，而是握著拳頭。

重案組警探倫奎斯的車子開到了艾貝家門口，讓艾貝下車。時間已經將近半夜十二點了。她發現馬克的車子並沒有停在車道上。她一進到屋子，突然有一種懸空失落的感覺，彷彿腳底下的地面突然裂開。那種感覺好強烈。她安慰自己，可能是醫院那邊有什麼緊急狀況。對他來說，三更半夜跑出門，到貝賽醫院去急救槍傷或是刀傷病患，那倒沒什麼好奇怪的。她拚命在腦海中想像一個畫面，那種她在手術室裡看過不知道多少次的畫面。他臉上戴著藍色的口罩，全神貫注地盯著底下的病患。然而，此刻她卻想像不出那個畫面，彷彿某些昔日的記憶已經被抹除了。

她走到答錄機前面，暗暗祈禱，希望答錄機裡面有他的留言。答錄機裡確實有兩通留言，只不過都是薇薇安打來的。上面的區域號碼不是當地的，所以說，她人還在柏林頓。現在打電話過去，時間好像已經太晚了。她決定明天早上再打。

她走到樓上，把身上的濕衣服脫掉，丟進洗衣機，然後走進浴室。她發現浴室的磁磚是乾的，這意味著馬克今天晚上沒有洗澡。還是說，他一直都沒有回家？

蓮蓬頭噴出熱騰騰的水，灑在她肩膀上。她閉上眼睛，腦海中思潮起伏。有些話她非得跟馬克說不可，但是一想到這個，她就很害怕。今天晚上，她之所以會回到他家，就是爲了要跟他說那些話。跟馬克攤牌的時候到了，有些話非得逼他說清楚不可了。她已經沒辦法再忍受那種不確定的感覺了。

她從浴室走出來，坐在床邊，拿起電話撥了馬克呼叫器的號碼。沒想到才剛撥完號碼，電話忽然響了起來，把她嚇了一跳。

「艾貝嗎？」電話不是馬克打來的，而是卡茲卡。「我只是想確認一下，看看妳是不是平安。剛剛我打了一通，結果沒有人接。」

「我剛剛在洗澡。我很好，卡茲卡。我在等馬克回來。」

電話裡，卡茲卡遲疑了一下，然後說：「只有妳一個人在家嗎？」

聽得出來他的口氣有點憂慮，艾貝嘴角不自覺地泛起一抹淡淡的微笑。原來，當這個人卸下重重武裝之後，你會發現，他其實是一個眞正的男子漢。

「門窗全都鎖起來了。」她說：「你交代的我都做了。」電話裡，她隱隱約約聽得到嘈雜的人聲，還夾雜著警方無線電那種尖銳刺耳的雜訊。她可以想像得到，此刻他一定是站在碼頭上，警車上的藍色閃燈照在他臉上。「那邊現在怎麼樣了？」她問。

「裝備都已經就位了，現在正在等潛水夫過來。」

「你眞的認爲開車的人還困在旅行車裡嗎？」

「應該是。」他嘆了口氣，聲音聽起來好像很疲倦。她滿懷關切地對他嘀咕幾句。

「卡茲卡，你該回家了。你需要洗個熱水澡，喝點雞湯。這是我的處方。」

他大笑起來。她從來沒聽他笑得這麼爽朗過，心裡有點訝異。「要是這邊找得到便利商店，我一定會去補充一點營養。」接著，她聽到有人在跟他講話，好像是另一個警察在問他子彈彈道的問題。卡茲卡轉過頭去跟那個人說了幾句，然後又回到線上。「我得去忙了。妳那邊眞的沒問題嗎？妳爲什麼不乾脆去住飯店呢？」

「我不會有事的。」

「那好吧。」她聽到卡茲卡又嘆了口氣。「不過，明天早上一定要打電話找鎖匠過去，把每一扇門上的第二道鎖全部換新。特別是如果接下來這幾天妳晚上都是一個人在家的話，那就更非換不可了。」

「我會的。」

電話裡，他忽然沉默了一會兒。他明明有急事要忙，可是卻似乎捨不得掛電話。後來他終於說：「明天早上我再打電話給妳好了。」

「謝謝你，卡茲卡。」說完，她掛斷了電話。

她又打了一通電話呼叫馬克，然後就躺在床上，等他回電。可是他一直都沒有打電話回來。幾個鐘頭過去了，她心裡愈來愈害怕。他爲什麼沒有打電話回來呢？爲了自我安慰，她幫他想了好幾種可能的理由。說不定他是在醫院的某一間值班醫師休息室裡睡著了，要不然就是他的呼叫器壞了。也說不定此刻他正在動手術，沒辦法接電話。

也有可能他已經死了，就像亞倫．李維一樣，就像昆斯特勒和漢尼斯一樣。

她又開始打電話呼叫他，一次又一次。

後來，到了凌晨三點左右，電話終於響了。那一剎那，她嚇了一跳，整個人清醒過來，立刻伸手去抓話筒。

「艾貝，是我。」馬克的聲音聽起來斷斷續續，好像是從很遠的地方打長途電話回來的。

「我一直在撥呼叫器找你，已經打了好幾個鐘頭了。」她說：「你跑到哪裡去了？」

「我在車上，現在正要去醫院。」說到這裡，他遲疑了一下。「艾貝，我們得好好談談了。情況……情況已經不一樣了。」

她柔聲說：「你是說我們之間嗎？」

「不，不，這跟妳沒有關係，從頭到尾跟妳都沒有關係。那都是我的問題，艾貝，妳只是被我連累了。我一直努力想勸他們停手，可是現在已經來不及了。他們牽扯得太深。」

「他們是誰？」

「移植小組。」

接下來那個問題，她本來不敢問，可是現在已經別無選擇了。「整個小組的人？包括你在內嗎？」

「到此爲止了。」電話連線突然中斷了一下子，然後她聽到汽車呼嘯而過的咻咻聲，然後他的聲音又聽得比較清楚了。「今天晚上，穆漢德斯和我一起做了一個決定。剛剛我就是在他家裡。我們一直在討論，比對一些筆記。艾貝，我們這樣做簡直是在判自己死刑，不過，我們還是做了決定，該是時候了，這一切該結束了。我們實在做不下去了。我和穆漢德斯決定要把這件事揭發出來，把所有的人都抖出來。貝賽醫院去死吧。」說到這裡，他停頓了一下，然後聲音開始嘶啞了。「眞對不起，我眞是個懦夫。」

她閉上眼睛。「原來你知道內情。你一直都知道。」

「我只知道一部分，不是全部。我不知道亞契牽扯得有多深。我不想知道。後來，妳開始問我那些奇怪的問題，我再也瞞不住了……」他長長地吁了一口氣，然後囁囁嚅嚅地說：「艾貝，這件事一抖出來，我也完了。」

她還是閉著眼睛。她彷彿可以看到他一個人坐在黑漆漆的車子裡，一隻手抓著方向盤，另一隻手抓著手機。她能夠想像他臉上那種悲慘的表情，或者，勇敢的表情。她相信那是一種勇氣。

「我愛妳。」他輕聲細語地說。

「回家吧，馬克，求求你。」

「還不行。我要到醫院去和穆漢德斯碰面。我們要去拿那些捐贈者的資料。」

「你知道他們藏在哪裡嗎？」

「大概知道。不過，光憑我們兩個人，要把所有的資料都找出來，恐怕要找很久。如果妳能過來幫我們找，說不定天亮之前我們就可以全部都找出來了。」

她從床上坐起來。「反正今天晚上我也睡不著覺。你要在哪裡和穆漢德斯碰面呢？」

「病歷室。他有鑰匙。」說著，馬克又遲疑了一下。「妳眞的要牽扯進來嗎，艾貝？」

「不管你做什麼，我都要跟你在一起。這件事，我們同心協力，好不好？」

「好。」他輕聲細語地說：「待會兒見。」

五分鐘後，艾貝走出大門，坐上車子。

西劍橋區的街道空蕩蕩的，看不到半個人影。她轉向公園路，沿著查爾斯河往東南方疾馳，開向河街橋。雖然時間是凌晨三點十五分，但她卻覺得精神百倍，生龍活虎。她已經很久沒有感到這麼有精神了。

我們終於要迎頭痛擊了！她心裡想。而且，我們要聯手對付他們。我們一開始就應該這樣做了。

她跨過那座橋，朝收費高速公路的匝道開過去。這個時間，路上沒什麼車，她很快就開上了東向的車道，一路上只有零零星星的幾部車。

開了大約五公里之後，高速公路已經到了盡頭。她變換車道，準備開上「東南高速公路」的匝道。她正在轉彎的時候，突然發現後面有兩盞汽車大燈朝她逼近。

她緊急加速，轉到南向的高速公路。

那兩盞大燈愈逼愈近，而且是開著遠光燈，照在她的後視鏡上，感覺很刺眼。她不知道那輛車已經跟在她後面多久了？此刻，那兩盞燈愈逼愈近，彷彿兩隻來自地獄的蝙蝠。

她開始加速。

那輛車也跟著她一起加速，然後突然竄到她左邊的車道，慢慢追上來，到最後，兩輛車並排行駛。

她瞥了左邊一眼，看到那輛車的車窗是降下來的，駕駛座上是一個男人的黑影輪廓。

她嚇壞了，立刻把油門踩到底。

那一剎那，她忽然看到前面有一輛車開得很慢，但已經太遲了。她立刻猛踩煞車，結果輪胎打滑，車身一偏，整輛車開始瘋狂打轉，撞上路邊的水泥護欄。她突然感覺整個世界彷彿歪向一邊，四周的東西都在天旋地轉，一下亮，一下暗，一下亮，一下暗。

最後，整個世界陷入一片黑暗。

「……重複，這裡是四十一號救護車。我們預計三分鐘後抵達，聽到請回答？」

「聽到了，四十一號。傷者的情況如何？」

「收縮壓九十五。脈搏一百一十。我們已經用末梢靜脈注射輸入生理食鹽水。嘿，她好像開始動了。」

「不要讓她動。」

「我們已經用頭圈和長背板把她固定住了。」

「那就好，我們已經準備好了，等你們過來。」

「待會兒見，貝賽醫院……」

……好亮。

好痛。她的頭感到一陣短暫的刺痛。

她想大叫，可是卻叫不出聲音。她想轉頭避開那刺眼的強光，可是她的脖子似乎被什麼東西捆住了。她心裡想，要是能夠躲開那道強光，回到原先的黑暗中，那麼，或許她就不會再痛了。她用盡全身的力氣掙扎，想讓自己麻痺的手腳活動起來。

「艾貝，艾貝，不要動！」有個聲音在對她說：「我要檢查一下妳的眼睛。」

她還是繼續掙扎，這次她嘗試想動動別的地方，可是卻發覺自己的手腕和腳踝被帶子綁住了。這時候她才明白，她並不是因爲四肢麻痺才無法動彈的。她被綁住了，兩手兩腳都被綁在輪床上。

「艾貝，我是衛蒂格醫師。妳看著我，看看光線。乖乖聽話，眼睛張開，張開。」

那支筆型小手電筒的光很刺眼，那道光線彷彿刺穿了她的腦袋一般，但她還是睜開眼睛，努力撐住眼皮，以免眼睛又閉上了。

「眼睛跟著光線移動。乖乖聽話。這樣就對了，艾貝。好了，兩邊的瞳孔都有反應。眼球運動正常。」這時候，那支筆型小手電筒終於關掉了，謝天謝地。「還要做電腦斷層掃描。」

現在，艾貝的眼睛已經慢慢看得清楚了。在天花板的燈光一片朦朧的光暈中，衛蒂格醫師的頭看起來像一個黑影輪廓。她的眼角還瞥見另外幾個人頭部的黑影晃來晃去。遠處還有一片白色的簾幕像雲一樣飄來飄去。突然間，她感到左臂上一陣刺痛，整個人抽搐了一下。

「放輕鬆，艾貝。」有一個女人開口安撫她，聲音聽起來很輕柔。「我得幫妳抽一點血，千萬不要動，我要抽很多，抽好幾個試管。」

接著，她又聽到第三人說：「衛蒂格醫師，X光檢驗室已經準備好了，就等她過去。」

「再等一下。」衛蒂格說：「我要粗一點的靜脈注射管，十六號口徑的。動作快一點，你們這些人。」

這時候，艾貝感覺到自己又被人扎了一針，這次是右手臂。她本來迷迷糊糊的，那一陣刺痛把她痛醒了。她的意識忽然清醒過來，終於很清楚知道自己在哪裡了。她想不起來自己是怎麼來到這裡的，不過，她知道這裡就是貝賽醫院的急診室，另外，她也想起來了，自己一定出了什麼意外。

「馬克。」她叫了一聲，掙扎著想坐起來。「馬克在哪裡？」

「不要動！靜脈注射管的針會跑掉！」

有人壓住她的手肘，緊緊地壓在輪床上。那個人抓得很用力，近乎粗暴。四周的人把她弄得很痛，一直在她身上打針，一直壓住她，彷彿在壓一隻捕獲的動物。

「馬克！」她大叫起來。

「艾貝，妳聽我說。」又是衛蒂格在跟她說話，他的聲音聽起來很低沉，很不耐煩。「我們一直在聯絡馬克。我相信他很快就會來了。現在妳一定要乖乖配合，要不然我們救不了妳。明白嗎？艾貝，妳明白嗎？」

她凝視著他的臉，忽然不動了。先前還在醫院裡擔任住院醫師的時候，不知道多少次，一看到他那雙藍眼睛，總是會感覺到一股無比的壓力。此刻，被綁在這張輪床上，孤立無援，看到他那種眼神，已經不是壓力足以形容了。她感到恐懼，眞正的、無比的恐懼。她轉動眼睛瞄瞄四周，渴望能夠看到一張友善的臉，只可惜，大家都太忙了，忙著處理靜脈注射，忙著抽血，忙著注意她的生命跡象。

接著，她聽到簾幕嘩啦一聲被拉開了，感覺到輪床一陣顚簸，開始往前移動。眼前天花板上的燈光開始向後飛逝，她知道他們正把她往醫院裡面推。那裡是敵人大本營的核心地帶。她根本連掙扎都懶了，因爲她知道，綁在手腳上的皮帶是不可能掙脫的。她告訴自己，趕快想想看，一定要想辦法。

他們轉了個彎，進了X光檢驗室。這時候，她又看到另一個男人出現在她床邊。他是電腦斷層掃描的技師。他究竟是友是敵呢？她已經無法判斷了。他們把她移到床上去，用皮帶綁住她的胸口和臀部。

「絕對不要動。」那位技師交代。「要是妳動了，我們就得再重來一次了。」

接著，他把掃描器推到她頭部上方。她覺得自己彷彿突然變成了嗜幽癖的患者。她聽很多病人描述過電腦斷層掃描的感覺：就像把你腦袋塞進削鉛筆機裡面。艾貝閉上眼睛。機器發出嗡嗡的聲響，環繞著她的腦袋。她拚命回想，回想意外發生當時的狀況。

她還記得當時自己坐上車子，開上付費高速公路。可是接下來，她的記憶忽然中斷了，想不起來究竟發生了什麼事。這就是所謂的「逆行性失憶症」，對意外事件的記憶是一片空白。不過，她已經慢慢回想起導致那件意外發生的一連串事件。

當電腦斷層掃描完成的時候，她已經回想起很多事情，已經足以讓她明白目前的處境，知道下一步該採取什麼行動了。如果她想活命的話。

當斷層掃描技師要把她移回到輪床上的時候，她默默地配合。她的配合度實在太高了，令那位技師很放心，連她手腕上的皮帶都沒綁，只綁上了胸口的皮帶。接著，他把她推進X光檢驗室的接待廳。

「急診室的人會過來接妳。」他說：「要是妳有什麼事要找我，那就叫我一聲，我就在隔壁房間。」

檢驗室的門開著，她可以聽得到他在外面打電話。

「對，這裡是電腦斷層掃描室。已經做好了，布萊斯醫師正在檢查掃描結果。你們要過來接她了嗎？」

這時候，艾貝抬起手，悄悄把胸前的皮帶解開。她坐起來的時候，忽然感覺整個房間開始天旋地轉。她用手按住自己的太陽穴，過了一會兒，她的眼睛又慢慢看得清楚了。

靜脈注射管。

她撕掉手臂上的膠帶時，感覺有點痛，不自覺地皺了一下眉頭，然後就拔掉了導管。生理食鹽水從管口滴出來，灑到地板上。她把導管丟到一邊不管，全神貫注地按住手臂上流血的針孔。儘管她用膠帶把針孔貼得緊緊的，血卻還是一直滲出來。不過，現在沒時間去操那個心了，他們快要過來找她了。

她爬下輪床，赤著腳踩在地上那灘食鹽水上。那位技師正在隔壁的房間清理那張電腦斷層掃描床。她可以聽得到棉紙被揉成一團，發出窸窸窣窣的聲音，然後被丟進垃圾桶裡。

她從門上的鉤子上拿了一件白袍，披在身上，遮住身上那件病患袍。她實在太虛弱了，光是穿衣服的動作就足以累死她了。她慢慢走向門口的時候，痛得頭昏眼花，但她盡量去想一些事情，轉移自己的注意力，才能夠忘掉疼痛。她的腿感覺麻麻的，動作很遲鈍，彷彿走在一片流沙上。她硬撐著走到走廊下。

走廊上空蕩蕩的。

她的腿走起路來感覺還是很遲鈍。她沿著走廊慢慢往前走，偶爾得伸手扶住牆壁，才不至於跌倒。她拐了個彎，看到走廊的盡頭有一扇緊急出口。她掙扎著朝那扇門走過去，心裡想：*只要走出那扇門，我就安全了。*

這時候，她忽然聽到背後有人在講話。那是一陣匆匆忙忙的腳步聲，聽起來似乎還很遙遠。她整個人靠在那扇緊急出口的門板上，壓下推桿，把門推開。門外是一片漆黑。這時候，走廊上開始警鈴大作，她立刻開始跑，驚慌失措地在黑暗中逃命。她跌跌撞撞地跨過路邊的護欄，跑進停車場。碎玻璃和碎石子刺傷了她的腳。她並沒有先想好要怎麼逃亡，也不知道能逃到哪裡去。她只知道，離貝賽醫院愈遠愈好。

這時候，她聽到後面有人在大喊。

她回頭瞥了一眼，看到三個警衛從急診室門口跑出來。

她立刻蹲下來，躲在一輛車子後面。只可惜，來不及了，他們已經看到她了。

她搖搖晃晃地站起來，繼續往前跑。她的腿動作還是很遲鈍，在兩排車子中間奔跑的時候，一路跌跌撞撞。

後面追她的人，腳步聲愈來愈近了，而且是分別從不同的方向包抄過來。

她跑向左邊，跑在兩排停著的車子中間。

她已經被他們包圍了。一個警衛抓住她的左手臂，另一個抓住右手臂。她拚命拳打腳踢，齜牙咧嘴想咬他們。

只不過，她一個人對付不了他們三個人。他們把她拖回急診室，拖回衛蒂格醫師那邊。

「他們要殺我！」她尖叫著。「放我走！他們要來殺我！」

「小姐，沒有人會傷害妳的。」

「你們什麼都不知道。你們根本搞不清楚狀況！」

這時候，急診室的門嘩啦一聲打開了，他們飛快地把她拉進燈火通明的急診室，把她抬到輪床上，用帶子把她綁起來。她拳打腳踢，拚命掙扎。

這時候，衛蒂格醫師出現了，他臉色蒼白，表情嚴厲，站在輪床邊俯視著她。

「注射『好度』精神安定劑六毫克。肌肉注射。」他大聲斥喝。

「不要！」艾貝大聲尖叫。「不要！」

「快點，立刻注射。」

這時候，有個護士走過來了，手上拿著一支針筒。她把針頭的蓋子拿掉。

艾貝左右猛烈搖擺，想掙脫手腕上的皮帶。

「把她按住。」衛蒂格說：「他媽的，你們沒辦法讓她不要動嗎？」

這時候，有人伸手按住她的手腕，把她的身體翻向一邊，露出右邊的屁股。

「求求妳。」艾貝抬頭看著護士，拚命哀求。「不要讓他殺我。阻止他。」

接著，她感覺到酒精擦在屁股上，一陣涼涼的，然後針頭刺進了她的屁股。

「求求你們。」她嘴裡喃喃說著，然而，她心裡明白，一切都太遲了。

「不要怕，不會有事的。」那個護士笑著對艾貝說。「不會有事的。」

23

「碼頭上沒有輪胎打滑的痕跡。」卡瑞爾警探說：「擋風玻璃碎掉了。看起來，子彈是從駕駛人右眼打進去的。很抱歉，懶蟲，你也知道規定，我們一定要找到你的槍。」

卡茲卡點點頭，低頭看著海面，眼神看起來很疲憊。「跟潛水夫說，我的槍大概就掉在這裡，除非是被洋流沖走了。」

「你總共開了八槍嗎？」

「可能更多，因爲一開始的時候，我的彈匣是滿的。」

卡瑞爾點點頭，然後拍了一下卡茲卡的肩膀。「回家去吧，懶蟲，你的臉色比大便還難看。」

「有這麼恐怖？」卡茲卡回了一句，然後又走回碼頭上。碼頭上擠滿了鑑識科的人，他從人群中擠過去。幾個鐘頭之前，那輛旅行車已經被潛水夫從海裡撈上來了，此刻停放在貨櫃場邊緣。車子的輪軸上纏了一條條的海藻。剛剛沉在海底的時候，因爲輪胎有空氣，產生了氣球效應，整輛車翻轉過來，輪胎朝上，車身陷進海底的泥沙裡，擋風玻璃上凝結著一塊塊乾掉的泥巴。他們已經追蹤到，這輛車登記的車主是貝賽醫院勤務裝備部。裝備部的經理表示，他們總共有三輛這種旅行車，專門用來運載設備和人員到外地去出診。那位經理說，他並沒有留意到有一輛車子不見了，一直到一個鐘頭之前，警察打電話找他，他才發現到。

此刻，駕駛座的車門是開著的，有一個攝影師彎腰探進車子裡，拍攝儀表板的照片。大概一個半鐘頭之前，屍體就已經被送走了。駕駛執照上的資料顯示，死者是奧雷格．波拉佛伊，三十九歲，住在新澤西州的紐渥克。他們還在追查進一步的資料。

卡茲卡經驗老到，知道這個時候不能靠近那輛車。他的行動遭到上級質疑，因此，他絕對不能靠近證物。他越過貨櫃場，走到鐵絲網牆外面，走到他停車的地方，坐上車。他呻吟了一聲，低頭把臉埋進手裡面。現在是凌晨兩點，他該回家洗個澡，睡幾個鐘頭了。明天一大早他還要再回到碼頭來。他心裡想，**我眞的老了，已經不是一、二十年前了，沒力氣再搞這種玩命的特技表演了**。在黑漆漆的夜裡跟壞人玩捉迷藏，開槍打來打去，這是年輕熱血警察的玩意兒，不是他們這種中年老骨頭可以玩的。此刻，他深深感到自己眞的已經步入中年了。

這時候，有人在敲他的車窗。他抬頭一看，原來是倫奎斯。卡茲卡把車窗降下來。

「喂，懶蟲，你沒事吧？」

「我要回家睡一覺了。」

「沒錯沒錯，是該回家睡一覺了，不過，趁你現在還沒走，你應該會想知道一下開車那傢伙的來歷吧。」

「總部那邊已經有消息了嗎？」

「他們把奧雷格．波拉佛伊這個名字輸入電腦系統，結果，噹！中獎了！系統裡果然有他的資料。他是俄羅斯移民，一九八九年入境的，截至目前爲止，登記的住址在新澤西州的紐渥克。三次遭到逮捕，結果都無罪開釋。」

「罪名是什麼？」

「綁架勒贖。起訴一直都無法成立，因爲證人陸續失蹤。」說到這裡，倫奎斯忽然湊近他，壓低聲音說：「昨天晚上你眞的是踢到鐵板了，紐渥克警方說，波拉佛伊是俄羅斯黑手黨。」

「他們確定嗎？」

「他們應該有掌握到一些情報。新澤西州一向是俄羅斯黑手黨的大本營。懶蟲，跟他們比起來，哥倫比亞那幫人簡直是小兒科了。他們不會很乾脆的一槍打死你，他們會把你的肉一片一片割下來，先割手指頭，再割腳趾頭，因爲這樣很好玩。」

卡茲卡回想到昨天晚上的驚心動魄，不禁皺起眉頭。在黑漆漆伸手不見五指的海裡游泳，碼頭上面還有人在虎視眈眈，用一種他聽不懂的語言大吼大叫。此刻，他忽然想到，從前曾經看到過那種被割掉的手指頭和腳趾頭，還有波士頓的街道上滿地零碎的屍塊。那種畫面會令他聯想到手術刀，聯想到手術室。

「波拉佛伊和貝賽醫院之間有什麼牽連嗎？」他問。

「我們還不知道。」

「那傢伙開的是貝賽醫院的車子。」

「那輛旅行車上全是醫療用品。」倫奎斯說：「價値好幾千美金。說不定這個案子和黑市交易有關。貝賽醫院裡說不定就有波拉佛伊的同黨，負責把違禁藥品和設備挾帶出來。他正要把贓物送到貨輪上的時候，正好被你逮到了。」

「你有查到那艘貨輪的資料嗎？你跟港區主管談過了嗎？」

「那艘船的船東是一家新澤西的公司，叫做『史加耶夫公司』，註冊的國籍是巴拿馬。那艘船上次停靠的港口是里加港。」

「那是什麼地方？」

「在拉脫維亞。我猜那應該是從俄羅斯獨立出來的小國家。」

卡茲卡心裡想，又是俄羅斯。如果這幫人真的是俄羅斯黑手黨，那麼，他們要應付的對手，絕對是血腥邪惡到極點的。合法的俄羅斯移民一波接一波登上新大陸，然而，總不免會有一些禽獸混跡其中。犯罪組織也跟著他們的同胞來到這個遍地是黃金的新大陸。這塊土地上多的是待宰的羔羊。

接著，他想到艾貝．迪麥多，忽然緊張起來。自從凌晨跟她通過電話之後，後來就沒有再跟她講過話了。一個鐘頭之前，他本來想再打電話給她，可是，撥號撥到一半的時候，他忽然發覺自己心跳愈來愈快。他發覺自己內心充滿期待，那是一種快樂而又心痛的感覺，一種毫無道理的渴望，渴望聽到她的聲音。他已經很多年不曾有過這樣的感覺了，而他心裡明白那種感覺代表什麼。只不過，那會很痛苦的。

於是，撥號撥到一半，他就把電話掛斷了。接下來那個鐘頭，他感覺自己愈來愈沮喪。

他朝著碼頭那邊看過去。此刻，那艘船應該已經在一百多公里外的海上了，就算他們有辦法鎖定它的位置，到頭來還是會碰到司法管轄權的問題。

他對倫奎斯說：「你去幫我把史加耶夫這家公司的底細查清楚，查出和平公司和貝賽醫院之間究竟有什麼關聯。」

「已經在查了，懶蟲。」

這時候，卡茲卡發動了他的車子。他看了倫奎斯一眼。「你弟弟現在還在海岸巡防隊嗎？」

「沒有了。不過他還有弟兄在那邊。」

「請他們幫忙調一下紀錄，看看他們最近有沒有上過那艘船。」

「不太可能吧。那艘船才剛從里加港那邊開過來沒多久。」倫奎斯遲疑了一下，忽然抬起頭看前面。卡瑞爾警探正朝他們走過來，邊走邊揮手。

「嘿，懶蟲。」卡瑞爾說：「你有聽到迪麥多醫師的消息了嗎？」

那一剎那，卡茲卡立刻關掉引擎。引擎熄火了，但他的心跳卻開始加速。他盯著卡瑞爾，心裡有不祥的預感，恐怕很嚴重。

「她出事了。」

一輛裝滿午餐的手推車從走廊上經過，艾貝被車子嘎吱嘎吱的聲音驚醒。她發現自己躺在床上，汗流浹背，被單都濕透了。剛剛做了噩夢，此刻她心頭還是怦怦直跳。她想翻個身，卻發現自己無法動彈，原來她的手被綁住了，手腕被皮帶摩擦得陣陣刺痛。這時候，她才發覺一切都是真的，並不是做噩夢。這件事本身就像一場噩夢，一場會讓她永遠醒不過來的噩夢。

她忽然感到很沮喪，不禁啜泣起來，頹然躺回枕頭上，楞楞地盯著天花板。接著，她忽然聽到嘎吱一聲，有人在椅子上坐下來。她立刻轉頭過去看。

原來是卡茲卡，他坐在窗邊的椅子上。已經是中午了，窗外豔陽高照，陽光照在他臉上，模樣看起來比前幾天更蒼老，更疲憊。

「我叫他們把妳手上的皮帶拿掉。」他說：「可是他們說，妳不知道已經拔掉多少根靜脈注射管了。」他站起來走到她床邊，低頭看著她。「恭喜妳逃過一劫，艾貝，妳眞是福大命大。」

「我想不起來究竟出了什麼事。」

「妳出了點意外，妳在東南高速公路上翻車了。」

「有沒有別人……」

他搖搖頭說：「沒有其他人受傷，不過，妳的車子幾乎全毀了。」說到這裡，他忽然停下來。她發現他瞥開視線，沒有在看她，而是看著枕頭。

「卡茲卡？」她柔聲問：「是我的錯嗎？」

他有點遲疑，不過還是點了點頭。「從路面上輪胎打滑的痕跡看來，顯然妳車速很快。妳一定是爲了怕撞上前面那輛開得太慢的車，所以緊急煞車。妳的車身打轉，撞上了路邊的護欄，然後就翻車了，翻過兩個車道。」

她閉上眼睛。「噢，老天。」

卡茲卡又遲疑了一下。「後來的事，大概他們都還沒有告訴妳。」他說：「我和那位負責偵辦的警官談過了。不幸的是，他們在妳車上發現了一個碎掉的伏特加酒瓶。」

艾貝瞪大眼睛看著他。「不可能的。」

「艾貝，妳不是說妳想不起來究竟出了什麼事嗎？昨天晚上，碼頭上發生的事情一定讓妳受到很大的驚嚇。所以，也許妳回到家之後想放鬆一下，就喝了一點酒。」

「我一定記得！要是我喝了酒，我一定記得——」

「妳聽我說，現在重要的是——」

「這就是最重要的！你還不懂嗎，卡茲卡？他們又在陷害我了！」

他揉揉眼睛。一看就知道，這個人很累了，他正努力掙扎著想保持清醒。「很抱歉，艾貝。」他低聲說：「我知道妳一定很難接受這個事實，不過，衛蒂格醫師剛剛把妳的血液測試報告拿給我看過了。昨天晚上，他們在急診室幫妳抽血檢驗，結果妳的酒測值是0.21。」

此刻，他講話的時候，眼睛沒有看她，而是楞楞地盯著窗戶外面，彷彿看到她會很難過。她很想翻身過來看著他，可是手腳被皮帶綁住了，翻不了身。她猛力掙扎了一下，猛扯手上的皮帶，那一剎那，她的手腕立刻感到一陣刺痛，痛得眼淚差一點就掉出來。她不要哭。他媽的，她不可以哭。

她閉上眼睛，集中心思，拚命想看看有沒有方法幫自己的憤怒找到出口。憤怒是她僅剩的東西了，是她唯一可以用來反擊的武器。他們已經剝奪了她的一切，她已經一無所有了。連卡茲卡也被他們奪走了。他居然不相信她。

她一個字一個字慢慢說：「我沒有喝酒。你一定要相信我。我沒有喝醉。」

「妳能不能告訴我，半夜三點妳究竟要去什麼地方？」

「當時我就是要到這裡來，來貝賽醫院。我記得很清楚，馬克打電話給我，所以我就來……」說到這裡，她停住了。「他跑到哪裡去了？他爲什麼沒有在這裡？」

他沒有說話。她的背脊升起一股寒意。她轉頭看著他，可是卻看不到他的臉。

「卡茲卡？」

「我們一直撥馬克．赫德爾呼叫器的號碼，可是他一直都沒有回電。」

「你說什麼？」

「他的車沒有停在醫院的停車場。似乎沒有人知道他跑到哪裡去了。」

她想開口說話，可是卻感覺喉嚨彷彿腫起來一樣，整個哽住了，發不出聲音，勉強只聽得到自己嘶啞著嗓子說：「不會的。」

「艾貝，現在下結論還言之過早。說不定是他的呼叫器壞了。現在還不能確定發生了什麼事。」

可是艾貝心裡明白。她知道那是最可能的狀況，一切都完了。她忽然感到全身僵硬，彷彿一具沒有生命的軀殼。她不知道自己已經不知不覺哭出來了，感覺不到自己已經淚流滿面。後來，卡茲卡站起來，手上拿著一張面紙，很溫柔地幫她擦擦臉頰。

「我很遺憾。」他一邊小聲地說，一邊把遮在她臉上的頭髮撥開。那一剎那，他的手並沒有馬上移開，反而用手指頭輕撫著她的額頭。接著他又說話了，聲音更輕柔。「我真的很遺憾。」

「幫忙我，幫我找出他的下落。」她喃喃說著。「求求你，求求你，幫我找到他的下落。」

「我會去查。」

過了一會兒，她聽到他走出去的腳步聲。這時候，她才發現他已經幫她解開了皮帶。現在她已經自由了，可以跳下床，逃出病房。可是她並沒有這樣做。

中午的時候，有個護士走進來，幫她把靜脈注射管拔掉，然後把午餐的托盤放在床頭桌上。艾貝連看都沒看一眼。後來，又有護士來把那個托盤收走了。上面的食物原封未動。

兩點鐘左右，衛蒂格醫師走進來了。他站在她床邊，翻著她的病歷表。他看那些檢驗報告的時候，喉嚨咯咯作響。後來，他終於低頭看著她。「迪麥多醫師？」

她沒有吭聲。

「那個叫卡茲卡的警察告訴我，妳說妳昨天晚上沒有喝酒。」他說。

她還是不吭聲。

衛蒂格嘆了口氣。「生病的人想恢復健康，第一步就是要先承認自己身體出了問題。我早該看出來，這陣子妳受了多大的煎熬。可是現在一切都眞相大白了，時候到了，該解決問題了。」

她看看他。「你的意思是什麼？」她冷冷地說。

「我的意思是，妳的人生還是很有前途的，必須好好珍惜。酒後駕車是很嚴重的污點，不過，妳是很聰明的人。雖然當不成醫生，可是妳的未來還是很有前途的。」

她沒有回答。馬克失蹤了，令她傷心欲絕，此時此刻，醫生的飯碗是不是還保得住，似乎已經沒什麼好在乎的了。

「我已經請奧康納醫師來幫妳做評估了。」衛蒂格說：「他大概今天晚上會過來。」

「我不需要看心理醫師。」

「我覺得有必要，艾貝。我覺得妳現在很需要幫助。妳必須想辦法跳脫這種被迫害的妄想。除非奧康納確定妳精神狀態沒有問題，否則我是不會讓妳出院的。說不定他會把妳轉到精神科病房，不過，那由他來決定。我們不能放任妳傷害自己，就像昨天晚上那樣。我們都很關心妳，艾貝。我很關心妳。相信我，這一切都是為妳好。」

她眼睛死死的盯著他。「你去死吧，將軍。」

一聽到這句話，將軍整個人一縮，倒退了好幾步。看到他那副模樣，她感到無比心滿意足。他啪的一聲闔上病歷表。「迪麥多醫師，我待會兒再來看妳。」說完他就走出病房了。

她楞楞地盯著天花板，看了好久好久。不久之前，就在衛蒂格進來之前，她還覺得自己筋疲力盡，無力奮戰了。然而，此刻，她突然感覺全身的肌肉緊繃起來，胃裡一陣翻湧。她忽然感到手一陣抽痛，低頭一看，這才發覺自己不知不覺握起了拳頭，握得好緊好緊。

你們全都去死吧。

她從床上坐起來，感到有點頭暈眼花，不過還好沒有持續很久，很快就消失了。她已經在床上躺了太久了。該採取行動了，該想辦法扭轉局面，挽救自己的人生了。

她走到房間的另一頭，把門打開一個縫。

那一剎那，那位坐在辦公桌後面埋頭工作的護士忽然抬起頭來，眼睛盯著艾貝。她身上的名牌寫著：W．索里安諾，專業護士。她開口問艾貝：「妳需要什麼嗎？」

「噢，沒有。」說著，艾貝立刻縮回房間裡，把門關起來。

該死。該死。他們已經把她軟禁起來了。

她打著赤腳在房間裡踱來踱去，盤算著下一步該怎麼辦。她現在不敢去想馬克，因爲一想到馬克，她就只能整個人蜷曲成一團趴在床上大哭。他們就是希望她這樣。

她走到窗前那張椅子前面，坐下來開始思考。她想到好幾種可能的行動，可是想到最後都是不了了之。昨天晚上馬克說，穆漢德斯和他們是同一國的，可是現在，馬克失蹤了。她不敢相信穆漢德斯。她不敢再信任醫院裡的任何人。

她走到床頭桌前面，拿起電話。電話裡有嗡嗡聲，所以線路是通的。她撥了薇薇安家的號碼，結果轉到答錄機。這時候她才猛然想到，薇薇安現在人還在柏林頓。

接著，她打回自己家裡，輸入密碼，聽答錄機裡的留言。裡頭有一通是薇薇安打來的，聽她的口氣，好像很緊急。她留了一個柏林頓的電話號碼。

艾貝撥了那個號碼。

這次，薇薇安接電話了。「妳差一點就找不到我了。我正準備要退房。」

「妳要回來了嗎？」

「我搭六點的班機到羅根機場。妳聽著，這次行動根本就是白費工夫。柏林頓這邊根本就沒有人動過心臟摘取手術。」

「妳怎麼知道？」

「我跟這邊的機場查證過，包括這一帶的所有的小機場。在那四次心臟移植手術的那四天晚上，根本就沒有飛機從這裡飛到波士頓。連小飛機都沒有。換句話說，柏林頓這邊根本就只是個幌子，而那位提姆．尼可拉斯則是負責假造文件。」

「而現在尼可拉斯失蹤了。」

「或是已經被殺人滅口了。」

說到這裡，兩個人忽然都安靜下來。接著艾貝又悄悄說：「馬克也失蹤了。」

「妳說什麼？」

「沒有人知道他跑到哪裡去了。那個警察卡茲卡說，他們找不到他的車，而且，他們撥呼叫器找他，可是他都沒有回電。」說到這裡，她停了一下，忽然感到喉嚨一陣緊縮。

「噢，艾貝，艾貝……」薇薇安的聲音在發抖。

兩個人都沒有再說話，那短暫的剎那，艾貝忽然聽到電話裡喀嚓一聲。她緊緊抓著話筒，抓得手指頭都痛起來了。

「薇薇安？」她叫了一聲。

接著又是喀嚓一聲，然後電話就沒聲音了。

她掛斷電話，然後再拿起來想重新撥號，可是電話裡的嗡嗡聲不見了。她試著想接通總機小姐，然後掛斷電話再拿起來，一次又一次。電話裡還是聽不到半點聲音。

醫院裡有人把她的電話線路切斷了。

卡茲卡站在托賓大橋窄窄的人行道上，高高地凝視著底下的河水。米斯提克河從西邊奔流而來，流到東邊和卻爾西河匯合之後，從波士頓港出海。從橋面上望下去，那個高度很驚人。卡茲卡想像著，如果有人從這裡跳下去，身體撞擊到水面那一剎那，那種衝撞力有多驚人。幾乎是必死無疑的。

接著，他轉頭看看橋上。已經快黃昏了，接近交通尖峰時間，橋上的車流呼嘯而過。他全神貫注地看著河下游的方向。他在想像，如果有一個人跳下去，接下來會出現什麼樣的狀況。屍體會被水流沖到港口。一開始，屍體會沉在水面下，說不定還會被河底的淤泥絆住。接下來，幾個鐘頭後，或是幾天後，屍體內的氣體會開始膨脹。時間長短，要視水溫而定，一方面也要看細菌繁殖的速度有多快。腸子開始腐爛之後，一些製造氣體的細菌就會開始繁殖。氣體膨脹到了一定的程度，屍體就會浮到水面上。

到了那個時間點，屍體就會被人發現。一、兩天之後，就會有人發現那具腫脹得無法辨認的屍體。

卡茲卡轉身看看那個站在他旁邊的巡警。轟隆隆的車聲震耳欲聾，他必須大聲喊叫，對方才聽得到。「你是幾點發現那輛車子的？」

「大概凌晨五點左右。它停在北向車道的路肩，就在那裡。」說著，他指著橋的對面。眼前的車輛呼嘯而過。「那是一輛很豪華的綠色BMW，就停在那裡。」

「你都沒有看到任何人靠近那輛BMW嗎？」

「報告長官，沒有。那輛車看起來好像被丟棄了。我打了電話給勤務中心，請他們幫我查那個車牌號碼，結果他們證實那輛車並沒有通報失竊。我在猜，可能是因為車子拋錨了，開車的人去找人幫忙。車子停在那邊會造成大塞車，所以我就叫拖吊車來把它拖走了。」

「鑰匙沒有在車上嗎？車上都沒有留下任何字條嗎？」

「報告長官，都沒有。車子裡空空的，什麼都沒有。」

卡茲卡低頭看著底下的河面，心裡想，在這個位置，不知道河水有多深，水流有多快。

「我倒是有打電話到赫德爾醫師家裡，可是沒有人接電話。」那位巡警說：「當時我還不知道他已經失蹤了。」

卡茲卡沒有說話，一直看著底下的河流。他想到艾貝。真不知道該怎麼跟她說。先前她躺在醫院的病床上，看起來是那麼傷心，那麼脆弱。這個時候還要再讓她遭受更慘痛的打擊，讓她更痛苦嗎？他連想都不敢想。

他暗暗下定決心。我不會告訴她的。現在還不行，除非我先找到屍體。

那位巡警也學他看看底下的河流。「老天，你認為他跳下去了嗎？」

「萬一他真的在底下。」卡茲卡說：「他絕對不是自己跳下去的。」

電話鈴聲響了一整天了，那兩個實習護士打電話來請病假，結果，病房護士長溫蒂．索里安諾根本就沒時間去吃午餐。她實在很不想連值兩班，不過，沒辦法，到了下午三點三十分，她還是得待在這裡，等著接續下一班八個鐘頭的工作。

她的孩子已經打過兩通電話來找她了。媽咪，小傑又打我了。媽咪，爸爸幾點會回來？媽咪，我們可不可以用微波爐？我們保證不會讓房子失火的。媽咪。媽咪。媽咪。

眞奇怪，他們怎麼不打電話到他們爸爸的辦公室去煩他呢？因爲爸爸的工作太重要了，比媽媽的工作重要得多。

溫蒂低下頭，把臉埋在手裡，然後看看桌上那一疊堆積如山的病歷表。病歷表上還貼著標籤，標籤上是醫師的指示。那些住院醫師很愛寫護理指示。他們總是來去如風，手上拿著時髦的金筆，在病歷表上寫下驚天動地的指示，例如：「便祕患者的牛奶要添加氧化鎂。」接著，他們把貼滿了標籤的病歷表拿給護士，那副模樣彷彿上帝把十誡頒發給摩西，彷彿在說：爾等不可折磨便祕病患。

溫蒂嘆了口氣，伸手拿起第一份病歷表。

這時候，電話忽然響了。她心中暗暗祈禱，但願不是那些小鬼打來的，她不想再接到媽咪他又打我了這種電話。她接起電話，口氣很不好。「東區六樓，我是溫蒂。」

「我是衛蒂格醫師。」

「噢。」她不自覺地坐挺起來。跟衛蒂格醫師講話的時候，沒有人敢彎腰駝背。就算只是講電話也不敢。「衛蒂格醫師，請問有什麼指示嗎？」

「我要繼續追蹤迪麥多醫師的血中酒精濃度。我要妳把她的血液樣本送到麥德馬克醫學檢驗室。」

「不送去我們的檢驗室嗎？」

「不要。直接送到麥德馬克醫學檢驗室。」

「知道了，大夫。」說著，溫蒂把醫生的指示抄下來。這次的指示很不尋常，不過，沒有人敢質疑將軍。

「她目前狀況如何？」他問。

「情緒有點暴躁。」

「她有企圖要離開病房嗎？」

「沒有。她根本就沒有走出病房。」

「很好。盯緊她，不要讓她出來。而且要絕對謝絕訪客，包括所有的醫生護士。除了我指定的人之外，其他人一概不准進入。」

「知道了，衛蒂格醫師。」

溫蒂掛斷電話，楞楞地盯著辦公桌。剛剛她在講電話的時候，又有人丟了三本病歷表在她桌上。去你的。昨天一整個晚上她一直忙著整理醫囑單，現在她已經餓得開始頭昏眼花了。她還沒有時間去吃中飯，甚至已經好幾個鐘頭都沒有休息了。

她轉頭看看四周，看到兩個實習護士在走廊上聊天。難道整間醫院裡只有她一個人忙得像無頭蒼蠅一樣嗎？

她把血液酒精濃度測試那張醫囑單撕下來，丟進檢驗室技師的盒子裡。她站起來的時候，電話忽然又開始響起來。她懶得管了，反正這裡還有別的病房護士可以接電話。要不然，付薪水給她們幹什麼？

接著，兩線電話一齊響了，她理都不理，逕自走了。

就讓她偷懶一次吧。反正還有別人可以接他媽的電話。

那個吸血鬼又回來了，手上拿著一個托盤，上面放滿了血液試管，檢驗室的紙條，還有針頭。「很抱歉，迪麥多醫師，我又得幫妳抽血了。」

艾貝站在窗口，不經意地瞥了那位護士一眼，然後又轉頭看著窗外。「這家醫院已經把我的血都吸乾了。」她一邊說，一邊看著窗外沉悶的景色。底下是停車場，護士匆匆忙忙地朝門口走過來，頭髮都被風吹亂了，身上的雨衣也被風吹得劈啪作響。往東邊看過去，遠方的天空開始烏雲密布，頗有風雨欲來的味道。艾貝心裡想，難道天氣永遠不會放晴嗎？

這時候，她聽到旁邊有玻璃瓶碰撞的叮噹聲。「大夫，不好意思，我得幫妳抽血了。」

「我已經不需要再檢驗了。」

「可是這是衛蒂格醫師交代的。」那位護士又說了一句，口氣聽起來很無奈。「求求妳，不要爲難我。」

這時候，艾貝轉身看著那個護士。她看起來好年輕，那副模樣讓艾貝想起幾年前的自己。當年，她也跟這個護士一樣，怕衛蒂格怕得要死，怕做錯事，怕丟了飯碗。雖然現在她什麼都不怕了，但這個護士會怕。

艾貝嘆了口氣，走到床邊坐下來。

護士把那個托盤放在床頭桌上，然後開始掀開裝著消毒注射用品的包裝紗布，裡面有一支拋棄式針頭，還有一支針筒。托盤上還有好幾個裝著血液的試管，算一算，她今天已經幫十幾個病人抽過血了。托盤上只剩下幾個空試管。

「那麼，妳要我抽哪一隻手？」

艾貝伸出手臂，茫然地看著護士很迅速地把橡皮止血帶纏在她手臂上。艾貝握起拳頭，看到小臂上的血管開始浮現出來。手臂上有一塊塊的瘀青，那是先前抽血所留下的針孔痕跡。當針頭刺進她皮膚的時候，艾貝撇開頭，看著護士帶來的托盤，看著上面裝滿血液的試管。那可是吸血鬼的寶貝。

突然間，她發現有一個試管看起來不太一樣，上端是紫色的，貼在上面的標籤正好面對著她。她仔細看那個名字。

妮娜・福斯

外科加護病房第八床

「好了。」那個吸血鬼一邊說，一邊把針頭抽出來。「能不能麻煩妳先按著紗布？」

艾貝抬頭看看她。「妳說什麼？」

「我要幫妳綁繃帶，麻煩妳先按著紗布。」

艾貝立刻按著手臂上的紗布，然後轉頭看著那個裝著妮娜・福斯血液的試管。標籤的角落還有主治醫師的名字。亞契醫師。

艾貝心裡想，妮娜・福斯又被送進醫院，又被送回心臟胸腔科了。

這時候，那位護士走了出去。

艾貝走到窗口，凝視著遠方天邊愈來愈濃的烏雲。這時候，一陣強風襲來，停車場上的碎紙片被風吹得飛來飛去，窗框被吹得劈啪作響。

妮娜移植的心臟出了問題。

幾天前，她們在那輛大禮車上碰面的時候，她就應該看出來了。她回想到昏暗的車子裡，妮娜當時的模樣。她面無血色，嘴唇泛青。其實當時就可以看得出來，她的心臟手術已經失敗了。

艾貝走到衣櫃那邊，在裡面找到了一包鼓鼓的塑膠袋，上面貼著一張標籤，標籤上寫著：病患私人物品。裡面是她的鞋子，那件染血的長褲，還有她的皮包。皮包裡的皮夾不見了，可能是被護士拿去鎖在醫院的保險櫃裡了。她翻遍了皮包裡的東西，只找到了幾枚硬幣，一分錢的，底下還有幾枚一毛錢的。此時此刻，就算只是一分錢，她都不能放過。

她套上那條長褲，拉上拉鏈，把病患袍塞進去，再穿上鞋子。然後，她走到門邊，拉開一條細縫，她看一下外面。

那個叫索里安諾的護士沒有在座位上，可是護士站那邊有另外兩位護士，一個在講電話，另一個趴在桌上，好像在寫什麼東西。她們兩個都沒有看到艾貝開門。

她的視線沿著走廊瞄過去，聽到一陣嘎吱嘎吱的聲響，看到有人推著一台手推車走進病房區。推車上放滿了裝晚餐的托盤。推車的是一個穿著粉紅色制服的義工，年紀不小了。那台推車在護士的辦公桌前面停了一下，那位義工端了兩個晚餐的托盤走進附近的病房。

艾貝趁這個機會溜進走廊。由於餐車正好擋住了護士的視線，艾貝就從從容容地從護士的辦公桌前面走過去，走出病房區。

她不敢冒險坐電梯，因爲怕被人發現。她直接走向樓梯間。

她爬了六層樓，來到十二樓。正前方就是手術區，再過去拐個彎就是外科加護病房。手術室的走廊上有一台裝衣服被褥的推車，她從裡面拿了一件手術袍，一頂有花紋圖案的帽子，還有一雙鞋套。現在，她全身上下穿的都是藍色，跟醫院裡的人一模一樣，這樣一來就不會被人認出來了。

她沿著走廊走到轉角，拐了個彎走進外科加護病房。裡頭真是一片混亂。二號床病房有緊急狀況。聽到斷斷續續的嘈雜人聲，看到醫生護士慌慌張張地衝進去，看起來，心肺復甦術好像沒效了。這時候，根本沒有人注意到她。趁這個機會，艾貝從病房監視螢幕的控制台前面走過去，走進八號床的病房。

她在監視窗前面站了一會兒，看到躺在床上的人果然是妮娜．福斯。接著，她推開門走進病房。門板自動關上，急救小組嘈雜的人聲忽然消失了。她把監視窗上的布簾拉上，外面的人就看不到裡面了。接著，她轉身走到床邊。

妮娜在睡覺，看起來很安詳，似乎沒有聽到門外嘈雜的聲音。跟上次見面的時候比起來，她似乎又變得更瘦小了，彷彿她的身體就像一支蠟燭一樣，正逐漸被病魔的火焰啃噬。被單蓋在她身上，看起來好像蓋在一個小孩子身上。

艾貝拿起掛在床尾的護理記錄板，迅速瞄了一眼，立刻就看清楚了所有的數據。肺楔壓逐漸升高，心臟血液輸出量慢慢降低。多巴酚丁胺的點滴流量增加。他們想用多巴酚丁胺來增強她的心臟功能，但恐怕已經沒什麼效果。

艾貝把護理記錄板掛回去，挺身站起來。這時候，她發現妮娜已經睜開了眼睛凝視著她。

「嗨，福斯太太。」

妮娜笑了一下，有氣無力地說：「原來是妳這位永遠說實話的醫生。」

「妳覺得怎麼樣？」

「心滿意足。」妮娜嘆了口氣。「這輩子我已經心滿意足了。」

艾貝走到她床邊，兩個人互相對望，默默無語，一切盡在不言中。

後來，妮娜開口說：「妳不用告訴我了。我都知道了。」

「知道什麼，福斯太太？」

「我知道這一切就快要結束了。」妮娜閉上眼睛，深深吸了一口氣。

艾貝握住妮娜的手。「我一直沒有機會好好謝謝妳。妳這麼熱心幫助我。」

「我不是在幫妳，我是想救維克多。」

「我不懂。」

「他就像希臘神話裡那個人一樣，跑到冥府去把他的太太帶回來。」

「奧菲斯。」

「是的。維克多就像奧菲斯一樣。他想把我帶回來，不擇手段，不計一切代價。」說著，她睜開眼睛，眼神異樣地清明。「到頭來。」她輕聲細語地說：「他付出的代價會大到他難以承受。」

艾貝立刻就明白，妮娜說的並不是錢的問題。她們在談的是維克多的靈魂。

這時候，病房的門忽然開了，艾貝轉身看到一個護士。那個護士瞪大眼睛看著她，一臉驚訝。

「噢！迪麥多醫師，妳怎麼會跑來……」話說到一半，她轉頭看那扇遮著布簾的監視窗，然後飛快地巡視所有的監視螢幕和靜脈注射管。她在檢查看看有沒有什麼破壞行爲。

「我什麼都沒碰。」艾貝說。

「能不能麻煩妳離開？」

「我只是來看看她。我聽說她又被送回外科加護病房了，而且——」

「福斯太太需要休息。」那個護士把門打開，立刻把艾貝請出了病房。「妳沒有看到牌子上寫著謝絕訪客嗎？她今天晚上就要動手術了，不可以有任何人來打擾她。」

「動什麼手術？」

「移植手術。他們找到了一個捐贈者。」

艾貝瞪大眼睛看著八號床病房那扇關著的門，然後小聲地問：「福斯太太知道嗎？」

「妳說什麼？」

「我說，她有簽過手術同意書了嗎？」

「她丈夫代替她簽了。好了，麻煩妳馬上離開。」

艾貝一句話都沒有再多說，立刻轉身走出病房區。她已經不在乎有沒有人留意到她在這裡了，她只管沿著走廊一直走，走到電梯門口。電梯門開了，裡面擠滿了人。她跨進電梯，然後飛快地轉身，面對門口，背對著其他人。

電梯開始往下降了，她一直在想，**他們找到新的捐贈者，他們不知道用什麼方法找到捐贈者。今天晚上妮娜．福斯就可以移植一顆新的心臟了。**

當電梯抵達一樓大廳的時候，艾貝已經想通今天晚上會發生哪些一連串的事情。先前貝賽醫院已經做過很多次心臟移植手術，艾貝看過那些病歷表。她知道今天晚上會是什麼樣的過程。大約在半夜十二點左右，他們會把妮娜推到手術室，這時候，亞契帶領的整個小組都已經準備好在手術室待命了，他們會把無菌布覆蓋在妮娜身上，然後等電話。同一時間，另一個手術小組已經在另一間手術室展開工作了。他們圍繞在另一位病患四周，拿著手術刀割開皮膚和肌肉組織，用電鋸切開骨頭，拿掉整排的肋骨，露出那個寶貴的器官。一顆活跳跳的心臟。

整個心臟摘取的過程明快俐落。

她心裡想，今天晚上，這整個過程又會被重複一次，就和從前一模一樣。

電梯門開了，她立刻跨出去，低著頭，眼睛盯著地上。她走出醫院大門，走進呼嘯的狂風中。

她冷得渾身發抖，走過兩個路口，走進一座電話亭。她拿出那幾個一毛錢和一分錢硬幣。這是她僅剩的寶貝了。他把那幾個硬幣投進話機，撥了卡茲卡的號碼。卡茲卡不在座位上。在另一部分機上接聽的那位警察請她留言。

「我是艾貝．迪麥多。」她說：「我現在必須立刻聯絡上他！他沒有呼叫器嗎？」

「我幫妳接給總機。」

她聽到喀嚓兩聲，然後總機小姐就接聽了。「我馬上用無線電呼叫他。」她說。

過了一會兒，總機小姐又上線了。「很抱歉，卡茲卡警官還沒有回答，我們還在等。妳要不要留個電話號碼，我請他待會兒和妳聯絡？」

「好的。哦，對了，我可能沒辦法接電話。我等一下再打給他好了。」說完，艾貝掛斷了電話。她的硬幣快用光了，也不知道還可以打電話找誰。

她轉身看看電話亭外面，看到好幾張舊報紙從外面飛過去。她不想走出電話亭，不想到外面去吹風，然而，她也不知道自己還能怎麼辦。

對了，還有一個人她可以找。

電話亭裡那本電話簿有大半本都被人撕掉了。她一頁一頁地翻著，心裡不敢抱太大的希望。後來，沒想到她眞的在上面看到一個名字：塔拉索夫。

她撥號的時候，緊張得手抖個不停。*老天保佑，接電話吧，接電話吧。*

電話響了四聲之後，她聽到一個很溫和聲音說：「喂？」電話裡，她聽到瓷器餐具互相碰撞的叮噹聲，似乎有人在佈置餐桌。此外，她還聽到古典音樂的旋律。接著，她又聽到他說：「沒問題，我願意付費。」

她鬆了一口氣，立刻開始迫不及待的說個不停。「我不知道還能打電話給誰！我聯絡不到薇薇安。沒有人肯相信我。你一定要去找警察，一定要讓他們相信！」

「好了，講慢一點，艾貝。告訴我事情的經過。」

她深深吸了一口氣，感覺到自己心頭怦怦狂跳。她是多麼渴望有人能夠分攤她肩頭的重擔。「妮娜·福斯今天晚上又要做一次心臟移植手術了。」她說：「塔拉索夫醫師，我大概知道那是怎麼回事。他們用的心臟不是從外地用飛機送過來的。那些心臟都是在當地摘取的，就在波士頓。」

「妳說哪裡？哪一家醫院？」

這時候，她忽然注意到有一輛車子沿著街道慢慢開過來。她緊張得連氣都不敢喘。後來，那輛車子在街角拐了個彎，然後就不見了。

「艾貝？」

「噢，我在聽。」

「妳聽著，艾貝。我聽帕爾先生說，妳最近壓力很大。這會不會是——」

「你聽我說，求求你聽我說！」她閉上眼睛，拚命壓抑自己的情緒，讓自己冷靜下來，盡量讓自己說的話聽起來合情合理。絕對不能讓他懷疑她精神有問題。「薇薇安今天從柏林頓打電話給我。她已經查出來，那幾次心臟摘取手術根本就不是在柏林頓做的。那些捐贈的心臟根本就不是從佛蒙特州來的。」

「那麼，那些摘取手術究竟是在哪裡做的？」

「現在沒有完全確定。不過，很可能是在羅斯伯瑞的移動大樓裡。和平醫療器材公司。你一定要叫警察在半夜之前趕到那裡。在那些人做心臟摘取手術之前趕到。」

「我沒有把握警察會不會相信我。」

「你一定要試試看！有一個警官叫做卡茲卡，重案組的。要是我們聯絡得上他，他應該會相信我們的。塔拉索夫醫師，這並不像一般器官移植配對測試那麼單純。那些捐贈者都是活生生的人。他們在殺人。」

電話裡，艾貝聽到一個女人的聲音在叫他。「伊凡，你怎麼還不過來吃晚飯呢？菜都快冷掉了。」

「親愛的，我恐怕沒時間吃了。」塔拉索夫說：「出了一件很緊急的事……」接著，他又把話筒貼回到嘴邊說話，聲音聽起來還是那麼溫和，但口氣已經開始緊張了。「艾貝，妳知道妳剛剛講的事情有多可怕嗎？我真的被妳嚇到了。」

「我自己也嚇壞了。」

「那麼，我們趕快開車去找警察，讓他們去處理。這種事太危險了，我們應付不了。」

「我贊成。百分之百贊成。」

「我們一起去。人一多，他們就比較會相信我們的話。」

她遲疑了一下。「我是有點擔心，如果由我出面，恐怕他們就不相信了。」

「艾貝，我不知道所有的細節。這個只有妳清楚。」

「好吧。」她還是遲疑了一下，然後說：「好吧。我們一起去。你可以來接我嗎？我快冷死了，而且我很怕。」

「妳在哪裡？」

她隔著電話亭的玻璃窗瞄了外面一眼。夜色愈來愈濃了，隔著兩個路口，遠遠看得到醫院大樓燈火通明。「我在一座電話亭裡。我不知道這裡是哪條街。不過，這裡距離貝賽醫院只有幾個路口。」

「我會找到妳的。」

「塔拉索夫醫師？」

「怎麼了？」

她輕聲地說：「要快一點。」

24

薇薇安‧趙搭乘的班機降落在洛根國際機場。飛機著陸那一剎那，她反而覺得比剛剛飛行的時候更緊張。不過，倒不是因爲坐飛機緊張。薇薇安搭飛機從來不知道什麼叫做害怕。不管在天上碰到多麼可怕的亂流，她還是一樣睡得不省人事。此刻，飛機已經停靠到登機門了，她從頭頂上的置物箱把隨身行李拿下來的時候，心裡還是七上八下。不，令她感到不安的倒不是坐飛機，而是艾貝上一次打給她的那通電話。電話突然斷線了，而艾貝一直都沒有再打過來。

後來，薇薇安打到艾貝家裡，可是根本沒有人接電話。剛剛在飛機上，她一直在想這件事。後來她才想到，她根本就不知道艾貝是在哪裡打電話的。她們通話的時間太短了，根本來不及問。

她拖著手提行李走下飛機，走進機場的通道。看到出入口人山人海，她嚇了一跳。一大堆十幾歲的小鬼頭頂上飄著五顏六色的氣球，手上拿著幾個牌子，上面寫著：「大衛！歡迎榮歸！」或是「我們的英雄，我們的金童！」不知道這個大衛是什麼人物，不過，愛慕他的人可眞不少。接著，她聽到一陣歡呼聲，回頭看了一眼，看到身後有一個年輕人面帶微笑，正從電動走道出來。外面那群小伙子立刻一擁而上，迫不及待的要上前迎接他們的英雄大衛。薇薇安眞的可以說是被那片人潮給淹沒了。那群小鬼彷彿一堵滔天巨浪朝她席捲而來，她已經分不清東西南北。

小鬼，眞是要命。那排人牆般的小鬼至少比她高一個頭。

她想要從那堵人牆中間穿過去，除非她有美式足球隊頂尖四分衛的衝力。後來，她幾乎是使盡了吃奶的力氣，好不容易才從人群中擠出來。她推擠的力道之大，眞的就把一個站在旁邊的男人推倒在地上。她嘴裡嘀咕著，說了句抱歉，然後又繼續往前走。她走了好幾步之後才想到，那個人呆住了，根本沒有反應。

她最先去的地方就是化妝室。太緊張了，她忽然覺得尿急。她飛快地閃進化妝室，上完廁所，然後很快又出來了。

一走出化妝室，她忽然又看到那男人。就是那個剛剛被她撞倒的男人。此刻，他站在女化妝室對面一家禮品店前面，似乎在看報紙。她一眼就認出是他，因爲他身上那件大衣領子的內裡翻到外面來了。剛剛她撞倒他的時候，眼睛正好清楚看到他翻出來的衣領。

她繼續往前走，走到行李提領區。

辦理入境手續要經過好幾道門，旅客大排長龍，她等了很久。就在她排隊等候的時候，忽然想到一件事。那個人不是應該在等什麼人嗎？否則怎麼會站在出入口呢？要是他接到了他要等的人，現在怎麼還會自己一個人在這裡呢？

她走到一家書報攤前面，隨便挑了一本雜誌，然後拿到櫃檯結帳。櫃檯小姐敲打收銀機的時候，薇薇安略微轉了一下頭，偷瞄四周一眼。

那個人站在飛行險自動販賣櫃檯前面，好像在看操作指示。

這下子可好了，趙小姐，他果然是在跟蹤妳。說不定他是對妳一見鍾情，說不定他光是看了妳一眼，就很篤定他下半輩子不能沒有妳了。

她付錢買下那本雜誌的時候，感覺到自己心頭怦怦狂跳。動動腦筋，好好想一想吧。他爲什麼要跟蹤妳呢？

這個問題很簡單。問題就出在艾貝打的那通電話。要是有人在竊聽，那他們一定知道她搭乘的班機下午六點從柏林頓起飛，然後會降落在洛根國際機場。就在電話斷線之前，她聽到電話裡有喀嚓的聲音。

她決定在書報攤晃一下，假裝買點東西。她瀏覽著書架上的大眾版平裝書，只不過，她眼睛看著書架，腦子裡卻是轉個不停。說不定那個人身上沒帶武器，因爲他不可能帶著武器通過安全檢查。所以說，只要她留在機場裡的安檢區域，她就不會有事。

她小心翼翼地從書架上方偷瞄四周，卻到處都看不到他的蹤影。

妳這個白癡，根本就沒有人在跟蹤妳。

她繼續往前走，通過安全檢查門，然後走下樓梯到行李提領區。

柏林頓那班飛機的行李正從輸送口浮出到旋轉台上。她看到她那名牌紅色行李箱正沿著旋轉軌道繞了過來。她正想擠到前面去的時候，忽然又瞥見那個穿大衣的男人。他站在機場出口附近，假裝在看報紙。

她立刻把頭撇開，感覺得到自己脖子上脈搏忽然加速。他在等，等她拿到行李之後，從他面前走出大門，走進那黝黑的夜色中。

這時，她的紅色行李箱已經又繞了一大圈。

她深深吸了一口氣，慢慢擠進等行李的人群中。她的紅色行李箱從她面前傳送過去，可是她並沒有拿起來，反而裝出一副漫不經心的樣子，跟著行李箱慢慢繞著旋轉台。當她走到旋轉台的另一邊時，人群擋住了視線，那個穿大衣的男人就看不見她了。

她丟下她的隨身行李，拔腿狂奔。

她面前有另外兩個旋轉台，目前都沒有在使用。她從旋轉台上面跳過去，然後拚命衝向遠處那幾個機場出口。

她跑出機場出口，衝進呼嘯的狂風中，隱沒在夜色裡。這時候，她忽然聽到左邊傳來一陣喧鬧聲，轉頭一看，看到那個穿大衣的男人從另外一個出口衝出來，後面還跟著另外一個人。其中一個人伸出手指著薇薇安，嘴裡大吼了幾句她聽不懂的話。

薇薇安拔腿就跑，沿著人行道拚命往前跑。她知道那兩個人在追她。她聽到有一輛行李車砰的一聲被推倒了，那個服務員氣得大吼起來。

接著，她聽到啪的一聲，感覺好像有什麼東西劃過她的頭髮。

那是子彈。

她心頭一陣狂跳，拚命喘氣。空氣很污濁，瀰漫著巴士的廢氣。

她看到前面有一扇門，立刻衝進那扇門，尋找距離最近的電扶梯。可惜那座電扶梯是下降的。她一次跨越兩級階梯往上衝，跑到接近二樓的時候，忽然又聽到啪的一聲。這次她感到太陽穴上一陣刺痛，感覺到溫溫的血流到她臉頰上。

前面就是「美國航空公司」的櫃檯了。那裡擠滿了人，旅客在櫃檯前面大排長龍。

她聽到後面的電扶梯傳來砰砰的腳步聲，聽到其中一人大吼起來。她聽不懂他在吼什麼。

她衝到櫃檯前面，撞倒了一個男人和一輛行李推車，然後跳上櫃檯。由於衝力太大，她整個人飛到櫃檯的另一邊，身體重重地摔在行李輸送帶上。

四個航空公司櫃檯職員嚇了一跳，目瞪口呆低頭看著她。

後來，她慢慢站起來，兩條腿抖個不停。她小心翼翼地從櫃檯上方瞄向外面，結果只看到一群嚇呆的旅客，那兩個人不見了。

薇薇安看看那幾個呆若木雞的職員。「喂，你們怎麼不叫機場的警衛來呢？」

這時候，有一個女職員伸手去抓電話，一句話也說不出來。

「既然妳要打電話。」薇薇安說：「那就順便打911報警。」

一輛黑色賓士轎車沿著馬路慢慢開過來，停在電話亭旁邊。車子裡一片黝黑，唯有當旁邊有車子經過的時候，燈光一照，才勉強看得到駕駛人的黑影輪廓。是塔拉索夫。

她跑到右邊的車門旁邊，拉開車門坐進去。「謝天謝地，你終於來了。」

「妳一定凍壞了。要不要先穿上我的大衣？大衣放在後座。」

「沒關係，趕快開車！趕快離開這裡。」

塔拉索夫把車子轉出路邊，開上馬路。艾貝回頭看後面，看看有沒有車子跟著他們。後面的馬路上只見一片漆黑。

「有看到車子嗎？」他問。

「沒有。目前我們大概還不會有什麼麻煩。」

塔拉索夫吁了一口氣，聲音聽起來有點發抖。「應付這種事，我不怎麼行。那種暴力血腥的場面，我甚至連看都不太敢看。」

「你已經表現得很好了。走吧，把車子開到警察局去。我們可以打電話給薇薇安，叫她到那邊跟我們會合。」

塔拉索夫緊張兮兮地瞄了後視鏡一眼。「後面好像有車。」

「什麼？」艾貝立刻回頭往後看，可是什麼都沒看到。

「我要在這邊右轉了，看看他們會不會跟上來。」

「好啊。我會盯住後面。」

他們在前面的街角轉了彎，艾貝緊盯著後面的馬路。然而，後面根本看不到有車子的大燈。根本就沒有車。這時候，車子忽然慢下來，最後停住了。艾貝轉回頭看前面。「怎麼回事？」

「沒事。」說著，塔拉索夫把車子的大燈關掉。

「你爲什麼……」話說到一半，艾貝的喉嚨忽然哽住了。

塔拉索夫把車子的門鎖打開了。

這時候，艾貝座位的車門忽然嘩的一聲被打開了。艾貝嚇壞了，往右邊一看。一陣強風猛灌進來，有人猛然把手伸進來，把她拖到黑漆漆的車外。她的頭髮披散在臉上，遮住了她的視線。她盲目地掙扎，拳打腳踢，可是那些人抓她抓得好緊，她根本掙脫不開。他們把她兩隻手扭到背後，用繩子綁住她的手腕，用膠帶貼住她的嘴巴，然後把她抬起來，丟進旁邊那輛車的後行李廂。

接著，後行李廂的車蓋砰的一聲被關上了，她被困在裡面，四周一片漆黑。

接著，車子開動了。

她仰面朝天躺著，腳向上猛踢，一次又一次地踹在行李廂蓋上，踢到後來腳都痛了，腿沒力氣了，連抬都抬不起來。沒有用的，沒有人聽得見她在裡面。

她筋疲力盡，整個人蜷曲成一團。她開始努力思索。

塔拉索夫。塔拉索夫是怎麼牽扯進來的？

後來，這個謎團慢慢解開了，她開始像拼圖一樣，一片片拼湊出整件事的來龍去脈。裡頭一片漆黑，聽得到底下的輪胎在路面上顛簸起伏，發出陣陣嘎吱嘎吱的聲響。她開始漸漸想通了。整個美國東岸有幾個聲譽卓著的心臟移植小組，而塔拉索夫所領導小組就是其中之一。許多性命垂危的病患從世界各地慕名而來，其中不乏富可敵國的大富豪，他們付得起任何代價，足以隨心所欲地挑選最好的外科醫師。他們要的是最頂尖的，錢不是問題。

只不過，有一種東西是他們用錢買不到的。制度不容許他們花錢去買那種東西。那是他們賴以生存的東西：心臟。人的心臟。

而貝賽醫院的移植小組正好能夠滿足他們的需求，給他們最渴望的東西。她忽然想到，塔拉索夫曾經說過：「我常常介紹病人給貝賽醫院。」

所以說，他是幫貝賽醫院牽線的人。一個掮客。

接著，她感覺到車子開始減速，然後轉了個彎。她感覺到輪胎壓在碎石子路面上，然後車子停住了。她聽到遠處有隆隆的聲音，聽得出來是噴射機起飛的聲音。這時候，她已經知道自己來到什麼地方了。

接著，後行李廂車蓋打開了，有人把她抬出來。她感覺到一陣狂風席捲而來，聞到一股濃濃的柴油味，還有海的味道。他們半拉半抬，拖著她走過碼頭，走上船的舷梯板。她拚命尖叫，可是嘴巴被膠帶貼住了，她的喊叫聲被噴射機起飛的轟隆聲掩蓋。隱約她瞥見貨輪的甲板上忽明忽暗，看到四四方方的陰影。接著，他們拖著她往下走，走下樓梯，樓梯板發出嘎吱嘎吱的聲響。他們一層又一層地往下走。

接著，有一扇門呀的一聲打開了，然後她就被丟進去了。裡頭一片漆黑。她雙手還是被反綁在背後，沒辦法伸手去撐，整個人就這樣重重摔在地上，下巴撞上地面的鐵板，撞得她頭暈眼花。她嚇得愣住了，動彈不得，雖然骨頭痛得彷彿被什麼東西刺穿了似的，她卻連呻吟都沒力氣。

接著，她聽到一陣腳步聲，有人從樓梯那邊走下來。她隱隱約約聽到塔拉索夫在說：「至少不會白白浪費掉。把她嘴巴上的膠布撕掉，千萬別讓她窒息。」

她掙扎著翻身仰躺，努力想看清楚門外的東西。她模模糊糊看到塔拉索夫的身影站在門口。有一個人彎腰把她嘴巴上的膠布撕掉，那一剎那，她整個人抽搐了一下。

「爲什麼？」她嘴裡喃喃咕噥著。此時此刻，這是她腦海中唯一的問題。「爲什麼？」那個黑影似乎聳了聳肩，彷彿她問了一個不相干的問題。接著，另外兩個人走到房間外面去了，準備把她鎖在裡面。

「是爲了錢嗎？」她嘶吼著。「答案就是這麼簡單嗎？」

「要是買不到妳需要的東西。」塔拉索夫說：「錢本身是毫無意義的。」

「比如說心臟嗎？」

「比如你自己孩子的命，或是你太太的命，或是你哥哥姐姐的命。迪麥多醫師，妳應該比任何人都更懂得這個道理。我們都知道妳弟弟彼得發生意外的事。當年他才十歲，對不對？我們知道妳也曾經有過一段傷心的往事。想想看，大夫，要是能夠救妳弟弟的命，妳願意付出什麼代價？」

她沒有說話。從她的反應，他已經知道她的答案是什麼了。

「難道妳不會不計一切代價，不擇手段嗎？」

會，她心裡吶喊著，而且連想都不用想。我會。

「想像一下那是什麼滋味。」他說：「想像一下，眼看著自己的孩子慢慢斷氣，那會是什麼樣的滋味。雖然你富可敵國，可是你的孩子卻必須跟別人一起排隊等候心臟捐贈，而那些排在前面的人，有些可能是酒鬼，有些可能是毒蟲，有些可能是智能不足的殘障。有些人一輩子好吃懶做，卻還是能夠享受同樣的福利。」說到這裡，他停頓了一下，然後壓低了聲音說：「想像一下。」

這時候，門砰的一聲關上了，她聽到門閂拉上的聲音。

此刻，只剩下她躺在地上，四周一片漆黑。她聽到那三人爬樓梯到甲板上去，樓梯板發出嘎吱嘎吱的聲響。接著，她隱隱約約聽到遠遠的地方有一扇艙門砰的一聲關上了。接下來，隱隱約約只聽得到一種嘎吱嘎吱的聲音。那是船在拉扯繩索的聲音。

想像一下。

她閉上眼睛，努力回想彼得當年的模樣。此刻，她彷彿看到他站在面前，身上穿著幼童軍的制服，滿臉得意的神情。她回想起，他五歲那一年曾經對她說：艾貝是他這輩子唯一想娶的女人。後來，有人告訴他，他不能娶自己的親姐姐當太太，當時他有多生氣……

如果救得了你，我願意做什麼？我願意付出任何代價，任何代價。

這時候，黑暗中忽然傳來一陣窸窸窣窣的聲音。

艾貝嚇得全身僵直。接著，那個聲音又出現了。顯然裡面有東西在動。老鼠。

她渾身扭來扭去，掙扎著往後退，躲開那個聲音。她掙扎著想站起來。裡面一片漆黑，她什麼都看不見。她腦海彷彿看到一隻巨大無比的老鼠在地上跑來跑去。後來，她終於掙扎著站起來。

接著，她又聽到很微弱的喀嚓一聲。

那一刹那，她眼前忽然一亮，嚇得她猛然往後一竄。有一顆電燈泡從天花板上垂掛下來，在她頭頂上搖晃，燈泡和開關鏈條互相碰撞，發出輕微的叮噹聲。

她剛剛聽到的那個窸窸窣窣移動的聲音，不是老鼠，而是一個小男生。

他們兩個站在那裡，你看我，我看你，沒有人開口說話。雖然他站在那裡一動也不動，但她看得出來他眼中有一種小心翼翼的神情。他穿著短褲，露出兩條腿。他的腿很瘦，但肌肉繃得緊緊的，一副隨時準備要逃走的模樣。只不過，根本沒有地方可以逃。

他看起來大概十歲左右，臉色很蒼白，一頭黃澄澄的金髮。搖晃的燈光照在他的頭髮上，看起來閃閃發亮。她注意到他臉頰上有一個藍色的斑點，後來仔細一看，嚇了一跳，突然感到一股怒氣往上衝。原來那個藍色斑點不是因爲不小心沾到髒東西，而是瘀青。他的臉色很蒼白，相形之下，那對深邃的眼眶看起來也很像兩塊瘀青。

她向前跨了一步，靠近他。那一刹那，他立刻往後退縮。「別怕，我不會傷害你的。」她說：「我只是想跟你聊一聊。」

他忽然皺了一下眉頭，然後搖搖頭。

「我保證絕對不會傷害你。」

那孩子回答了一、兩句，可是她根本聽不懂他在說什麼。這下子換她皺起眉頭，搖搖頭。

他們互相對望，兩個人臉上都露出一種茫然的神情。

接著，他們忽然都抬起頭來往上看。船的引擎剛剛發動了。

艾貝聽到一陣鐵鍊碰撞的聲音，聽到一陣浪濤聲，忽然緊張起來。過了一會兒，她感覺到船身開始搖晃，感覺得到船在破浪前進。他們已經離開碼頭了，開始出海了。

就算我掙脫得掉手上的繩子，逃得出這個房間，只不過，我又能逃到哪裡去呢？

她忽然感到一陣沮喪，回頭看看那個男孩。

他似乎已經沒有在注意那個引擎聲了，而是低頭看著她的腰。接著，他慢慢走到她旁邊，看到她的手腕被綁住，緊貼在背後。接著，他低頭看看自己的手臂。這時候，艾貝才留意到他的左手臂不見了，只剩下一截殘肢。他把自己左手的殘肢緊貼著身體，不想讓她看到自己的殘缺。此刻，他好像在打量自己的殘肢。

接著，他又轉頭看著她，說了一句話。

「我聽不懂你在說什麼。」她說。

他又重複了一次，這次口氣開始有點暴躁了。她為什麼聽不懂我講的話？她到底怎麼搞的？

然而，她也只能搖搖頭。

他們就這樣互相對望，兩個人都覺得很挫折。後來，那個小男生突然揚起下巴。她看得出來，他已經想到什麼點子了。他繞到她背後，拉扯她的手腕，想用一隻手解開綁在她手上的繩子，可是那個繩結打得太緊了。接著，他忽然在她背後跪下來。她感覺到他用牙齒在咬，感覺到他呼出來的熱氣噴在她手上。頭頂上那個燈泡搖來搖去。接著，他開始咬繩子了，彷彿一隻小老鼠，體型雖小，但不屈不撓。

「很抱歉，探病時間已經過了。」那個護士說：「喂，等一下，你不能進去！」

卡茲卡和薇薇安根本不理她，頭也不回地從護士的辦公桌前面走過去，推開621房的門。

「艾貝在哪裡？」卡茲卡劈頭就問。

柯林．衛蒂格醫師轉頭看著他們。「迪麥多醫師失蹤了。」

「你不是告訴我，你會好好看緊她？」卡茲卡說。「你不是跟我保證，她絕不會有事嗎？」

「我們確實把她盯得很緊。沒有我的允許，任何人都不准進來。」

「那她究竟出了什麼事？」」

「這個問題，你恐怕得自己去問迪麥多醫師了。」

聽到衛蒂格那種冷冰冰的口氣，卡茲卡有點發火了。他的口氣，還有他那種冷漠的眼神。這個人什麼事也不透露，而這個人在這個地方是有能力呼風喚雨的。看著衛蒂格那種諱莫如深的表情，卡茲卡忽然想通了，心頭一驚。

「大夫，她是你負責看管的。你的手下到底把她怎麼樣了？」

「你這樣含沙射影，聽起來很不舒服。」

這時候，卡茲卡走到房間的另一頭，一把抓住衛蒂格白袍的衣領，把他推到牆邊。「他媽的。」他說：「你把她帶到哪裡去了？」

這時候，衛蒂格那雙藍眼睛終於顯露出一絲恐懼。「我剛剛不是說了嗎？我真的不知道她在哪裡！六點三十分的時候，護士打電話給我，跟我說艾貝不見了。我們已經通知警衛了。他們已經搜遍了整間醫院，可是還是找不到她。」

「你明明就知道她在哪裡，不是嗎？」

衛蒂格搖搖頭。

「你明明就知道，不是嗎？」卡茲卡又很粗暴地勒住他的領口，把他壓在牆上。

「我眞的不知道！」衛蒂格喘著氣說。

這時候，薇薇安衝上前來，想把他們兩個拉開。「住手！你快把他勒死了！卡茲卡，放手！」

這時候，卡茲卡突然放開衛蒂格。那位老先生頹然靠到牆上，拚命喘氣。「因爲她有妄想的狀況，所以我要她待在醫院裡，我想那樣會比較保險。」衛蒂格站起來，揉揉自己的脖子。他那件白袍的領口旁邊，脖子上有一道鮮紅色的勒痕。卡茲卡看到那道勒痕，嚇了一跳。那眞是活生生的證據，原來自己這麼粗暴。

「我當時並不認爲。」衛蒂格說：「她說的那些事情會是眞的。」說著，他從口袋裡掏出一張紙片，遞給薇薇安。「這是護士剛拿給我的。」

「那是什麼東西？」卡茲卡問。

薇薇安皺起眉頭。「這是艾貝的血液酒精濃度測試報告。酒測值是零。」

「今天下午我叫護士重新幫她抽血，然後送到一家獨立的醫學檢驗所去做檢驗。」衛蒂格說：「她一直堅持說她沒有喝酒，所以我就想，要是我能夠提出一個無可辯駁的證據，讓她無話可說，那麼，她就沒辦法再否認……」

「你是說，這個報告是外面的檢驗所檢驗出來的嗎？」

衛蒂格點點頭。「和貝賽醫院絕對沒有關聯。」

「可是你先前告訴我，她的酒測值是零點二一。」

「那是凌晨十點這時候，貝賽醫院的檢驗室測出來的。」

薇薇安說：「血液中的酒精含量會在血液中殘留二到十四個鐘頭。如果第一次檢驗是在凌晨四點做的，那麼，這第二次檢驗應該還會有些許殘留。」

「可是從報告上看來，她體內已經完全沒有酒精成分了。」卡茲卡說。

「這意味著，要不是她的肝臟分解酒精的功能驚人。」衛蒂格說：「就是貝賽醫院的檢驗室搞錯了。」

「這就是你的說法嗎？」卡茲卡說：「只是搞錯了而已嗎？」

衛蒂格沒有說話。他看起來筋疲力盡，而且很蒼老。他頹然坐在那張又髒又凌亂的床上。

「我沒有想到……或者說，我根本不敢想像有那種可能性……」

「你的意思是，艾貝說的有可能是眞的？」薇薇安問。

衛蒂格搖搖頭。「老天爺。」他喃喃嘀咕著。「如果她說的是眞的，那這家醫院眞的應該勒令停業了。」

卡茲卡感覺到薇薇安在看他，於是就轉過頭去看她。

她輕聲細語地說：「現在你還會懷疑她嗎？」

那男孩躺在艾貝的懷裡睡覺，睡了好幾個鐘頭。他呼出來的熱氣噴在她的脖子上。他一動也不動，手腳歪歪扭扭的。小孩子睡得很熟很安穩的時候，就是這副模樣。她剛開始抱著他的時候，他渾身發抖。她輕柔地按摩他的腿。剛開始，他的腿摸起來好像一根根又冷又乾的木頭。慢慢的，他不再發抖了。後來，他的呼吸開始和緩下來，這時候，她開始感覺到他身上的溫熱。小孩子睡著的時候，身體就會開始散發出一股溫熱。

她自己也睡了一會兒。

後來，她醒過來的時候，感覺到風聲愈來愈大了。低沉的隆隆引擎聲中夾雜著隱隱約約的風聲，頭頂上的燈泡來回搖晃。

這時候，懷中的小男孩忽然呻吟了一聲，抽搐了一下。小男孩身上散發出一種氣味，令她忽然有一種莫名的感動。那種氣味讓她聯想到溫暖的草原。那是一種人體特有的甜美氣息，男人女人都一樣。她回想起她的弟弟彼得。很久很久以前，他們全家出遊的時候，她和彼得坐在後座，彼得也曾經這樣依偎在她的肩頭睡覺。漫長的旅程中，爸爸在前面開車，而她就這樣抱著彼得，感覺得到彼得和緩的心跳。此刻，她懷抱著這個男孩，感覺得到心臟在他那瘦小的胸口微微搏動著，那種感覺就像當年抱著彼得一樣。

他微微呻吟了一聲，抽搐了一下，然後就醒過來了。他抬頭看著她，眼神中慢慢露出一種親切熟悉的感覺。

「阿—比。」他輕輕地叫了她一聲。

她點頭。「對了，艾貝。你想到我是誰了。」說著，她微微一笑，輕撫著他的臉，手指頭輕輕滑過他臉上的瘀青。「那你呢，你叫做……耶可夫。」

他點點頭。

兩個人都笑起來。

隱約聽得到外頭狂風呼號。艾貝感覺到地板在震動。男孩臉上閃過一絲陰霾。他用一種奇怪的眼神看著她，一種很像是渴求的眼神。

「耶可夫。」她又叫了他一聲。她輕吻了一下他那細絲般的金黃色眉毛。她抬起頭的時候，忽然感覺嘴唇濕濕的。是淚水，但那並不是小男孩的眼淚，而是她自己的。後來，她又低頭看看他，發現他還是沉默不語，還是用那種奇特的癡迷眼神看著她。

「我會陪著你。」她輕聲細語地說，對他微微一笑，用手指頭輕輕撥了一下他的頭髮。

過了一會兒，他的眼皮慢慢闔上，身體也漸漸放鬆。他又睡著了，睡得很安詳，一動也不動。

「去他媽的搜索令。」話才說完，倫奎斯一腳把門踹開，門板砰的一聲撞在牆上。接著，他小心翼翼地側身走進門裡，那一剎那，他整個人愣住了。「這是什麼鬼地方？」

卡茲卡在牆上摸索了一下，摸到了電燈開關。

電燈一亮，刺眼的光線照得兩人猛眨眼睛。天花板上有三盞燈，光線非常刺眼。卡茲卡轉頭看看四周。放眼望去，到處都是亮晶晶的。不鏽鋼的櫃子，放手術用具的托盤，靜脈注射用的架子，還有心電圖監視螢幕。儀器面板上還有大大小小的旋轉鈕和開關按鍵。

房間正中央還有一座手術檯。

卡茲卡走到手術檯旁邊，看到好幾條皮帶從手術檯邊緣垂下來。兩條是綁手腕的，兩條是綁腳踝的，還有兩條比較長的是用來綁腰部和胸部的。

接著，他的視線轉移到手術檯頂端那輛推車。推車上載滿了麻醉用的設備。他走到推車前面，打開最上面那層抽屜。裡頭擺滿了一整排的玻璃針筒和針頭，針頭上套著塑膠蓋子。

「他們究竟在這裡搞什麼東西？」倫奎斯問。

卡茲卡關上最上面那層抽屜，然後拉開第二層。裡頭擺滿了小玻璃瓶。他拿出其中一個，看到上面的標籤寫著「氯化鉀」。裡頭只剩下半瓶了。「這個地方剛剛有人用過。」他說。

「這個地方實在很詭異。他們究竟在這裡動什麼手術呢？」

卡茲卡又看看那張手術檯，看看那幾條皮帶。突然間，他彷彿看到艾貝躺在手術檯上，手腕被皮帶綁住，淚流滿面。那幕畫面勾起往日的回憶，那種感覺太痛苦了，他猛然搖搖頭，拚命想甩掉腦海中浮現的景象。那種恐懼感妨礙了他的思考。不行，萬一他無法思考，那他就幫不了她，救不了她了。他突然從手術檯旁邊往後退開。

「懶蟲，你怎麼了？」倫奎斯有點困惑地看著他。「你沒事吧？」

「沒事。」卡茲卡轉身走向門口。「我沒事。」

他走出大門，站在人行道上。外頭狂風呼號，他站在那裡抬頭看著「和平大樓」。站在馬路上看過去，看不出這棟大樓有什麼異樣。那只不過是一棟年久失修的大樓，坐落在一條破落的街上。大樓的外觀是斑駁的褐色砂石，窗戶上裝著冷氣機，一台又一台凸出來。昨天他到大樓裡面的時候，並沒有想到會看到什麼奇怪的東西。他看到的東西都只是裝點門面的幌子。髒兮兮的展示櫥窗，破破爛爛的辦公桌，桌上是堆積如山的醫療用品型錄。幾個業務員心不在焉地在講電話。他沒有到最頂樓去看看，沒有想到大樓裡有一座祕密電梯可以通到上面那間手術室。

手術室裡有一張綁著皮帶的手術檯。

不到一個鐘頭之前，倫奎斯追查到這棟大樓的屋主就是「西格耶夫公司」。這家位於新澤西州的公司同時也是那艘貨輪的船東。這樣一來又牽扯到俄羅斯黑手黨。也許黑手黨已經滲透了貝賽醫院，但層級有多高呢？或者，黑手黨只是買通了貝賽醫院裡的某個人當內應？或者，會不會只是一個黑市交易的生意夥伴？

機。

這時候，倫奎斯的呼叫器震動起來。他低頭看看上面顯示的號碼，然後彎腰探進車裡拿手機。

卡茲卡還是站在大樓前面沒有動。他又想到了艾貝，思索著接下來該到哪裡去。他已經搜遍了醫院裡的每一間病房，還有停車場和醫院附近的區域。艾貝顯然是自己離開醫院的。她跑到哪裡去了？她究竟會打電話給誰？那個人一定是她信任的人。

「懶蟲！」

卡茲卡轉頭一看，看到倫奎斯手上揮舞著手機。「誰打來的電話？」

「海岸巡防隊。他們已經準備好直升機了，等我們過去。」

走廊那邊傳來砰砰的腳步聲。

艾貝猛然抬起頭來。耶可夫還在她懷裡睡得不省人事。她心跳得好厲害，她還以為他會被她的心跳聲驚醒。可是他卻一動也不動。

門嘩啦一聲打開了。塔拉索夫走進來，旁邊跟了兩個人。他們看著她。「該走了。」

「去哪裡？」她問。

「去散個步。」塔拉索夫瞄了耶可夫一眼。「把他叫醒。他也要一起去。」

艾貝把耶可夫抱得更緊。「不要碰這個小男孩。」她說。

「我們就是要這個小鬼。」

她搖搖頭問：「爲什麼？」

「他是AB型陽性。目前船上的小鬼剛好只有他是這種血型。」

她瞪著塔拉索夫，然後低頭看看耶可夫。他睡得好熟，臉蛋紅通通的。她感覺得到心臟在他那瘦小的胸口搏動著。她忽然想到，妮娜·福斯。妮娜·福斯就是AB型陽性……

其中一個男人抓住她的手臂，把她從地上拖起來。她手一鬆，男孩就從她懷裡滑掉了。他撞到地板，躺在地上睡眼惺忪地猛眨眼睛。另一個男人用力踹了耶可夫一腳，用俄語大吼大叫起來。

那個男孩搖搖晃晃的站起來，一副還沒睡醒的樣子。

塔拉索夫在前面帶路。他們走過一條昏暗的走廊，走過一扇鎖著的艙門，走上一層樓梯，然後又走過另一扇艙門。最後，他們來到一條鐵走道。走道的另一頭是一扇藍色的門。塔拉索夫開始朝那扇門走過去，走道被他的體重壓得嘎吱嘎吱響。

這時候，小男孩突然停住腳步。他猛力掙脫了那個人的手，轉身往回跑。那個男人一把抓住他的襯衫，耶可夫立刻轉頭，一口咬住那個人的手。那個人痛得慘叫一聲，立刻甩了耶可夫一巴掌。那一掌力道之猛，耶可夫被打得摔在地上。

「住手！」艾貝大叫了一聲。

那個人把耶可夫從地上拖起來，然後又甩了他一巴掌。男孩被打得往後退，跌跌撞撞倒在艾貝身上。她立刻把他扶住，抱進懷裡。耶可夫也抱住她，靠在她的肩頭啜泣起來。那個人朝他們衝過來，似乎想把他們拉開。

「你他媽的不要碰他！」艾貝大吼了一聲。

耶可夫渾身發抖，抽抽噎噎地嘀咕了幾句，可是艾貝卻聽不懂他在說什麼。她輕吻了一下他的頭髮，在他耳邊輕聲說：「乖乖，不要怕，有我在。我會陪著你。」

那個男孩抬起頭，眼中露出驚恐的神色。她心裡想：他好像知道我們兩個會發生什麼事。

那些人推著她往前走，經過那條走道，走進那扇藍色的門。

裡頭是一個截然不同的世界。

過了那扇門之後，牆壁上貼的是漂白的木板，地面上鋪著白色的油布毯，天花板上的柔光燈散發出溫暖的光暈。他們走上一道螺旋梯，整個樓梯間迴盪著他們的腳步聲。接著，他們轉了個彎，通道的底端是一扇很寬的門。

那男孩愈抖愈厲害了，而且抱他抱久了，似乎愈來愈重了。她把他放下來，讓他自己站著，然後用手捧住他的臉。他們彼此對望了一眼。儘管他們語言不通，然而，在那對望的短暫片刻，他們忽然心領神會了。她牽住耶可夫的手，用力握了一下，然後一起走向那扇門。有一個人走在他們前面，另外一個跟在後面。塔拉索夫在最前面帶路。當他正要開鎖的時候，艾貝忽然開始往前傾，全身的重心往前移，全身肌肉繃得緊緊的，伺機而動。她已經放開了耶可夫的手。

塔拉索夫推開門，整個房間裡是一片刺眼的白。

那一剎那，艾貝猛然往前一衝，撞上前面那個人背後，把他往前推，撞上塔拉索夫。塔拉索夫被門檻絆倒，跪倒在地上。

「你們這些王八蛋！」艾貝大吼了一聲，撲到他們身上。「你們這些王八蛋！」她背後那個人想抓住她的手臂，她猛然轉身，一拳打在他臉上。接著，她忽然看到人影一閃。原來是耶可夫。耶可夫猛然往後一竄，在轉角拐了個彎，人就不見了。這時候，被她撲倒的那個人又站起來了，從她後面衝過來。那兩個人把她包圍住，然後把她抬起來，抬進那間白色的房間裡。她一路拚命掙扎，對他們拳打腳踢。

「你們把她抓緊！」塔拉索夫喊了一聲。

「那個小鬼——」

「別管那個小鬼了！他跑不了多遠的。來吧，把她抬到手術檯上！」

「她還在掙扎！」

「王八蛋！」艾貝大喊大叫，有一條腿掙脫了。

她聽到塔拉索夫好像在櫃子裡摸索什麼東西。他大喊了一聲：「把她的手臂抓緊！不要讓她的手動來動去！」

接著，塔拉索夫靠過來，手上拿著一支針筒。針頭刺進肉裡的時候，艾貝尖叫了一聲。她拚命掙扎，可是卻掙脫不開。她又掙扎了一下，可是這一次，她的手腳似乎開始不聽使喚了。她眼前開始模糊起來，眼皮愈來愈沉重，眼睛快睜不開了。她想尖叫，可是卻叫不出聲音，聽起來像在嘆氣，甚至連呼吸都開始困難了。

我怎麼了？為什麼我動不了了？

「把她抬到隔壁房間去！」塔拉索夫說：「現在要立刻幫她插管，否則她很快就會死掉。」

那兩個人把她抬到隔壁房間去，把她放在一張手術檯上。手術檯上面的燈光忽然亮起來，非常刺眼。艾貝的意識非常清醒，可是全身的肌肉卻完全無法動彈。不過，她什麼都感覺得到。她感覺得到自己的手腕和腳踝被皮帶綁住了。她感覺到塔拉索夫的手壓在她的額頭上，讓她的頭往後仰。她感覺得到喉鏡的鐵片伸進自己嘴裡，卡在喉頭。她聽得到自己恐懼的尖叫，只不過，那個聲音只是在她的腦海裡迴盪，並沒有真的叫出來。她感覺得到呼吸器的塑膠管慢慢伸進她的喉嚨裡。管子經過聲帶，伸進氣管的時候，她的喉嚨整個哽住了，感到一陣窒息。她沒辦法把頭撇開，沒辦法吸氣。後來，那根管子被貼在她臉上，然後連接上一顆甦醒球。塔拉索夫用力擠壓那顆球，艾貝的胸口就跟著很快地起伏了三次。她終於吸到氣了。接著，他把那顆甦醒球拿掉，然後把管子接上呼吸器。呼吸器開始發揮功能了，按照正常的呼吸速率把空氣灌進她的肺部。

「好了，去把那個小鬼找回來！」塔拉索夫大吼：「不對，不對，一個人去就好了，一個要留下來幫我。」

那兩個人的其中一個走出去了。另外一個走到手術檯旁邊。

「把她胸部的皮帶綁起來。」塔拉索夫說：「再過一、兩分鐘，琥珀醯膽鹼就會失效了，她就會開始亂動。等一下我要幫她吊點滴，她亂動我就沒辦法做了。」

琥珀醯膽鹼。亞倫就是這樣死的。無力掙扎，沒辦法呼吸。

這時候，她感覺得到藥效已經開始消失了。因爲有一根管子插在她的氣管裡，她感覺得到自己胸口的肌肉開始起了一陣痙攣。此外，她的眼皮開始張得開了。她看到那個男人站在她頭頂的方向，正在割開她身上的衣服。當她的胸部腹部裸露出來的時候，那個人眼中閃過一絲異樣的眼神。

塔拉索夫開始把針頭刺進她的手臂，把靜脈注射的點滴袋弄好。接著，他站挺起來的時候，看到艾貝眼睛已經睜開了，正在瞪著他。看到她那種眼神，他就知道她想問什麼了。

「健康的肝臟。」他說：「這可不是每天都有的。康乃狄克州有一位先生一直在等人捐贈肝臟。他已經等了一年多了。」塔拉索夫又伸手去拿另一個點滴袋，掛在柱子上，然後又低頭看著她。「要是他知道我們終於找到一顆適合他的肝臟，他一定很高興。」

她忽然明白，剛剛在貝賽醫院急診室的時候，他們幫她抽了一堆血，原來是爲了做組織配對測試。

接著，他又繼續忙他手頭的工作。他把靜脈注射管接上第二個點滴袋，然後拿著針筒從藥瓶裡抽出藥水。她只能默默看著他，看著呼吸器把空氣灌進她肺裡。她感覺到自己的肌肉又開始可以動了，手指頭又開始可以伸展，肩膀也能動了。她感覺到有一滴汗水沿著太陽穴往下流。她拚命想挪動自己的身體，累得滿頭大汗。她拚命想恢復行動。牆上的時鐘顯示，現在的時間是十一點十五分。

塔拉索夫已經把所有的針筒都擺在托盤上了。這時候，他忽然聽到門被打開了，然後又關上了。他轉過身去。「那小鬼跑掉了。」他說：「他們現在還在找他。所以，我們先處理這個肝臟。」

艾貝聽到腳步聲逐漸靠近手術檯，她眼前又冒出另一個人的臉。那個人低頭凝視著艾貝。多少次了，她曾經隔著手術檯看著那張臉。多少次了，她看到那張臉上戴著口罩，露出一雙泛著笑意的眼睛。然而，此刻，他眼中沒有半點笑意。

不，她啜泣著吶喊，然而，她聽不見自己的聲音，只聽得到呼吸器的管子那微弱的嘶嘶聲。不……

那個人是馬克。

25

葛瑞格知道，要離開船尾艙，唯一的通路就是經過那扇藍色的門。此刻，那扇門是鎖著的。那小鬼一定是從螺旋梯爬到上面去了。

葛瑞格抬頭看看樓梯，卻只看到一片彎彎曲曲的陰影。他開始往上爬。樓梯板太薄了，好像快要撐不住他的體重，踩在上面嘎吱嘎吱響。那個小鬼剛剛咬了他的手臂，被咬到的地方現在還陣陣抽痛。那個小王八蛋。那臭小子從一開始就很會找麻煩。

他爬到上面那一層，跨上走道上的厚地毯。這裡是外科醫師和助理住的艙房。朝船尾艙的方向走過去，那裡有兩間艙房。每間艙房裡頭有一張雙人床和一套衛浴設備。比較靠近船頭這一邊有一間交誼廳。想從這個區域出去，唯一的通道就是那座螺旋梯。那小鬼已經是甕中之鱉了。

葛瑞格先朝船尾那邊走過去。

第一間艙房原先是那個死掉的外科醫師住的，裡頭瀰漫著菸草的臭味。葛瑞格打開電燈開關，看到裡面的床鋪一片凌亂，衣櫃的門開著，書桌上的菸灰缸已經滿出來了。他走到衣櫃前面，裡面是一堆飄散菸味的衣服，一個空的伏特加酒瓶，還有一堆色情雜誌。那個小鬼沒有在裡面。

接著，葛瑞格開始搜那間外科醫師助理的艙房。那裡面看起來整齊多了，床上的被子摺得好好的，衣櫃裡的衣服燙得很筆挺。那小鬼也沒有在裡面。

他瞄了雙人床一眼，然後再看看交誼廳那邊。他正要走過去的時候，忽然聽到一個奇怪的聲音。好像有人在嗚咽，聲音聽起來悶悶的。

他立刻衝進交誼廳，打開電燈，轉頭飛快地看看四周，看看那張沙發，看看餐桌和椅子，看看那台電視和旁邊滿架子的錄影帶。那小鬼跑到哪裡去了？他繞著交誼廳踱來踱去，然後忽然停住腳步，盯著前面那面牆。

那台送菜用的升降機。

他立刻衝過去，拉開升降機的門，結果裡頭只有一大堆纜繩。他按下上升的按鍵，纜繩立刻開始移動，把升降車拉上來，發出嘎吱嘎吱的聲響。葛瑞格彎腰湊向前，準備一把抓住那個小鬼。

沒想到，升降車裡是空的。他愣在那裡。

那小鬼已經逃到廚房去了。

葛瑞格沿著螺旋梯衝下去。問題還不算太嚴重，廚房已經封閉。先前他發現船員會跑到廚房去偷東西吃，從此以後，葛瑞格每天晚上都用掛鎖把廚房鎖起來。就算那小鬼跑到廚房去了，他還是一樣會被困在裡面。

葛瑞格推開那扇藍色的門，沿著那條走道往前跑。

「很抱歉，艾貝。」馬克說：「沒想到事情會演變到這種地步。」

求求你，她心裡吶喊著。求求你不要這樣對待我……

「要是我有選擇的餘地……」他搖搖頭說：「妳不肯放棄，一定要追根究柢，而我偏偏沒辦法阻止妳，我管不住妳。」

她眼裡湧出一滴淚水，沿著臉頰滑落到頭髮上。有那麼短暫的一剎那，她看到他眼中閃過一絲痛苦的神色。他撇開了頭。

「你也該長大了。」塔拉索夫說：「你要自己動手嗎？」他把手上的針筒拿給馬克。「戊巴比妥鈉鹽。好歹用這個比較人道一點。」

馬克遲疑了一下，然後把針筒接過來，轉身看著靜脈注射點滴的柱子。他又遲疑了一下，看看艾貝。

我愛你，她心裡吶喊著。你知道我有多愛你嗎？

接著，他按下針筒的推桿。

艾貝眼前開始陷入一片昏暗。她看到他的臉開始閃爍搖晃，然後變成灰濛濛的一團。

我愛你。

我愛你……

廚房的門是鎖著的。

耶可夫一次又一次猛拉那個門鈕，可是那扇門還是紋風不動。現在該怎麼辦？再坐升降機上去嗎？他匆匆忙忙跑回升降機前面，按了一下按鈕。升降機一動也不動。

他驚慌失措地轉頭看看廚房四周，看看有沒有地方可以躲。食品儲藏室、餐具櫃，或是那個大型的冷藏庫。只不過，這些地方都只能暫時躲一下，最後還是會被那些傢伙找到的。他最後還是會被他們逮到的。

他不能這麼輕易就讓他們得逞。

他抬頭看看天花板上的電燈。上面總共有三條日光燈管。他跑到餐具櫃前面，拿出一只沉重的陶製咖啡杯，然後朝距離最近的那盞日光燈丟過去。

燈管應聲碎裂，廚房裡變暗了一點。

他又拿出更多個咖啡杯，丟了三個，打碎了第二條燈管。

後來，他瞄準了第三個燈管，正要把杯子丟出去的時候，猛然瞥見廚子的收音機。收音機還是放在老地方，餐具櫃最上面。他盯著收音機的電線，看到那條電線延伸到流理台上，延伸到烤麵包機後面。

耶可夫看看火爐那邊，看到一個空的湯鍋。他把那個湯鍋從爐口拿起來，拿到水槽前面，打開水龍頭。

他聽到裡頭有收音機的聲音，音量好像開到最大了。

葛瑞格推開廚房的門，走進去。廚房裡一片漆黑，音樂聲震耳欲聾，有鼓聲和電子吉他的聲音。他在牆上摸索了半天，然後打開電燈開關。燈沒有亮。他又試了好幾次，結果還是一樣。他往前跨了一步，感覺皮鞋好像踩在一堆玻璃上。

那個小王八蛋把電燈砸爛了，他一定是想摸黑從我旁邊溜過去。

葛瑞格把廚房的門用力一推，門砰的一聲關上了。接著，他點燃了一根火柴，把鑰匙插進鑰匙孔裡，把第二道鎖鎖死。這下子他可逃不掉了。過了一會兒，火柴熄滅了。

他轉身面對著那一片漆黑。「出來吧，小鬼！」他大喊著。「我不會把你怎麼樣的！」

然而，他只聽得到收音機驚天動地的音樂聲，別的聲音都聽不到。他朝著收音機那邊走過去，中間停了一下，點燃了另一根火柴。收音機放在流理台上，就在他正前方。他關掉收音機開關的時候，看到流理台上有一把菜刀，旁邊有一堆東西，好像是一堆咖啡色的橡皮碎屑。

所以說，他手上有沒有可能拿著廚子的菜刀？

火柴又熄滅了。

葛瑞格把槍掏出來，大喊了一聲：「小鬼？」

這時候，他忽然發現他的腳濕濕的。

他點燃第三根火柴，然後低頭往下看。

他看到自己站著一灘水上。整雙皮鞋都已經被水浸得濕透了。皮鞋毀了。奇怪了，這水是哪兒來的？在閃爍的火光中，他仔細看看兩腳四周的地面，看到大半個廚房的地上全是水。接著，他看到一條延長線，一頭已經被割斷了，裡面的銅線泡在那灘水的邊緣，看起來亮晃晃的。接著，他看到那條電線彎彎曲曲的向上延伸到一張椅子上。

火柴快要熄滅的那一剎那，葛瑞格瞥見金黃色的頭髮在黑暗中閃爍，看到那個小男孩的身影，看到他的手伸向牆上的插座。

他手上抓著那條電線的插頭。

塔拉索夫舉起手上的手術刀。「第一刀讓你來。」他說。這時候，他看到另外那個人眼中閃過一絲驚恐的神色。他心裡想，你沒有選擇的餘地了，赫德爾，想把她吸收到我們小組的人就是你。闖下大禍的人就是你。現在你必須親手收拾這個爛攤子了。

赫德爾舉起手術刀。他們根本就還沒有開始動手術，可是他已經汗流浹背，額頭上冒出一顆顆豆大的汗珠。他遲疑了一下，刀子移向裸露的腹部。他們兩個都心知肚明，知道這是一項考驗——說不定是最致命的一種考驗。

動手吧。亞契已經完成他份內的任務了，他料理了瑪莉．艾倫。茨威克也完成他份內的工作了，他料理了亞倫．李維。現在輪到你了。證明給我們看，證明你還是我們的一份子。把這個和你睡過覺的女人開膛剖肚吧。

動手吧。

馬克挪動了一下他手上的手術刀，彷彿在調整握刀的姿勢。接著，他深深吸了一口氣，把刀子按在皮膚上。

動手吧。

馬克切開了。他割開一道又長又彎的切口。血從裂開的皮膚切口湧出來，滴到覆蓋在旁邊的無菌布上。

塔拉索夫鬆了一口氣。這下子赫德爾就不會變成頭痛人物了。事實上，多年以前，他就已經踏上不歸路，回不了頭了。當年他還在當外科實習醫師的時候，有一天晚上，他喝得醉醺醺的，吸了很多古柯鹼。第二天早上，他醒過來的時候，發現自己躺在一張他從來沒有見過的床上，旁邊的枕頭上躺著一個很漂亮的實習護士。她已經被勒死了。赫德爾根本想不起來究竟發生了什麼事。只不過，他跳到黃河都洗不清了。

當然，爲了吸收他，他們也給了他大把大把的鈔票。

所謂「棒子和胡蘿蔔」，威脅加利誘，這幾乎是屢試不爽的。亞契投降了，茨威克投降了，穆漢德斯也投降了。當然，亞倫．李維也不例外——只可惜沒有持續很久。他們是一個很封閉的小團體，每個成員都誓死保密，還有，維護他們的利益。整個貝賽醫院裡，沒有人能夠想像他們經手的金額有多驚人。柯林．衛蒂格無法想像，就連傑瑞米．帕爾也無法想像。那樣的金額足以收買第一流的醫生，收買第一流的移植小組——塔拉索夫一手建立的小組。那些黑手黨只不過是提供他們所需要的原料，或者必要的時候，提供暴力。實際上，在手術室裡創造奇蹟的，是這個小組。

只可惜，光是錢已經不足以把亞倫．李維留在他們的小圈子裡。不過，他們還抓得住赫德爾。此刻，他割下的每一刀都是在證明他還是他們的人。

塔拉索夫擔任他的助手，幫他裝設牽拉器，夾住止血鉗。有機會處理這麼年輕健康的人體組織，眞是一種樂趣。這個女人的身體結構好得出奇。她的皮下脂肪層非常薄，她的腹部肌肉又平又緊。她的腹部肌肉眞的很結實，因爲站在手術檯床頭那位手術助理必須不停的注射琥珀醯膽鹼，鬆弛她的腹部肌肉，牽拉器才有辦法用。

接著，手術刀劃開了肌肉組織，露出了腹腔。塔拉索夫把牽拉器拉得更開。那層薄薄的腹膜底下露出閃閃發亮的肝臟和一整團的小腸。所有的器官都很健康，非常的健康！人體的器官組織是多麼的令人讚嘆。

這時候，電燈忽然閃爍了一下，差一點就全部熄掉了。

「怎麼回事？」赫德爾問。

他們兩個都抬起頭看看上面的電燈。燈光又全亮了。

「大概只是暫時的電磁波干擾。」塔拉索夫說：「我聽得到發電機還在運轉。」

「這種手術環境實在不怎麼理想。船身搖搖晃晃，電力又不太穩定——」

「暫時克難一下而已。過陣子我們會再找一個地方來代替和平大樓。」說著，他朝著開刀的地方點點頭。「繼續吧。」

赫德爾舉起手術刀，舉到半空中忽然停住了。他是訓練有素的胸腔外科醫師，只不過，切除肝臟的手術他只做過幾次。他覺得自己好像需要別人指導一下。

也有可能是，他忽然又意識到自己在幹什麼勾當了。

「有困難嗎？」塔拉索夫問。

「沒事。」馬克嚥了一口口水。接著他又開始下刀了，只不過，他的手開始發抖了。他把手術刀舉起來，深深吸了幾口氣。

「時間不多了，赫德爾醫師。等一下還有一顆心臟要割下來。」

「我只是……這裡好像太熱了，對不對？」

「我不覺得。繼續吧。」

赫德爾點點頭，抓緊手術刀。他正要切下一刀的時候，整個人突然愣住了。

這時候，塔拉索夫聽到背後有聲音。那是門輕輕關上的聲音。

馬克直楞楞地盯著前面，手術刀舉在半空中。

接著忽然聽到一聲爆炸，他臉上炸開一片血花。赫德爾整個腦袋往後一仰，鮮血和碎骨頭濺滿了整個手術檯。

塔拉索夫猛一轉身，看向門口那邊。他瞥見一頭金髮，還有那個小男孩蒼白的臉孔。

接著他又開了第二槍。

這一槍射偏了，子彈打爛了器材櫃的一扇玻璃門。玻璃碎片四散飛濺，灑了滿地。

那位手術助理立刻彎腰蹲下來，躲在呼吸器後面。

塔拉索夫往後退了好幾步，眼睛死盯著那把槍。那是葛瑞格的槍，體積小，重量又很輕，小孩子都拿得動。只可惜，抓著槍的那隻手抖得太厲害了，已經打不準了。塔拉索夫心裡想，只不過是個小鬼。他只不過是一個受到驚嚇的小男生，手上的槍擺來擺去，一下瞄準塔拉索夫，一下瞄準那個助理，猶豫不決。

塔拉索夫瞄了旁邊的工具托盤一眼，忽然看到那個裝著琥珀醯膽鹼的針筒。裡頭的劑量應該夠用了，足以讓這個小鬼全身癱瘓。他側著身體往旁邊挪動，踩過赫德爾的屍體，踩過那一灘血。這時候，那把槍又瞄準了他，他忽然愣住。

那個小男生突然開始哭起來，啜泣著猛喘氣。

「沒事了。」塔拉索夫安撫他，朝他笑了一下。「不要怕，我只是在救你的朋友。我要把她醫好。她生病了，病得很重。你不知道嗎？她需要看醫生。」

那個小男孩緊盯著手術檯，盯著躺在上面的女人。他往前跨了一步，然後又跨了一步。接著，他突然喘了一大口氣，嚎啕大哭起來。他好像沒有注意到那個助理從他旁邊竄過去，跑到房間外面去了。他好像也沒聽到遠處隱隱約約傳來直升機的聲音。直升機正在接近這艘貨輪，準備降落。

塔拉索夫拿起托盤裡的針筒，悄悄靠近手術檯。

那個小男孩猛一抬頭。他已經不是在哭了，那是絕望的慘叫。

這時候，塔拉索夫把針筒高高舉起。

那一刹那，小男孩抬起頭來看著他。他的眼中已經不再有恐懼，而是憤怒。當他舉起葛瑞格的槍，瞄準塔拉索夫的時候，他眼中冒出憤怒的火花。

他開了最後一槍。

26

那個小男孩一直賴在她床邊，說什麼都不肯走。不久之前，護士把她從恢復室推到外科加護病房，從那時候開始，他就一直守在床邊，乍看之下彷彿一個臉色蒼白的小幽靈纏著她不放。每一次，護士牽著他的手，把他帶到病房外面，最後他還是又會想辦法跑回來。這樣來來回回已經兩次了。此刻，他站在床邊，雙手緊緊抓住欄杆，用一種渴求的眼神盯著她，彷彿在盼望她趕快醒過來。不過，還好他已經沒有再像原來那樣歇斯底里了。不久之前，卡茲卡上了那艘船，朝他走過去的時候，看到他趴在艾貝被人開膛剖肚的身體旁邊啜泣，祈求她趕快活過來。卡茲卡完全聽不懂那個小男孩在說什麼，不過，他感覺得到小男孩那種驚恐，那種絕望。

這時候，忽然有人在敲病房的窗口。卡茲卡轉身一看，看到薇薇安．趙朝他比了一個手勢。他打開門，走出病房，站在她面前。

「你不能讓那個小男孩整晚都待在這裡。」她說：「他會妨礙到護士的工作。更何況，他全身髒兮兮的。」

「每次他們要把他帶走，他就會開始尖叫。」

「你沒辦法勸勸他嗎？」

「我根本就不會講俄語。妳會嗎？」

「我們還在等醫院派個翻譯過來給我們。你沒辦法發揮一點男性的魄力，把他拖出來嗎？」

「給那個小朋友一點時間，讓他陪陪她，可以嗎？」說著，卡茲卡轉頭看著窗戶裡的病床。

他發覺自己拚命想忘掉剛剛在船上那一幕。他下半輩子恐怕永遠忘不了那恐怖的一幕。艾貝躺在那張手術檯上，整個腹腔都被剖開了，一團小腸在手術燈底下閃閃發亮。那個小男孩一直啜泣，嘴裡喃喃嘀咕著，輕撫著她的臉。地上有兩個人躺在血泊中。赫德爾已經死了，塔拉索夫昏迷不醒，血流如注，不過倒是還活著。塔拉索夫和那艘貨輪上所有的人一樣，都被監禁起來。

要不了多久，還會有更多人會遭到逮捕。調查工作現在才剛揭開序幕。至少，聯邦調查局目前已經開始調查西格耶夫公司。根據貨輪船員的供述，這個器官買賣案件的規模比目前所知的牽連更廣，也更駭人聽聞，遠超乎卡茲卡的想像。

他眨眨眼睛，心思又飄回到這裡，回到此時此刻。此刻，隔著一扇窗戶，艾貝就躺在他眼前，腹部纏著繃帶。她的胸口一起一伏，從心電監視螢幕上看來，她的心跳很規律。有那麼短短的一剎那，他又感到一陣驚恐，就像不久之前在船上所感覺到的一樣。當時，船上的監視螢幕那條光線開始亂跳起來。當時，他覺得他快要失去她了。當時，載著薇薇安和衛蒂格的那架直升機距離貨輪還有一段距離。他不自覺地摸著窗戶的玻璃，一直眨眼睛，眨個不停。

薇薇安在他旁邊輕聲細語地說：「卡茲卡，她不會有事的。我和將軍的手術做得很成功。」

卡茲卡點點頭，沒有說話。他又悄悄走回病房裡。

那小男孩抬頭看看卡茲卡，眼眶濕濕的，就像他一樣。「阿—比。」他低聲叫喚著。

「對了，小朋友，那就是她的名字。」卡茲卡微微一笑。

他們兩個一起看著床上的她，不知道看了多久。兩個人都默默無語，整間病房裡靜悄悄的，只聽得到心電監視螢幕微弱的嗶嗶聲。他們並肩站在一起，彷彿一起守護著她。他們對躺在床上這個女人的認識並不多，然而，他們卻已經對她產生了一種無比深切的關懷。

後來，卡茲卡終於伸出手。「走吧，小朋友，你該去睡一覺了。她也需要休息了。」

那個小男孩遲疑了一下，抬頭打量著卡茲卡。然後，他很不情願地伸出手，牽住卡茲卡的手。

他們一起走過外科加護病房，小男孩那雙塑膠鞋在油布毯上拖著。走沒兩步，小男孩忽然慢下來。

「怎麼了？」卡茲卡問。

那個小男孩在另一間病房門口停下來。卡茲卡也跟著他往窗戶裡看。

隔著窗玻璃，可以看到病房裡有一個白髮蒼蒼的男人坐在病床邊的椅子上。他頭垂得低低的，臉埋在手裡。他在無聲啜泣著，渾身一抖一抖的。卡茲卡心裡想，有些東西，就連維克多·福斯也買不到。*而現在，他就要失去一切，一無所有了。他即將失去他的太太，失去自由。*卡茲卡看看躺在病床上那個女人。她臉色很蒼白，看起來像瓷器一樣脆弱。她那雙微張著的眼睛已經失去了生命的神采。死神隨時都會降臨。

那個小男孩整個臉貼在窗玻璃上。

他湊近窗戶那一剎那，那個女人眼中似乎閃過了最後一絲生命的光芒。她看著那個小男孩，嘴角慢慢往上揚，默默一笑。然後，她閉上了眼睛。

卡茲卡喃喃說著：「時候到了，安息吧。」

那個小男孩抬頭看看他，很堅定地搖搖頭。卡茲卡無可奈何地默默看著他。這時候，小男孩轉身走回艾貝的病房。

卡茲卡突然感到無比的疲倦。他看看維克多·福斯。此刻，那個男人已經徹底崩潰了，他彎腰駝背坐在那裡，整個人顯得無比絕望消沉。他看著躺在床上那個女人，而就在那默默凝視的時刻，她的靈魂已經一點一滴的流逝了。他心裡想：光陰似箭，人生何其短暫，而我們能夠陪伴心愛的人的時間又是何其有限。

他嘆了口氣，然後也跟著轉身走進艾貝的病房。

就這樣，他和那個小男孩並肩站在那裡，守候著她。

編輯後記

南非．開普敦，一九六七年十二月二日到三日的夜裡，貝納德醫生與其小組進行了世上首例心臟移植手術。接受移植的病人是路易斯．華許堪斯基，捐贈者則是在車禍中喪生的迪妮絲．黛凡爾小姐。

但是很不幸的，華許堪斯基在手術後十八天因肺炎病逝；一九六八年一月，第二位移植的病人出現了——當時五十八歲的南非牙醫菲利普．布萊柏。捐贈者是位年僅二十四歲的腦溢血患者，克里夫．霍普特。布萊柏醫生在接受移植十九個半月後，因慢性排斥作用逝世。

在布萊柏醫生所撰寫的文章中，曾有這麼一段敘述：「……全世界的傳播媒體正在外面等著我，並有數以百計的市民聚集在那裡準備熱烈歡呼，因此我無意讓人看到貝納德醫生的病人坐著輪椅離開醫院。我在適當的時候站起身來，憑著自己的力量安穩地走向大門。當我跨過大門，踏進我渴望已久的世界時，我感到昂然自得，一股新鮮的活力似乎流遍了我的全身……」

從布萊柏醫生的文字中，不難看出一個重獲新生的病人，對主治醫生的感激，對生命的熱愛。一九六七年，全世界絕大多數的人們仍視心臟移植手術為冒險，但對患者和醫療小組而言卻再單純不過。那時，醫生們只是想要救人，而患者也對捐贈者及其家屬無比感謝。

《貝納德的墮落》的出版距離一九六七年尚不到半個世紀，但心臟移植已從夢幻般不可能的任務轉變成普及率、成功率都大幅提高，不再令人感到陌生敬畏的手術。由此可知，在短短的四十幾年中，醫療科學的進步確實相當迅速。在科技不斷向前邁進的同時，心臟移植手術的成功關鍵已不再是技術性的問題，而在於捐贈者的數量。這就像是市場供需一般，有人願意用金錢交易，總是有人願賣。漸漸地，這不再只是單純救人一命的手術，在某些白色巨塔裡，它成爲一樁樁黑暗且血腥的交易。

《貝納德的墮落》書名取自於史上第一位進行人類心臟移植手術的貝納德醫生之名，並非指涉他本人，如有冒犯，尙祈見諒。本書名藉此強調的是，原本爲救人而誕生的高超醫術，最後卻揹負上奪去他人性命的罪惡；原本以救人爲己任的醫生，如今卻臣服於金錢的誘惑。被指派去拯救生命之人，竟奪去他人生命，這是何等諷刺，而膽敢揭開這恐怖黑暗秘辛的作者，理所當然也承受了巨大壓力。

對世人而言，再沒有比救世主墮落更可怕的，因爲那意味著不再有救贖；對患者而言，再沒有比穿著白衣的死神更可怕的，因爲你無法信任，你不知道在白袍之下，緊緊掌握住你性命的，是天使，還是惡魔。

Storytella 08

貝納德的墮落
Harvest

貝納德的墮落 / 泰絲.格里森作 ; 陳宗琛譯. -- 二版. -- 臺北市 : 春天出版國際, 2018.08
面 ;　公分. -- (Storytella ; 8)
譯自 : Harvest
ISBN 978-957-9609-76-0(平裝)

874.57　　107012075

ISBN 978-957-9609-76-0
Printed in Taiwan

作　者	泰絲・格里森
譯　者	陳宗琛
總編輯	莊宜勳
主　編	鍾靈
出版者	春天出版國際文化有限公司
地　址	台北市大安區忠孝東路4段303號4樓之1
電　話	02-7733-4070
傳　眞	02-7733-4069
E－mail	frank.spring@msa.hinet.net
網　址	http://www.bookspring.com.tw
部落格	http://blog.pixnet.net/bookspring
郵政帳號	19705538
戶　名	春天出版國際文化有限公司
法律顧問	蕭顯忠律師事務所
出版日期	二〇一八年八月二版
	二〇二四年五月初版二十六刷
定　價	450元
總經銷	楨德圖書事業有限公司
地　址	新北市新店區中興路二段196號8樓
電　話	02-8919-3186
傳　眞	02-8914-5524
香港總代理	一代匯集
地　址	九龍旺角塘尾道64號 龍駒企業大廈10 B&D室
電　話	852-2783-8102
傳　眞	852-2396-0050